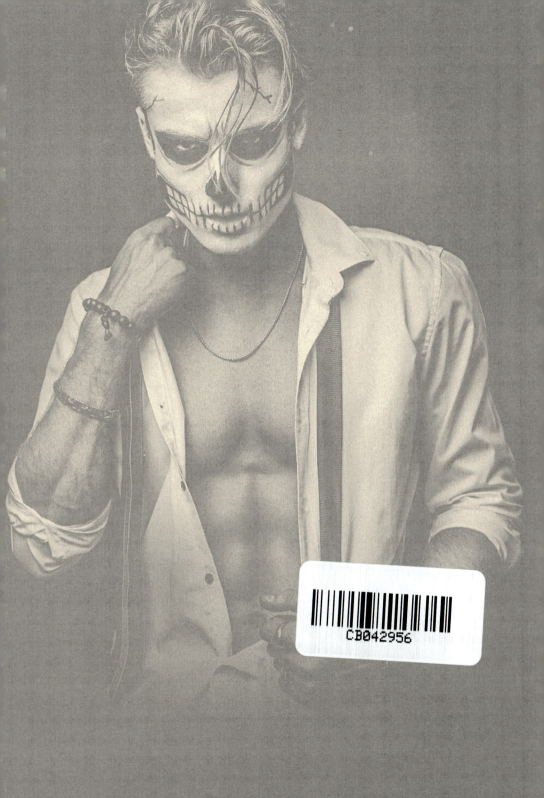

MONICA JAMES

VENHA A NÓS
O VOSSO REINO

Traduzido por Marta Fagundes

1ª Edição

2022

Direção Editorial:	**Fotógrafa:**
Anastacia Cabo	Michelle Lancaster
Tradução:	**Modelo:**
Marta Fagundes	Lochie Carey
Preparação de texto:	**Arte de Capa:**
Ana Lopes	Perfect Pear Creative Covers
Revisão Final:	**Adaptação de Capa:**
Equipe The Gift Box	Bianca Santana
Diagramação:	Carol Dias

Copyright © Monica James, 2021
Copyright © The Gift Box, 2022

Todos os direitos reservados.
Nenhuma parte do conteúdo desse livro poderá ser reproduzida em qualquer meio ou forma – impresso, digital, áudio ou visual – sem a expressa autorização da editora sob penas criminais e ações civis.
Esta é uma obra de ficção. Nomes, personagens, lugares e acontecimentos descritos são produtos da imaginação da autora. Qualquer semelhança com nomes, datas ou acontecimentos reais é mera coincidência.

Este livro segue as regras da Nova Ortografia da Língua Portuguesa.

CIP-BRASIL. CATALOGAÇÃO NA PUBLICAÇÃO
SINDICATO NACIONAL DOS EDITORES DE LIVROS, RJ
Meri Gleice Rodrigues de Souza - Bibliotecária - CRB-7/6439

J29v

James, Monica
  Venha a nós o vosso reino / Monica James ; tradução Marta Fagundes. - 1. ed. - Rio de Janeiro : The Gift Box, 2022.
  276 p.   (Livrai-nos do mal ; 1)

Tradução de: Thy kingdom come
ISBN 978-65-5636-195-6

1. Romance australiano. I. Fagundes, Marta. II. Título. III. Série.

22-79447   CDD: 828.99343
                  CDU: 82-31(94)

Dedicatória
Para Dacca. Cada palavra escrita foi criada com você
ao meu lado. Sinto sua falta.

VENHA A NÓS O VOSSO REINO

Nota do Autor

Aviso importante: *Venha a nós o vosso reino* é uma história contínua, portanto, nem todos os questionamentos serão respondidos no primeiro livro. Se você não gosta de um final em suspense, é melhor desistir de ler agora.

Embora eu tenha feito um trabalho de pesquisa com muitos nativos, por favor, tenha a mente aberta, pois esta é uma obra de ficção. Lugares, acontecimentos e incidentes também são frutos da minha imaginação, ou foram usados de maneira fictícia.

Venha a nós o vosso reino é um ROMANCE DARK, e aborda temas que podem causar desconforto em alguns leitores.

Deus te proteja...

Prólogo

— Ai, meu Deus... eles me encontraram.

Punky ergue a cabeça, concentrado em seu livro de colorir, sem entender por que a mãe parece tão preocupada, tão ansiosa de um jeito incomum. Cara Kelly normalmente se comporta de um jeito sereno e elegante, mas ela foi forçada a viver dessa forma. Uma mulher em sua posição não tinha outra escolha.

Punky é o maior presente de Cara. Ela faz de tudo para proteger o filho, mas agora, teme que possa ter cometido um terrível engano, e seu único filho pagará pelos seus crimes.

Ela não imaginou que eles a encontrariam aqui. Pensou que estivessem seguros.

— Punky! — grita, agarrando o bracinho do menino e o obrigando a se levantar conforme nivelava o olhar. — Escute a mamãe com atenção. Venha, você precisa se esconder.

— Por que, mamãe? Qual é o problema? — Punky pergunta, o coração quase saltando pela boca por odiar ver a mãe chateada daquele jeito. Em seguida, uma batida alta soa à porta, e sua pergunta fica no ar.

Cara varre o quarto com o olhar, freneticamente procurando por um lugar para esconder o filho, mas não tinha mais tempo agora, então o guarda-roupa teria que servir. Guiando Punky em direção ao guarda-roupa branco, ela abre a porta em desespero.

— Você precisa ficar bem quietinho. Mais quieto que um rato. Entendeu, meu filho? Me prometa que vai fazer isso.

O garoto balança a cabeça, com teimosia, tentando se livrar do agarre da mãe.

— Não. Eu quero ficar com você. Vou te proteger.

Ele se abaixa e pega uma faca de brinquedo no carpete, se armando e se postando à frente dela. Quando os passos desenfreados soam no corredor, os olhos azuis de Cara, exatamente iguais aos do filho, se enchem de lágrimas. Ela sabe que agora é tarde demais para fugir.

Punky é teimoso, e sempre foi. Ela espera que ele se apegue a essa qualidade ao longo de sua vida. No entanto, ela não estará viva para vê-lo crescer e se tornar o homem forte e poderoso que ele está destinado a ser.

Com o sobrenome Kelly, seu futuro já se encontra traçado. Ele pode ter apenas cinco anos, mas seu destino foi decidido no dia em que nasceu. Ele não tem escolha, motivo pelo qual Cara o empurra para dentro do guarda-roupas – seu sacrifício não será em vão.

— Mãe! — Punky esbraveja, se debatendo contra ela.

Ela pega as tintas para pintura facial escondidas na prateleira acima.

— Aqui — diz, olhando por cima do ombro para a porta trancada do quarto. O tempo está se esgotando. — Quero que você seja outra pessoa. Quero que finja estar em qualquer outro lugar, menos aqui. Não importa o que você veja, ou ouça, quero que saiba que não é real, porque você não está aqui de verdade.

Os olhos da criança se arregalam, já que seu pai, Connor Kelly, havia lhe dado uma surra por ele ter pintado o rosto, dizendo que o filho não poderia usar maquiagem como se fosse um boiola. Punky odeia o pai. E não entende como sua mãe pode amar um monstro como ele.

Quando batidas ensurdecedoras golpeiam a porta, uma lágrima escorre pelo rosto de Cara. Ela falhou com seu filho. Tudo o que mais queria era salvá-lo dessa vida, mas ela condenou a ambos.

Punky se estica para frente, onde sua mãe está agachada, e enxuga a lágrima com seu pequeno polegar.

— Não chore. Eu vou me esconder, eu prometo. Não vou fazer nenhum barulhinho.

Cara reprime os soluços, assentindo.

— Bom garoto. Mamãe te ama e muito. Nunca se esqueça disso.

Ela deposita um beijo na testa de Punky, inspirando o cheiro de seu filho, a única coisa boa que extraiu do casamento com Connor Kelly.

Em seguida, entrega a Punky as tintas para o rosto e o instiga a se esconder no canto do armário. Pressionando o indicador contra os lábios, sinaliza para que ele fique em silêncio, a todo custo. Ele concorda com um aceno de cabeça, e ela lança um último olhar para o filho.

Fechando as portas do guarda-roupa, Cara pressiona as costas contra a madeira e enxuga as lágrimas enquanto tranca a fechadura. De jeito nenhum ela se acovardaria. Ela permaneceria firme.

A porta se abre com um chute, e Cara é confrontada por três homens mascarados usando roupas escuras. Embora não seja possível distingui-los, ela sabe muito bem quem são, assim como sabe que nunca mais verá o nascer do sol.

Eles são enormes e musculosos, mas ela se encaminha até o meio do quarto e os encara sem medo algum.

— Saiam daqui! — berra, cruzando os braços. — Como se atrevem a entrar na minha casa? Vocês sabem quem sou eu?

Os três predadores adentram o cômodo, os olhos brilhando de excitação diante do que está prestes a acontecer.

— Sabemos quem você é, sua puta — diz um deles, com um forte sotaque irlandês. — É por isso que estamos aqui.

Punky engatinha dentro do espaço fechado. Ele prometeu à mãe que ficaria quietinho, mas quer ver o que está acontecendo. As frestas de madeira do armário permitem que ele veja três homens parados à frente da sua mãe. Os rostos ocultos por balaclavas, os corpos cobertos por mangas compridas e calças pretas.

Quando um deles avança e esbofeteia o rosto de sua mãe, Punky cobre a boca para abafar o grito. Ele prometeu que ficaria quieto, mais quietinho que um rato.

— O que você acha de uma dança, Cara? — outro homem diz, se dirigindo até o rádio e ligando uma música qualquer. — Venha aqui.

Ele agarra a mulher, obrigando-a a acompanhá-lo em seu passo de dança, mas ela luta contra o agarre, esmurrando o peito maciço com os punhos delicados. Os outros homens gargalham, deliciados pela resistência de Cara, pois sabem que há apenas um desfecho para a mulher.

Ela escolheu seu destino quando decidiu adotar o sobrenome Kelly. Nesta guerra, ou você é um Kelly ou um Doyle, e, infelizmente, para Cara, ela optou pelo lado errado. E agora, sua morte servirá como uma mensagem aos futuros Kelly.

Cara continua a lutar, recusando-se a se render. Seu parceiro de dança não gosta nem um pouco de sua insolência, logo, para subjugá-la, dá um soco em seu rosto. Sangue escorre do nariz quebrado da mulher, manchando o carpete branco.

O derramamento de sangue desperta a sede por carnificina.

VENHA A NÓS O VOSSO REINO

— Minha vez — outro homem diz, puxando Cara, histérica, para os seus braços.

Punky sabe que fez uma promessa, mas ele não pode simplesmente assistir a forma como ela vem sendo tratada. Ele força a maçaneta do armário, mas não consegue abri-la, pois está trancada.

— Mãe! — grita, socando a porta a ponto de seus punhos doerem. No entanto, seus gritos são abafados pela música de Frank Sinatra tocando na maior altura no rádio. — Mamãe, abre a porta!

Os três homens intercalam os golpes entre si, o corpo de Cara agora flácido, nada mais que uma boneca de pano à medida que sua força de espírito começa a desvanecer.

Punky mal consegue enxergar por conta da vista nublada pelas lágrimas, e quando a música de Elvis Presley, *It's now or never*, começa a tocar, Punky faz o que sua mãe pediu – ele se transforma em outra pessoa. E finge estar em qualquer outro lugar, menos ali.

Com as mãos trêmulas, ele pega o frasco de tinta branca e abre a tampa. Os gritos agonizantes de sua mãe fazem com que ele enfie os dedos na tinta e comece a esfregar as bochechas e testa para cobrir seu rosto.

Quando um dos homens saca uma faca de caça, na intenção de silenciar os gritos de Cara, Punky troca a tinta branca pela preta. E quando a boca de sua mãe é rasgada de orelha a orelha, Punky replica o gesto com a tinta preta, que mais se assemelha a um giz de cera.

Ele arrasta a ponta do giz desde a maçã do rosto até a boca, desenhando uma linha sobre os lábios, querendo silenciar seus próprios gritos, então faz o mesmo na outra bochecha. Agora ele ostenta um sorriso tão grande quanto o da mãe. Com gestos precisos, ele traça riscos ao longo da linha que recobre os lábios, enfatizando o sorriso de uma forma sinistra, macabra.

Quando um dos homens morde o nariz de Cara, e sua orelha, Punky desenha um ponto borrado na ponta de seu próprio nariz, e com os dedos manchados pela tinta preta, ele pincela sua orelha e a lateral do pescoço, de forma que pareça os respingos de sangue que agora cobrem a mãe.

Cara cai de bruços no chão quando os homens a largam, mas eles ainda não haviam acabado. Eles levantam seu vestido e arrancam a calcinha.

"Não importa o que você veja, ou ouça, quero que saiba que não é real, porque você não está aqui de verdade."

As palavras de Cara se repetem uma vez atrás da outra na cabeça de Punky à medida que ele testemunha os homens montando sobre a mãe, se movendo contra ela como ele viu o cachorro do vizinho fazer com sua Border Collie, antes do pai a matar.

Enquanto os homens gritam, mordendo e apalpando uma Cara quase inconsciente, Punky circula os olhos com a tinta preta, sem querer assistir à mãe sendo violada repetidamente. Quando eles acabaram de se revezar, a área ao redor dos olhos do garotinho estava coberta por uma grossa camada de tinta.

Mas ele ainda vê tudo.

Um dos homens levanta a cabeça de Cara pelo cabelo bagunçado e acerta o piso acarpetado com força. Um corte irregular se abre na lateral esquerda da testa, e Punky traça uma linha fina para imitar o ferimento da mãe.

Os homens riem, comemorando entre si, orgulhosos de seu feito. Punky espera que tenha acabado.

No entanto, seu desejo é em vão.

Um deles, o que a puxou para dançar primeiro, fica de pé sobre o corpo alquebrado de Cara, parecendo examinar a bagunça que ele mesmo fez.

— Nunca quis isso pra você, Cara. Mas você não deu ouvidos.

Punky não entendeu o que aquilo significava. Mas ele sabe que sua mãe fez algo errado.

O homem se agacha e levanta a cabeça dela pelo cabelo, expondo seu pescoço. Cara geme, o rosto praticamente irreconhecível. Os olhos injetados de sangue se focam no guarda-roupa, onde ela sabe que Punky está assistindo a tudo. Ela estende um braço trêmulo, desejando poder tocar o filho para assegurar que tudo ficará bem.

Ela deseja que ele nunca tivesse visto o que viu.

A claridade cintila sobre a lâmina afiada que corta a garganta de Cara. Sangue escorre do ferimento à medida que ela luta para respirar.

Os olhos de Punky se arregalam, mas ele recorda a si mesmo de que aquilo não é real. Ele não está aqui de verdade. Ele se concentra no broche em formato de rosa da mãe. Ela ama flores. Ama a natureza. Mas ela nunca mais será capaz de sentir o calor do sol nascente em sua pele outra vez.

Ele esprime o pote de tinta preta e despeja sobre seu pescoço, usando os dedos para espalhar pela garganta. Tudo o que sua mãe sente, ele sente também.

O homem solta Cara, que cai com o rosto virado para o chão, sangrando até a morte.

Ele limpa a lâmina ensanguentada no vestido rasgado antes de se levantar. Punky olha para cima, percebendo como o homem é alto. Quando

VENHA A NÓS O VOSSO REINO

um dos outros começa a vasculhar o porta-joias de Cara, o garotinho vê um crucifixo tatuado em seu pulso esquerdo.

Então ele traça o desenho de uma cruz no seu próprio.

O homem que cortou a garganta da mãe encara o guarda-roupa com atenção. Punky prende o fôlego na mesma hora. Sem pressa alguma, ele chega mais para frente e coloca as mãozinhas contra as portas.

Punky se abaixa para pegar a faca de brinquedo, armado e à espera. Com o rosto coberto por sua pintura de guerra, seu semblante é o reflexo dos ferimentos causados à mãe, e ele está mais do que pronto para a batalha.

O homem, no entanto, não quer ferir Punky. Ele simplesmente destranca as portas.

— Vamos embora — ordena para os outros que ainda estão pilhando o quarto como ladrões ordinários.

Eles dão uma última olhada para a carnificina que fizeram, zombando da 'boceta' Kelly. Os três se dirigem à porta, mas o cara alto se vira e olha por cima do ombro, mais uma vez encarando o guarda-roupa. Com o dedo indicador ensanguentado, ele o coloca sobre o sorriso debochado que se arrasta pelos lábios, e gesticula para que Punky não faça nenhum barulho.

Um segundo depois, ele se vai.

Punky aguarda por um tempo, em silêncio, e embora tenha prometido à mãe que ficaria escondido, ele abre a porta devagar. A música no rádio agora mudou de Elvis para uma que a mãe cantarola para o filho, para afastar os pesadelos. No entanto, quando ele engatinha para o local onde sua mãe está inerte, o garoto percebe que seus pesadelos apenas começaram.

A canção de Ben E. King, *Stand by me*, ressoa e Punky murmura o refrão assim que se aproxima da mãe. Tem tanto sangue, mas Cara disse que aquilo não era de verdade. Ela vai acordar a qualquer momento. Ela tem que acordar.

— Mãe... — Punky diz, estendendo as mãozinhas manchadas de tinta branca e preta cutucando o ombro dela com suavidade. — Acorda. Eu fiz o que você pediu. *Tá* na hora de acordar agora.

Mas Cara não acorda. Ela nunca acordará.

— Mamãe! — Punky suplica, em um tom mais alto, desesperado por não gostar dessa brincadeira. — Por favor, acorda. Eu quero ir pra casa.

Ele olha para suas mãos cobertas pelo sangue da mãe. Ele as vira de um lado ao outro, sem entender o que está realmente vendo.

— Você *tá* dormindo? Você *tá* cansada, mamãe? Aqui está muito frio. Eu vou te manter quentinha.

Punky puxa o edredom da cama e cobre a mãe, enrolando-se ao lado dela. De repente, ele se sente exausto. Ele se enfia embaixo do braço dela, aconchegando-se à única pessoa no mundo que lhe deu amor.

Antes de cair no sono, Punky estende a mão e enfia três dedos na poça de sangue coagulando centímetros à frente. Ele arrasta os dedos no centro de sua testa, deixando três rastros de sangue. Seu rosto é uma pintura grotesca de tudo o que ele viu – uma imagem preta, branca e vermelha, refletindo a morte de sua infância.

Três homens mudaram sua vida para sempre, e não importa o tempo que levar, nem o que Punky tiver que fazer, ele encontrará aqueles homens e pintará seus rostos também... antes de arrancar as cabeças de seus corpos mutilados.

Um caleidoscópio de preto e branco se mostra diante de Punky, mas ele logo perceberá... nada na vida é sempre assim.

VENHA A NÓS O VOSSO REINO

UM
PUNKY

— Quanto você bebeu? — pergunta Orla Ryan, tentando arrastar meu corpo embriagado pelas escadas da casa dos seus pais. Pessoas estranhas cochicham por trás de suas mãos cobrindo as bocas.

Gemo em resposta, desabando ainda mais sobre ela, que aperta os braços com mais firmeza ao redor da minha cintura.

Orla é meio apaixonada por mim desde que cortei uma de suas maria-chiquinhas no primário. Eu nunca entendi o porquê. Não entendo até hoje. Não consigo entender por que a maioria das garotas se apaixona por mim.

Meus amigos dizem que é porque sou sombrio e misterioso, ou alguma merda dessas. Com um piercing de argola no nariz e um no lábio, não me pareço nem um pouco com um Príncipe Encantado, mas pelo jeito elas não estão nem aí. Pensei que minhas tatuagens as afastariam, mas, como disse, isso só as atraiu ainda mais. Isto funcionou a meu favor por inúmeros motivos – como este agora –, e eu odeio quando acontece.

Minha franja longa cai sobre o meu rosto quando a cabeça pende. Meu cabelo loiro é raspado nas laterais e mais comprido no topo, e faço questão de usar nesse corte só para deixar meu pai irado. Pensar naquele filho da puta me faz cerrar a mandíbula na hora.

Ele é o motivo para eu estar aqui. O motivo para tudo isso.

Focando a atenção em Orla e para onde ela está me levando, balanço a cabeça desajeitadamente.

— Para o quarto dos seus pais — balbucio, arrastando as palavras incoerentes.

— Você é tão mau, Puck Kelly — ela sussurra, animada, e muda de direção, obedecendo ao meu comando.

Pouco depois, ela abre a porta e acende a luz, ainda me segurando, então me guia até a cama. Nós dois desabamos, sob o riso solto dela.

Estou deitado de costas, e Orla não perde tempo em se sentar escarrancha-da, pairando a boca sobre a minha.

Ela me beija com suavidade, segurando minha bochecha e me insti-gando a retribuir, mas não estou aqui para isso.

Não gosto de intimidade. Para dizer a verdade, eu odeio. Não gosto de ser tocado. A única pessoa por quem mais ansiei o toque está morta, e quando ela morreu, eu morri junto. Do lado de fora, posso parecer um cara 'normal', mas por dentro... a história é bem diferente.

Por dentro, só penso em vingança e sangue... o sangue da minha mãe manchando o carpete branco em um tom carmesim.

Agarrando a nuca de Orla, dou a ela o que mais quer, retribuindo seu beijo com uma paixão brutal e afastando a necessidade de machucá-la. Este é o único jeito que sei agir. Quisera poder ser gentil e desfrutar de coisas que a maioria dos caras com vinte e um anos curte, mas não posso.

A única coisa que circula em minhas veias é vingança, e, como um Kelly, tenho que lidar com isso das maneiras mais deploráveis. Como agora.

Orla arrasta os dedos por cima da minha camiseta, rodeando meu piercing de mamilo, e para pouco antes do botão da braguilha do meu jeans preto rasgado. Quando ela desabotoa, eu me inclino e a impeço de ir adiante.

— Você não quer? — arfa contra os meus lábios. Seu hálito quente me lembra do sangue ainda morno que cobriu os nódulos dos meus dedos na semana passada, quando fiz uma visitinha a um dos clientes do meu pai que havia atrasado seu pagamento.

— Eu quero — asseguro, enfiando os dedos por entre os fios de seu cabelo —, mas posso pedir um copo de água?

A decepção no rosto de Orla é evidente, no entanto, como uma boa garota protestante, ela assente.

— Claro, sem problema.

Com cuidado, ela sai de cima de mim e ajeita o vestido, sem querer que a galera festejando lá embaixo saiba o que estávamos fazendo.

— Já volto.

Balanço a cabeça e cubro os olhos com um braço, me protegendo da clari-dade irritante. Na verdade, estou bloqueando todas as atrocidades que pratiquei.

O clique da porta se fechando informa que ela saiu do quarto, o que é a minha deixa para segui-la, mas não do jeito que Orla deseja.

Eu me levanto de um pulo, minha embriaguez some milagrosamente, porque eu não estava bebendo. Nunca bebi. Tranco a porta e dou início ao objetivo que me trouxe aqui.

VENHA A NÓS O VOSSO REINO

Um canto da minha boca se curva quando abro a cômoda ao lado da cama e deparo com o vibrador rosa da Sra. Ryan. Fico me perguntando se Nolen Ryan está a par do fato de que a esposa toda santinha possui um amigo movido a pilha bem ali perto. Incapaz de me controlar, pego o bagulho e enfio no bolso de trás da calça.

Fecho a gaveta e dou a volta na cama, e quando abro sua gaveta da mesa de cabeceira, praguejo baixinho.

O filho da puta estava certo.

Pegando minha mochila – que eu havia escondido embaixo da cama mais cedo –, encontro meu celular e tiro uma foto da prova antes de surrupiar o terço católico da gaveta. Guardo tudo dentro da mochila. Meu trabalho aqui está feito.

A festa está agitada lá embaixo, e sei que é apenas questão de tempo até que Orla volte. Sigo até a janela, abro o trinco e dou uma conferida na altura que terei de descer, já que estamos no segundo andar.

— Argh, até que enfim, porra — diz meu melhor amigo, Cian Davies, olhando para cima conforme joga a bituca do cigarro no meio dos arbustos.

Conheço Cian desde que nasci. Nossos pais são amigos desde a adolescência, e era mais do que esperado que seguíssemos o mesmo caminho. O pai dele é um idiota, mas, ainda bem, seu filho é uma das pessoas mais bacanas que conheço.

Direto pensam que somos irmãos, já que muita gente diz que ele é a minha cópia. Isso ajudou e muito com nossos álibis no passado.

— Chega de perder tempo. Rory está de vigia no final da rua. Se manda daí antes que os tiras cheguem.

Isso é bem a cara do Cian – sempre se preocupando com os 'e se', o completo oposto a mim.

Estalando a língua, calmamente respondo:

— Segura a onda, ou vai acabar nos trazendo má sorte. Tenho um presente pra você.

Antes que ele pergunte do que se trata, pego o vibrador da Sra. Ryan, do bolso traseiro da calça, e jogo em sua direção. Por instinto, ele agarra no ar, e leva alguns segundos para perceber o que é aquilo. Assim que descobre, ele estremece e arremessa o objeto para o meio dos arbustos.

Aos risos, desço pelo peitoril da janela, espiando para baixo.

— Punky, você não vai pular, né?

É óbvio que ele deduziu que eu escalaria a calha, como qualquer pessoa normal faria, mas nunca afirmei ser normal. E para quê? Enquanto a maioria das pessoas fica dentro de casa, se escondendo da tempestade, estou do lado de fora, brincando na chuva.

Antes que Cian possa reclamar, uso as pernas para me impulsionar para longe da janela, deliciado com a descarga de adrenalina quando aterrisso no gramado. Bem que podia ter sido mais alto. Somente diante do perigo é que me sinto vivo.

— Seu filho da puta sortudo!

— Isso não tem nada a ver com sorte, Cian — digo, com um sorriso, então atravessamos o jardim frontal da casa dos Ryan.

Eu triunfo em meio ao errado, corrupto e violento.

Mantendo a cabeça baixa, já que supostamente estou em um dos quartos do segundo andar, bêbado e apagado, evitamos esbarrar em qualquer pessoa à medida que seguimos pela rua até onde nosso amigo, Rory Walsh, está de vigia. Assim que ele nos vê, acende os faróis do carro.

Nós nos acomodamos rapidamente dentro de sua BMW e ele acelera rua afora. Como ladrões na noite, saímos na surdina. Não deveria ser assim tão simples, mas é o que é.

Mesmo que alguém suspeite de nós, eles nunca ousariam deflagrar uma guerra contra os Kelly, os Davie ou Walsh, já que nossas famílias comandam a Irlanda do Norte. Nossa base se localiza em Belfast, mas até mesmo os grupos paramilitares que administram suas próprias 'áreas' estão sob nosso controle. No passado, alguns desses grupos se envolveram em contendas uns com os outros, mas rapidamente aprenderam que não toleramos rebeliões.

Tem sido assim por gerações, e é esperado que assumamos o lugar de nossos pais quando a hora certa chegar.

Nunca escolhi essa vida. É minha por direito, de acordo com meu pai, mas tudo o que vejo é a maldição que ela carrega. Foi por causa do sobrenome Kelly que minha mãe foi assassinada pelos Doyle – nossa contraparte católica em Dublin.

Eles não vêm para Belfast, e nós não vamos a Dublin. Se os Doyle ousarem burlar essa lei centenária, eles pagam com a vida. Alguns até mesmo tentaram, mas todos falharam. E estou apenas esperando, antecipando o dia em que um babaca arrogante teste sua sorte.

E quando ele fizer isso, estarei à sua espera, porque os Doyle pagarão pelo que fizeram com a minha mãe.

VENHA A NÓS O VOSSO REINO

Meu pai pode até ter sido capaz de seguir em frente com sua vida – ele se casou de novo e teve gêmeos, como se sua primeira esposa não tivesse sido assassinada só por ter adotado o *seu* sobrenome –, mas eu não posso. Ela pagou por ser uma Kelly. Sua morte deveria ter incitado uma guerra, mas meu pai simplesmente depôs suas armas como o covarde que ele é.

Não sei nem o porquê ela morreu. Ele se recusou a me contar, e isso torna o assassinato dela muito pior. Ele ficou feliz por esquecer que ela existiu, enquanto eu existo apenas para vingar sua morte.

Fiquei aninhado contra o cadáver dela por três dias antes do meu pai chegar. Aos cinco anos de idade, eu não entendia o conceito da morte.

Meu rosto estava pintado, refletindo suas injúrias e contando quantos homens causaram os ferimentos hediondos que ela sofreu. Esta foi a minha maneira de lidar com o sofrimento dela, quando não pude ajudar por estar trancado no guarda-roupa. Fui salvo pela minha mãe, até seu fim derradeiro. A pintura serviu apenas para assegurar que eu nunca esqueceria os responsáveis pela morte dela; como se isso pudesse ser possível.

Lembro-me de algumas partes, como uma cena de filme entrando e saindo de foco, mas nunca me esqueci do homem que se virou na direção do guarda-roupa e gesticulou para que eu me mantivesse em silêncio. Ele sabia que eu estava ali dentro, então, a pergunta que não quer calar é: por que não enfrentei a mesma punição que minha mãe?

Meu pai tem uma única foto minha daquela noite. Ele a mantém trancada na gaveta de sua mesa do escritório, mas quando eu tinha dez anos, eu a encontrei. Foi um lembrete de que pesadelos são bem reais. Que *ela* realmente existiu. Mas ele nunca respondeu aos meus questionamentos, e depois de um tempo, percebi que se quisesse respostas, eu mesmo teria que encontrá-las.

As três listras sangrentas marcadas com meus dedos, no meio da minha testa, foram em homenagem aos três homens que tiraram a vida da única pessoa que me amou. Este é o futuro deles, marcado na minha pele, porque eles já estão mortos – eles só não sabem disso ainda.

Esfregando o crucifixo tatuado do lado esquerdo do peito, lembro-me que um dos homens que brutalizou minha mãe possuía a mesma marca. Fiz essa tatuagem para que toda vez que olhasse para baixo, o desejo ardente de matar até o último Doyle nessa terra se acendesse no meu peito.

Eu odiava meu pai enquanto crescia, mas agora, esse ódio se transformou em outra coisa. Ele não fez nada para vingar a morte da minha mãe, e eu preciso saber o motivo. Seu irmão – meu tio, Sean – é a única pessoa que parece se importar com ela. Inúmeras vezes desejei que ele fosse o meu pai, ao invés de Connor Kelly. Foi ele quem me disse que os católicos invadiram o bangalô que minha mãe comprou, sem meu pai saber, e a mataram para dar início a uma guerra por territórios.

Os Kelly traficam drogas, armas roubadas, lavam dinheiro, e tudo mais. Se você estiver esperando que sejamos cidadãos decentes, odeio ter que desapontar. Somos tudo, menos isso.

E os Doyle são do mesmo tipo. Eles cuidam da área deles em Dublin, e nós cuidamos da nossa em Belfast, mas parece que eles queriam mudar essa configuração quando tiraram a vida da minha mãe. Uma blasfêmia absoluta, até mesmo porque meu tio Sean suspeita que os católicos não queriam somente roubar nosso território, mas também vender para os protestantes na surdina.

Eles seriam vistos como traidores por outros católicos devotos, mas não diriam a ninguém mais. Os Doyle queriam tudo. Eles queriam nossa área, nossos negócios e nosso povo. O assassinato da minha mãe foi uma forma de eles desafiarem o meu pai, mas ela era inocente. Essa guerra nunca foi dela, e, ainda assim, ela pagou o maior preço.

O que não entendo é por que minha mãe comprou aquele bangalô sem o conhecimento do meu pai. Onde ele esteve por três dias? E como os Doyle nos encontraram?

Eu tenho mais perguntas que respostas, e esse é o único motivo pelo qual faço o trabalho sujo do meu pai. Um dia, ele vai acabar cometendo um erro, e descobrirei o que aconteceu naquela noite fria de novembro. Só por isso ainda estou aqui.

É a única razão para ele ainda estar vivo.

— Você encontrou? — Rory pergunta, olhando para mim através do espelho retrovisor.

Assentindo, vasculho a mochila em busca da Bíblia Católica e do terço.

— Nolen Ryan está muito fodido.

Rory assovia ao ver as provas que meu pai me mandou encontrar e levar até ele.

Nolen é um dos confidentes mais confiáveis do meu pai, mas Connor Kelly suspeitava que ele o estivesse traindo quando alguém contou tê-lo visto na missa de domingo – uma missa *católica* em uma igreja perto de Dublin. Nem é preciso dizer que isso não pode passar impune, e que Nolen deverá servir de exemplo.

VENHA A NÓS O VOSSO REINO

Orla, em breve, ficará apenas com a mãe, porque meu pai não permitirá que Nolen continue vivo. Se você se bandear com os católicos, não importa o seu sobrenome, você será tratado com a mesma cortesia que um Doyle merece.

— Bora tomar umas antes de ir para casa?

Dou uma risada zombeteira, porque não existe esse lance de 'umas' com Rory.

— Seria irado, mas não posso. Se eu não for para casa, meu velho vai ficar furioso.

Os dois acenam em concordância, cientes de que é melhor não deixar Connor Kelly esperando.

O alerta de mensagem do telefone de Rory toca, e quando Cian se lança para pegar antes dele e começa a rir, já sei quem é.

— Darcy Duffy é sua namorada agora? — Cian pergunta, brincando ao afastar o celular do alcance de Rory enquanto ele tenta pegar de volta e dirigir ao mesmo tempo.

— Argh, deixa de besteira. Somos só amigos.

Mas Cian não está convencido disso.

— Você acha que sou imbecil? Não te culpo. Ela é gostosa. Só não sei o que ela está fazendo com você.

Darcy Duffy é filha mais velha de Patrick Duffy – um milionário que construiu a fortuna sozinho ao comandar a maior empresa de construção civil da Irlanda do Norte.

Se estivéssemos em uma dessas comédias românticas americanas, Darcy seria a líder de torcida popular com quem todo jogador da escola adoraria namorar. Eu a conheço desde que éramos crianças, e embora meu pai quisesse que fôssemos amigos – por suas motivações egoístas, é claro –, nós só trocamos pouquíssimas palavras, e não foi por falta de tentativa da parte dela.

Sou eu.

Não tenho o menor interesse em conversas sem sentido. Na verdade, não tenho interesse em conversar, ponto-final. Tenho um objetivo na vida, e não envolve um final feliz de contos de fada.

— Não estou nem aí para a sua opinião. Ela é legal, você não acha, Punky?

Dou de ombros, espiando o lado de fora pela janela.

— Sim, claro.

Minha resposta não soa nem um pouco convincente, e Cian começa a rir.

— Argh, para de choramingar, Rory, antes que eu vomite.

Somente com esses caras consigo tentar me adequar. Às vezes, convenço a mim mesmo de que sou como eles, mas sei que não sou. Nenhuma dessas coisas me interessa. Aquilo que faz a maioria das pessoas rirem, não exerce o mesmo efeito em mim. Não tenho prazer em transar com um monte de meninas, ficar bêbado, ou me divertir, porque estou morto por dentro.

Posso até sorrir, fingindo pertencer àquilo, mas a verdade é que prefiro mesmo é ficar sozinho.

Outra mensagem de texto chega e Cian a lê em voz alta:

— Quero encher a cara. Vem pra cá.

Rory balança a cabeça, desistindo da ideia de resgatar seu telefone.

— Isso parece divertido. Cian e eu chegaremos aí logo — Cian diz, em voz alta, e digita, rindo ao anunciar que entraria de penetra no esquema.

Depois dessa, desafivelo meu cinto rapidamente.

— Pare o carro. Vou andando o resto do caminho.

— Mas está longe! — Rory se adianta em dizer, conferindo a estrada escura através do para-brisa. — Tem certeza?

— Sim — respondo, enfiando a Bíblia na mochila e guardando o terço no bolso da calça.

Além de tudo, minha casa fica no lado oposto ao de Darcy. Isso permitirá que meus amigos passem mais tempo com a garota e as amigas dela.

Rory sabe que não deve discutir comigo e encosta o carro. Estamos no meio do nada, mas é na escuridão que eu me encaixo. Já vi o Bicho-papão. Ele não me assusta mais.

Abro a porta e aceno uma despedida.

— Valeu, gente. Falo com vocês depois.

Cian me encara por cima do ombro e dá uma risada zombeteira.

— Cuidado com os caipiras.

— Ah, eles que precisam ter cuidado com ele — Rory caçoa.

Com um sorriso, fecho a porta do carro e observo o carro desaparecer noite afora, meus amigos se divertindo como caras normais de vinte e um anos.

Então começo a caminhar em direção a minha casa.

A lua cheia provê certa iluminação, mas a escuridão não me assusta. É a luz do dia que faz isso. No entanto, não era assim quando minha mãe era viva. Eu adorava cavar a terra com ela no jardim. Ela amava rosas.

VENHA A NÓS O VOSSO REINO

Dou uma conferida na rosa tatuada no dorso da minha mão e suspiro. A lembrança dela desvanece a cada dia, e tenho medo de que não levará muito tempo até que desapareça por completo. Enfio a mão no bolso e toco o broche em formato de rosa que levo comigo desde sua morte.

É a única coisa que pertencia a ela que meu pai me deixou manter. Todos os outros pertences foram jogados fora. Era como se ele quisesse apagar qualquer lembrança que pudesse ter dela. Eu queria crer que teve algo a ver com a minha madrasta, a antiga amiga da minha mãe.

Mas não demorou muito e descobri que era o jeito do meu pai mesmo.

Uma luz fraquinha à frente me pega de surpresa, porque estou, literalmente, no meio do nada. Parece com a iluminação de uma tela de celular. Pego minha faca e as soqueiras, mas quando me aproximo, vejo que não havia necessidade disso.

A primeira coisa que noto é o cabelo dela – é quase platinado sob a luz da lua, e está preso em dois rabos de cavalo frouxos. O diadema preto contrasta com a cor clara do cabelo. Assim que chego mais perto, percebo que ela está usando uma saia curta azul-marinho e uma regata combinando.

Quando ela ouve meus passos, se vira de supetão, usando a lanterna para ver quem se aproxima.

— Olá? — grita, em um sotaque requintado.

— Qual é a treta?

Ela inclina a cabeça para o lado, obviamente confusa. Ela, com certeza, não é dessa região.

— O que está acontecendo? — digo, em uma linguagem universal, para descobrir que porra ela faz aqui, sozinha e no meio da noite, onde Judas perdeu as botas.

— Aaah… — murmura, colocando uma mecha do cabelo atrás da orelha. — Minha bicicleta quebrou.

Ela direciona a luz da lanterna para a bicicleta rosa largada na estrada.

— Eu estava voltando pedalando de uma festa, como de costume — explica, como se fosse necessário esclarecer o porquê ela andava de bicicleta com meias e botas de salto alto na altura das coxas.

Não que eu me importe com isso. Quando dou uma conferida mais apurada em sua roupa, um sorriso me escapa e, de repente, fico alarmado ao perceber que essa minha reação não é forçada.

— Babydoll?

Ela parece surpresa por eu distinguir a fantasia de uma personagem das minhas HQs preferidas: *Sucker Punch*.

MONICA JAMES

— Sim! — diz ela, toda contente. — Ainda bem que alguém percebeu isso por aqui.

Elogios me deixam desconfortável, então pigarreio de leve.

— Posso dar uma olhada na sua bicicleta.

— Obrigada.

Eu me agacho ao lado da coisa rosa para conferir o problema. Na mesma hora, reparo que a corrente saiu da catraca.

— É fácil resolver. Você vai poder tomar o caminho de volta a tempo.

Ela se aproxima com cuidado, observando enquanto recoloco a corrente no lugar.

— O que você está fazendo por aqui? — pergunta, apontando a luz da lanterna para me ajudar.

— Só dando um rolê.

— Um o quê?

Com um sorrisinho, o que me surpreende mais uma vez, esclareço:

— Uma caminhada. De onde você é?

— Ah — diz, com uma risada. — Sou de Londres. Mudei pra cá tem pouco tempo, com a minha tia.

Não é de admirar que ela tem o sotaque impostado.

— Você é dessa área? Meu nome é Poppy Yates. Sou de peixes. Prefiro tempestades do que luz do sol. E minha cor favorita é azul.

Sei que ela está tentando ser engraçada, para quebrar o gelo, mas não respondo nada. Ao invés disso, eu me concentro em consertar sua bicicleta para que ela e seu perfume de baunilha desapareçam daqui.

— E sobre você?

— E sobre mim, o quê? — contra-ataco, antes de praguejar baixinho. Ela só está tentando ser amigável.

— Agora é a sua vez de me contar um pouco sobre você. Isso se chama 'conversa' — diz, suavemente.

— Certo, bem, não tenho o menor interesse em conversar. Prontinho — declaro, sem responder sua pergunta ou dizer meu nome.

Eu me levanto e quase esbarro nela, já que a garota está bem perto. Ela é baixinha, talvez tenha 1,60m. Com meu 1,92m, acho que a maioria das pessoas podem ser consideradas baixinhas.

— O-obrigada — gagueja, recuando um passo.

Eu ajeito o descanso para que a bicicleta fique de pé, mas ela se aproxima e segura meu pulso.

VENHA A NÓS O VOSSO REINO

Por instinto, eu me afasto com brusquidão.

— Faça isso mais uma vez e vai se arrepender.

— Ah, me desculpa — se apressa em dizer, com as bochechas agora vermelhas. Apesar de ela estar meio perdida com meu jeito de falar, o tom firme deve ter dado a entender que não gostei. — Eu só queria agradecer pela ajuda.

— Não se preocupe. Até mais. — Eu preciso ir embora, mas estou com os pés plantados no chão.

— Você é sempre assim tão grosso? Ou é só comigo? — diz ela, na lata, com as mãos nos quadris.

Fico assombrado com sua confiança e mal consigo reprimir o riso quando ela se aproxima. Ela está irritada, e fico mais do que satisfeito em vê-la pau da vida.

— Não se iluda, Babydoll — rebato. Não dou a mínima para o nome dela. Para mim, ela é Babydoll.

Quando um sorriso torto curva seus lábios carnudos, sinto vontade de estender a mão e tocá-los. Quero saber qual é a sensação de um sorriso genuíno. Não tenho motivos para sorrir há muito tempo, e quase chego a invejar seus lábios.

No entanto, também estou curioso para sentir seu gosto.

— Ah, então você é grosso com todo mundo. Bom saber. — O sorriso rapidamente se transforma em uma careta de escárnio quando ela monta na bicicleta.

Uma risada profunda me escapa. E mais uma vez me surpreendo com a minha reação. Uma parte minha quer impedi-la de se afastar, como se não quisesse que ela fosse embora. Ela me interessou, e não sei o motivo. Tudo bem, ela é linda, mas não é só isso. Tem algo… mais.

Ela pedala e passa por mim, com a cabeça erguida, e não vê o buraco na pista. A roda da bicicleta atola e ela grita, cai para frente, ou, para ser mais preciso, cai em cima de mim. Eu amorteço sua queda e ambos nos emaranhamos na estrada de cascalho.

Estou de costas com ela pressionada contra o meu peito e o rosto a centímetros do meu.

Sua respiração vacila, como se estivesse realmente assustada. Meu ritmo respiratório, no entanto, permanece calmo e inalterado. Seu corpo é macio contra o meu, e seu calor não me sufoca como acontece com outras pessoas.

Levo um tempinho admirando sua beleza. Seus olhos são verdes, os cílios longos. A boca rosada e brilhante é carnuda. Consigo ver até mesmo as sardas que pontilham seu nariz e bochechas.

Que sentimento *é* este dentro de mim?

Ela umedece os lábios, e sinto um desejo absurdo de acompanhar o movimento de sua língua. Seu gemido soa baixinho quando ela se remexe em meus braços. Só então percebo que a estou tocando sem querer arrancar minha própria pele. E, de súbito, não gosto disso. Não gosto dessa vulnerabilidade que ela impregnou dentro de mim. Nós dois nos movemos ao mesmo tempo, aparentemente nos dando conta de que o momento é um pouco íntimo demais para dois estranhos. Já sou bem grandinho para acabar sendo distraído por um rosto bonito.

De um jeito gracioso, ela se levanta, assegurando-se de que não vai mostrar a calcinha por causa da saia curta quando monta mais uma vez na bicicleta.

— Obrigada, mais uma vez — grita, pedalando com vontade como se estivesse sendo perseguida por um demônio.

Com uma olhada para mim mesmo, percebo que é mais ou menos isso.

Eu me levanto, espanando o cascalho das minhas roupas, confuso com a porra toda. Claro, já tive garotas que se interessaram por mim, e não estou sendo metido; é o que acontece quando você carrega o sobrenome Kelly, mas isso foi diferente.

Por quê?

Porque eu fiquei a fim dela.

Não gosto dessa sensação na boca do estômago. É isso o que eles chamam de... sentimento? Não sei. Como poderia saber? Eu testemunhei a única pessoa repleta de sentimentos sendo dilacerada na minha frente. A única pessoa que me ensina o que são as emoções é o meu pai, e ele prefere me ensinar a atirar na patela de alguém do que lidar com algo que ele diz que eu nunca deveria necessitar.

Emoções te tornam um fraco. E fazem com que você seja morto.

Meu celular toca, interrompendo – ainda bem – esses pensamentos que me comerão vivo até que eu os afogue em uma garrafa de uísque.

É o meu tio Sean.

— Como você está?

— De boa. A caminho de casa.

— Seu pai está te esperando.

Bosta.

VENHA A NÓS O VOSSO REINO

Ele deveria ficar fora por mais uma hora.

— Estou na metade do caminho.

— Está congelando — diz ele, e posso imaginá-lo balançando a cabeça. — Onde você está? Posso ir te buscar.

Encerro a chamada e envio o localizador para o meu tio. Em vinte minutos, ele aparece.

Tio Sean está calado, o que significa que as coisas deram merda em casa. Quando ele encosta o carro na entrada de cascalho, eu suspiro, contemplando a moradia que já foi um castelo há tempos como nada mais que uma prisão. Esta casa está na minha família há gerações.

A beleza do lugar é inegável, mas não moro na casa principal. Não consigo.

Cada centímetro do interior foi substituído com as coisas da minha madrasta. Isso foi a primeira coisa que ela fez quando se mudou. Ela redecorou tudo, alegando que o ambiente precisava de uma repaginada. Mas sei que o que ela realmente quis fazer foi erradicar qualquer traço da minha mãe.

Eu moro no prédio do pátio de estábulos, atrás da casa principal. Lá tem tudo do que preciso, e é longe o bastante a ponto de eu ver meu pai somente quando necessário. E faço questão de minimizar isso ao máximo.

Descemos do carro e antes que eu entre em casa, tio Sean gentilmente segura meu braço.

— Não o irrite essa noite, garoto.

— É claro que não — disfarço, com uma risada de escárnio.

— Tome juízo! — rebate, não gostando nem um pouco da minha zoeira. — Ele está em um péssimo humor.

— Isso não é novidade.

— Punky — adverte, franzindo os lábios.

Este é o motivo pelo qual todo mundo me chama de Punky. Meu nome mesmo é Puck Connor Kelly, mas quando eu era mais novo, para desgosto do meu pai, eu não conseguia pronunciar meu próprio nome. Eu tentava falar o nome inteiro, como eu sabia que agradaria a ele, mas soava como Punky. Então, meu tio acabou passando a me chamar assim, não para me ridicularizar como meu pai faz, e o apelido pegou.

— Aah, você sabe que estou certo — respondo, tranquilizando-o.

Com um suspiro, ele me solta, e nós entramos na cova do leão. Muita gente fica maravilhada com o amplo salão e os tetos abobadados, mas as únicas coisas boas aqui neste lugar são os meus meios-irmãos gêmeos. Eles são o único motivo para que eu ainda estar aqui, porque sei que se decidir me mudar, nunca mais poderei vê-los.

Já saí de casa inúmeras vezes com a intenção de nunca voltar. Eu me hospedei com Rory ou Cian enquanto tentava decidir o que fazer, mas o problema era que meu pai sempre sabia onde eu estava. Se eu quisesse me libertar do sobrenome Kelly, teria que deixar a Irlanda do Norte e mudar de nome.

No entanto, não demorou muito até eu aprender que não havia escapatória, principalmente sendo o filho mais velho do homem mais poderoso da Irlanda do Norte. Eu tinha que começar do nada.

Sem família, e com os únicos amigos que eu possuía – ligados ao meu pai –, era impossível. Eu não estava com medo de não ter um tostão ou ter que começar do zero, porém, eu sabia que se decidisse me emancipar, nunca conseguiria vingar a morte da minha mãe.

Eu estaria morto para o meu pai, e se alguém fosse apanhado me ajudando, esse seria o destino deles também. E foi por isso que fiquei. Ser um Kelly me permite investigar, porque não importa quanto tempo leve, eu vou descobrir o que aconteceu com Cara Kelly.

Quando os gêmeos me veem, saem correndo na minha direção em busca de abraços.

Eu me abaixo para pegá-los no colo, e faço uma careta, de brincadeira, beijando seus rostinhos fofos.

— Ei, como vocês estão, hein? Por que ainda estão acordados?

Hannah, a mais velha por dois minutos, me abraça com força.

— Você prometeu ler uma historinha pra gente — diz, os olhos azuis tão puros e inocentes diante das atrocidades desse mundo.

Ethan, o gêmeo mais novo, boceja.

— Você vai pintar seu rosto de novo?

Aparentemente, meus irmãos também têm uma quedinha pelas Artes. Quando eles descobriram minhas tintas, imploraram para que eu pintasse seus rostos, assim como o meu. Eu lhes disse que aquelas tintas eram específicas para telas, um *hobby* que adquiri para silenciar as vozes na minha cabeça por um tempo.

Mas por terem implorado, acabei saindo para comprar as tintas de outro tipo. Era um gosto amargo, já que tudo em que eu pensava era na minha mãe. Ela foi a única que encorajou meu lado artístico e criativo.

VENHA A NÓS O VOSSO REINO

Ela era uma pintora incrível; e acabei herdando seu talento. E a coisa mais estranha de tudo isso foi que, no instante em que a primeira pincelada de tinta cobriu a pele do meu rosto, eu me senti em casa.

Isso deveria ter me apavorado, considerando que associaria o ato a lembranças horríveis, mas não foi o que aconteceu. Eu me sinto confortável quando pinto meu rosto para refletir os demônios que carrego comigo, libertando o sofrimento a cada pincelada.

— Ah, seus pestinhas! — diz a babá, Amber.

Amber é uma garota americana de vinte e poucos anos que trabalha aqui há mais de um ano, e trata os pequenos melhor do que meu pai ou minha madrasta. É bacana tê-la por aqui. Ela me ensinou tudo sobre a cultura americana, e de vez em quando me pego praticando seu sotaque, porque é legal fingir ser alguém diferente de mim mesmo.

Sei que ela está a fim de mim, mas eu não a enxergo dessa maneira. Não vejo ninguém dessa maneira – até hoje à noite.

Minha mente se volta para Babydoll. Como alguém a quem conheci por apenas alguns minutos conseguiu me impactar desse jeito? Eu preciso que isso acabe.

E é nesse instante que Connor Kelly entra na sala.

Seus olhos azuis afiados se entrecerram quando vê Amber e as crianças.

— Sinto muito, Sr. Kelly. Eles quiseram esperar pelo Punky. — Ela umedece os lábios, rapidamente corrigindo: — Puck.

Meu pai odeia o meu apelido, motivo pelo qual continuo usando.

— Pois é, eu quero ir para a lua, mas não podemos ter tudo o que queremos. Vão dormir. Agora.

— Mas, papai... — Hannah e Ethan resmungam ao mesmo tempo, mas param na mesma hora assim que percebem o olhar irritado do velho.

— Boa noite. Vejo vocês dois amanhã. — Dou um beijo em suas testas e os coloco de volta no chão acarpetado, lançando um olhar significativo para a babá. Não quero que eles fiquem por perto nesse momento. Eu fico por conta de lidar com seu humor ácido.

Ela rapidamente os apressa na direção dos quartos, sem olhar para trás.

Meu pai me encara, sem disfarçar o desgosto pelo filho primogênito não ser quem ele queria que eu fosse. Ele queria que eu fosse o tipo 'mauricinho', como Amber diria, vestido como ele em calças sociais e camisas polo, além de usar o cabelo em um corte conservador. Mas, na maioria dos dias, tudo o que uso é preto e com algum buraco no tecido.

Com os lábios curvados, ele observa meu braço todo tatuado em diferentes tons de cinza. Eu mesmo desenhei a arte. Um mix entre elementos da natureza e horror. Mas é o nome da minha mãe, tatuado acima dos nódulos dos meus dedos, que ele mais detesta.

— Venha.

Isso é tudo o que basta para Connor. Apenas uma palavra e todos o obedecemos. Meu tio Sean me cutuca, no entanto, em uma advertência silenciosa para que eu não provoque meu pai.

Atravessamos o saguão do castelo e avisto minha madrasta mais adiante. Fiona colocou um novo quadro – uma pintura da família, mas sem que eu esteja retratado. Isso deveria magoar, mas não me afeta em nada.

Assim que entramos no escritório, nos acomodamos.

— Como foi?

Assinto, me recostando à poltrona de couro.

— Ótimo. Você estava certo. Nolen Ryan é um traíra. — Entrego meu celular, mostrando a foto da evidência encontrada na gaveta da cômoda.

Ele esmurra a mesa.

— Aquele filho da puta mentiroso! Ele tem que servir de exemplo. Nenhum dos meus homens pode ser um católico, porra. Nenhum.

E isso é a única coisa em que eu e meu pai concordamos.

Está no meu sangue odiar os católicos. Como poderia não odiar depois do que eles fizeram com a minha mãe? Mas é bem mais do que isso. Para entender minha atitude, temos que voltar um pouco no tempo.

Certas partes da Irlanda do Norte são de domínio protestante, enquanto outras são católicas. Algumas destas áreas são divididas por um muro – as Linhas de Paz. Desde pequenos, Cian, Rory e eu sabíamos que era perigoso nos aventurarmos pelas vizinhanças do lado católico.

Não podíamos nem dar o perdido, já que as enormes pinturas nos muros e prédios indicavam direitinho em que área estávamos. No entanto, isso só nos deixava mais curiosos. Quando crianças, nós nos esgueirávamos só para dar uma espiada naquilo que era desconhecido. Cian quase morreu por causa disso.

Uma noite, nós nos afastamos demais do nosso território, e um católico não gostou nem um pouco de flagrar três pirralhos em seu jardim. Ele atirou nas costas de Cian, sem nenhum aviso. Felizmente, Cian sobreviveu, mas o mesmo não pode ser dito sobre o cara.

Naquela época, a maioria dos tiras da Irlanda do Norte era protestante;

VENHA A NÓS O VOSSO REINO

portanto, eles não aceitaram numa boa um católico ferindo sua própria 'gente'. Embora tenham dito que não havia preconceito, nós sabíamos que não era assim que as coisas funcionavam, tanto que o IRA servia como uma espécie de 'força policial especial' para os católicos.

Mas não pense que os católicos agiam diferente. Eles atuavam à sua maneira também.

Nós fomos rejeitados, recebemos cusparadas, fomos xingados por sermos protestantes por muitos católicos ao longo da nossa vida. Cian, Rory e eu estávamos cuidando de nossos assuntos quando uma gangue de católicos nos espancou sem motivo. Nós tínhamos oito anos. Foi por isso que meu pai me ensinou a lutar.

Connor Kelly tem orgulho da sua herança. Seus ancestrais são originários da Inglaterra e Escócia, e sempre foram protestantes. Mas muita gente na Irlanda do Norte descende do povo antigo e são católicos.

Então, lidamos com uma população dividida e pertencente a diferentes origens religiosas. Logo, somos herdeiros do ódio existente entre as duas crenças.

Para encurtar a história – fomos ensinados que todos os católicos são nossos inimigos. E depois do que fizeram com a minha mãe, com Cian, e por conta das experiências que tive desde que era pequeno, acredito que isso é totalmente verdade.

— Preciso que você cuide do assunto — meu pai declara, me surpreendendo.

— Connor — tio Sean adverte —, ele é só um garoto.

— Fique esperto — meu pai argumenta. — Precisamos fazer isso discretamente, já que os tiras estão bisbilhotando.

Com a indicação do novo chefe de polícia, meu pai anda testando as águas para saber de que lado da lei ele está. No passado, Connor subornou inúmeros policiais para que fizessem vista grossa, mas, agora, ele não tem certeza se o chefe de polícia é um amigo ou adversário.

— Você acha que consegue lidar com isso? — ele pergunta, me observando com atenção.

— Sim, vou dar um jeito.

Tenho feito o trabalho sujo do meu pai desde os onze anos. Se alguém não pagava sua dívida, seja em relação às drogas, armas ou proteção, eu os caçava e garantia que pagassem. Não somos uma instituição de caridade.

No entanto, nunca matei ninguém. Claro, já espanquei uma galera e os deixei à beira da morte – daí o motivo para o meu pai ter escolhido o meu nome como Puck –, mas parece que ele quer que eu dê o próximo passo; o passo esperado de todo Kelly.

Eu poderia justificar o que fiz alegando que eles eram os caras maus, não eu, mas, na realidade, eu era pior que todos eles.

Tento não pensar na forma que isso impactará Orla. O pai dela fez uma escolha errada. Agora, ele tem que sofrer as consequências.

— Bom garoto. Tem mais uma coisa que quero que faça para mim.

Arqueio uma sobrancelha, indicando que estou ouvindo.

— Quero que você seja legal com Darcy Duffy.

— Eu sou legal com ela — reitero, esperando que ele mude de assunto.

— Que bom, porque fomos convidados pelos Duffy para um jantar amanhã.

— Espero que você esqueça isso, meu velho — digo, já que não importa a quantos jantar compareçamos, Darcy e eu nunca seremos um casal.

Mas parece que meu pai não vai aceitar uma recusa dessa vez.

— Você perdeu o juízo? Com quem acha que está falando, seu filho da puta ingrato?

— Ingrato? — zombo, sem desviar o olhar. — Isso é meio contraditório da sua parte, já que você seguiu em frente antes mesmo de a minha mãe ser enterrada!

Meu pai agarra as bordas da mesa com força, o rosto adquirindo um intenso tom de vermelho.

— Você quer levar uma surra? É isso?

Tio Sean aperta a ponte do nariz, inspirando profundamente. Ele sempre foi o pacificador, mas parece que essa missão tem sido árdua atualmente, porque não sou mais uma criança. É só questão de tempo até que eu e meu pai entremos em uma briga onde apenas um sairá vencedor.

Meu pai percebe que não vou engolir suas merdas, e se ele quer que eu continue fazendo seu serviço sujo, então é melhor me respeitar.

Ele inspira fundo, como se estivesse tentando se acalmar.

— Me mostre logo o que você trouxe da casa dos Ryan.

Eu venci essa disputa – por agora.

Abro a mochila e deslizo a Bíblia sobre a mesa em direção ao meu pai. Suas narinas se alargam assim que avista a abominação católica em sua casa. Vasculho o bolso da calça, em busca do terço, mas não encontro nada. Confiro o outro bolso, notando que até mesmo o broche da minha mãe sumiu.

Eu me levanto para procurar com mais cuidado, sem entender onde os objetos poderiam estar. Tenho certeza de que guardei o terço no bolso, junto com o broche, então onde estão?

À medida que relembro meus passos até ali, me dou conta do que ocorreu e me xingo internamente por ter sido tão idiota. Os objetos estavam no bolso da calça, e não caíram do nada. Isso só pode significar uma coisa: Babydoll os roubou bem debaixo do meu nariz.

Ela encenou todo aquele lance de cair acidentalmente da bicicleta para que pudesse me roubar. Puta merda, não consigo nem...

Meu pai sente que algo está errado e para.

— Você está de brincadeira? Ou é burro mesmo?

— Eu os perdi — respondo, ciente do que está por vir —, mas vou pegá-los de volta.

— O quê? Você tinha um trabalho. Um trabalho, porra! Seu tapado do caralho!

Antes que eu possa rebater, ele circula a mesa e dá um soco no meu rosto.

Eu tropeço para trás, estremecendo. Não importa quantas vezes ele já tenha me batido, sempre parece a primeira vez. No entanto, aceito cada um dos golpes porque é melhor eu sofrer do que ele descontar nos gêmeos.

— Pelo amor de Deus! — tio Sean exclama, levantando-se rapidamente e saindo do caminho. Ele sabe que não deve interferir, mas, mesmo assim, tenta: — Já chega, Connor. Você vai matá-lo.

Seguro meu nariz ensanguentado. Não está quebrado – ainda.

— Eu sei que estraguei tudo, porra! Sinto muito — esbravejo, furioso comigo mesmo por permitir que isso aconteça.

Mas Connor Kelly não quer ouvir desculpas. Ele vê esse gesto como uma fraqueza, e nenhum de seus filhos deve ser um fracote.

Ele me esmurra outra vez, acertando meu queixo, mas nem isso faz com que eu me renda. Fico de pé, aceitando o espancamento porque sei que mereço. Não dou a mínima para a porra do terço, mas o broche da minha mãe? Como pude ser tão descuidado?

Baixei a guarda por um rostinho bonito. Nunca mais.

Papai me dá um soco na boca do estômago, me fazendo perder o fôlego na mesma hora. Eu caio de joelhos, e quando ele dá uma joelhada no meu queixo, despenco de costas no chão.

— Isso é o melhor que você pode fazer, velhote? — zombo, sibilando de dor quando ele pisa no meu joelho.

— Você se acha um espertinho do caralho, não é? — Seu ataque não cessa. Ele chuta minhas costelas, barriga, berrando que sou um inútil e que deveria ter morrido com minha mãe.

Aceito seus insultos e socos porque ele está certo; ao invés da minha mãe morrer, deveria ter sido eu. Porém a morte dela não será em vão. Cada Doyle vai pagar pelo que fez. Meu pai não está comigo, então tudo o que tenho sou eu, o que não é diferente de como vivi toda a minha vida.

Já esperei demais. Os Doyle incitaram uma guerra – e está na hora dos Kelly, finalmente, retaliarem.

Mas primeiro, tenho uma boneca para encontrar.

DOIS
PUNKY

Grunhindo, abro o olho direito porque o esquerdo está quase fechado, graças à surra que levei ontem à noite.

— E aí? Você parece uma merda.

Viro o rosto e avisto Cian sentado na poltrona, folheando uma cópia de *Macbeth*.

— Ah, sabe como é... — respondo, estremecendo quando me movo para recostar à cabeceira da cama. Estou sem fôlego com o menor dos movimentos.

— Ele te deu uma surra das bravas dessa vez, não foi?

Não é incomum que Cian me encontre todo coberto de hematomas, graças aos punhos do meu pai. É uma imagem que ele viu muitas vezes ao longo dos anos. Só que desta vez é diferente, porque vou revidar; apenas não da maneira que todos pensam.

— Preciso da sua ajuda — digo, atraindo a atenção de Cian, que coloca o livro no colo. — Eu quero ir para Dublin.

Cian pestaneja, parecendo precisar de alguns segundos para processar o que acabei de dizer.

— Dublin? — pergunta, como se fosse meio surdo.

Eu aceno com firmeza.

Ele se levanta e começa a andar pelo quarto.

— Você só pode estar de sacanagem! Deixe de ser burro, cara. Está a fim de morrer?

— Pare de ser tão dramático — rebato, afastando a coberta. Cian estremece ao ver minhas costelas machucadas. — Quero dar uma olhada, só isso.

— Uma olhada no quê? — Cian exclama, estendendo as mãos, mas ele sabe. Ele sabia que eventualmente chegaria a isso.

— Não posso deixar esses filhos da puta andarem por aí sem nenhuma repercussão pelo que fizeram com minha mãe. Cada dia que eles vivem é apenas um insulto à memória dela! Meu velho é um covarde. A única razão pela qual ainda estou aqui é porque esperava saber algo sobre a morte da minha mãe. Mas cansei de esperar. Sei que não posso fazer isso sozinho, e que tenho que agir com inteligência.

— Você não pode simplesmente ir para Dublin, Punky. Será que dá pra parar com essa merda? Isso é imprudente pra caralho.

Apoio os pés sobre o tapete, ciente de que preciso de um tempo para me levantar.

— Eu sei disso, mas serei cuidadoso. Além do mais, vocês vão proteger minha retaguarda, certo?

Cian empalidece e estaca em seus passos.

— Isso é uma péssima ideia, mas estamos com você. Além disso, uma olhadela não vai fazer mal algum, né?

— Exatamente.

Minha resposta irreverente não faz nada para aliviar as preocupações de Cian, mas estou falando sério. Serei cauteloso. Só quero dar uma olhada ao redor. Isso é tudo.

No entanto, sei que essa 'olhada' acabará em derramamento de sangue, de uma forma ou de outra.

— Por isso que você levou uma surra? Você disse a ele que vai a Dublin?

— Porra, não — resmungo, olhando rapidamente para a porta para garantir que ninguém esteja ouvindo. — Ninguém pode saber disso além de nós. Assim que eu tiver um plano, nós vamos. Okay?

— Beleza. — Cian assente, passando a mão pelo cabelo castanho-escuro. — Então por que ele te espancou?

Pigarreando, consigo me levantar devagar. Tudo gira ao redor, mas permaneço firme – por enquanto.

— Porque perdi o terço.

— Tá de sacanagem! Como?

Estou totalmente envergonhado quando admito:

— Uma boneca me roubou... quando a ajudei ontem à noite.

A boca de Cian se retorce em um sorriso divertido só de pensar em mim, ajudando um estranho, já que isso é algo raro.

— Ajudou com o quê?

— Ajudei a consertar a porra da bicicleta dela — explico, mas ele acha que é um código para sexo.

VENHA A NÓS O VOSSO REINO

— Aêee! — cantarola, mesmo que não haja motivo algum para animação. — Então ela é gostosa?

— Cian, a garota está é em apuros comigo, isso sim. Eu preciso encontrá-la. Ela roubou o broche da minha mãe também.

Seu sorriso some na mesma hora quando se dá conta do meu desespero.

— Claro. Vou te ajudar a encontrá-la. O que você vai fazer com ela quando a encontrar?

E essa é uma pergunta para a qual não tenho resposta.

Se fosse qualquer outra pessoa, eles pagariam de forma dolorosa e lenta, mas só em pensar em machucar Babydoll, não sinto o mesmo tesão que a violência me incita. Estou puto pra caralho, porém depois da minha estranha reação ontem à noite, não quero puni-la com brutalidade.

Então, de que forma posso puni-la?

Pensamentos se atropelam na minha mente: ela, amarrada na minha cama, se contorcendo enquanto a faço implorar. Sexo para mim é algo carnal. Sempre foi. Não há nada de compromisso; nenhuma chance de me apaixonar, porque não quero amor.

Tudo o que quero é que a dor desapareça por uma pequena fração de tempo.

Passando a mão pelo meu cabelo emaranhado, decido tomar um banho rápido e elaborar meu plano de ataque. Cian joga videogame para me esperar conforme sigo mancando em direção ao banheiro.

O simples ato de tomar banho é agonizante, e me pergunto que desculpa meu pai dará para o fato de eu me parecer com o saco de pancadas de alguém. Esta é outra razão para eu perseguir algo que deveria ter feito anos atrás. Cansei de ser seu lacaio.

Não sou idiota; sei que não posso ir a Dublin com as armas em punho. Preciso de um plano bem bolado. Embora nunca tenha conhecido Brody Doyle, o chefão da máfia em Dublin, e o babaca que mandou matar minha mãe, já ouvi histórias que fazem meu pai parecer o Papai Noel comparado a ele.

Tio Sean disse que não havia nenhuma prova, mas ele tinha certeza de que a ordem partiu de cima, pois nada acontece a menos que passe primeiro por Brody. Eu implorei para que ele me contasse mais, mas ele disse que era melhor deixar as coisas do jeito que estavam. Porém não entendo como eles podem permitir que a morte da minha mãe fique impune.

Quando seu pai é temido em toda a Irlanda do Norte, é difícil enlamear seu nome, já que todo mundo tem muito medo de falar mal dele caso ele decida voltar para retaliar. Portanto, obter qualquer informação de seus confidentes era impossível.

Não conheço a família da minha mãe. Nem sei se eles existem. Tudo o que sempre conheci foi a família Kelly, e meu pai afirmava que era tudo o que importava. Eu cresci conhecendo apenas metade da minha identidade. Está na hora de mudar isso.

Não ligo para o que mamãe tenha feito, mas imagino que ela deve ter traído meu pai de uma forma ou de outra. Só isso justifica o fato de ele esquecer que ela existia e nem ao menos vingar sua morte. Vou chegar ao fundo dos segredos da família Kelly e garantir que os envolvidos paguem.

Lanço um olhar para a tatuagem do crucifixo no meu pulso, e decido começar com esta primeira peça do grande e intrincado quebra-cabeça. Preciso entrar no escritório do meu pai para analisar a foto que ele tirou em busca de alguma pista.

É um tiro no escuro, mas quando você não tem nada, já é um começo.

Assim que me enxugo com a toalha, visto meu jeans rasgado e a camiseta preta. Recoloco a corrente prateada ao redor do pescoço antes de passar os dedos pelo meu cabelo molhado. Evito o espelho e entro no meu quarto. Hannah e Ethan assumiram o lugar de Cian no PlayStation, mas quando me veem, param de jogar e arregalam os olhos.

— Ei! Como você está? — Hannah pergunta, mordendo o lábio inferior ao notar meu rosto coberto de hematomas.

— Estou bem, pestinha — respondo, fazendo pouco caso dos meus ferimentos. Ela e eu temos um relacionamento especial. Eu amo os gêmeos do mesmo jeito, mas há um laço maior com Hannah.

Odeio que eles me vejam assim, porque, embora tenham apenas seis anos, os dois entendem que algo ruim aconteceu.

Papai nunca levantou a mão para eles, e se algum dia ele fizer isso, vou garantir que seja a última coisa que fará em vida. Olho de esguelha para Ethan, silenciosamente prometendo nunca deixar nosso pai espancá-lo como ele sempre fez comigo.

Amber enfia a cabeça pelo vão da porta e suspira de alívio ao ver os gêmeos.

— Ai, graças a Deus. Vocês dois vão me dar um ataque cardíaco um dia desses.

Cian instantaneamente se endireita na poltrona assim que a vê.

— Bom dia — ele a cumprimenta, com um sorriso.

VENHA A NÓS O VOSSO REINO

Cian não carece de atenção feminina, pois, de acordo com sua mãe, ele é bonitão, no entanto, ele se cansa rápido de uma garota, resultado de ser um mimado com tudo à mão.

Nós dois estamos procurando por algo… mais, em todos os aspectos de nossas vidas. Algo mais que ajudará a afastar os demônios. Encontrei mais ontem à noite, algo muito além do que pensei ser possível. Estalo os dedos, só de pensar em Babydoll.

Amber arfa ao ver o estado do meu rosto.

— Punky, o que ele…

Eu a interrompo, sem querer que os gêmeos ouçam qualquer coisa.

— Meu pai já saiu?

Amber enxuga uma lágrima, antes de assentir.

Sua bondade ainda me choca às vezes. Não entendo por que ela se importa. E é por isso que acredito que estou morto por dentro. Não tenho sentimentos como as outras pessoas. Não me lembro da última vez que chorei ou me importei com qualquer coisa. Eu acordo, tomo banho, faço tarefas para o meu pai – repito tudo outra vez no dia seguinte.

Tenho funcionado no piloto automático, esperando que algo grandioso apareça. Mas isso nunca acontece.

No entanto, o pensamento de matar todos os Doyle muda esse vazio que sinto. É a primeira vez em muito tempo que sinto que estou no caminho certo. Sei que é um caminho repleto de perigo, carnificina e sangue, mas eu pertenço a este mundo.

Dou uma olhada para Cian, sinalizando que o plano começa agora.

Ele se levanta com relutância, e é nítido que deseja passar mais tempo com Amber, mas isso pode esperar. Meu pai tem algumas reuniões de negócios esta manhã; sei disso porque conferi sua agenda semanal. Ele estará de volta em breve, então não temos muito tempo.

— Você quer que eu os leve de volta para dentro? — Amber pergunta, olhando para os gêmeos que estão completamente distraídos no videogame.

— Eles podem ficar aqui numa boa.

Amber acena com a cabeça e começa a arrumar minha cama, ciente do quão patético sou. Eu normalmente faria isso sozinho, mas, no momento, até para respirar dói.

Assentindo meus agradecimentos, dou um beijo na testa dos meus irmãos antes de Cian e eu seguirmos em direção à casa principal. Meus pulmões estão gritando para eu parar e descansar, mas eu me recuso a desistir.

— Como foi o lance ontem com a Darcy? — pergunto, louco para ouvi-lo dizer que Rory e Darcy estão se relacionando agora. Isso vai tirar meu pai do meu pé.

— Ah, Rory está super a fim dela, né? Mas ela não está interessada. Ela perguntou por você.

Com a mão apertando as costelas, inspiro fundo para normalizar a respiração entrecortada.

— Porra.

— O que está acontecendo? — ele pergunta, sentindo minha angústia.

— Fomos convidados para um jantar hoje, na casa dos Duffy. Acho que meu pai está tentando esquematizar algo entre mim e ela.

Os olhos de Cian se arregalam.

— Puta merda. Rory está gamadão nela.

— Eu sei. Mas não estou nem aí para o que meu pai quer. Ele não está batendo bem da cabeça se acha que vai rolar alguma coisa. Eu não a quero. Não quero ninguém.

— Com exceção da boneca da noite passada, né?

Ele reclama quando dou uma cotovelada em suas costelas.

— Não quero a garota. Ela só… me interessou. Mas ela roubou de mim.

— E daí? — rebate. — Você rouba de todo mundo.

— Por que sou seu amigo mesmo? — brinco.

Cian sabe que não deve me pressionar. Não sou do tipo sentimental ou regido por emoções. Nunca fui. Ele adoraria falar sobre garotas, tomando uma cerveja, mas nunca me interessei por isso.

No entanto, a conversa se torna séria quando Cian pergunta:

— E se o seu pai não aceitar um 'não' como resposta?

Não digo nada, e, ao invés disso, me concentro na tarefa de entrar no escritório do velho.

Entramos pela porta dos fundos, onde os cozinheiros de Fiona estão ocupados preparando seu café da manhã. Não tenho ideia do que ela faz da vida. Ela não cozinha, não limpa ou sequer cuida dos gêmeos. Eu me mantenho fora do caminho dela e, ela, principalmente, faz o mesmo comigo.

Ela se casou com meu pai alguns meses depois que mamãe foi assassinada. Fiona costuma dizer que nunca planejou se apaixonar pelo marido de sua melhor amiga, mas todos nós sabemos que não passa de um monte de desculpas esfarrapadas. A igreja permitiu a união deles porque meu pai não era divorciado, e, sim, viúvo.

VENHA A NÓS O VOSSO REINO

Só de pensar em como minha infância foi fodida, franzo os lábios e continuo atravessando o castelo, fazendo questão de nos manter fora do caminho de qualquer um. Cian está perto de mim, sempre na minha retaguarda.

Quando chegamos ao escritório do meu pai, lanço um olhar para o longo corredor. Ao perceber que a barra está limpa, tiro minha corrente de prata com uma chave pendurada.

— Ihuu — Cian sussurra com um sorriso.

Deslizando a chave na fechadura, eu a giro, e quando ouvimos o clique, abro a porta com cuidado. Entramos no escritório, em total silêncio. Sigo direto para a mesa do meu pai e me agacho para abrir a gaveta inferior. Tomando o cuidado de manter tudo do jeito que ele deixou, folheio os arquivos até chegar à pasta desejada. Eu a abro e pego a fotografia desgastada que ainda me choca depois de todo esse tempo.

Cian espreita por cima do meu ombro, e solta um ofego, chocado.

— É você?

— Sim — murmuro, encarando os olhos tristes da minha imagem aos cincos anos de idade.

Mesmo que não me lembre do momento em que esta fotografia foi tirada, eu me recordo das poças de sangue no tapete branco. Roço o dedo sobre uma das manchas – no local exato onde minha mãe deu seu último suspiro.

— Quem fez isso na sua cara?

— Eu fiz — respondo, e me lembro de ter desenhado cada linha precisamente, para espelhar os ferimentos infligidos à minha mãe. — Foi isso o que eles fizeram com ela, Cian. Eles pegaram uma faca e cortaram sua boca, de orelha a orelha, para silenciar seus gritos. Depois que terminaram de estuprar seu corpo arrebentado, eles cortaram sua garganta — revelo, arrastando dois dedos sobre a tinta preta na minha garganta.

— Porra, cara. Eu sinto muito — Cian diz, arrasado.

Nunca contei a ele ou ao Rory os detalhes do que aconteceu naquela noite. Não havia motivo para isso. Mas agora, ambos precisam saber de tudo para entenderem por que estou prestes a dar início a uma guerra.

— Ela me mandou fingir ser outra pessoa, disse que era para pensar que eu não estava realmente lá. Mas tudo que consegui fazer foi pintar em meu rosto o que eles fizeram com ela. Foi a maneira que encontrei de ajudar a carregar a dor dela porque eu estava trancado no guarda-roupa, vendo tudo o que faziam com a minha mãe.

— É por isso que você não gosta de espaços confinados?

Quase nada me assusta, mas estar preso sem uma rota de fuga é o meu pior pesadelo. Sou terrivelmente claustrofóbico, mas ninguém sabe disso. Esta é uma fraqueza que meus inimigos explorariam.

— Sim.

Cian fica calado, digerindo o que acabei de compartilhar. É por isso que não conto a ninguém sobre o meu passado. Não quero simpatia ou que me olhem com pena.

— Lembro-me de algumas partes só, mas sempre me lembrarei do sacrifício dela. E esta fotografia apenas reforça o que tenho que fazer. Acho que, mesmo criança, sabia que desenhar em mim mesmo, refletindo o que ela sofreu, me ajudaria a vingar sua morte. Eu me lembro de sangue. Seus gritos. Seu corpo esfriando enquanto permaneci deitado ao seu lado por três dias.

Espero um pouco e prossigo:

— Mas essas três linhas — arrasto o dedo sobre as listras vermelhas na minha testa — representam os três filhos da puta que tiraram a vida dela. Fiz questão de desenhar para garantir que nunca me esquecesse. Um deles, o cara que cortou a garganta dela, sabia que eu estava no armário.

— Puta merda — diz ele, chocado.

— Ele destrancou a porta, mas me deixou lá, ileso... por quê? Isso sempre me confundiu porque eu não entendo. Se ele sabia que eu estava lá, por que não me matou também?

— Que merda, cara. Desculpe, eu não sabia.

Voltando a me concentrar na fotografia que olhei inúmeras vezes, examino cada centímetro em busca de algo que possa ter deixado passar despercebido. Mas nada parece diferente.

Frustrado, fecho os olhos, tentando me transportar de volta no tempo.

Nunca quis isso pra você, Cara. Mas você não deu ouvidos.

Gritos e depois um gorgolejo de sangue.

Ela não deu ouvidos a quê?

E aquela voz... eu conheço de algum lugar?

Com um grunhido, soco o punho contra o carpete, com raiva, sem conseguir me lembrar de mais coisa. Tentei por anos, esperando recordar qualquer detalhe, um pequeno que seja, e que pudesse me ajudar a identificar quem são esses homens.

No entanto, sempre me deparo com um buraco negro na minha mente, na minha memória, como uma espécie de autopreservação. Não sei.

VENHA A NÓS O VOSSO REINO

— Caralho! — praguejo, me sentindo incapaz.

Abrindo os olhos, recoloco a fotografia no lugar assim como tudo o que havia na gaveta, de forma a não alertar meu pai de que estive bisbilhotando. Ao tentar fechar a gaveta, algo cai por trás, impedindo-a de fechar por completo.

Inclino a cabeça para o lado, para ver se consigo descobrir o motivo de ter emperrado, então noto um pedaço de papel preso ao tampo da gaveta. Isso é novo.

Sem demora, tiro a gaveta do lugar e alcanço o pedaço de papel dobrado, e ao desdobrá-lo vejo que se trata de um endereço em Dublin.

Não é comum meu coração acelerar, nem mesmo a respiração, ainda que eu tenha acabado de espancar alguém até a morte. Normalmente, minhas reações são inexpressivas, mas ao deparar com essa pequena informação, sinto uma emoção me percorrer, pois isso pode ser a chave que indica por onde tenho que começar.

Pego o celular no bolso e tiro uma foto do endereço registrado no papel. Cian faz o mesmo, por precaução. Não tenho certeza do local exato onde o bilhete estava guardado ali dentro, então o coloco entre duas pastas de arquivo, torcendo para que seja suficiente.

— Vamos — Cian diz, ansioso, ciente de que se meu pai nos pegar aqui, a merda vai bater no ventilador para nós dois.

Garantindo que tudo está onde encontramos, abro lentamente a porta e dou uma espiada no corredor. Quando percebo que está deserto, saio do escritório com Cian em meu encalço, trancando a porta antes de perambularmos por ali de maneira despretensiosa, para não nos delatar.

Assim que viramos o canto, esbarramos com tio Sean.

— Ei, como você está?

— Ótimo — respondo, mas meus ferimentos contradizem a resposta indiferente.

Meu tio segura meu queixo e vira meu rosto de um lado ao outro, para conferir o estrago.

— Por que você o provoca, garoto?

O toque do tio Sean é o único que consigo tolerar – e isso por pouco tempo apenas.

— O velhote é um idiota. Não dá nem pra acreditar que você é irmão dele.

Tio Sean suspira, me soltando.

— Sim, às vezes eu também me pergunto isso. Desde que sua mã... — Mas ele logo faz uma pausa, impedindo-se de compartilhar os segredos dos Kelly.

Nem me incomodo em pedir para ele continuar, pois sei que não vai, e é por isso que, assim que a porcaria do jantar acabar hoje à noite, vou para Dublin.

— Você é muito parecido com ele. Vocês dois são teimosos demais.

— Por favor, não me insulte, tio Sean — digo, com seriedade. — Não sou nem um pouco parecido com aquele bastardo.

Meu tio sabe que não deve discutir.

— Não deixa de ser verdade. Divirta-se esta noite — brinca, sabendo o quanto sou contra a ideia. — Certifique-se de não se atrasar para o jantar.

Ele nos dá uma última olhada antes de nos separarmos, e dou prosseguimento aos planos do dia. Quando ele já não pode nos ouvir, Cian exala, aliviado. No entanto, a diversão está apenas começando, e ele sabe disso.

— Você não me disse o nome da garota da bicicleta.

Uma mistura de emoções toma conta de mim só de pensar nela. Mesmo que eu esteja puto por ela ter me roubado, uma pequena parte insana minha está realmente impressionada pela garota ter sido capaz de me roubar em primeiro lugar. Faz muito tempo que não sou pego de surpresa.

Porém, independente disso, ela vai pagar por pegar algo que não lhe pertence.

Somente quando chegamos ao carro é que respondo, pouco antes de ligar o rádio:

— Babydoll.

— Ah, puta merda — Cian geme, balançando a cabeça ao afivelar o cinto de segurança, ciente de que as coisas estão prestes a se descontrolar.

Enquanto dou o nó na gravata preta, me encaro pelo espelho do banheiro, detestando tudo a respeito dessa noite. Meu rosto está todo roxo, e não importa que eu esteja vestindo uma camisa social branca e gravata, isso não disfarça o estado de espancamento ao qual fui submetido.

Deixo o nó frouxo e os dois primeiros botões abertos. Meu pai não vai ficar nem um pouco satisfeito por eu ter substituído a calça social preta por um jeans preto rasgado e coturnos, mas ele tem sorte de eu ir.

Meu humor está péssimo, já que Cian e eu não descobrimos nada sobre Babydoll. Voltamos ao mesmo lugar onde a vi pela última vez, mas não deu em nada. À luz do dia, a estrada era ainda mais isolada do que parecia à noite. Não havia uma casa por quilômetros, o que me faz pensar: *o que ela estava fazendo lá fora?*

No entanto, não desisti.

Eu *vou* encontrá-la. Só preciso descobrir como.

Meu cabelo loiro está despenteado e com a franja mais longa jogada para a esquerda para cobrir as contusões ao redor do meu olho.

Assim que me apronto, pego tudo de que preciso e entro no meu Jeep. Não vou de carona com meu pai, pois não pretendo ficar muito tempo. No segundo em que o jantar acabar, planejo arranjar uma desculpa para ir embora. Leva cerca de uma hora e meia para chegar a Dublin, então não tenho tempo a perder.

O trajeto até os Duffy é tranquilo. Cheio de vegetação luxuriante e casas antigas, às vezes, aprecio o quão "afortunado" sou por ter o nome Kelly. Nunca tive que me preocupar com dinheiro, e minha casa, que já foi um castelo em tempos antigos, é a inveja de muitos.

Começo a imaginar como será Dublin. O desconhecido me deixa animado. Sei que tenho que ter cuidado, pois até o dialeto difere, o que torna meio difícil identificar quem na cidade é um estranho. Eu preciso me misturar.

Quando a mansão dos Duffy surge à vista, afasto os pensamentos porque preciso passar por essa porra de jantar primeiro. Depois de estacionar o Jeep, envio a Cian e Rory uma mensagem, para deixá-los de sobreaviso e estarem prontos assim que eu ligar. Só posso torcer para essa noite acabar logo.

Nem sequer toco a campainha, e um mordomo abre a porta.

— Posso levar o seu… — O homem lança um olhar para a minha roupa e dá um sorriso tenso.

Entro pelo imenso vestíbulo, assobiando uma música irritante, e ele gesticula para dizer que meu pai e o Sr. Duffy estão na sala. Ouço a risada do meu pai, o que é bem raro, mas sei que tudo não passa de fingimento. Ele é um puxa-saco que, nitidamente, quer algo de Patrick Duffy.

Dando um palpite, eu diria que ele quer entrar em seus negócios.

A construtora de Patrick é muito valiosa para meu pai, e não apenas financeiramente. Ter acesso a prédios abandonados e bairros onde papai pode administrar suas operações o beneficiaria, e muito, especialmente agora que ele não tem certeza se o chefe de polícia Moore fará vistas grossas para os negócios ilegais dos Kelly.

O meio de transporte de drogas mais eficaz tem sido esconder a *cannabis* em carregamentos de legumes e vegetais. Os motoristas sabem o que estão fazendo. Nolen Ryan é um desses motoristas, e é por isso que papai quer que o homem tome um sumiço.

Se Nolen não é confiável em relação à sua crença religiosa, como pode ser confiável para transportar mais de 600 quilos de maconha?

Tio Sean e papai cuidam da logística enquanto eu lido com qualquer um que se atreva a desafiá-los. De vez em quando aparecem alguns, mas o nome Kelly é notório na Irlanda do Norte. Então, a maioria sabe que não deve nos desafiar.

Entro na sala de estar e, assim que Patrick me vê, seus olhos se arregalam.

— O que aconteceu?

Papai se adianta e responde por mim:

— Praticando Karatê. O garoto esqueceu de se esquivar — caçoa.

Essa é uma explicação até plausível, pois sou faixa-preta, e dá até mesmo para supor que alguém levou a melhor. Porém, com a minha reputação, Patrick, provavelmente, vai deduzir que me envolvi em uma briga, mas nunca seria capaz de prever com quem.

— Coitado.

Papai olha para mim, insinuando que devo concordar com sua fábula, e eu apenas aceno com a cabeça.

— Darcy e minha esposa ainda estão se preparando. Posso pegar uma bebida para você?

Nego com um aceno.

— Não, estou bem.

Meu pai está de mau humor por algum motivo, mas isso pode esperar porque segundos depois algo estranho acontece. Não sei como explicar, a não ser a fagulha de excitação que revolve meu estômago antes de uma luta – é o que sinto.

Quando me viro e vejo o motivo, não sei se fico feliz ou chocado, já que a boneca ousada se fixou na minha mente desde que nos conhecemos. E isso não deveria acontecer, pois Babydoll é uma maldita ladra.

Seu medo é nítido quando me vê, e a bandeja de bebidas que tem em mãos chega a tremer, chacoalhando os copos. Ela se recupera rápido,

VENHA A NÓS O VOSSO REINO

sem querer fazer uma cena. Patrick e papai parecem não saber o que está acontecendo.

— Ah, rápido, querida — Patrick ordena, irritado por ela estar demorando tanto.

Babydoll acena com a cabeça, evitando contato visual comigo enquanto oferece a bandeja para os homens. Meu pai a seca com o olhar, obviamente gostando do que vê.

Por instinto, cerro as mãos em punhos, querendo dar um soco em seu queixo só por encará-la daquele jeito.

Esta noite ela está vestida de maneira diferente, mas eu a devoro com o olhar do mesmo jeito.

O vestido preto com gola branca é um pouco folgado, mas independente disso, ela parece perfeita. Seu avental branco me irrita, porque ela é boa demais para estar servindo um babaca como Patrick Duffy. Por isso ela me roubou? Ela precisa do dinheiro?

O fato de ela parecer ser a nova empregada dos Duffy confirma por si só.

— Quem é essa? — meu pai pergunta, pegando uma taça de champanhe da bandeja de prata que Babydoll segura.

— Esta é Poppy — Patrick diz, com um sorriso; um sorriso que quero arrancar a tapa do seu rosto. — Ela acabou de se mudar para cá de Londres. E foi altamente recomendada pelos Clery.

— É mesmo, querida? — Connor Kelly pergunta, com um sorriso.

Babydoll assente, nervosamente.

Sob as luzes do ambiente, o cabelo loiro brilha, mas as sobrancelhas mais escuras revelam que a cor natural de seu cabelo é castanho-claro. É minha função notar essas coisas. Conhecer o inimigo é algo que um predador inteligente faz, porque é isso que Babydoll é.

Mantenho a calma, sem querer alertar qualquer um para o fato de que estou prestes a encurralar a garota e exigir que ela me devolva o que roubou.

— Oi — Darcy cumprimenta ao entrar na sala, alheia ao que está acontecendo conforme educadamente deposita um beijo na bochecha do meu pai.

Babydoll se apressa em direção à porta, mas não vou permitir que ela fuja de novo. Estendo a mão discretamente, agarrando seu pulso para impedi-la de sair. Os copos na bandeja chacoalham. Ela umedece os lábios, arfando.

— Você tem algo que me pertence… e quero de volta. — Meu tom baixo é firme. Tenho um grande prazer em ver seus lindos lábios rosados se entreabrirem com um ofego. — Estou pouco me fodendo para o terço, mas o broche é meu e quero de volta. E quero de volta *agora*.

Seu olhar se volta rapidamente para Darcy, que conversa com meu velho.

— Não sei do que você está falando — sussurra, apressada, me deixando ainda mais puto.

Quando ela tenta se soltar do meu agarre, cerro ainda mais os dedos e a puxo para perto de mim.

— Quer fazer o favor? Não brinque comigo, Babydoll — advirto, encarando-a. — Você não vai gostar das consequências nem um pouco.

— Me solta — sussurra, com raiva, tentando inutilmente se libertar.

Por que ela não tem medo de mim como todo mundo? Está na hora de isso mudar.

Com um sorriso arrogante, eu me inclino e ignoro por completo seu espaço pessoal.

— Você pode enganar os outros fingindo ser essa garota tímida — murmuro, lentamente arrastando o polegar sobre seu lábio inferior, com o cenho franzido —, mas vejo você pelo que você é. Você é uma ladra, e roubou da pessoa errada. Bem, boa sorte com isso, porque vou te caçar, bonequinha.

Então eu a solto.

Ela está tremendo, mas não tenho certeza se é de medo ou raiva, e isso só me deixa com mais tesão.

Nós nos encaramos, e a estática entre nós é tão palpável que mal consigo respirar. No entanto, eu me levanto e não deixo transparecer que sua presença me afeta.

Ela sai dali apressadamente, já que não é burra e sabe muito bem que não estou de brincadeira.

Darcy se vira para mim, e dou um sorriso, fingindo que meu coração não está batendo mais acelerado do que nunca. É uma emoção que me confunde, porque ao mesmo tempo em que quero punir Babyboll pelo que fez, também quero pressionar seu corpo ao meu e roubar seu calor como fiz na noite passada.

E isso nos coloca em pé de igualdade, pois ela é a primeira pessoa a provocar isso em mim.

— Como vai, Puck? — Darcy pergunta, beijando minha bochecha e me fazendo voltar ao presente.

VENHA A NÓS O VOSSO REINO

— Estou bem — respondo, sutilmente me afastando dela. Essa reação é contrária ao que fiz com Babydoll, de quem eu não conseguia chegar perto o suficiente. Ainda estou me sentindo pilhado com nosso encontro.

— Achei que você viria ontem à noite com os meninos — comenta, abaixando o tom de voz para que seu pai não ouça.

— Eu estava ocupado — murmuro, vago, notando nossos pais bisbilhotando alegremente nossa conversa. Patrick também está focado nessa porra?

— Sem problema. — Ela sorri, e, de repente, me sinto desconfortável.

— Você acha que quando não estiver ocupado… poderíamos ir ao cinema ou, talvez, sair para beber alguma coisa?

— E por quê? — pergunto, de pronto, confuso.

— Por que não? — ela rebate, com um sorriso.

— Porque uma garota bonita como você não quer sair com alguém como eu. Tenho certeza de que você tem muitos outros caras, como Rory, que ficariam felizes em te levar para sair.

Darcy fica na ponta dos pés para sussurrar em meu ouvido:

— Não quero outro cara. Quero você.

Eu me afasto na mesma hora, atordoado.

— Você tá me zoando?

Ela coloca uma mecha do cabelo castanho atrás da orelha.

— Não, eu não estou. Eu gosto de você, Puck Kelly.

Certo, isso se transformou em uma merda em questão de segundos.

Antes que eu possa dizer a ela que isso *nunca* vai acontecer, Patrick e meu pai se aproximam, sorrindo satisfeitos. Só que eles são mais tapados do que pensei, se imaginam que isso vai dar em alguma coisa. No entanto, quando Darcy se aproxima de mim, não dando a mínima para a minha rejeição óbvia, percebo que a situação é muito pior do que eu pensava.

Três
PUNKY

— Ela disse isso? — Rory pergunta, boquiaberto.

— Sim, desculpe, cara. Não sei se o pai dela fez a cabeça dela, mas Darcy passou a noite inteira deixando bem claro que está a fim de mim. Não sei o porquê — acrescento, porque o sentimento, definitivamente, não é recíproco.

Alugamos um carro, pois não poderíamos, em hipótese alguma, usar um dos nossos para ir até Dublin, mas, de repente, eu só queria estar sozinho, porque Rory está emburrado. Eu queria ser honesto e contar sobre o aconteceu esta noite. No entanto, agora queria ter mantido a boca fechada.

— Não consigo entender isso. Quero dizer, nós nos beijamos algumas noites atrás.

Dou de ombros, sem ter uma resposta. Estou tão confuso quanto ele.

— Darcy é uma idiota — diz Cian, tentando aliviar o clima. — Pelo menos agora você sabe disso.

Só que Rory não vê dessa forma. Ele está louco por Darcy já tem um tempo, então é compreensível que esteja arrasado.

— O que seu pai quer com os Duffy, afinal?

— E eu lá sei, porra? Mas tenho um palpite de que tem a ver com as propriedades do Patrick.

— Seu pai é um verdadeiro babaca — diz Rory, com raiva.

Não discuto com essa afirmação, porque concordo.

O jantar na casa dos Duffy foi demorado e um saco, e o fato de Darcy ter ficado o tempo todo me apalpando por baixo da mesa foi pior ainda. Não sei o que causou essa investida dela, mas não gostei nem um pouco.

Nada que ela diga ou faça vai mudar minha mente, e ter Babydoll a poucos metros apenas confirmou essa certeza. Na verdade, fez foi comprovar que nunca desejarei Darcy como desejo Babydoll.

Não entendo o que sinto por ela. Eu mal a conheço. Mas não posso negar que sempre que ela esteve por perto, eu a busquei com o olhar. Estou atraído por ela.

Ela me ignorou o tempo todo em que estive na casa dos Duffy, porém seus ofegos quando se inclinou para encher meu copo ou pegar um prato vazio revelaram que ela também sente o que quer que *seja*. Ainda há um pequeno problema nisso tudo: Babydoll é uma ladra. Portanto, não posso confiar nela, assim como não posso me render a seja lá que sentimento é esse.

— Então você foi embora sem o broche da sua mãe? — pergunta Cian, interrompendo meus pensamentos.

— Sim. O que eu poderia fazer? Não podia revistá-la bem ali, entre o prato principal e a sobremesa. Agora que sei onde ela está, posso agir, mas não essa noite. Tenho outras coisas importantes para lidar.

O carro fica em silêncio.

Estamos a cerca de vinte minutos de chegar à fronteira, vinte minutos de onde tudo pode mudar. Pesquisamos tudo o que podíamos sobre os Doyle ou, mais especificamente, Brody Doyle. Esta informação ou é baseada em um boato ou só confirma o que descobrimos.

Nossos pais prefeririam que os Doyle não existissem; portanto, falar sobre essa família é encarado como um sacrilégio, e sempre foi assim, porém não posso mais viver dessa forma. Eu preciso de respostas. Preciso que aqueles que machucaram minha mãe paguem. E esta noite é o primeiro passo para conseguir isso.

— Então, sabemos que Brody tem três filhos. Dois meninos e uma garota.

Cian assente, abrindo seu bloco de notas e lendo seus rabiscos.

— Sim. Os caras são mais velhos. A garota é a caçula da família.

— O mais velho é Liam. Ele é o pai, cuspido e escarrado. Hugh é o do meio, e é o encrenqueiro. Gosta de esmurrar primeiro e fazer perguntas depois. É dele que temos que cuidar. Liam é discreto enquanto o irmão não é.

— E a filha? — sondo, precisando me munir com o máximo de informações que puder.

— Não consegui muitas informações sobre ela, o que a torna perigosa. Ela poderia ser qualquer mulher por lá.

Ele tem razão. Precisamos estar alertas.

A pesquisa sobre o endereço revela que é um pub. Quando pesquisamos online, não havia informações sobre o proprietário. Estamos supondo que pertence aos Doyle, mas honestamente, podemos nos deparar com qualquer coisa.

Rory tamborila os dedos contra o volante, preso em seus próprios pensamentos, tipo, suspirar pela Darcy. Eu gostaria de simpatizar com seu sofrimento, mas tudo o que vejo é um bastardo mal-humorado. A garota não gosta dele, então não sei por que ele está se estressando com algo fora de seu controle.

Bom, eu sou assim. Não sou como todo mundo.

— Ainda não consigo acreditar que Babydoll é a nova empregada dos Duffy. Que mundo pequeno, você não acha? — Cian sonda, tentando desesperadamente obter alguma reação da minha parte.

— Não acho nada — retruco, afrouxando a gravata.

Cian e Rory sorriem, maliciosamente, nem um pouco convencidos, mas não me importo com o que eles pensam, porque no segundo em que cruzamos a fronteira, tudo que me importa é vingança.

Estamos calados, maravilhados com este território estrangeiro e que nos foi proibido por toda a nossa vida, porém agora que estamos aqui, o que estamos prestes a fazer se tornou muito real. Achei que viria para Dublin com meu pai, para vingar a morte da minha mãe, mas isso só depende de mim agora.

Rory se mantém no limite de velocidade, sem querer atrair atenção para a nossa presença aqui.

Não sei como esperava que Dublin se parecesse. Sendo do norte, nunca me interessei muito pelo sul, mas, com certeza, não se parece nem um pouco com o inferno que sempre imaginei. Suponho que sou tendencioso, pois não tenho nenhum problema com a cidade em si; são os habitantes que tornam este lugar um inferno na Terra.

O mapa diz que estamos a cinco minutos de distância.

— Certo, caras — murmuro, abaixando as mangas da camisa, pois não quero que minhas tatuagens fiquem à mostra. — Vamos acabar logo com isso de uma vez, beleza?

— Então, temos tempo para tomar umazinha e fumar uns tragos? — Rory pergunta, todo empolgado.

É por isso que somos melhores amigos – todos nós ansiamos pela escuridão corruptível, e talvez esta seja a situação de maior perigo em que estivemos envolvidos. Nossos pais pensaram que esqueceríamos esta vingança, que Cian e Rory me convenceriam a não agir caso o tempo chegasse.

VENHA A NÓS O VOSSO REINO

Mas eles não sabem o que é amizade verdadeira. Estes caras me protegem desde que me lembro. Mesmo que não precisem estar aqui, já que esta retaliação é minha, os dois se recusaram a me deixar fazer isso sozinho.

— Sim. Mas não vamos demorar muito por lá. Somos apenas três rapazes desfrutando de uma bebida. Isso é tudo.

Eles acenam em concordância.

Rory estaciona o carro a alguns quarteirões de distância, inspirando fundo conforme vira o boné com a aba para trás, para esconder o cabelo castanho despenteado. Cian sorri, vestindo o casaco para esconder o braço direito todo tatuado, enquanto vasculho minha mochila atrás dos óculos de armação preta, tirando meu piercing do nariz e do lábio.

Não sei o que os Doyle sabem sobre nós, então, para nos misturarmos, temos que nos parecer com todo mundo. Piercings e tatuagens podem ser usados para nos identificar, e não podemos correr esse risco. Mais uma vez, confiro se a manga da camisa está cobrindo minha tatuagem de crucifixo; eu sei, em primeira mão, quão desastroso pode ser se essa informação cair nas mãos erradas.

Saímos do carro e nos misturamos à multidão. Para alguém de fora, somos apenas amigos se divertindo na noite.

Dublin tem uma atmosfera cosmopolita, enquanto Belfast é pequena e tem um ar de cidade do interior. É de se imaginar que muita gente vem até aqui e se torna qualquer um, já que a cidade é enorme. Na mesma hora, sinto falta de casa. No entanto, quanto mais nos aproximamos do pub, mais animado fico – animado pela possibilidade de derramar o sangue dos Doyle. Olho para cima e vejo a placa verde de neon:

> THE CRAIC'S 90

Uma clássica frase irlandesa que significa 'passar um bom tempo'.

O edifício é pintado de vermelho com pequenas bandeiras da Irlanda penduradas ao longo da borda da varanda. Situa-se em um bairro bacana e movimentado e é bem moderno, mas passa uma *vibe* das antigas. Está cheio de clientes, o que é uma bênção e uma maldição.

Podemos nos misturar, mas no que diz respeito a ouvir as conversas alheias, fica difícil fazer isso acima da zoada dos bêbados barulhentos.

Cheios de confiança, entramos no estabelecimento, passando uma olhada ao redor.

O que vemos é aquilo que se espera de um pub irlandês tradicional. As paredes são em um tom marrom-escuro com detalhes em verde e branco. Banquetas de madeira cercam os barris que servem como mesas, e algumas luminárias de bom gosto ajudam a iluminar o ambiente.

Mas os frequentadores não estão aqui apenas como objetos decorativos. Estão aqui para encher a cara.

Assim que entramos seguimos direto para o bar. Levo um tempo observando tudo, como um predador inteligente faz. Na mesma hora, meu olhar é atraído para a loira belíssima atrás do balcão. Ela está servindo canecas com habilidade, o que deixa claro que não é inexperiente como bartender.

Cian me flagra a encarando. Com seu 1,95, ele pode ver, claramente, onde se encontra minha atenção. Rory logo percebe o mesmo. Esperamos na fila, absorvendo a atmosfera por um motivo totalmente diferente de todos os outros aqui.

— Só presta atenção — grita um idiota bêbado, para os amigos, um pouco mais à nossa frente. — Vou pedir a Erin para tomar uma bebida comigo.

Seus companheiros dão risada, batendo nas costas dele como se não acreditassem em uma palavra do que ele diz.

— Você é um pé rapado. Uma coisa bonita como Erin Doyle não te daria bola de jeito nenhum.

Rory faz contato visual comigo ao ouvir o mesmo que eu.

Lanço uma olhada ao redor e avisto uma garota bonita sentada com um grupo de amigas.

Dou um toquinho no ombro do cara à minha frente, e quando ele se vira, lanço um sorriso. Ele não disfarça a irritação por alguém como eu ousar falar com ele.

— Desculpa, cara, mas ouvi aquela garota ali dizer às amigas que você é bonitão.

O homem olha para o local para onde estou apontando, e sua atitude logo muda.

— Nossa senhora — diz ele, sorrindo. — Com licença, rapazes.

Este mané realmente acredita *que* uma mesa cheia de gatinhas estaria interessada nele, por ser um babaca arrogante. Ele não precisa de mais incentivos e vai na direção delas.

Cian balança a cabeça, tão enojado quanto eu.

— Oh, fique à vontade, idiota. Ah, esses filhos da puta são burros demais — murmura, baixinho.

VENHA A NÓS O VOSSO REINO

E ele está certo.

Suas gírias e sotaques são diferentes. Estudei alguns jargões básicos e espero que seja suficiente para passarmos despercebidos. No entanto, a razão pela qual mandei embora aquele palhaço é porque agora posso sutilmente ouvir a conversa à nossa frente.

— Não estou nem aí para o que você pensa. Vou chamá-la pra sair — insiste o idiota de cabelo ruivo.

Seus amigos riem, aparentemente não botando muita fé em suas tentativas de paquera.

— Você é o maior papo-furado. Além disso, uma garota como Erin é areia demais para o seu caminhãozinho.

— Fora que os dois irmãos são assustadores pra caralho. Eles mandam e desmandam aqui em Dublin. Fique longe, babaca, porque dessa vez não vou salvar sua bunda ignorante.

— Dá só uma olhada nela — o idiota apaixonado diz a seus amigos.

Cian, Rory e eu seguimos sua linha de visão e quando percebemos que ele está babando pela bartender loira, supomos que se trata nada mais, nada menos do que Erin Doyle – filha de Brody Doyle.

Cian agarra meu bíceps para me impedir de avançar. Foi um movimento involuntário. Meu corpo está preparado para a briga, pois este pub tem um Doyle trabalhando atrás do balcão. Duvido que seja porque ela precisa do dinheiro. Este estabelecimento pertence aos Doyle, e é, definitivamente, uma fachada para seus negócios.

E pretendo descobrir que tipo de negócios são esses.

Os três homens esperam até que Erin possa servi-los, e quando ela faz contato visual com o idiota, revira os olhos na mesma hora.

— O que vão querer? — ela grita, para ser ouvida acima da música.

— Se você não estiver no menu, vou querer três canecas da cerveja preta.

Cian bufa uma risada de escárnio enquanto tento evitar demonstrar irritação com a cantada barata. Não é à toa que seus companheiros estavam rindo dele.

Erin não abre sequer um sorriso ao servir as três bebidas, e as coloca em cima do balcão.

— Algo mais?

Não ouço a resposta do idiota, porque minha atenção é desviada para o cara grandalhão de cabelo castanho-claro que acabou de passar para detrás do bar. Erin não parece se incomodar com ele se servindo do uísque da prateleira de cima.

O semblante sério revela que ele não aceita encheção de saco de ninguém. Ele tem uma aura de autoridade, o que significa que deve ser um Doyle. E a maneira como as garotas estão se amontoando para lançar olhares lânguidos para ele apenas confirma isso.

Estou supondo que este cara é o tal Liam – o irmão mais velho.

Dizem que ele é a cara do pai, então o avalio com atenção, memorizando o rosto de um monstro. Ele pega alguns copos e segue até uma mesa no canto do bar. Avisto três homens mais velhos, rindo escandalosamente sem a menor preocupação no mundo.

Com um gesto de cabeça, indico que Cian e Rory devem dar uma averiguada enquanto lido com Erin.

O idiota não aceita um 'não' como resposta, e enquanto Erin espera que ele acabe de dizer qualquer besteira que esteja saindo de sua boca, seu olhar se foca em mim. Espero que ela desvie o olhar, mas não é isso o que acontece. É nítido que está me secando e gosta do que vê.

Minha pele se arrepia, mas dou um sorriso, com minha máscara firme no lugar; ergo o olhar, como se estivesse entediado com o babaca à frente. Erin sorri, colocando uma mecha do cabelo loiro atrás da orelha.

O panaca, finalmente, se manca e ele e seus amigos vão embora, me permitindo dar um passo adiante.

— Três canecas de Guinness, por favor — digo, com um sotaque americano que deixaria Amber orgulhosa.

Erin acena com a cabeça e começa a servir as bebidas.

A garota é bonita, mas não deixo que sua boa aparência me engane. Isso pouco me importa, porque ela sempre será uma Doyle, e o pingente dourado de crucifixo em seu colar é apenas uma confirmação disso. Ela é a inimiga – uma inimiga perigosa com um rosto bonito.

— Então você é americano?

— Sim — respondo, friamente. — Estou aqui de férias com amigos.

— Ah, que massa. Está gostando daqui?

— É incrível. Embora seja frio pra caralho.

Ela ri, e eu catalogo mentalmente tudo o que posso sobre ela.

— Você trabalha aqui há muito tempo?

— Sim, a vida toda. Minha família é dona deste pub — esclarece quando não respondo. — Então, é meio que esperado que eu esteja aqui, independente de querer ou não.

Ela não parece feliz com esse fato.

VENHA A NÓS O VOSSO REINO

— Sei muito bem como é isso — digo, empurrando meus óculos até a ponta do nariz.

— Imagino que sim — diz ela, fazendo questão de avaliar meu rosto machucado. — Eu sou Erin, a propósito.

— Mike. — Dou um sorriso.

— Bem, Mike, são dez Euros.

Eu pago o valor, me assegurando de que nossos dedos se toquem quando entrego o dinheiro.

— Fique com o troco, Erin. Foi um prazer te conhecer.

Pego as bebidas, torcendo para que minha indiferença fingida dê certo – e funciona mesmo, porque, em seguida, ela diz:

— Tenho um intervalo em meia hora. Espero que ainda esteja por aqui.

Sorrindo, não me incomodo em responder ao me afastar do balcão. Rory e Cian estão fazendo um bom trabalho em se misturar, e quando me veem, conseguem distinguir minha expressão. Assim que coloco os copos sobre a mesa, casualmente me viro de costas para Liam, sem querer levantar suspeitas.

— E aí, como foi? — Rory pergunta, por cima da borda da caneca.

— Ótimo. É ela — afirmo. Seu comentário sobre a família ser a dona deste pub só pode significar que estamos no território dos Doyle.

— Tem certeza? — Cian sonda, baixinho, mantendo o olhar atento à mesa atrás de mim.

— Sim, ela mesma disse que a família é dona deste lugar. Ela deve ser filha de Brody.

— Ela pode ser uma parente — Rory argumenta, e ele está certo. Ela poderia ser. Mas meus instintos me dizem que ela e o filho da puta às minhas costas são os filhos de Brody.

— O que mais ela disse?

— Nada. Só que vai fazer um intervalo em breve e espera que eu ainda esteja aqui.

Rory caçoa, fingindo estar com ânsia de vômito, e Cian balança a cabeça.

— Aff, você está partindo corações até aqui em Dublin.

— Vá se foder — retruco, brincando, entornando um gole de cerveja.

Os homens atrás de mim estão conversando em voz baixa, o que só confirma que estão falando sobre negócios, e quando um deles se levanta, pedindo licença para usar o banheiro, aproveito a deixa para descobrir o assunto que estão discutindo.

Tomo mais uma golada da bebida e o sigo.

O banheiro está vazio, exceto pelo cara mijando no mictório. Eu me instalo a dois mictórios de distância, mantendo o olhar focado à frente. É estranho pra caralho conversar e mijar ao mesmo tempo, mas o idiota parece não se ligar nem um pouco nisso.

— Você levou uma bela surra, hein, rapaz?

Eu me viro para encará-lo, e dou um sorriso.

— Eu me choquei de frente com uma porta — caçoo.

Ele ri com vontade.

— Vocês, americanos, são meio pirados. Meu nome é Aidan.

— Mike — respondo, grato ao ouvir o som de sua braguilha sendo fechada. Ele segue até a pia para lavar as mãos. Quando termino, me junto a ele.

— Então você é bom de briga?

— Você tinha que ver o outro cara — comento, ensaboando as mãos.

Aidan ri, e fecha a torneira, e quando se inclina, um crucifixo tatuado em seu pulso esquerdo chama minha atenção.

O tempo parece parar.

Eu pisco uma vez, precisando de um instante para assimilar o que estou vendo, caso meus olhos estejam me pregando peças. Mas lá está a imagem, trazendo de volta uma chuva de emoções.

Os gritos da minha mãe, sua respiração ofegante... tudo isso vem à tona, ameaçando me arrastar para baixo e silenciar as memórias para sempre.

No entanto, preciso me controlar, porque Aidan tem algo que quero, algo que procuro desde os cinco anos de idade.

Respostas... e a porra da cabeça dele.

— Sim, sou muito bom de briga, por quê? — pergunto, precisando esticar a conversa. — Você precisa de alguém para lutar por você?

Aidan seca as mãos com o papel-toalha, refletindo sobre a minha pergunta.

— Você está se oferecendo para isso?

Aidan é cauteloso, e deveria ser mesmo. Eu ficaria desconfiado se ele me recebesse em seu círculo de braços abertos. Mas farei qualquer coisa para ganhar sua confiança, porque isso tornará o que pretendo fazer com ele mais selvagem ainda. Não vou simplesmente matá-lo –vou pintar Dublin inteira com a porra do seu sangue.

A porta se abre e cerro os punhos ao ver o cara que entra; preciso me acalmar, para não levantar nenhuma suspeita.

— Pensei que tivesse apagado por aqui.

VENHA A NÓS O VOSSO REINO

Aidan ri.

— Você sabe o que acontece com a bexiga quando a gente enche a cara. Estava batendo um papo com esse cara bacana. Liam, este é Mike, da América.

Não tenho ideia do porquê minha nacionalidade faz diferença, e, agora, não estou nem aí, porque eu estava certo o tempo todo – esse filho da puta é Liam Doyle.

Liam entrecerra os olhos e me encara, e eu me pergunto o que ele vê.

Assim que termino de secar as mãos, estendo uma, em cumprimento. Ele olha para baixo e, finalmente, a aperta. Quando sinto o toque de sua mão, uma fúria descomunal me domina, e é preciso cada grama de controle que tenho para não matar os dois aqui mesmo.

— Como está a fuça? — Ele quer saber o que aconteceu comigo, mas me finjo de desentendido, já que sou americano e não deveria entender as gírias.

— Como está o quê?

Um sorriso se espalha pelo rosto do cara. Foi um teste e eu passei.

— O que aconteceu com o seu rosto? — pergunta, olhando para mim com atenção.

— Hmm… Alguém deu uma de engraçadinho. Eu não gostei nem um pouco. — Não explico mais nada.

Aidan olha para Liam, claramente tentando decifrar a expressão por trás daqueles olhos azuis frios.

— Quer tomar uma bebida com a gente? — Liam expressou isso como um convite, mas sei que não tenho escolha.

— Claro. De boa.

Aidan ri, me dando um tapa nas costas como se fôssemos velhos amigos. Se ele soubesse como desejo quebrar todos os ossos de seu corpo… Saímos do banheiro, porém Liam fica para trás para mijar. Quando Rory e Cian me veem saindo acompanhado de Aidan, seus olhos se arregalam, mas os dois permanecem calmos ao não detectar nenhuma ameaça iminente.

— São seus amigos? — Aidan pergunta, já que os notou ali de pé. Ele oferece a mão e meus amigos o cumprimentam.

— Sim, são meus amigos — respondo, fazendo questão de falar alto com meu sotaque americano, para alertá-los a pensarem rápido, já que não podem ser irlandeses.

— Prazer em conhecê-lo — diz Rory, com sotaque francês. Agradeço mentalmente a Estelle, a primeira namorada de Rory e aluna de intercâmbio de Paris, pois ele adotou o sotaque perfeitamente. — Paul.

Cian sorri.

— Bom dia, parça, meu nome é Kanga. É um prazerzão te conhecer.

— Parece que sua obsessão por *Crocodilo Dundee* valeu a pena.

Esses rapazes são inteligentes, e entraram na jogada com perfeição. Seus sotaques são impecáveis.

Liam aparece um momento depois, sorrindo ao ver que tem companhia. O que ele está tramando?

— Prazer em conhecê-los, rapazes, meu nome é Liam Doyle.

É surreal demais ouvir o nome dele em voz alta. Tenho caçado a ele e seu clã por tanto tempo, que só de estar aqui parece um sonho louco. Mas isso não é um sonho. Esta é a vida real, e estou mais do que disposto a exterminar a linhagem Doyle, mesmo que leve o resto da minha vida para fazê-lo.

Cian e Rory continuam interpretando seus papéis com maestria.

— O que você ganha quando um irlandês, um australiano, um francês e um americano entram em um bar? — Liam caçoa, em tom jocoso para descontrair.

No entanto, somos espertos, e rimos junto para alimentar seu ego.

Os outros homens se apresentam, mas não tenho o menor interesse neles, pois deduzo que são apenas conhecidos. Meu palpite é que estão em uma reunião informal de negócios. Faz sentido que isso ocorra no território Doyle.

Liam quer que isso pareça casual, mas se esses caras ousarem sair da linha, serão punidos, pois Doyle possui a vantagem por estar em casa.

Cian e Rory batem papo com os outros dois homens, mas Liam e Aidan deixam claro que estão interessados em mim.

— Há quanto tempo você está em Dublin?

— Há algumas semanas — respondo, bebendo minha Guinness.

Toda vez que Aidan fala, ri ou respira, minha vontade é enfiar sua cabeça contra o tampo da mesa e fazê-lo sangrar. Estou a centímetros do assassino da minha mãe e não posso fazer nada a respeito. Ainda não, de qualquer maneira. Preciso me lembrar disso o tempo todo, porque a vontade de lhe infligir dor é quase insuportável.

— Então, você é do tipo rebelde? — Liam sonda, baixando a voz.

Apenas dou um sorriso em resposta.

— Está a fim de ganhar um dinheiro extra enquanto estiver aqui? — E a verdadeira razão pela qual Liam mostrou interesse se revela.

— Fazendo o quê? — pergunto, não querendo dar na cara que estou ansioso.

VENHA A NÓS O VOSSO REINO

— Se arriscando e confiando em mim, garoto. — Liam bebe uma dose de uísque, esperando que eu responda.

— Okay. Estou dentro.

Cian e Rory ouviram a troca de palavras, e a contar pelos lábios franzidos dos dois, estão a um passo de me dizer para ficar esperto, mas é isso aí. Não sei o que ele quer de mim, porém pretendo descobrir. Não posso deixar passar esta oportunidade.

Liam comemora e dá um tapa nas minhas costas.

— Bom rapaz. Só precisamos que você passe por um pequeno processo de iniciação.

— E que seria...? — Mantenho a calma, pois sabia que havia uma pegadinha ali.

Liam serve uma dose de uísque e desliza o copo na minha direção.

— Você é um bom lutador?

Assentindo, aceito a bebida e tomo de um gole só.

— Maravilha. Então, vamos ver se você é bom mesmo.

Aidan também entorna sua dose, fazendo uma careta ao se levantar e insinuar que o lance vai rolar agora.

— Obrigado por terem vindo, rapazes. Entrarei em contato. — Liam dispensa os dois homens, concluindo seus negócios por enquanto. Eles não discutem, e se cumprimentam com apertos de mãos antes de se afastarem.

Liam pega a garrafa de uísque e se dirige para a porta da frente.

— O que você pensa que está fazendo, porra? — Cian sussurra no meu ouvido conforme nos movimentamos pela multidão.

— Segura a onda — murmuro, baixinho, sem querer dar bandeira. — Aquele filho da puta, Aidan, tem uma tatuagem no pulso.

Os olhos de Cian se arregalam ao entender a importância dessa informação.

— Se liga, mano! — Rory diz, agitado, sempre agindo como o mais sábio entre nós. — Você disse que era um lance rápido aqui. Com seu temperamento, Punky, isso vai dar merda.

E ele está certo.

Nunca pensei que me encontraria em uma situação como essa. Eu não sabia o que esperava encontrar ao vir aqui, mas preciso saber por que o endereço do pub dos Doyle se encontrava em um papel guardado a sete--chaves na gaveta do meu pai.

Quando estou prestes a sair do pub, Erin agarra meu braço. Eu me impeço de recuar diante de seu toque, por pouco.

— Aonde você vai com meu irmão? — ela pergunta, o olhar se voltando para a porta, onde Liam agora conversa com uma garota.

— Ah, Liam é seu irmão? — pergunto, me fazendo de bobo.

— Sim, e ele é alguém com quem você não quer mexer. Por favor, apenas vá para casa.

— Eu vou ficar bem. Obrigado pelo aviso — respondo, surpreso, pois ela parece estar realmente preocupada.

— Jesus amado — murmura, baixinho, me lembrando do motivo para eu estar aqui. — Se cuida.

Assinto, porém sem responder, deixando Erin para trás enquanto os meninos e eu seguimos Aidan e Liam por uma esquina. Eles caminham casualmente, como se tudo estivesse de boa. Somos apenas um bando de amigos, dando uma volta.

Mas seja lá o que me espera, sei que não é bom.

Quando entramos no beco, as coisas se tornam reais. Um cara gigante está esperando por nós. Cian e Rory param, de repente, enquanto eu lanço um olhar sutil, querendo saber quem ele é.

— Este é meu irmão, Hugh — revela Liam. A sorte tão aclamada dos irlandeses parece ser verdade para mim esta noite, porque acabei de conhecer os três irmãos Doyle.

Posso ver por que Hugh tem a reputação que tem. Ele parece uma parede de tijolos. A cicatriz em sua bochecha esquerda intensifica ainda mais sua aparência rude, assim como os olhos escuros e a cabeça raspada.

— E aí? — cumprimento, de leve, e sou brindado pelo riso debochado do cara quando repara no meu sotaque americano.

— Tu é fuleiro demais por trazer esse pato pra mim, porra.

Esse filho da puta optou por usar gírias, imaginando que eu não entenderia porra nenhuma. Mas eu o entendo muito bem.

Liam ignora Hugh e se vira para mim com um sorriso predatório.

— Acha que consegue vencê-lo?

Finjo avaliar meu oponente por um segundo. Não quero parecer muito arrogante, mas, numa atitude confiante, tiro meus óculos e desato o nó da gravata, entregando tudo a Cian. Meu amigo me encara, assustado.

— É isso aí! — Liam exclama, batendo palmas com empolgação.

Hugh sorri, antes de tirar a camiseta. A parca iluminação do beco me permite notar as inúmeras cicatrizes em seu peito. Este filho da puta é um osso duro de roer.

VENHA A NÓS O VOSSO REINO

— Então, quais são as regras? — pergunto, mantendo o olhar focado no grandalhão, que salta no lugar, estalando o pescoço de um lado ao outro.

— Não morra — Liam diz, com uma risada debochada, antes de Hugh avançar e dar o primeiro soco.

No mesmo instante, evito o ataque, golpeando suas costelas. Ele dá um silvo agonizante, mas se recupera rápido e avança com uma enxurrada de socos. Um deles acerta meu queixo, estalando minha cabeça para trás, e o gosto metálico do meu sangue alimenta o demônio dentro de mim.

Este é o meu sonho se tornando realidade – derramar sangue Doyle.

Nós nos rodeamos, e Hugh, de repente, parece se dar conta de que sou capaz de lutar. Sua atitude arrogante desaparece, e ele se concentra em vencer uma briga que pensava ter ganhado. Ele se lança na minha direção, mas dou um chute certeiro em sua barriga, fazendo-o desabar. Meu sensei ficaria orgulhoso.

Não hesito um segundo sequer, e o prendo ao chão, socando seu rosto repetidas vezes. O som, a sensação… tudo isso é demais, e uma onda selvagem de adrenalina percorre meu corpo, alimentando o fogo dentro de mim. Os nódulos dos meus dedos e meu rosto estão ensanguentados, mas eu quero mais.

A parte de trás da cabeça de Hugh se choca contra o concreto duro, e sei que com apenas mais alguns golpes, vou nocauteá-lo. Ele tenta desesperadamente revidar e lutar contra mim, e quase consegue uma chance ao agarrar a gola da minha camisa.

Não sei o motivo, mas lanço um olhar para o seu pulso, e o que vejo me faz perder o foco – há um crucifixo tatuado em seu pulso esquerdo.

Como isso é possível?

O momento de distração permite que Hugh me tire de cima dele e inverta a posição, então agora me encontro preso ao chão. Ele me golpeia impiedosamente, pau da vida por ter sido feito de idiota. Hugh não gosta de perder.

Cian está xingando em francês, o que confirma que isso parece tão ruim quanto parece.

— Já teve o bastante? — o brutamontes zomba, quebrando meu nariz.

Com sangue jorrando do nariz, dou uma risada ensandecida.

— Isso é o melhor que você pode fazer, filho da puta?

Hugh ruge, prendendo um dos meus ombros no chão enquanto continua a me espancar.

MONICA JAMES

Seria mais fácil se eu me rendesse enquanto ainda não ganhei uma lesão na cabeça, porque sei que o cara vai me matar se eu não me submeter. Mas, de repente, as cenas da minha mãe sendo pressionada contra o tapete, sendo estuprada por um filho da puta, se atropelam na minha mente, e eu ofego em busca de ar. Do mesmo jeito que ela fez tanto tempo atrás.

Lembro-me da maneira como ela estendeu o braço, em uma última tentativa desesperada de me garantir que tudo ficaria bem.

Não posso decepcioná-la – não de novo.

Viro o rosto, encarando a tatuagem no pulso de Hugh como um grande 'foda-se', então, com ânimo renovado, ergo o tronco e mordo sua pele com força. Ele pressiona uma palma da mão contra a minha testa, tentando me fazer largá-lo, mas aumento a potência da mordida, provando o sangue de um Doyle. É o paraíso na minha língua.

— Seu filho da puta, me larga, porra! — ele esbraveja, a mão que usou para me prender ao chão, agora tentando, freneticamente, libertar seu pulso da minha mandíbula.

Envolvo seu pulso com os dedos, mantendo-o cativo à medida que destroço pele e músculo com os dentes. A sede de sangue me deixa com fome de muito mais. Só quando arranco um pedaço de carne na boca é que o libero, erguendo o joelho para golpeá-lo sem dó.

Seus sibilos de dor são música para os meus ouvidos, e num empurrão certeiro, eu o afasto e me levanto de um pulo. Em seguida, cuspo o pedaço de carne ainda na boca. A massa sangrenta aterrissa em cima do Nike branco de Liam, com um plop pegajoso.

Sangue escorre pelo meu queixo, e eu limpo a boca com o dorso da mão, devagar, sem romper o contato visual com o mais velho dos Doyle. Estou respirando com dificuldade, mas nunca me senti mais vivo.

Será que passei em seu pequeno teste?

Hugh rola no chão como uma criança pequena, e eu curvo os lábios em total desgosto. Seus gritos agonizantes aquecem minha alma corrompida. É necessário toda a minha força de vontade para não matar o filho da puta, mas não agora. As coisas estão apenas começando.

Liam se livra do pedaço de carne ensanguentado antes de cair na gargalhada.

— Você é pirado mesmo! — berra, correndo até mim e me dando tapinhas nas costas.

— Acabei de espancar o seu irmão, e você está me parabenizando? — pergunto, me curvando e segurando as costelas ao tentar respirar.

VENHA A NÓS O VOSSO REINO

— Sim, você fez o que muitos não fizeram antes. Isso é motivo de comemoração.

Ele me oferece a mão e, ao fazê-lo, o punho de sua camisa se levanta um pouco, deixando à mostra a marca que já não me parece um sinal raro.

Uma tatuagem de crucifixo.

O quê? Como isso é possível?

É como se o desenho tivesse brotado na pele de Liam, já que arranquei o de seu irmão com os dentes.

Minha teoria de que Aidan tirou a vida de minha mãe agora não é tão certa. Parece que os homens Doyle carregam esse símbolo, o que significa… que qualquer Doyle pode ser um dos três homens que estou caçando. Mas, antes de qualquer coisa, preciso descobrir o significado dessa tatuagem.

Achei que fosse uma homenagem à fé católica deles, porém agora acredito que seja outra coisa, e farei de tudo para descobrir o que é.

Aidan se abaixa para ajudar Hugh, mas ele afasta as mãos do cara com um tapa. Ele está devastado por ter levado uma surra, e consegue se levantar a muito custo, chocado. É nítido que ele achava que seria um alvo fácil.

Em resposta, posiciono dois dedos sobre os meus lábios e sopro um beijo de deboche.

Com um grunhido, ele avança, mas Aidan agarra seu antebraço, o impedindo. Eu me pergunto que figura Aidan representa para os Doyle.

Liam enfia a mão no bolso e pede meu número enquanto pega seu celular. Digo o número do meu telefone pré-pago que não pode ser rastreado.

— Tudo bem, garoto, entrarei em contato.

E, assim... estou um passo mais perto de vingar minha mãe.

Cian e Rory não oferecem ajuda quando eu me viro e saio mancando pelo beco. Eles me permitem regozijar com essa vitória.

Uma parte minha acredita que isso é bom demais para ser verdade — que só com essa surra que dei em Hugh, fui capaz de conquistar a confiança dos Doyle. Porém, quando ninguém nos persegue, percebo que o plano funcionou bem melhor do que imaginei.

Viro a esquina e quase esbarro em Erin, que está fumando um cigarro.

— Puta merda, você me surpreendeu, Mike da América.

Ela testemunhou a surra que dei em seu irmão? Se for o caso, ela não parece muito chateada por ele ter apanhado.

— Bem, obrigado, eu acho.

Ela ri, atraindo atenção de algumas pessoas com o som cristalino. Erin Doyle, assim como seus irmãos, possui uma aura magnética. Mas nunca serei enganado por sua aparência.

— Te vejo em breve, então — diz ela, casualmente, mas nós dois sabemos que não há nada de casual nisso. Um pacto com o diabo acaba de ser assinado. Mas os Doyle não sabem que o diabo sou eu.

— Até mais.

Minha despedida descontraída a faz sorrir.

Com nada mais a dizer, continuo mancando em direção ao carro, com Cian e Rory colados em mim. Assim que nos afastamos, Cian estala a língua.

— Que porra você fez? Você acabou de começar uma guerra, Puck Kelly.

Com um sorriso no rosto, inclino a cabeça para trás e inspiro fundo. Uma estrela cadente cruza o céu noturno, em um claro sinal do que está por vir.

— Vamos seguir em frente, caras, isso agora é com a gente.

Quatro
BABYDOLL

Eu não deveria estar aqui.

Paro de supetão e coloco a mão trêmula sobre o peito, respirando fundo três vezes para ver se isso ajuda a me acalmar.

Não ajuda em nada.

Vou me encrencar, especialmente depois do que passei para conseguir meu objetivo, mas está errado. Deus sabe que preciso demais disso, mas não me pertence.

Com um último suspiro, continuo meu caminho em direção à casa, ou melhor, ao castelo.

A morada dos Kelly é absolutamente encantadora. É algo que você esperaria ver em um filme da Disney, mas nenhum Príncipe Encantado reside por trás daquelas portas.

Puck Kelly, ou Punky, como ouvi Darcy chamá-lo, é tudo menos um cavalheiro. Ele é rude, arrogante e um idiota do caralho. Sim, ele tem todo o direito de ficar bravo comigo, porque eu o roubei na caradura, mas ele era um idiota mesmo antes de isso acontecer.

Então por que estou aqui?

Não devo nada a ele, mas depois de ontem à noite, não consigo parar de pensar na forma como, por baixo de toda a raiva, senti o sofrimento latente. O broche significa algo para ele, e não posso manter isso em meu poder sabendo disso. Não faz o menor sentido, assim como minha vida inteira, então... *Carpe Diem*[1].

O cascalho range sob a sola das minhas botas marrons à medida que sigo em direção à porta da frente. Eu poderia deixar o broche na caixa de

---

1 Carpe Diem: expressão latina que significa aproveite o dia, o que ele tem a oferecer.

correio, mas se alguém o roubasse, tudo isso teria sido em vão. Então inspiro fundo, ajeito meu vestido preto e toco a campainha.

Os gritos de crianças brincando soam à distância.

Eu não deveria estar aqui.

Eu me viro rapidamente, prestes a fugir, mas xingo baixinho ao ouvir a porta abrir.

— Oi. Posso ajudar?

Sotaque americano?

Criando coragem, eu me viro de novo e sorrio para a linda mulher parada à porta dos Kelly.

— Hmm, oi. Desculpa incomodar… mas o… Punky está em casa?

A mulher cruza os braços, em uma nítida postura avaliativa. Eu me pergunto o que ela vê.

— Ele não está aqui — ela responde, e tenho a sensação de que não gosta nem um pouco de mim. Será que a garota é a namorada dele?

Uma onda de… ciúme me invade, embora seja completamente irracional. *Eu odeio Puck Kelly*, faço questão de me lembrar. Só estou aqui para devolver o que é dele. Não me importo nem um pouco com quem ele está transando.

Então, por que sinto o desejo repentino de arrancar cada fio do cabelo castanho exuberante dessa estranha?

Quando ela não se prontifica a dizer onde ele está, ou a que horas ele vai voltar, entendo o recado.

— Okay, então, desculpe o incômodo.

De repente, dois rostos curiosos espiam pelo batente da porta antes de circundarem a mulher para me verem direito.

— Oiii! — a garotinha cumprimenta, com um sorriso imenso. — Qual é o seu nome? Eu sou Hannah.

— Você é bonita — o menino ao lado completa. — Eu sou Ethan.

É impossível conter o sorriso, porque esses dois são absolutamente adoráveis.

— Oi, Hannah, eu sou Poppy. É um prazer conhecer vocês. E obrigada, Ethan, também te achei bem bonito — comento.

— Meninos não podem ser bonitos — rebate ele, franzindo o rostinho angelical.

Eu me abaixo um pouco e dou uma piscadinha.

— E por que não? Eles podem ser o que quiserem ser.

VENHA A NÓS O VOSSO REINO

— Você fala engraçado.

Rindo, volto minha atenção à Hannah.

— Isso é porque sou de Londres.

Seus olhos se arregalam antes que ela sussurre, não tão baixinho:

— Amber, ela conhece Paddington Bear[2]!

A estranha tem um nome. Amber. E a tal Amber está chateada por eu ainda estar aqui.

— Bem, Poppy, se você me dá licença, tenho que dar o café da manhã a esses pestinhas. Desculpe não poder ajudar com Punky.

— Você conhece nosso irmão? Eu amo muito o Punky... — Hannah diz, saltitando. — Ele está dormindo.

Lanço um olhar a Amber, me endireitando.

Ela acabou de ser pega em uma mentira, mas em vez se desculpar, ela simplesmente me encara, me desafiando a dedurá-la. Ela, definitivamente, gosta dele. O monstro do ciúme mostra as garras de novo.

— Ele não mora aqui. Ele mora nos fundos.

— Ethan, já chega! — Amber o repreende, gentilmente despenteando seu cabelo. — Vamos, ou a omelete vai esfriar.

— Tchau! — as crianças gritam, alegremente, passando por Amber e saindo pulando pelo corredor.

— Tchau — respondo, já sabendo o que vou fazer. — Foi bom conhecer vocês.

Amber deixa claro que ela não vai fechar a porta até que eu saia do gramado da frente, então dou um sorriso e aceno uma despedida. Segundos depois, ouço a porta se fechando.

Isso deve ser um presságio, sinalizando que eu deveria continuar andando pela entrada circular de carros e não ir em busca de Punky, que mora nos fundos. Mas meus pés discordam, porque assim que percebo que Amber parou de vigiar o forte, eu me viro e saio correndo na direção oposta de onde deveria estar indo.

Eu meio que fico esperando que eles soltem os cães em cima de mim, ou melhor ainda, que a própria Amber venha correndo, com uma espingarda na mão. Mas nada disso acontece.

Continuo correndo e, quando avisto o prédio dos estábulos à distância, percebo o que significa o 'nos fundos'. Punky mora ali, o que mostra

---

2 Personagem fictício de livros infantis do autor inglês Michael Bond, ganhou uma versão cinematográfica em 2014.

claramente que não tem interesse algum em morar na residência principal. Tenho a impressão de que ele não se dá bem com o pai.

Ontem à noite, eles mal trocaram três palavras um com o outro, e notei que, toda vez que Connor falava, Punky se mexia desconfortavelmente ou cerrava o punho ao redor de qualquer coisa que estivesse ao alcance. Não vejo uma Sra. Kelly, o que me faz supor que faleceu, e que este broche já pertenceu a ela.

Lágrimas inundam meus olhos, mas rapidamente as afasto.

Ao me aproximar do prédio, paro e recupero o fôlego. Não pensei muito no que vou dizer, porque não achei que teria coragem de vir, e agora que estou aqui, o nervosismo, de repente, me domina.

Não sei dizer o motivo, mas Punky me deixa nervosa. No entanto, por baixo de todo o nervosismo, não posso negar que há uma alegria que nunca senti antes. Quando ele me toca – como ontem à noite, quando passou o polegar pelo meu lábio – o barulho, o caos, tudo desaparece no fundo, e eu me sinto... viva.

Não faz sentido. Não deveria. Eu mal o conheço, porém não posso negar que Punky me intriga.

Ele não percebe o quão atraente ele é, o que, por si só, é totalmente fascinante. Ele é arrogante, sim, mas essa arrogância não é por conta da boa aparência, e, sim, na forma como se recompõe e na maneira controlada com que exerce as atividades cotidianas.

Ele é alto e magro, o corpo musculoso como o físico de um lutador. E digo isso porque seu rosto estava todo machucado, mas, ainda assim, ele estava de pé, o que me leva a crer que sabe revidar. Os olhos são de um profundo tom azul, e o cabelo loiro-escuro é usado de um jeito desgrenhado, jogado para o lado, o que acentua ainda mais seu visual *bad boy*.

Os piercings, tatuagens e a atitude mal-educada deveriam servir de aviso para me manter longe, mas isso só me deixa mais interessada.

Interrompendo o fluxo dos meus pensamentos, paro diante da porta de vidro. Quando estou prestes a bater, noto que a porta está entreaberta. Eu não deveria – não deveria mesmo – entrar, mas abro a porta em total silêncio, antes de pensar duas vezes. Estaco na mesma hora quando sou atingida, de repente, pela deliciosa fragrância intensa e sensual – Punky.

Estar em seu domínio privado parece totalmente pecaminoso, e eu gosto disso. Eu quero mais.

Entro, andando na ponta dos pés, e dou uma olhada ao redor, assimilando o toque moderno de decoração. O exterior é de tijolos aparentes,

VENHA A NÓS O VOSSO REINO

combinando com a casa principal, mas o interior é todo em branco. A mobília de madeira e os eletrodomésticos são de última geração, porém o que me chama a atenção são as obras de arte lindamente esboçadas que adornam as paredes.

Uma obra em particular me fascina; é apenas uma tela branca com traços feitos em carvão, mas a maneira como as linhas estão esboçadas me levam a um momento em que me perco no silêncio ensurdecedor. Eu me pergunto quem é o artista.

Os móveis e utensílios são os que compõem a maioria das casas, porém, considerando que Punky compartilha o terreno com um castelo, são modestos, e eu gosto disso. Ele não ostenta sua riqueza. Tudo aqui tem uma utilidade.

O mistério de Puck Kelly continua a crescer.

Há um lindo lustre no teto da sala, e eu o admiro, hipnotizada pela luz do sol que se infiltra pelas janelas, incidindo sobre os pingentes de cristal. Um mini arco-íris se projeta no tapete, dando a ilusão de que nem tudo está fodido de forma irremediável.

Vasculho minha bolsa, roçando o dedo sobre o broche em formato de rosa, reparando que se assemelha ao desenho tatuado no dorso da mão direita de Punky. Não consegui decifrar o que estava escrito nas costas de seus dedos, mas tenho a impressão de que há um significado.

Suas tatuagens são para ele e não para o mundo ver. E eu gosto disso.

Estou prestes a deixar o broche no balcão da cozinha, já que sei que isso foi uma péssima ideia e quero dar o fora dali o mais rápido possível, mas, de repente, é tarde demais. O mundo acabou de dar uma imensa volta.

O cabelo na minha nuca se arrepia, e o ambiente se enche de uma faísca que ameaça me eletrocutar ali mesmo onde estou. Assim que estou prestes a me virar, um par de braços musculosos envolve minha cintura e me puxa para um peito quente e duro. Céu e inferno no mesmo lugar.

— Vê alguma coisa de que gosta, Babydoll? — Sua voz é rouca, melosa e, puta merda, minha pele inteira está arrepiada, ainda mais por conta do apelido que ele me deu.

Mas de jeito nenhum vou permitir que ele saiba disso.

— Não, nadinha — respondo, entredentes, me debatendo em seus braços. — Me solta.

— Aw, acho que não. O que você está fazendo na minha casa?

— Eu me perdi — caçoo, ignorando o calor de seu peito nu pressionado às minhas costas. — Mas já estou de saída.

70   MONICA JAMES

Punky dá uma risada em resposta, insinuando que não vou a lugar nenhum.

Ele é muito mais alto do que eu, e essa situação deveria me deixar apavorada, já que estou sendo mantida prisioneira em seus braços, mas não estou com medo. Estou com tesão.

Ele aumenta o aperto ao meu redor, quase me impedindo de respirar. Lançando um breve olhar por cima do ombro, tenho um vislumbre do piercing prateado em seu mamilo, assim como uma frase tatuada no peito – acho que em latim. A visão me obriga a morder o interior da bochecha, para conter o gemido em aprovação.

— Você não vai a lugar nenhum até responder minha pergunta.

Seu sotaque irlandês mexe comigo, e sinto o rosto corar, porém não posso me distrair. Já cheguei à conclusão de que estou atraída pelo cara, mas isso não anula o fato de que ele é um babaca a quem tenho de vontade de estapear a cada segundo.

Eu sei que ele não vai me deixar ir embora até que eu diga a verdade, então abro a mão e mostro o broche.

— Aqui, me desculpe por ter pegado. A quem pertence, afinal?

Não quero confusão, então finjo despreocupação. Seu agarre alivia quando ele vê a oferta.

— Você é uma ladra — diz ele, estalando a língua e ignorando minha pergunta.

— Sua ofensa não me atinge, agora me deixe ir. — Eu me debato mais uma vez entre seus braços, e, desta vez, ele afrouxa o agarre e consigo me libertar.

Eu me viro e estou prestes a dar um tapa nele, pela ousadia de me tocar, mas paro quando vejo seu rosto. Ele agora tem mais hematomas do que ontem, com cortes recentes. Como isso é possível? O que aconteceu depois que ele saiu da casa dos Duffy ontem à noite?

— O que aconteceu com o seu rosto? — pergunto, vencida pela curiosidade.

— Não é da sua conta — rebate, gesticulando para que eu entregue o broche.

Coloco o objeto em sua mão, desejando que ele me conte o que aconteceu.

Seu exterior rude e raivoso é substituído pelo que só posso descrever como alívio genuíno e um lampejo de felicidade. No entanto, passa um segundo depois.

— Então, por que você o pegou? — ele pergunta, lembrando-se que ainda estou aqui.

VENHA A NÓS O VOSSO REINO

— Disponha — respondo, ignorando seu peito forte e o abdômen travado a centímetros de distância.

Seu cabelo está despenteado, a longa franja pra cima. Devo tê-lo acordado, embora tenha tentado ser o mais silenciosa possível. Ele claramente dorme com um olho aberto, pois nada passa por ele.

— Não vou perguntar de novo — adverte, sem achar a menor graça.

— Por que você acha que eu peguei? — declaro, odiando quão fraca minha admissão me faz parecer. — Sou uma pobre empregada dos Duffy, pelo amor de Deus. Faça as contas e me poupe do sermão, porra.

Ele parece ter sido pego de surpresa pela minha resposta, e só dá para deduzir que a maioria das pessoas não ousaria falar com um Kelly dessa maneira. Mas não sou a maioria.

— Como descobriu onde moro?

— Não é exatamente um segredo — retruco, revirando os olhos. — Eu sei como usar o Google.

Os lábios de Punky se curvam em um sorriso divertido.

— Se isso for verdade, você sabe tudo sobre o nome Kelly, então?

Engulo de leve, e meu ato de bravura desaparece. Sei tudo sobre os Kelly. Algumas informações que eu gostaria de não saber. Mas me faço de desentendida.

— Na verdade, não. E para ser bem honesta contigo, não dou a mínima. Vim para cá porque queria fazer a coisa certa, e agora que consegui, estou indo embora e pretendo nunca mais voltar. Bom dia.

Eu me viro em vão, porque nós dois sabemos que não vou a lugar nenhum.

Punky agarra meu pulso, me puxando contra si. Ergo meus braços, em um movimento defensivo para evitar que meu peito seja pressionado ao dele. Mas, infelizmente, isso faz com que minhas mãos toquem sua pele quente e tonificada.

Um suspiro traidor me escapa, e eu me xingo mentalmente diante desta reação sem sentido. Preciso dar um fim nisso. Porém, quando sinto o batimento de seu coração sob meus dedos, sei que parar é impossível.

Seu cheiro pode ser comparado a um dia quente de verão; por outro lado, posso sentir o cheiro de uma tempestade se aproximando sob a superfície. Uma de suas mãos circula meu pulso, enquanto a outra afasta uma mecha do meu cabelo, do rosto, com suavidade.

O simples gesto me deixa sem fôlego.

Estamos a centímetros de distância, e o mundo desaparece ao redor – somos apenas nós. Está quieto aqui.

Eu o avalio por um segundo, de baixa guarda, porque preciso saber por que estou tão atraída por ele. A argola prateada em seu lábio inferior enfatiza ainda mais sua boca carnuda, e a de seu nariz chama a atenção para o formato afilado e elegante – ou ao menos era, antes de ter sido quebrado, provavelmente pela surra. É ligeiramente torto, o que lhe dá um ar maior ainda de arrogância.

A mandíbula esculpida está coberta pela barba por fazer. Seu corpo é musculoso, mas esguio. Cada músculo definido se encontra contraído, e quando meu olhar pousa no V de sua cintura, todo trincado, e no rastro de pelos que descem do umbigo e se perdem abaixo do cós da calça de moletom, eu me recordo de que preciso engolir a saliva.

Ele é lindo pra cacete.

— Por que você não está com medo? — ele sonda, me observando com os olhos astutos.

— Medo d-o o-quê? — gaguejo, meu coração batendo loucamente, ameaçando saltar pela boca conforme o encaro com timidez.

Ele lambe o lábio inferior, e a língua roça a esfera da argola prateada.

— De mim.

Sua pergunta não é arrogante. Ele parece curioso de verdade em saber por que não estou recuando de seu toque. Se ele soubesse a verdade.

— Porque há coisas mais desagradáveis neste mundo do que você, Punky — respondo, dizendo mais do que deveria.

Com a cabeça inclinada para o lado, ele parece refletir sobre minha confissão.

— Duvido muito disso — argumenta, sério, ainda me observando como se estivesse tentando me entender.

Este é um jogo perigoso; um que tenho que perder.

— De onde você estava vindo na outra noite? Voltei para ir atrás de você, mas não havia casa nenhuma por quilômetros.

E é aqui que dou um jeito de ir embora.

— O papo está bom, mas tenho que ir. Devolvi o que é seu, então nunca vamos faremos algo assim de novo. — Uso o sarcasmo como uma capa de proteção. É como lido com situações embaraçosas… como agora.

Eu me solto de seu agarre e sigo até a porta, mas Punky rapidamente se adianta e bloqueia minha saída.

— Qual é a pressa, querida? — questiona, com um sorriso enviesado.
— Eu estava apenas tentando te conhecer.

VENHA A NÓS O VOSSO REINO

— Bom, eu não tenho interesse em conhecê-lo. Então, por favor, deixe-me ir. — Tento passar por ele, mas ele não se mexe.

— Aw, agora você está ferindo meus sentimentos. Foi você quem invadiu minha casa.

— Eu não fiz isso — argumento, ofendida. — Você realmente deveria trancar a porta.

Punky parece surpreso com a afirmação.

— Seus irmãos me disseram que você morava aqui. Então não se preocupe, não estou te perseguindo. Tenho certeza de que você já deve ter um monte de perseguidores, quero dizer. — Está na ponta da língua perguntar quem é Amber, mas fico calada. Eu já me envolvi demais.

Punky gargalha, me surpreendendo com as risadas roucas.

— Não sei nada disso. Não tenho tempo para essas bobagens.

— Mas você certamente tem tempo suficiente para ser um idiota! — disparo, antes que possa me controlar.

Espero que Punky esteja cansado da minha insolência a esta altura e me expulse logo da sua casa, porém ele não faz nada disso.

— Sim, isso eu sou mesmo, mas pelo menos você sabe. Não sei o que esperar de você, Babydoll. Você rouba uma coisa minha, sem explicação, e depois entra na minha casa, como se tudo fosse se resolver numa boa. O que você quer de mim?

E esta é a razão pela qual eu não deveria ter vindo.

Punky é inteligente, e acabará descobrindo por que estou aqui. Isso é fato. O que permanece desconhecido é o que ele fará quando descobrir.

— Nada — respondo, e é a mais pura verdade.

— Não acredito em você — murmura, calmamente. — Acho que você está aqui por uma razão. Eu só não descobri ainda o porquê.

A vermelhidão das minhas bochechas evidencia meu pavor, porque se ele continuar a cavar, eu me pergunto o que vai encontrar.

— Bem, boa sorte com isso. Adeus, Puck Kelly. — Dou um empurrão e dessa vez ele me deixa sair. De costas para ele, já com a mão na maçaneta, Punky deixa bem claro que não serei capaz de fugir para sempre.

— Mas eu vou descobrir, Babydoll. Eu te prometo isso.

Sua advertência não é para me assustar, e, sim, para me informar do que está por vir.

Desesperada para sair antes que eu me delate, abro a porta e saio apressada pelo calçamento com a ameaça de Punky soando alto em meus ouvidos.

Estou muito fodida.

Cinco
PUNKY

A lua está cheia, estabelecendo um clima sinistro para o que está por vir.

Eu tinha razão. Meu pai agora é o melhor amigo de Patrick Duffy, porque ele quer ter acesso livre às suas propriedades, ou, mais precisamente, ele quer usar prédios abandonados pela cidade como seus depósitos de lixo pessoal. Sei disso porque estou em um prédio antigo que será demolido em breve, para dar lugar a um edifício de apartamentos modernos à beira-mar.

Porém, por enquanto, servirá como o lugar onde Nolen Ryan dará seu último suspiro.

Com o Rio Lagan nas proximidades, me livrar do corpo de Nolen não será um problema. Meu pai disse que terei reforços de prontidão, o que significa que, assim que eu terminar, eles darão um sumiço no corpo.

Nolen fez a escolha errada e agora é hora de pagar suas dívidas.

Ele chegará a qualquer minuto, crente de que estamos recebendo um carregamento de duzentos quilos de cocaína. A van que ele dirige foi modificada para ocultar as drogas. Transportamos a mercadoria dentro de imensas gavetas de metal escondidas sob o piso falso.

Meu pai pensou em tudo, e é por isso que ele sempre consegue se safar das merdas que faz. O Sr. Walsh e Sr. Davies são seus sócios nos negócios, mas meu pai é o mandachuva. Walsh cuida das finanças, movimentando o dinheiro com sabedoria para que as autoridades não desconfiem da lavagem de dinheiro em que nossas famílias estão envolvidas. Já o Davies gerencia os negócios, pois tráfico de drogas em um mundo moderno não é o que costumava ser.

Uma hierarquia de três níveis é o que esse tipo de negócio envolve hoje em dia.

O nível inferior consiste em jovens altamente desfavorecidos espalhando o terror em nome dos Kelly. Cian e Rory supervisionam o tráfico, garantindo que ninguém saia da linha. Eles também administram as 'linhas diretas', onde as pessoas podem encomendar drogas.

O segundo nível engloba as pessoas que se envolvem em atividades de alto risco e baixa remuneração. É composto pelos 'músculos', que também podem atuar como revendedores. São eles os responsáveis pelas punições impostas, espancando ou intimidando em nome do alto escalão: meu pai, o Sr. Davies e o Sr. Walsh.

É a esta camada que pertenço, mas como carrego o sobrenome Kelly, supervisiono quem faz o quê. Nolen trabalha para mim, e é por isso que tenho que lidar com ele de acordo.

Cian, Rory e eu fazemos todo o trabalho braçal enquanto nossos pais lidam com a origem das remessas e quem as compra. Temos uma grande rede de traficantes e motoristas, todos discretos e confiáveis, exceto Nolen.

O nível superior, claro, é onde meu pai se encontra.

O nível inferior é o mais importante para o nosso negócio, e é por isso que meu pai e o Sr. Davies escolhem quem trabalha para nós com cuidado. Na maioria das vezes, o Sr. Davies recruta os rapazes que devem dinheiro por drogas, e que não podem pagar. Ele oferece a eles a oportunidade de quitar suas dívidas cometendo pequenos delitos.

No entanto, isso os leva direto para uma furada.

Meu pai se orgulha do fato de ele e seus dois amigos terem recrutado meninos e jovens para cometerem violência e intimidação para cobrar dívidas de drogas de usuários. Ele acha que eles são brilhantes para governar uma operação como esta.

Entendo que ninguém está apontando uma arma para a cabeça desses rapazes, ou mesmo para os usuários que estão desesperados por um momento de chapação, mas a exploração dos mais fracos me deixa nauseado.

Não estou me colocando em um pedestal, já que também sou violento e intimido em nome de Connor Kelly, mas meu alvo não são crianças que fizeram uma escolha estúpida – lido com os peixes grandes. Com homens importantes que pensam que podem roubar dos Kelly e nos enfraquecer.

Drogas serão negociadas, essa é a realidade do mundo, mas prefiro que sejamos nós do que algum outro idiota cuja bússola moral é tão fodida a ponto de venderem para qualquer um. A 'linha direta' de Cian e Rory cataloga todos os compradores, e se eles estiverem se afundando demais no vício, Cian interrompe o fornecimento.

Eles podem obter o produto em outro lugar.

Nossos pais não estão cientes dessa pequena cláusula no contrato, e é por isso que Rory, o rei da tecnologia, tem muitas contas online configuradas para que sempre tenhamos um fluxo de negócios vindo de todas as vias. Se um comprador insatisfeito decidisse contar aos colegas que recusamos o serviço, então as chances são de que eles não teriam acesso a nós novamente.

Mas ter várias contas significa que mais pessoas dirão a seus amigos que os canais A, B, C oferecem a eles algum produto de classe A, e a notícia se espalhará. Na maioria das vezes, os babacas nem sabem que estão lidando com as mesmas pessoas.

E o usuário com quem nos recusamos a lidar – apenas cuidando de seu bem-estar – pode esperar ou procurar um produto de merda em outro lugar. Aprendemos que eles esperam, porque nosso produto não é apenas bom, mas também muito mais barato.

Não estamos dizendo que dois erros anulam um acerto, mas Rory jura que esse método salvou vidas. Por exemplo, um garoto de apenas quinze anos se tornou viciado em heroína. Ele queria que Rory lhe desse mais, apenas algumas horas depois de sua última dose.

Rory recusou, sabendo que o moleque, provavelmente, sofreria uma overdose e, em vez disso, vendeu um pouco de *cannabis* para ajudá-lo a esperar até sua próxima dose. Ele ainda está vivo, e por mais escroto que isso seja, Rory sabe que monitorar a distribuição, especialmente para adolescentes, é o menor dos dois males.

Nossas vidas são fodidas, mas isso é tudo o que sabemos fazer.

Estalando o pescoço de um lado ao outro, me concentro no que estou prestes a executar. Não quero pensar em como tirar a vida de Nolen. Pretendo fazer justiça rapidamente.

A maioria o deixaria sair ileso com uma advertência, mas isso não existe em nosso mundo. Se você não está conosco, está contra nós, e isso significa a diferença entre a vida e a morte. Nolen pode muito bem ser um traidor, um homem infiltrado pelos Doyle.

Não podemos correr nenhum risco.

Ele sabia quais seriam as consequências de trabalhar para os Kelly. Ninguém é culpado por suas escolhas, apenas ele.

Por instinto, pego o broche de dentro do bolso, grato, porém ainda confuso por Babydoll ter me devolvido. Para ser bem honesto, tudo que se refere a ela me deixa confuso.

Ela disse que a porta da minha casa estava aberta, mas sei que a tranquei,

VENHA A NÓS O VOSSO REINO

o que significa que alguém estava no meu quarto. O pensamento me deixa furioso, porque quero saber quem foi. Cheguei a conferir se algo havia sido roubado, porém nada parecia fora de lugar. Amber garantiu que nem ela ou meus irmãos entraram no meu quarto, e pareceu meio chateada quando me perguntou quem era Babydoll.

Eu disse que ela não era ninguém, mas Amber não pareceu convencida. Quando perguntei o que Babydoll havia dito, ela respondeu que não se lembrava, o que é mentira. Amber também parece desconfiada a respeito dela, e pretendo descobrir o porquê.

Troquei as fechaduras da porta, mas se alguém realmente estiver determinado a entrar, não será isso que o impedirá.

Sem dúvida, a Boneca está escondendo algo. Eu sei, em primeira mão, como é viver uma mentira. Rory está pesquisando tudo o que pode sobre ela, nesse exato momento, e espero que ele encontre algo que nos dê alguma pista de quem ela é.

Ainda não sei por que ela roubou de mim, já que respondeu à pergunta com outra. Ela insinuou que fez isso porque trabalha como servente na casa dos Duffy, insinuando que não é tão afortunada quanto eu. Se for esse o caso, então por que ela não o vendeu? Só de olhar, já dava para deduzir que a joia vale um bom dinheiro.

Nada sobre ela faz sentido, e sei que ela é encrenca, mas isso só me faz desejá-la ainda mais.

Não tenho o menor problema em tocá-la, sem nem ao menos pensar. Isso é algo que nunca aconteceu antes. Ela é tóxica, com certeza, mas o mistério que a cerca e o fato de estar atraído por ela superam o bom senso.

De uma forma ou de outra, chegarei ao fundo disso, então a pergunta é: o que vou fazer quando o momento chegar?

No entanto, isso pode esperar, já que a porta se abre e a silhueta de Nolen Ryan se projeta sob a luz da lua.

— Punky? — questiona, nitidamente abalado ao me ver aqui ao invés do meu pai.

— Qual é a boa, Nolen?

Ele para um segundo à porta, porém entra mesmo assim, pois sabe que pode fazê-lo por vontade própria ou porque vou obrigá-lo a isso. A arma que tenho presa no cós da cintura, às costas, será um incentivo se for necessário.

A única lâmpada pendurada no teto detonado fornece um pouco de luz, mas nem ao menos preciso dela para ver que Nolen está com medo.

Ele sabe do que sou capaz de fazer. Ele já viu. Porém nunca pensou que eu faria essas coisas indescritíveis com ele.

— Está tudo certo? — pergunta, nervoso, jogando uma bituca de cigarro no piso nojento.

Com um canto dos lábios curvado, dou de ombros casualmente.

— Não sei. Será que está?

O ambiente está tomado por uma tensão desconfortável, e por mais que eu não queira machucar Nolen, ele não pode sair daqui vivo.

Com um suspiro, enfio a mão na mochila e tiro a prova incriminatória – sua Bíblia católica.

Assim que ele vê o que tenho em mãos, ele se ajoelha no chão, em um gesto de súplica.

— Por favor, n-não. Não é o que você pensa.

— Não? — inquiro, folheando as páginas em total desgosto. — Então, esta não é a sua Bíblia?

Quando ele abaixa o rosto, choramingando, perco a paciência e bato o livro contra sua bochecha. Sua cabeça estala para a esquerda.

— Não vou te perguntar de novo!

— Por favor, deixe-me ir. Você nunca mais vai me ver — implora, levantando o queixo. A lua cheia ilumina seus olhos marejados.

— Sim, nisso você está certo. Não te verei mais, porque você estará morto.

— Ah, meu Deus — ele se lamuria, balançando a cabeça freneticamente. — Punky, eu tenho uma família.

Se ele achava que isso me comoveria, Nolen precisa tentar outra tática, porque tudo o que ele está fazendo é me aborrecer com suas desculpas.

— Eu também tinha — declaro, apertando a Bíblia entre os dedos. — Até que sua espécie decidiu matá-la. Não posso deixar você viver, Nolen. Você sabe disso. Você é um traidor, é um maldito católico. Como posso saber se não está envolvido com os Doyle?

— Eu nunca faria isso! — arfa, suplicando que eu acredite nele.

— Como posso acreditar em você? Está vendo em que posição me colocou? Eu te deixo ir, e como saberei que você não vai correr para Brody Doyle e dizer a ele que o filho mais velho de Connor Kelly é um maricas?

— Não estou metido com Brody Doyle! — exclama, a luz incidindo em seus olhos. — Eu juro. Sei que estraguei tudo. Eu sinto muito, mas minha esposa é católica. O que eu deveria fazer? Não contei a ninguém,

VENHA A NÓS O VOSSO REINO   79

porque sabia o que aconteceria. Por favor, não me mate. Sei que você é amigo de Orla... Pense nela.

— *Você* deveria ter pensado nela — disparo, não gostando nem um pouco da sensação de culpa. — O que achou que ia acontecer?

— Esse ódio todo, Puck, você não é assim. Tudo isso é por causa do seu pai. Você é um bom rapaz, e não pode odiar alguém por causa de sua religião. Não estamos mais na Idade Média.

Inclino o rosto para trás e encaro o teto, inspirando fundo para me acalmar.

— Em nome do *seu* Deus, eles massacraram minha mãe. Então posso odiar a quem eu quiser. Detesto católicos? Sim, e o motivo é porque os Doyle são católicos. Para mim, o sobrenome é o que mais me incomoda. A religião deles é secundária.

Desde cedo, fui ensinado de que deveria odiar os católicos. Eles eram o inimigo. E depois de minhas experiências hostis com todos os católicos que conheci, como não poderia? Mas Nolen está certo.

Uma pequena parte minha concorda com ele. Odiar alguém por causa de suas crenças religiosas é ridículo. Eu sairia por aí e machucaria uma pessoa inocente por causa do Deus perante quem ela se ajoelha? Não. Mas isso não significa que quero me relacionar com qualquer um deles também. Ou ter algo a ver com eles. Enquanto os filhos da puta ficarem longe de mim, estamos bem.

O problema com Nolen é que ele não é confiável – religião à parte. Ele mentiu porque sabia que se nos dissesse a verdade, não poderia trabalhar para os Kelly. Ele deveria ter encontrado um emprego em outro lugar, então, porque agora vai descobrir, em primeira mão, o que acontece com os mentirosos.

— Eu entendo isso, mas não temos nada a ver com os Doyle. Por favor, rapaz, deixe-me ir. Você é um bom... — Antes que ele possa terminar, golpeio seu rosto com a Bíblia mais uma vez.

Ele geme, e o sangue escorre pelo canto da boca.

— Por que você teve que mentir? — questiono, jogando o livro em cima dele. — Pegue. Quero que leia para mim sua passagem favorita.

— O-o quê? — gagueja, com os olhos arregalados.

— Leia para mim — repito, pegando uma cadeira de madeira e me sentando de frente ao encosto.

Nolen nota que estou falando sério e abre a Bíblia, incapaz de virar as páginas com as mãos trêmulas. Ele lambe o dedo e examina lentamente as passagens até escolher uma, erguendo a cabeça e focando o olhar ao meu.

— *"Deste-me força para o combate; Subjugaste os que se rebelaram contra mim. Puseste os meus inimigos em fuga, e exterminei os que me odiavam."*

Com um sorriso enviesado, bato palmas bem devagar.

— Seu filho da puta. Você acha isso engraçado então?

Ao ler esta passagem, ele praticamente me mandou à merda.

— Você vai me matar de qualquer maneira. Posso muito bem cair lutando — rebate, fechando a Bíblia e estendendo-a para mim. — Você pode entregar isso para minha esposa?

Eu respeito Nolen por aceitar seu destino, em vez de mendigar como um fracote. Mas isso não muda o que estou prestes a fazer.

Eu me levanto e encaro o homem cuja vida estou prestes a liquidar. Penso em como minha atitude afetará a vida de sua família e amigos. Penso em Orla e em como, da próxima vez em que nos virmos, saberei de algo que ela nunca terá conhecimento.

Que matei seu pai.

— Faça a escolha certa, Puck. Sua mã…

No momento em que Nolen tenta usar minha mãe como moeda de troca, algo dentro de mim se rompe. Ele não a conhecia. E não tem o direito de falar o nome dela. Com um chute lateral, golpeio a têmpora de Nolen, que desaba no chão duro.

— Não se atreva a falar o nome dela! — esbravejo, erguendo o filho da puta pela gola da camisa.

Dou uma cabeçada nele, mas não o solto. Sua cabeça tomba para trás com um estalo terrível, e seu corpo amolece. Ele não revida quando o empurro contra a cadeira. Ao invés, ele se inclina para frente, cabisbaixo. Ele é patético.

— Lute comigo! — exijo, agarrando um punhado de seu cabelo e puxando sua cabeça para trás.

— Não — murmura, sem fôlego, olhando para mim, e recusando-se a se acovardar. — Você quer me matar, então vá em frente. Não vou te dar um motivo para justificar suas ações.

Sua recusa me irrita e na mesma hora dou um soco na sua cara, quebrando seu nariz.

Sangue respinga no chão, mas não me satisfaz como deveria. Golpeio suas costelas com outro murro, e um ofego agonizante escapa de sua boca, mas, ainda assim, ele não revida.

VENHA A NÓS O VOSSO REINO

Nunca tive problemas com violência no passado, então por que desta vez é diferente? É aí que percebo que é porque os outros mereciam. Nolen é um traidor e um mentiroso, sim, mas isso é passível de morte?

Quando ele desaba na cadeira, impotente, ensanguentado e lutando para respirar, sei que a resposta é não.

Com um rugido, agarro um punhado do meu cabelo e começo a andar de um lado ao outro. Preciso clarear a cabeça e me lembrar quem é Nolen. Nem todos os católicos estão de conluio com os Doyle, mas Nolen está envolvido em negócios ilegais, o que significa que ele não é um mero católico cuidando de seus assuntos.

Se eu deixá-lo viver e ele estiver mancomunado com os Doyle, isso recairá sobre mim. Serei visto como o maricas que amarelou.

— Eu sei que você não quer ouvir isso — ele ofega, mudando de posição e segurando as costelas —, mas você é um bom rapaz. Não importa o que seu pai diga. Eu vejo sua mãe em você.

Parando, de repente, viro o rosto lentamente.

— O que você disse?

Nolen não enxuga o sangue que derramei. Ele me deixa ver o que fiz e o que pretendo fazer.

— Eu conheci sua mãe — revela, me deixando chocado. — Cara era perfeita, e você era o amor da vida dela. Ela faria qualquer coisa para te proteger.

— Velho babaca — rosno, mal contendo o desejo de arrancar sua língua por vomitar tais mentiras.

No entanto, Nolen não vacila.

— Acredite no que quiser, mas é verdade.

— E por que você nunca mencionou isso antes? — pergunto, procurando por qualquer sinal de dissimulação. Nolen mentiu para nós por anos a respeito de sua crença religiosa. O que o impede de mentir agora para salvar sua pele?

O que ele faz a seguir me pega de surpresa.

Ele ri alto.

— Você está maluco? — Minha pergunta o faz rir ainda mais.

O sangue se mistura com as lágrimas quando ele confessa:

— Por anos, mantive esse segredo, mas já chega. Você não é um idiota, rapaz, embora seu pai o trate como um.

— Que segredo? — pergunto, entredentes.

Quando Nolen continua a rir, ignorando a pergunta, eu me aproximo com raiva e dou um tapa em sua bochecha.

— Você é um filho da puta corajoso, tenho que admitir. Estou prestes a cortar sua garganta e você está rindo. Qual é o problema com você?

Seu riso logo é substituído por nada além de lágrimas.

— Vá em frente, então! — berra, mas não vou finalizar meu serviço até que ele se explique.

— Responda a minha pergunta! — exijo saber, puxando-o para frente, colando nariz com nariz.

— Eu digo a você e depois? — Nolen percebeu que pode ter uma vantagem que pode salvar sua vida.

Empurrando-o de volta contra a cadeira, eu me levanto, pairando sobre ele.

— Isso vai depender do que você me dirá — advirto, para que saiba que não é ele quem ditas as regras aqui. Eu, sim.

— Eu te digo, mas se prometer que me deixará ir.

— É mesmo, é? — declaro, porque isso é algo que não posso fazer. Mas uma vozinha incômoda argumenta que este é um compromisso que estou disposto a fazer.

Se ele tiver informações que possam ser úteis para mim, então tenho que concordar. Eu poderia simplesmente matá-lo depois, mas não trabalho assim. Se eu der minha palavra, então pretendo cumpri-la. E isso pouparia Orla do sofrimento de não saber o que aconteceu com seu pai.

Uma voz que não ouvia há tanto tempo me aborda do nada: *"Estou tão orgulhosa de você, meu filhinho."*

O quê?

Não pode ser. Deve ser uma ilusão, ou minha mente pregando peças, porque se minha mãe falasse comigo, não seriam essas as palavras que ela diria. Já machuquei mais pessoas do que amei, o que não é motivo de orgulho. Mas não posso evitar. Esse é quem sou. Não sei mais como ser outra coisa.

— Tudo bem, então — digo, observando uma onda de alívio dominar o homem. — Eu te dou minha palavra, mas se estiver mentindo para mim, eu te juro que você não gostará das consequências.

Nolen balança a cabeça, ansioso, entendendo a seriedade das minhas palavras.

— Obrigado, Puck — arfa, tentando se sentar direito. — Me desculpe por ter mentido para você, mas eu tinha que proteger minha família.

VENHA A NÓS O VOSSO REINO

— Chega — retruco, nem um pouco interessado em uma conversa profunda e emotiva. — Comece a falar.

Nolen respira fundo três vezes, limpando o sangue do nariz quebrado.

— Por toda a sua vida, ele esteve mentindo pra você.

— Quem? — Cruzo os braços, observando-o com atenção. — E mentindo sobre o quê?

Não sei por que, mas sinto um peso no estômago. Tenho essa sensação avassaladora de que seja lá o que ele vai revelar, é algo que mudará tudo para sempre.

Ele se senta mais ereto, o olhar focado ao meu, e isso me dá a certeza de que ele sabe o que aconteceu com a minha mãe.

— Seu pai…

No entanto, sua confissão nunca será ouvida, porque um estrondo ecoa na mesma hora.

Pego minha arma no cós da calça, e me giro, de supetão, com a pistola apontada para quem acabou de matar Nolen. A pessoa que avisto na penumbra me deixa abalado.

— Tio Sean? — exclamo, chocado, mas também furioso. Ele acabou de me impedir de ouvir as respostas que tenho procurado há dezesseis anos.

Com um *flop*, o pescoço de Nolen pende para trás, e começo a ouvir o gotejamento constante de seu sangue no chão.

— Por que você fez isso? — grito, pau da vida. — Você percebe o que fez?

— Sim, filho, estou salvando a sua vida — responde, abaixando a arma.

Eu, no entanto, não consigo fazer o mesmo. Continuo com a arma apontada para ele, tentando assimilar o que acabou de acontecer.

— Ele não era uma ameaça! — esbravejo, balançando a cabeça. — Ele tinha informações que eu precisava.

— E você acreditou nele? — Tio Sean me repreende, entrando no galpão. — Eu te ensinei melhor do que isso. Um homem desesperado dirá qualquer coisa para sobreviver. Você sabe disso!

— Como você sabe? — grito, gesticulando com a arma.

Tio Sean não demonstra o menor temor ao estar na minha mira. Ele continua andando em minha direção.

— Porque Nolen Ryan é um mentiroso. Essa é a razão pela qual ele está aqui. Essa é a razão pela qual você deveria matá-lo. Mas você ia deixá-lo sair daqui vivo. — Sua decepção com a decisão que tomei é evidente.

— Não é nada disso — respondo, mas ao olhar sob outro ângulo, é exatamente o que parece.

— Não? Você não ia deixá-lo ir então?

Silêncio.

Tio Sean se posta à minha frente e agarra meu pulso, colocando o cano da arma contra seu peito.

— Você quer me matar? Sua própria carne e sangue? Vá em frente então.

Meu aperto vacila e meu braço amolece.

— Claro que não.

Tio Sean suspira e me solta, e eu recoloco a pistola no cós da calça, às costas.

— Mas, eu sabia que você não estava pronto para isso. Seu pai é uma mula teimosa! É por isso que estou aqui, só para garantir.

Eu não deveria estar zangado com meu tio, porque ele está certo. Um homem desesperado diz qualquer coisa para salvar sua própria pele. Mas não posso esquecer o olhar nos olhos de Nolen. Ele estava dizendo a verdade.

— Você não está pronto.

— Não me diga do que sou ou não capaz. — Estou ofendido por ele pensar tão pouco de mim. — Eu tinha tudo sob controle.

— Não era o que parecia. Ele lhe diria o que você queria ouvir e você o deixaria ir embora, e essa sua clemência seria vista como uma fraqueza. Os Kelly não podem ser fracos, filho. Se algo assim vazasse, você tem noção do que significaria para nós?

Assentindo com firmeza, aceito sua repreensão porque, como sempre, ele só quer o meu bem.

— Bom rapaz. Lamento que esteja com raiva de mim, mas prefiro que fique com raiva do que morto, que é o que aconteceria se seu pai descobrisse que deixou um traidor livre.

— Ele disse que conhecia a minha mãe — confesso, sua voz distante dos meus pensamentos.

O semblante dele se torna saudoso.

— Todo mundo a conhecia, Punky — declara, o que é novidade para mim. — Ela era um anjo.

— Então por que ninguém fala sobre ela? É como se ela nunca tivesse existido. Mas ela existiu, tio Sean. Ela era minha mãe, sua cunhada. Estou farto das mentiras e do segredo. Quero saber o que aconteceu com ela.

VENHA A NÓS O VOSSO REINO

— Ah, rapaz, esqueça esse assunto. — Ele balança a cabeça.

— Não. Eu não vou esquecer — argumento, com teimosia. — Como você pode me pedir isso? Você sabe o que aconteceu com ela. Sabe que papai não passa de um covarde que não quer enfrentar os Doyle.

— Você vai ter que superar isso, Punky. Não há outra maneira.

— Mas eu não sou como ele. Não consigo esquecê-la. E não vou. Os Doyle não podem se safar com isso.

A expressão nostálgica desaparece e é substituída por irritação.

— E o que isso quer dizer?

Esta é a primeira vez que digo essas palavras em voz alta para ele. Deixei claro que estou enojado com a passividade do meu pai, mas nunca dei a entender que estou prestes a mudar isso.

— Responda-me, rapaz.

— Eu odeio esse segredo — declaro, com raiva. — Nem ao menos sei quem são os familiares da minha mãe. E por quê?

— Porque não vale a pena conhecer eles — retruca, amargo, mas já ouvi tudo isso antes. — Essa é a verdade.

— Que tal você me deixar decidir isso? Não sou mais criança.

— Não estou nem aí para a sua idade, você sempre será meu pequeno.

Até aprecio sua preocupação, mas ele não pode me proteger para sempre.

— Nunca vou me perdoar pelo que aconteceu com você. Eu deveria ter feito mais — murmura, arrependido, passando as mãos pelo cabelo castanho escuro.

— O que mais você poderia ter feito? Você não sabia onde estávamos.

— Eu não sabia, e nunca perdoarei Cara por isso. Ela era tão teimosa. E isso a matou. Ela não tinha nada que ter ido a Movil…

Ele faz uma pausa, mas é tarde demais, porque ouvi alto e claro. Eu nunca soube onde ficava o chalé onde estávamos… até agora.

Moville.

Isso é o que o tio Sean ia dizer antes de perceber que compartilhou mais do que deveria. Posso insistir em colher informações, ou posso fingir que nunca aconteceu.

Eu decido pelo último… por enquanto.

— Não foi isso que a matou; foram os Doyle — corrijo, porque não permitirei que ela leve uma culpa que não lhe pertence.

— Sim, esses filhos da puta — dispara, com desprezo, parecendo aliviado por eu não ter sondado mais.

— Por que papai não lutou por ela? — pergunto, pela centésima vez.

Tio Sean inspira fundo, ponderando sua resposta, como sempre faz.

— Às vezes é melhor deixar algumas coisas para lá, Punky. Por favor, confie em mim. Estou fazendo isso para o seu próprio bem.

Não adianta discutir. Essa é a resposta que recebo todas as vezes.

— Essa porra de 'meu próprio bem' me deixa pirado.

— E o que você planeja fazer para mudar isso? — Tio Sean pergunta, entrecerrando os olhos azuis.

— Nada — respondo, não porque estou com medo, mas porque sei que meu tio tentará me impedir de dar continuidade aos meus planos. Minha abordagem precisa ser cuidadosa, não apenas com os Doyle, mas também com os Kelly.

No entanto, ele me conhece melhor do que eu mesmo, às vezes.

— Se você está pensando em fazer algo estúpido, por favor, não faça, Punky. Eu te amo como meu próprio filho. Você sabe disso, não é?

Não sei por que meu tio nunca se casou. Não lhe faltam admiradoras. Quando perguntei isso, ele disse que era porque não havia encontrado a mulher certa.

— Aw, você anda muito sentimental por esses dias, velhote — debocho, querendo mudar de assunto, pois meu tio é a única pessoa que seria capaz de descobrir meu plano se insistir demais. Não posso permitir que isso aconteça.

Não importa o que ele me diga, e não importa quantas vezes ele tenha me mandado esquecer o assunto, isso não vai rolar. Pelo contrário, me estimula ainda mais.

— Seu engraçadinho. Agora se manda, para que eu cuide disso.

De repente, me recordo de que há um cadáver esfriando atrás de mim.

Lanço uma última olhada para Nolen, afastando a culpa ao ver seu corpo sem vida largado na cadeira… eu poderia tê-lo ajudado. Nunca saberei o que ele estava prestes a compartilhar, mas essa é a menor das minhas preocupações quando penso em Orla.

Ele nunca mais vai compartilhar nada com ela.

Engolindo o arrependimento, dou um tapa nas costas do tio Sean e saio porta afora. Não sei o que vai acontecer com Nolen, mas sei que seu corpo nunca será encontrado.

Quando estou longe o suficiente, pego o celular do bolso traseiro e ligo para Rory.

VENHA A NÓS O VOSSO REINO

— Descobriu alguma coisa sobre Babydoll? — pergunto, assim que ele atende.

— Argh, nada ainda. Vou continuar procurando e perguntando por aí.

— Ótimo. Preciso que você procure outra coisa para mim.

— O que é?

Eu me asseguro de não há ninguém por perto, e digo:

— Imóveis. O chalé da minha mãe ficava em Moville.

O silêncio de Rory indica que a notícia o deixou abalado. Essa sempre foi a pergunta que fiz por anos, e só agora tenho a resposta. Parece surreal demais. Nunca soube que seu bangalô se localizava na República.

Achei que fosse aqui no Norte. No entanto, isso muda tudo.

— Você está bem? — Rory sonda, preocupado.

— Sim, estou bem. Mas ficaria ainda melhor se você pudesse descobrir algum endereço. — Quando o silêncio se estende, resmungo: — Desembucha, Rory.

Ele não é de dourar a pílula, então seu silêncio me deixa inquieto pra caralho.

— Você não vai gostar, mas sabe quem teria todas as respostas?

Procurando as chaves do carro no bolso, murmuro:

— Quem?

— Patrick Duffy.

Estaco em meus passos, pouco antes de destravar o carro.

— Você está certo, mas como resolvo isso? Não posso chegar lá e pedir a ele para me dar as respostas que preciso.

Quando Rory suspira, percebo que ele não estava sugerindo que eu perguntasse a Patrick.

— Ah, puta merda — resmungo, baixinho. — Desculpe, Rory, eu sei que você gosta de Darcy, mas eu tenho q…

Ele não me deixa terminar:

— Seria melhor se você tentasse descobrir através da Darcy. Eu totalmente entendo isso.

Só porque ele entende, não significa que goste da ideia, mas isso mostra o verdadeiro amigo que ele é.

— Prometo que não vai rolar nada. Assim que eu conseguir o que preciso, dou o fora de lá. E vou falar bem de você para ela — acrescento, querendo fazer algo por ele.

O problema é que nós dois sabemos que não importa o tanto que eu fale bem dele, Darcy não está interessada.

— Eu te ligo se descobrir alguma coisa da Babydoll.

— Obrigado. Eu realmente agradeço por tudo o que você está fazendo por mim.

— Somos família, mano. Você não precisa me agradecer.

Não sei onde estaria sem esses caras. Eles são mais família para mim do que minha própria carne e sangue. Nós nos entendemos, do jeito que somos. Eu morreria por eles, e sei que o sentimento é mútuo.

— Converso contigo mais tarde. — Encerro a chamada, levando um momento para decidir o que fazer.

Cada parte do meu corpo está relutando contra a ideia, mas Rory está certo. Patrick Duffy é a alternativa, e estou preparado para fazer o que for preciso para conseguir o que quero. E é por isso que deslizo o dedo pelos contatos, parando na letra D.

À medida que aguardo o toque da chamada, contemplo o céu desprovido de estrelas – não há nenhuma delas caindo para que eu faça um desejo e ele se torne realidade.

Ainda bem que não acredito em contos de fadas.

VENHA A NÓS O VOSSO REINO

Seis
BABYDOLL

— Levante-se!

Meu cérebro grogue leva um segundo para se situar, mas quando isso acontece, tudo o que mais desejo é entrar em coma e nunca mais acordar.

— Eu disse: levante-se!

Esfregando os olhos para afastar o sono, rapidamente puxo o cobertor áspero de cima da cama de solteiro e fico em posição – de joelhos. Isso é o que ele espera de mim, e se eu não obedecer, sou punida. Assim como todos a quem amo.

Único motivo pelo qual me submeto. É a razão pela qual faço as coisas desprezíveis que faço.

— Cadê?

— Cadê o quê?

Tarde demais, percebo que falei o que não devia. O preço que pago é o tapa na minha bochecha. Viro a cabeça para a esquerda, e ouço o pescoço estalar.

— O que você disse?

— Onde está o q-quê... o m-mestre? — repito, cabisbaixa.

— Assim é melhor — diz ele, alegremente. Minha humilhação lhe dá grande prazer. — O broche.

Tentando controlar o nervosismo, umedeço meus lábios ressecados.

— Não sei. Eu não vi. A última vez...

— Cale a boca — ele interrompe, não gostando nem um pouco da minha atitude. — Você está mentindo. Onde está o broche?

Eu me preparei para essa situação. Ao devolver o broche para Punky, eu sabia o que aconteceria comigo. Mas vou lidar com as consequências, porque fiz a coisa certa – pelo menos uma vez.

— Não sei.

O silêncio é pesado. Eu me preparo para o que vem a seguir.

— Você precisa que eu te lembre qual é o seu lugar? — Não sei por que ele expressou isso como uma pergunta, porque não há escolha. Esse privilégio foi tirado de mim quando concordei em vender minha alma ao diabo.

Meu silêncio geralmente o agrada, mas não hoje.

Ele dá um tapa na minha outra bochecha, berrando de animação quando grunho diante da força. Mesmo assim, não digo nada, levando, em seguida, um soco no estômago. Gemendo, eu me curvo, tentando recuperar o fôlego.

— Vou perguntar de novo: onde está?

Ofegando, tento estabilizar a respiração até que, finalmente, consigo erguer o tronco. Isso só o enfurece ainda mais. Ele quer que eu me submeta, mas não posso. Ele quer que eu me desfaça, mas vai levar muito mais do uma surra para destruir o meu espírito.

Vou resistir a tudo o que impor, porque isso me aproxima ainda mais do motivo para estar aqui. Há apenas uma pessoa que importa; elas são a razão de tudo isso.

— N-não sei.

— Tudo bem, vai ser do seu jeito, então.

Ouço o som familiar que já nem me assusta mais – o som da fivela do cinto se abrindo, e o couro deslizando pelos passadores da calça.

— Tire isso — ordena, e eu não resisto. Qual seria o sentido? Só atrasa o inevitável.

Retirando a camisola fina por sobre a cabeça, cubro minha modéstia o melhor que posso, mas não importa. Ele já viu tudo. Ele me humilhou de todas as maneiras possíveis.

— Olhe para o seu estado. Você é nojenta.

O cinto estala nas minhas costas, uma nova chicotada somada às que ele me deu três dias atrás. Estremecendo, mordo a língua com tanta força que sinto o gosto do sangue. Mas não clamo por ajuda, por que quem me ajudaria? Estou sozinha.

Mais uma vez, ele me açoita, desta vez na minha bunda. A dor é insuportável, mas, ainda assim, não grito. Sei que se eu me submeter, a tortura cessará, porém se fizer isso, ele vence. Portanto, vou suportar cada soco, tapa, mordida e cintada que ele infligir, porque cada uma dessas agressões prova que sou mais forte que ele.

VENHA A NÓS O VOSSO REINO

Nunca admitirei a derrota.

Ele me açoita de novo e de novo, berrando para que me renda.

Em resposta, não emito nem um único som. E não me movo.

O cinto cai no chão e eu fecho os olhos, ciente do que vem a seguir. Ele chuta minhas costelas, antes de pisar na minha panturrilha. Ele nunca dá um soco no meu rosto, pois não quer que ninguém veja o monstro que ele realmente é.

Meus ferimentos são facilmente cobertos porque ele é um covarde; um covarde que vai pagar por tudo que fez.

Com um golpe final nas minhas costelas, ele expira, encarando o teto e exultante pela violência praticada. Mas não é suficiente. Nunca é o bastante. Ele se posta à minha frente e agarra meu queixo com força, empurrando minha cabeça para trás para que eu olhe para ele.

Eu não choro.

Não grito.

Eu simplesmente existo para o dia em que ele sofrerá em *minhas* mãos.

Ele esfrega o polegar sobre meu lábio inferior, um olhar selvagem refletido em seus frios olhos azuis.

— Há mais de uma maneira de te obrigar a falar.

Ele enfia o polegar na minha boca, deslizando-o para dentro e para fora, uma clara insinuação do que ele quer. Sua ereção pressiona a braguilha da calça. Meu estômago revira, em desgosto.

Ele remove o polegar, e o substitui por dois dedos. Ele os força até minha garganta, e quando engasgo, se regozija em aprovação. Desajeitadamente, abaixa a calça, liberando o pênis nojento e me arrancando um reflexo de vômito por outro motivo.

Enquanto acaricia seu eixo inchado, continua a enfiar os dedos para dentro e fora da minha boca, grunhindo conforme o ritmo se intensifica.

Preciso de toda a minha força de vontade para não morder e não arrancar fora os dedos desse filho da puta e revelar por que estou realmente aqui. Mas ainda não. Não é hora. Eu me recuso a deixar tudo isso ser por nada. Sou sua única esperança.

Esta é apenas uma concha; uma que ele pode quebrar sempre que quiser. No entanto, ele nunca vai tirar minha vontade de sobreviver. E é isso o que vou fazer: sobreviver.

Então, apenas observo, sem o menor interesse, conforme as veias de seu pescoço estufam ao se masturbar, grunhindo, acariciando aquele pau patético. Em momento algum rompemos o contato visual, pois ele quer que eu ceda.

Em resposta, dou um sorriso de escárnio ao redor dos dedos nojentos, em um 'foda-se' escancarado.

Ele ruge, com raiva, e me obriga a abrir a boca ao forçar meu maxilar para baixo. Os dedos atingem minha garganta, e quando engasgo violentamente, ele se satisfaz, pois era isso o que queria. Com três movimentos rápidos, ele afasta os dedos e goza dentro da minha boca, grunhindo com vontade.

Assim que estou prestes a cuspir, ele segura meu queixo, obrigando-me a manter a boca fechada. Ele aperta meu nariz, ciente de que mais cedo ou mais tarde, precisarei respirar.

Minhas bochechas aquecem quando os pulmões exigem por ar, e quando estou prestes a me debater, ele solta meu nariz. Por instinto, abro a boca, ofegando. Isso faz com que uma grande parte de sua semente escorra pela minha garganta, enquanto outro tanto escorre pelos meus lábios.

Cuspindo, desesperada, tento me livrar do gosto ruim na boca, mas é tarde demais. Ele é uma parte de mim agora.

— Um dia, não serão meus dedos na sua garganta. — Ele limpa meu queixo, sorrindo, vitorioso, ao subir a calça.

Eu não me acovardo. Não demonstro a menor reação conforme ele espera que eu faça alguma coisa, qualquer coisa. Mas o inferno vai congelar no dia em que eu transparecer minha derrota.

Irritado, ele cospe no meu rosto antes de se virar e sair, fechando a porta com um baque surdo.

Só quando ouço seus passos irritados se distanciarem, é que desabo. Limpando a saliva do meu rosto, pego a camisola com dedos trêmulos. Assim que me visto, consigo me levantar aos trancos e barrancos e cambaleio até o banheiro, onde levanto a tampa do vaso sanitário e me agacho. Desta vez, eu mesma enfio os dedos na goela.

Eu persisto em vomitar, não restando nada além de bile depois de alguns instantes, mas tudo bem, porque sei que estou colocando para fora a semente daquele filho da puta. Quando não há mais nada para sair, agarro o vaso de porcelana e dou um soco na lateral, com as lágrimas de fúria escorrendo pelo meu rosto.

Não importa o tempo que levar, o que for preciso, vou matar até o último... Doyle na Terra, e queimar seu reino de terror até as cinzas.

VENHA A NÓS O VOSSO REINO

— O preto? Ou o verde?

Estremecendo de dor ao respirar, lanço um olhar por cima do meu ombro e deparo com Darcy segurando dois vestidos. Ela sacode cada um dos cabides, insinuando que está aguardando uma resposta.

Para dizer a verdade, ambos carecem de pelo menos 20 centímetros de bainha, mas, boa sorte para ela se estiver a fim de pegar uma pneumonia.

— O verde — murmuro, me esforçando para mostrar um pingo de interesse.

Darcy observa o vestido verde, franzindo os lábios.

— Prefiro o preto.

Ela se vira e me deixa continuar esfregando seu banheiro enquanto se arruma para seja lá o quê.

Eu me concentro na tarefa, praguejando baixinho para que possa me lembrar do porquê estou aqui. O único motivo pelo qual não mandei esses babacas narcisistas irem à merda. Não posso acreditar quão incrivelmente obscenas e cruéis essas pessoas são.

Para o mundo exterior, eles são respeitados, admirados pelo trabalho duro e determinação, mas vi quem realmente são a portas fechadas. Assim que suas máscaras sociais são removidas, vejo a feiura oculta sob a superfície.

Todos eles... menos um.

Punky.

Não sei o que é, mas ele é diferente dos outros. Há algo nele que o destaca do resto. Sim, ele é um Kelly, portanto, é um inimigo, mas não por escolha. Ele nasceu para isso; assim como eu.

"O que há, pois, num nome? Aquilo a que chamamos de rosa, mesmo com outro nome, cheiraria igualmente bem."

Shakespeare disse isso, mas Punky e eu não somos Romeu e Julieta. Não somos amantes desafortunados. E nunca poderemos ser. Eu sei disso, então, por que não consigo parar de pensar nele?

Estou nadando em águas perigosas, porque muita coisa depende de eu conseguir o que quero, mas machucar alguém como Punky para conseguir isso não parece certo. Ele é tão vítima quanto eu.

Com um suspiro, continuo esfregando o banheiro de Darcy, pois tenho um dia cheio de tarefas pela frente. Assim que termino, entro no quarto dela e tento a todo custo conter a vontade de chorar de dor a cada passo.

Ela está super arrumada, então deduzo que vá sair com alguém. Eu me pergunto quem é o azarado.

Darcy é bonita, com o típico visual perfeito, que é o que todo cara gosta, tirando o Punky. Ele não escondeu a antipatia por ela no jantar. Ela poderia ter dado uma cambalhota, pelada, na frente dele, e isso não teria importância.

Aquele olhar perscrutador dele penetrou o meu íntimo, enquanto eu tentava de tudo nós permanecer impassível em sua presença. Mas ele me deixa nervosa, e sabe disso. Coisas simples, como respirar, se tornam uma tarefa árdua com ele por perto. E nunca senti isso antes.

Tenho vinte anos e, embora tenha tido alguns namorados casuais, nenhum deles foi capaz de despertar esses sentimentos em mim. Estar perto de Punky me excita, e acho que ele sente o mesmo por mim.

Posso ver isso.

E posso sentir isso.

E é exatamente o que mais me preocupa.

Preciso que ele seja forte, porque minha determinação está se desfazendo. Se ele não me rejeitar, então, com certeza, não serei capaz de rejeitá-lo. Estou brincando com fogo… especialmente se ele descobrir quem eu realmente sou.

— Um convidado meu está chegando em breve. Por favor, não nos interrompa. — Ela para de aplicar o batom vermelho, e seu reflexo mostra o sorriso. — Se é que você me entende.

— Claro, senhorita Duffy — respondo, balançando a cabeça rapidamente. Isso não será um problema. Não quero nem chegar perto da sessão de amassos.

— Ótimo. — Ela volta a aplicar a maquiagem, franzindo o cenho ao terminar. — Há anos tento chamar a atenção dele, e, finalmente, funcionou. Quando ele me ligou, fiquei muito surpresa. Mas eu sabia que ele cederia cedo ou tarde. Eu sempre consigo o que quero — acrescenta, virando-se para me encarar.

Não sei se ela espera que isso seja um diálogo, então fico quieta, concentrando-me em arrumar a cama da rainha Darcy. Ela pediu que eu trocasse seus lençóis pelo conjunto de seda rosa. Não faço a mínima ideia do porquê.

— Mas suponho que alguém como você não saberia nada sobre isso.

VENHA A NÓS O VOSSO REINO

Mordendo o interior da bochecha, me recuso a morder a isca.

— Você sempre quis ser uma… — Ela faz uma pausa, parecendo procurar a palavra certa. — Uma empregada?

Empregada é uma maneira educada de dizer criada, porque que mulher de vinte anos não pode arrumar a própria cama? Darcy pode fazer isso, mas por que ela faria quando tem que faça isso por ela? É assim que os ricos trabalham. Eles usam e abusam daqueles que estão 'abaixo' deles, pois é para isso que estamos aqui – para servi-los.

Ela não me dá a chance de responder, porque não quer mesmo que eu responda. Não somos duas amigas fofocando sobre garotos. Pertencemos a duas classes distintas coexistindo por necessidade. Darcy não está compartilhando isso como amiga; ela está se gabando de tudo que eu nunca terei.

Felizmente, a campainha toca.

Darcy respira fundo duas vezes, antes de dar um gritinho e conferir o visual uma última vez.

— Como estou?

— Adorável — respondo, sem entusiasmo, revirando os olhos ao me virar de costas para dobrar seu lençol.

Ela parece satisfeita com a minha resposta e sai porta afora, pronta para cumprimentar o pobre sujeito lá embaixo.

Rapidamente termino de arrumar a cama, pois não quero estar por perto caso ela planeje chamar o convidado para um tour pelo quarto.

Depois de colocar tudo em ordem, sigo para limpar o resto da casa. O Sr. e a Sra. Duffy estão fora no fim de semana, motivo pelo qual aproveitei a chance para fazer algumas tarefas extras que a mãe de Darcy ofereceu.

Sem eles aqui, posso colocar meu plano de ataque em ação.

Ouço as vozes ecoando pelas escadas, e quando a porta lateral se abre, suspiro, aliviada. Darcy levou seu convidado para os jardins, o que me dá a oportunidade de bisbilhotar. Usando o espanador de penas como disfarce, finjo estar tirando o pó e as teias de aranha invisíveis enquanto passo pela porta do escritório do Sr. Duffy.

Olhando de um lado ao outro para checar se a barra está limpa, tento girar a maçaneta. Não é nenhuma surpresa descobrir que está trancada. No entanto, isso não é um beco sem saída para mim.

Removendo o grampo do meu cabelo, cuidadosamente o insiro na fechadura e mexo para a esquerda, direita, para cima e para baixo. Continuo empenhada na tarefa, porque sei, por experiência própria, que uma hora ou outra, chegarei ao ponto certo…. como agora.

A fechadura dá um clique, e em seguida entro, apressada, fechando a porta com cuidado.

O escritório de Patrick Duffy é arrumado meticulosamente – não que eu esperasse menos –, então tenho que garantir que deixarei tudo do jeitinho que encontrei. Abro o armário de arquivos e pego o celular, ao mesmo tempo em que folheio as pastas organizadas em ordem alfabética.

Não há nada como possuir informações, então tiro inúmeras fotos de arquivos que acho que serão úteis. Paro assim que chego à letra N. Não quero abusar da sorte, pois presumo que Darcy pretende mostrar seu quarto em breve ao convidado.

Fechando o armário com cuidado, dou uma olhada ao redor, me focando no quadro que paira sobre a lareira. Inclinando o pescoço para o lado, examino o modo como a pintura de um cavalo, em aquarela, se encontra a alguns centímetros de distância da parede.

Para alguém com um olhar destreinado, aquilo passaria despercebido, mas não para mim. É meu 'trabalho' reparar nesse tipo de coisa. Foi o que me ajudou a sobreviver todos esses anos. Levantando o canto com a ponta do espanador, percebo que o motivo pelo qual não está nivelado com a parede é porque há um cofre por trás da pintura.

Tirando uma foto rápida, eu me asseguro de ajeitar o quadro do jeito que encontrei e decido procurar o código em outro momento, pois ouço a risada de Darcy lá embaixo. Em seguida, faço uma varredura rápida só para checar se tudo está em ordem, abro a porta suavemente, enfiando a cabeça pelo vão da porta e espiando o longo corredor. Ninguém à vista.

Tranco a porta e sigo com meu ardil em fingir espanar o pó, sentindo uma onda de adrenalina vibrando por dentro por não ter sido flagrada bisbilhotando. Se ao menos os Duffy soubessem o verdadeiro motivo de eu estar aqui... Mas eles saberão. Em breve.

Assim que termino de limpar os poucos móveis pelo corredor, recolho o material necessário para limpar o quarto principal. Vou dar só uma olhada rápida, pois não consegui fazer isso com a Sra. Duffy ao redor. Estou bem com isso, pois é apenas uma questão de tempo até que eu possa sair desse inferno de uma vez por todas e ir para casa.

Eu sinto falta delas. Tanto.

Minha mente está tão perdida no lugar para onde desejo voltar, que me distraio até ser tarde demais. Ao virar o canto do corredor, esbarro em uma parede – uma parede com um cheiro delicioso. No entanto, isso não faz o menor sentido... porque estou no corredor.

VENHA A NÓS O VOSSO REINO

Meu olhar vai subindo cada vez mais até perceber que a parede, na verdade, é o peito musculoso da última pessoa que eu esperava encontrar por aqui.

— Punky? — Mal consigo disfarçar a surpresa. Por que diabos ele está aqui?

No entanto, não demoro muito para deduzir quando o vejo com a camisa branca passada e a calça jeans preta rasgada. Sua longa franja está jogada para a esquerda, estilizada desse jeito para acentuar seu visual de *bad boy*.

Ele está lindo.

Mas não importa quão lindo ele seja, sua presença aqui deixa um gosto amargo na minha boca, porque ele é o convidado de Darcy. Eu vou passar mal.

— Babydoll? — murmura, claramente surpreso. — Não imaginei que você estaria trabalhando hoje.

Precisando colocar a cabeça de volta no lugar – um lugar onde Punky não existe –, aprumo os ombros, me assegurando de que meu rosto se mantenha impassível.

— Bem, cá estou eu. Se você me der licença.

Tento passar por ele, que não me deixa mover um centímetro. Agarrando meu pulso, ele me observa com atenção, examinando meu rosto, descendo pelo corpo todo. Estou vestida dos pés à cabeça, então não há como ele ver as atrocidades que permanecem ocultas sob meu uniforme. No entanto, umedeço os lábios, nervosa.

— O que aconteceu com o seu rosto? — ele pergunta, entrecerrando os olhos.

Merda.

Apliquei maquiagem e ninguém havia notado até agora. Mas Punky não é qualquer um. Eu deveria saber disso agora.

— Não é da sua conta — replico a mesma resposta que ele me deu quando não quis compartilhar o motivo comigo. Pois bem, eu também não quero.

Tento me soltar de seu agarre e o empurro, mas, novamente, ele me impede e me imprensa à parede, garantindo que eu não vá a lugar algum. As mãos ladeando minha cabeça me enjaulam. Empurro seu peito, outra vez, mas sem sucesso.

Ele não fala nada, mas, neste caso, as ações falam muito mais alto que as palavras. Ele examina cada centímetro do meu corpo – os olhos azuis procurando por alguma pista.

— Tenho certeza de que sua *namorada* está te procurando — disparo, com sarcasmo, sem acreditar que ele está aqui por vontade própria.

Mas ele ignora a alfinetada.

Uma de suas mãos se mantém firme à parede, mas a outra acaricia meu queixo. Estremeço, porque não estou acostumada a um toque tão terno, e isso me surpreende. Minha pele inteira está arrepiada.

Não importa o quanto eu tente manter a calma, minha respiração ofegante me delata. Estar tão perto dele é uma droga, e como uma viciada, eu quero mais... mais... muito mais.

Uma expressão que não consigo decifrar cintila em seu olhar, e reajo tarde demais para detê-lo quando ele abaixa a manga do meu vestido folgado, expondo o hematoma azul-arroxeado no meu ombro, cortesia da surra que levei três dias atrás.

— Quem fez isto com você? — exige saber, com a voz assustadoramente baixa.

Desesperada, tento ajeitar a manga no lugar, mas ele não me permite cobrir minha vergonha.

— Caí da escada — sussurro, com raiva, não querendo que Darcy ou qualquer outra pessoa ouça nossa conversa.

— Mentira! — ele rosna, não se importando nem um pouco se alguém ouvir. — Me diga agora!

Eu me debato contra ele, apavorada que ele continue me despindo, pois tenho medo do que ele verá. Porém, quanto mais me contorço, mais evidente fica que tenho algo a esconder. Punky puxa as duas mangas para baixo e me gira para conferir minhas costas agora nuas.

Ele exala um ofego horrorizado ao ver a bagunça medonha. Os vergões recentes da surra desta manhã estão espalhados por entre as contusões às quais tenho recebido desde que cheguei a este país esquecido por Deus.

Cabisbaixa, tudo o que mais quero, nesse momento, é desaparecer.

— Mas que porra é essa? Você foi... chicoteada? — Sua surpresa é nítida, já que ser chicoteado sem a *vibe* sexual nada mais é do que uma punição, uma forma brutal de tortura.

Reprimo as lágrimas, e sua pergunta permanece sem resposta. Não posso contar a ele o que aconteceu, não importa o quanto queira.

— Volte para o seu encontro perfeito e esqueça que isso aconteceu — afirmo, mas o tremor na minha voz trai meu ato de bravura.

Estou agarrando firmemente a parte da frente do vestido, em meus punhos cerrados, enquanto espero Punky me soltar. Ele viu a bagagem que carrego através dessas cicatrizes horrorosas, e que tipo de homem quer lidar com isso?

Uma única lágrima escorre pelo meu rosto com o que ele faz em seguida.

A princípio, acho que minha mente frágil está pregando uma peça diante da humilhação, da dor, mas quando sinto o inconfundível toque de pele com pele, percebo que não é imaginação – Punky está acariciando minhas feridas. Ele não sente repulsa pela minha humilhação.

— Não posso esquecer — confessa, os dedos suavemente traçando os vergões nas minhas costas. — E nem quero. Não quero o perfeito... quero o verdadeiro.

Eu me permito desfrutar desse momento de silêncio, porque sei que não vai durar. Não tem como.

— Sinto muito que isso tenha acontecido com você. Eu sei como é — comenta, com pesar. — Meu pai me deu uma baita surra. E, então, na mesma noite, eu me envolvi em uma briga. Foi o que aconteceu com o meu rosto. E o broche... pertencia à minha mãe.

Sua confissão é carregada de tanta aflição, que chego a sentir em meu mais íntimo. Agora sei o motivo de estar tão atraída por ele. Nós dois compartilhamos algo que mudou nossa vida e nos moldou nas pessoas danificadas que somos hoje.

Não preciso que ele explique o que aconteceu com ela. Eu posso adivinhar. Só de ele estar falando sobre ela no tempo passado já diz tudo, e isso parte meu coração... porque é parecido demais ao meu lar.

— Então, obrigado por me devolver.

— Está tudo bem — respondo, baixinho. — Eu não deveria ter roubado em primeiro lugar.

— Quem fez isso com você, baby?

Eu gosto desse apelido para mim também.

— Não importa.

— É claro que importa. Ninguém tem o direito de colocar a mão em você. Eu vou quebrar todos os ossos do corpo deles por terem feito isso, porra. — Ele acaricia o grande vergão nas minhas costas; seu toque exprime apenas compaixão.

Não posso aceitar sua bondade. Eu não mereço.

Gentilmente movendo os ombros, ele entende que quero me cobrir, ainda de costas. Eu gostaria de poder escapar e esquecer que esse encontro aconteceu, mas ele me contou algo pessoal, e não quero agir com ignorância.

Criando coragem, inspiro fundo e me viro, erguendo o rosto lentamente para encará-lo. Não vejo nada além de sinceridade refletida naqueles olhos azuis claros.

— Obrigada, mas posso cuidar de mim mesma. É melhor eu voltar ao trabalho… e é melhor você voltar para Darcy.

Eu gostaria de ter disfarçado um pouco melhor meu ciúme, porque se estiver enciumada, isso significa que gosto dele, e não posso gostar de Puck Kelly.

— Não estou aqui porque quero estar — revela, balançando a cabeça e acariciando meu lábio inferior com delicadeza.

— Então por que está aqui? — Seu toque me inflama.

— Ela tem algo que preciso — diz, finalmente, me libertando do feitiço em que me enredou.

— E o que seria? — pergunto, de repente muito curiosa e eufórica ao mesmo tempo.

Ele projeta a língua por dentro da bochecha, como se estivesse refletindo sobre o que dizer.

— Preciso acessar os arquivos do pai dela. Ou, mais especificamente, preciso de todas as informações a respeito da propriedade que ele tem em Moville.

Reconheço o nome do lugar, porque tirei fotos daquele arquivo alguns minutos atrás. Mas se eu disser isso a Punky, ele saberá que invadi o escritório de Patrick para obter essa informação e começará a fazer perguntas… perguntas que não posso responder.

Pensando em sua admissão, duvido de que ele precise de informações imobiliárias por estar interessado em investir. Então, para que ele precisa disso?

— Punky! Você se perdeu? — Darcy grita, os passos ecoando nas escadas.

— Ah, vá se foder, porra — ele murmura, baixinho, passando a mão pelo cabelo.

Sua reação honesta me faz agir contra os meus instintos, então sussurro apressadamente:

— Qual é o seu número?

Seus olhos se arregalam, porém quando detecta o tom urgente em minha pergunta, ele diz rapidamente.

Memorizando, pego minhas coisas e sigo depressa pelo corredor, me enfiando em segurança no quarto principal, a fim de evitar um encontro constrangedor com Darcy.

VENHA A NÓS O VOSSO REINO

Eu me recosto à porta e tento normalizar a respiração, pegando o celular no bolso. Passo pelas fotos que tirei, e, com um suspiro, paro na imagem que mostra o que Punky precisa. Se decidir seguir em frente com isso, não há como desfazer. Pensando no motivo de estar aqui, digito o número de Punky e envio as fotos, com lágrimas nos olhos.

Arrependimento e vergonha me dominam, porque Punky vai acreditar que enviei as fotos para ajudá-lo. Mas a verdade é que fiz isso para me ajudar. Puck Kelly é a razão de eu estar aqui. Ele é o motivo de tudo isso. Ele só não sabe disso.

Ainda.

Sete
PUNKY

Estamos todos em silêncio porque, graças a Babydoll, as coisas estão prestes a mudar. Não sei como, mas posso sentir. Todos nós podemos.

Estou dirigindo, com Cian de copiloto e Rory na parte de trás. Rory ficou aliviado quando disse a ele que não precisava de Darcy, afinal, pois Babydoll tinha a informação que eu estava procurando.

Darcy quase comeu meu fígado quando eu disse que precisava ir embora, ainda mais porque não dei nenhuma justificativa, apenas me mandei de lá.

Entrei no meu carro e dirigi de volta para casa, e assim que cheguei, soquei a porra do saco de pancadas por mais de uma hora. Tudo o que eu podia ver eram os hematomas e vergões nas costas dela. Os hematomas indicam que ela já havia apanhado antes. Porém os vergões eram recentes.

Gostaria que isso tivesse sido uma ocorrência, mas tenho certeza de que não é o caso, e por esse motivo não vou parar até descobrir quem fez isso com ela.

Não faz sentido, mas a atração que sinto por ela continua a crescer. Ela é forte; uma guerreira. Suas cicatrizes de batalha provam isso. Não tenho dúvidas de que ela levou cada chicotada sem se render, desafiando o filho da puta a fazer o seu melhor.

Ela tinha todo o direito de me mandar ir à merda, mas não fez isso. Pelo contrário, devolveu o broche da minha mãe e agora me deu informações que estão me levando por essa estrada escura e de cascalho. Eu devo a ela.

— Como você *tá*? — Cian pergunta, reparando que minha cabeça está em outro lugar.

— Bem — respondo, meio grosso.

Não entrei em detalhes sobre o que aconteceu com Babydoll. Tudo o que meus amigos sabem é que alguém a machucou, e que esse alguém vai ficar no hospital por um longo tempo assim que eu o encontrar.

— Está a cerca de 800 metros à frente — diz Rory, usando o GPS do celular.

Não há uma única casa à vista, apenas hectares e mais hectares de gramados, terras agrícolas e muitas vacas. Não há postes de iluminação na rua, então quando estaciono e desligo os faróis, sabemos que temos que nos virar no escuro. Trancando o carro, começamos nossa caminhada pela estrada deserta.

— Como vai ser o lance então? — Cian pergunta, sua voz ecoando aqui no meio do nada.

— Vou até a porta da frente e bato.

Ele ri, mas quando percebe que estou falando sério, balança a cabeça.

— É isso aí, mano. Você é mais corajoso que eu.

Ambos pensam que não sou tão louco, mas não vim tão longe para brincar. Quando Babydoll me enviou todas as imagens dos arquivos de Moville, não foi difícil descobrir qual dos imóveis pertenceu à minha mãe, porque havia apenas uma proprietária antes dos atuais moradores: Cara Foster.

Não podia ser coincidência. Cara Foster tinha que ser minha mãe.

Não sei como me sinto sobre isso. Descobrir todas essas informações, de forma tão rápida, meio que me sobrecarregou. Preciso assimilar muita coisa, mas tempo é algo que não tenho. Se meu pai souber o que estou fazendo, ele fará tudo o que estiver ao seu alcance para me impedir.

Porém não vou permitir isso e, desta vez, *vou* revidar.

Esgueirar durante a noite me leva de volta àquela noite fatídica que mudou minha vida para sempre. Estou reproduzindo os mesmos passos que os assassinos da minha mãe deram? Por que ela não estava na Irlanda do Norte? O que havia aqui, afinal, para ela ter escolhido este local?

Fica no meio do nada, com uma população de menos de dois mil habitantes.

Esta vida tranquila e simples é diferente demais de Belfast. O oposto da vida que ela levava como uma Kelly. Foi por isso que ela veio para cá? Para fugir?

Quando o bangalô surge à vista, tento trazer à tona as lembranças reprimidas que podem ressurgir ao pisar o pé aqui. No entanto, tudo o que vejo em minha mente é um buraco negro que não se desfaz.

Cian me dá um tapa encorajador nas costas, conforme Rory jura:

— Estamos contigo para o que der e vier, irmão.

Quero agradecer aos dois, mas estou tão perdido nesse sentimento surreal, que apenas aceno em concordância.

Quanto mais nos aproximamos, mais inquieto fico, porém esmago a incerteza e me concentro apenas nas respostas que obterei. A lua cheia fornece iluminação suficiente para que eu detecte o chalé branco com telhado cinza. Colunas de fumaça saem da chaminé, sinalizando que alguém está em casa.

A propriedade em si é enorme, mas não soube ser bem aproveitada, pois não há colheitas ou animais à vista. Quando chegamos ao longo caminho da entrada, paro e fecho os olhos. Ela era feliz aqui?

— Você está bem? — Cian pergunta.

Assentindo, abro os olhos e me concentro no casebre à distância. Há jardins com arbustos, árvores e sebes. Era desse jeito quando estive aqui pela última vez?

— É tão quieto aqui fora. Ninguém teria ouvido ela gritar — comento, surpreso com a minha calma. — Fiquem aqui. Eu ligo se precisar de vocês.

Rory e Cian assentem, entendendo que isso é algo que preciso fazer por conta própria.

Sem tempo a perder, sigo em direção ao pequeno chalé sem nenhuma expectativa; isso evita decepção. Na lista telefônica, consta um tal D. Morrison como proprietário atual. Eles moram aqui há quinze anos, o que me diz que compraram este lugar pouco depois da morte da minha mãe.

Uma luz de sensor de presença se acende assim que chego a poucos metros da porta da frente. Não há volta agora. Como não tem uma campainha, bato na porta de madeira.

A iluminação proveniente de uma TV pisca por trás da cortina, e estou prestes a dar uma espiada lá dentro quando a porta da frente se abre e uma senhora aparece trajando um roupão azul.

Dou um sorriso, antes de dizer:

— Como vai? Desculpa incomodar, mas queria saber se posso fazer umas perguntas...

Ela entrecerra os olhos azuis. A mulher tem todo o direito de desconfiar. Um rapaz estranho *está* à sua porta, às nove da noite.

— Que perguntas? — sonda, com um sotaque irlandês carregado, e segurando a porta, caso tenha que fechá-la às pressas.

Esfregando a nuca, decido dar ouvido aos meus instintos, porque é agora ou nunca.

— Sobre a mulher que viveu aqui antes de você. O nome dela era Cara Fost...

VENHA A NÓS O VOSSO REINO

De repente, a porta é aberta totalmente e o cano de uma espingarda paira a centímetros da minha testa.

— Dá o fora daqui — diz o homem mais velho empunhando a arma.

Ergo as mãos devagar, para provar que não quero problemas.

— Não quero fazer mal. Eu só queria saber se você a conhecia...

— Vou te dar um tiro se não se mandar daqui! — ele avisa, com um aperto firme na espingarda.

— Pelo amor de Deus — a senhora arfa, segurando o crucifixo em volta do pescoço.

— Olha, eu realmente sinto muito, mas não posso fazer isso. Não até que respondam minha pergunta. — Não vou desistir. Não quando cheguei tão longe. — Vocês sabem o que aconteceu aqui?

— Fique esperto, garoto! Você não me ouviu? Dá o fora! Você não tem nenhum negócio aqui.

O velho gesticula com o cano da arma, mas quando os olhos da mulher se enchem de lágrimas, isso confirma que *é, sim*, da minha conta. Não vou a lugar nenhum.

Em seguida, dirijo minha pergunta a ela:

— A mulher, Cara, ela era... — Mas o velhote não me deixa terminar.

— Não dê ouvidos a ele, Imogen — adverte, sem desviar o olhar do meu em momento algum. — Você é surdo? Vou ligar para a polícia.

Se eu quisesse, poderia enfiar aquela espingarda no peito dele, desequilibrando-o e forçando minha entrada. Mas não quero isso. Este chalé já foi palco de violência demais.

Imogen pega um lenço de papel do bolso e limpa o nariz.

— Quem é você, criança? — ela pergunta, ignorando o homem, que deduzo ser seu marido. — Por que está perguntando por Cara?

— Você a conhecia?

A mulher funga, e essa reação é muito estranha em relação a alguém desconhecida.

— Você a conhecia — insisto, estendendo a mão para segurar suavemente seu pulso. — Por favor, apenas me diga como.

Mas o velho já se cansou.

Do nada, ele dá uma coronhada na minha testa. Eu cambaleio dois passos para trás e coloco a mão na cabeça, sangrando, atordoado com a atitude do filho da puta.

— Keegan! Se sua mãe ainda estivesse viva, isso a mataria — Imogen o repreende, mas Keegan, também conhecido como o 'velhote' que acabou de me golpear, a ignora e avança com a arma em punho.

— Qual é o seu problema? Não bate bem da cabeça?

Minha visão está turva, mas consigo me esquivar do lunático armado quando ele tenta me acertar novamente.

— Não quero confusão — ofego, erguendo uma mão em rendição e pressionando a testa com a outra.

— Você só pode ser imbecil, porque já criou confusão.

— Não vou embora até que você me diga como conheceu Cara — insisto. A única maneira de sair daqui sem respostas é se ele me matar.

— Pare de dizer o nome dela! — esbraveja, avançando mais uma vez. — Deixe a gente em paz!

Eu recuo, impressionado com a resistência do homem mais velho e sua teimosia. Mas não vou embora até que ele me dê respostas.

Cian e Rory chegam correndo pela entrada, com suas armas em punho já que ouviram a gritaria. Quando veem o sangue escorrendo da minha testa, e que estou sob a mira da espingarda, os dois avançam.

Imogen grita, apavorada.

— Não! — berro, pouco antes de eles alcançarem Keegan. — Não toquem nele.

Cian e Rory estacam em seus passos, olhando para mim como se eu tivesse enlouquecido – e talvez eu tenha mesmo. Só que não quero machucar essas pessoas. Eles não são o inimigo. Estão apenas protegendo sua casa e um ao outro.

— Você está sangrando — Cian comenta, como se eu precisasse me lembrar de que o motivo para isso ainda está nos mantendo sob a mira de sua arma.

— Calem a boca! — Keegan cospe, apontando a espingarda para Rory e Cian. — Chame os tiras, Imogen.

Esta é minha última chance.

Submeter-me não faz parte da minha natureza, e parece que também não está na de Keegan, e é por isso que eu me ajoelho, devagar, admitindo a derrota.

Ele ganhou.

— Cara era… — Lambo os lábios, sentindo o gosto metálico do meu sangue. Sou atropelado pelas lembranças, ficando sem fôlego, porque, de repente, estou dentro deste bangalô, trancado naquele guarda-roupa enquanto testemunho minha mãe sendo assassinada.

VENHA A NÓS O VOSSO REINO

Vejo nitidamente a mim mesmo, aos cinco anos, pintando meu rosto; cada golpe refletindo o que os três filhos da puta fizeram com ela, mesmo que ela estivesse implorando aos gritos para que parassem.

Sou capaz de sentir sua pele esfriando enquanto me aninhava ainda mais em seus braços.

Sinto o fedor da decomposição.

As lembranças que meu cérebro havia bloqueado, de repente, ressurgem, alimentando a necessidade desesperada de vingar minha mãe, e não parar até que isso aconteça.

— Cara era minha mãe — afirmo, sem saber se disse isso em voz alta.

Quando a espingarda cai no chão com um baque surdo, chego à conclusão de que disse, sim.

— Espera um pouco, o que você disse?

Sacudindo a cabeça, volto ao presente e observo o rosto assustadoramente pálido de Keegan.

— Ela era minha mãe — repito, ainda de joelhos. — Meu nome é...

Porém nem chego a revelar quem sou, pois eles já sabem.

— Punky? — Imogen arfa, cobrindo a boca com a mão enrugada.

— Como você sabe meu nome? — pergunto, intercalando meu olhar entre os dois.

— Meu Senhor amado — diz ela, balançando a cabeça e com os olhos arregalados como se estivesse vendo um fantasma.

Keegan pisca uma e outra vez, também em choque.

— Levante-se daí, rapaz.

Eu obedeço, esperando, ansioso, que eles expliquem o que diabos está acontecendo.

— Eu disse a ela para não se casar com aquele nojento desprezível. Mas ela não me ouviu. E veja o que aconteceu — murmura ele, falando consigo mesmo.

Não tenho a menor ideia do que está acontecendo.

— Casou com quem? — pergunto, limpando o sangue dos meus olhos e esperando clarear a confusão na minha mente também.

— Com seu pai — Imogen responde, baixinho, saindo de perto do batente da porta e caminhando na minha direção. — Cara era nossa filha, Puck. Você é nosso neto.

A ferida na minha testa, de repente, nem se compara com a que carrego no coração, porque deve haver algum engano. Vim aqui para obter respostas, não para encontrar parentes há muito perdidos... mesmo que seja exatamente isso o que tenho à frente.

— Não acredito nisso. — Imogen suspira, olhando para mim. — Você se parece tanto com ela.

Quando ela tenta me tocar, eu recuo violentamente, pois preciso de um minuto. Ou dois.

Esses estranhos são meus *avós*? Eles se parecem com minha mãe? Não sei. Eu realmente não consigo me lembrar de sua fisionomia. Eu não me lembro deles. Embora agora saiba de onde herdei meu temperamento.

Eu tenho muitas perguntas. E não sei nem por onde começar.

— Você é tão grande — diz Imogen, com admiração, incapaz de desviar o olhar de mim.

— Sim, você é um grande homem. Quantos anos você tem? — Keegan pergunta, o que me faz arquear uma sobrancelha.

— Vinte e um — respondo, precisando tocar no assunto que se mostra cada vez mais óbvio. — Vocês sabiam que eu estava vivo esse tempo todo?

Imogen puxa as lapelas de seu roupão sobre o peito.

— Sim, mas seu pai...

— Nós tentamos, rapaz — Keegan interrompe, sentindo a tensão no ar. Tudo o que ouço são desculpas.

— Vocês deviam ter insistido. Como conseguem viver aí dentro? — pergunto, olhando para o casebre com desgosto.

— Esta não é a nossa casa. É do nosso filho. Do seu tio.

Um tio? Eu tenho outro tio.

— Ele está de férias com a família. Estamos cuidando dos cachorros dele.

Não sei como processar essa informação. Eu tenho uma família inteira por parte de mãe, e eles seguiram em frente com suas vidas... seguiram em frente sem mim. Eles fizeram uma vida sem mim quando tudo que sempre quis foi fazer parte da vida deles.

— Entre — Imogen implora ao perceber que estou tentando digerir o que eles acabaram de contar.

Cerrando a mandíbula, sequer consigo disfarçar a raiva ao dizer:

— Vocês estão de sacanagem? Não quero pisar ali dentro. Vocês sabem o que eu presenciei? O que esta casa representa? Este lugar tinha que ter sido queimado até virar cinzas. Está encharcado com o sangue da minha mãe.

VENHA A NÓS O VOSSO REINO

Imogen abafa o soluço, e Keegan baixa a cabeça, envergonhado.

— Cara era terrivelmente teimosa — diz ele, balançando a cabeça com pesar. — Nós a aconselhamos a não se casar com aquele cretino, alegando que nunca mais falaríamos com ela se o fizesse. Ela não nos deu ouvidos.

— E isso te desculpa por abandoná-la? — esbravejo, mal controlando meu temperamento. — Ela veio aqui para fugir do meu pai? Estou certo?

— Sim.

— Ela não tinha ninguém — afirmo, com ódio. — Sua família a deserdou porque ela escolheu o homem errado para se casar. E ela morreu aqui... sozinha. Você também pode ser culpado pela morte dela.

— Não diga isso. — Imogen chora, enxugando as lágrimas com dedos trêmulos.

— Por que não? É a verdade. Ela não foi até vocês, porque, obviamente, achava que não seria aceita. Quantos anos ela tinha quando se casou?

— Dezesseis — Keegan responde, com pesar.

— E meu pai?

— Vinte e oito.

— Pelo amor de Deus, ela era apenas uma criança. Como você pôde permitir que ela se casasse com ele?

Keegan não gosta nem um pouco de eu o estar culpando, mas que porra é essa? Por que eles não a impediram? Ela precisaria do consentimento de um pai ou responsável para se casar em idade tão jovem, mas suponho que a igreja estava feliz em violar as regras para um Kelly.

— Você não conhece sua mãe. Ela...

— Isso mesmo — interrompo, curvando o lábio em um sorriso de escárnio. — Não a conheço, porque ela foi assassinada na minha frente.

O rosto de Imogen está banhado de lágrimas.

— Seu pai não te contou nada sobre isso?

— Não, mas ele deveria ter feito. Eu não sei nada sobre ela. As únicas lembranças que tenho são dela coberta de sangue!

— Oh, Puck, eu sinto tanto... Nós tentamos ver você, mas seu pai não permitiu. Ele é um Kelly.

— E sua filha também — argumento, como se essa desculpa fosse resolver tudo.

— Nós não somos perfeitos — diz Keegan, passando a mão sobre o cabelo grisalho e ralo. — E deveríamos ter nos esforçado mais. Mas não havia como impedi-la.

— Por que ela comprou este lugar?

— Porque ela estava deixando seu pai — Imogen revela, confirmando as lacunas que tentei preencher por anos. — E ela te trouxe para cá junto. Você era a vida dela, Puck. Mas deixar Connor Kelly não foi uma coisa fácil a se fazer. Ela sabia que ele a mataria, então planejou tudo com cuidado.

— Mas não foi cuidadosa o suficiente — acrescenta Keegan, com raiva.

— Um dia antes de ser morta, ela me ligou, dizendo que sabia de algo que poderia arruinar os Kelly caso fosse divulgado. Eu acredito que ela pensou que esta era a saída. Porém ela nunca me disse o que poderia ser.

Um arrepio percorre minha nuca.

— O que você está insinuando?

Keegan me encara com total honestidade conforme vira meu mundo de ponta-cabeça.

— O que você acha, rapaz? Seu pai é o responsável pela morte de sua mãe. Ela queria deixá-lo e tinha um segredo que poderia arruiná-lo. O que você acha que ele faria?

Eu o ouvi alto e claro, mas não consigo aceitar o que acabou de dizer.

Isso não é possível. Sim, meu pai nunca vingou a morte da minha mãe, mas ele não a matou.

Ou matou?

Os últimos dezesseis anos me oprimem, e tento inspirar fundo. As perguntas não respondidas que me atormentavam noite após noite… Eu tinha as respostas? O assassino da minha mãe esteve debaixo do meu nariz por todo esse tempo?

Acho que vou vomitar.

Não quero acreditar neles, mas isso faz mais sentido do que meu pai baixar as armas e se recusar a vingar a morte da esposa. Ele nunca buscou vingança, porque ele foi o responsável pela morte dela. Esta história de que havia sido os Doyle foi inventada para aplacar os rumores. E para me tranquilizar.

É melhor acreditar que nossos rivais são os responsáveis – a quem fui criado para odiar – do que meu próprio pai.

Eu queria respostas. E consegui.

— Quem é D. Morrison? — inquiro, querendo saber sobre o dono do lugar.

— É um amigo nosso — responde Keegan. — Nós não queríamos que seu pai soubesse que compramos a propriedade

VENHA A NÓS O VOSSO REINO

Imogen funga, antes de se virar e entrar.

— E por que você comprou mesmo? Sem ofensa, vovô, mas isso é muito fodido.

Ele assente, em uma postura derrotada.

— Este foi o último lugar onde sua mãe esteve. É a única coisa que nos resta dela.

Ele percebe o que acabou de dizer, mas é um pouco… não, é muito tarde.

— Meu tio Sean estava certo. Não valia a pena saber nada sobre vocês — declaro, sem a menor emoção. — Vocês deveriam tê-la apoiado quando ela estava viva. Agora, estão apenas se apegando às lembranças em vez dela.

Imogen vem mancando de volta, segurando algo.

— Acabamos de te reencontrar. Por favor, não vá.

Com um sorriso irônico, eu afirmo:

— Vocês nunca me encontraram, em primeiro lugar. Poderiam, mas viraram as costas para mim, assim como fizeram com a minha mãe. Eu sou um Kelly. Nunca serei um Foster. E pela primeira vez na minha vida, estou orgulhoso disso, porra.

Ela balança a cabeça, aceitando o insulto, por que como poderia refutar a verdade?

Sem mais nada a dizer, estou prestes a me virar quando ela estende a fotografia que tem em mãos.

— Você sempre será um Foster, Puck. O sangue de sua mãe corre em suas veias, quer você goste ou não.

Aceito a fotografia, sem nem ao menos olhar para ela. Em vez disso, eu a enfio no bolso e saio. Não me incomodo em me despedir, porque nem sequer disse olá. Os passos de Cian e Rory me alertam de que estão me seguindo, mas não posso falar com ninguém agora.

Não posso fazer nada além de pensar no que Keegan disse:

"O que você acha, rapaz? Seu pai é o responsável pela morte de sua mãe. Ela queria deixá-lo e tinha um segredo que poderia arruiná-lo. O que você acha que ele faria?"

Essas palavras me assombram, e eu saio correndo, desejando escapar da dor que elas me causam. Mas quanto mais rápido corro, mais fundo suas palavras me dilaceram, e sei que apenas uma coisa vai colocar meu mundo no eixo mais uma vez. O cascalho voa sob a sola dos meus pés à medida que corro em direção ao meu carro, e quando o alcanço, libero a raiva da única maneira que sei fazer; a única maneira que me foi ensinada pelo monstro que assassinou minha mãe.

Eu soco o capô do carro repetidas vezes, mas isso não faz nada para subjugar os demônios. Apenas os alimenta. E eles estão com fome.

— Ah, pare com isso, ou você vai quebrar sua mão — Cian diz, tentando me acalmar. Isso é impossível agora.

Somente quando estou batendo ou destruindo alguma coisa é que me sinto melhor. No entanto, há apenas uma pessoa que será capaz de impedir minha fúria. Eu preciso ir para casa. Preciso olhar no fundo dos olhos do meu pai e perguntar se ele matou minha mãe.

E se ele disser sim... então farei com ele o mesmo que fez com ela.

— O que você vai fazer, Punky? — Rory pergunta, mantendo-se distante, ciente de que não deve me tocar.

— O que tenho que fazer — respondo, socando a lataria uma última vez.

— Você acredita neles? — ele pergunta, mas essa é a questão: não sei em quem acreditar.

Com um rugido, dou um chute no pneu e, finalmente, aceito a derrota.

Sem fôlego, enfio a mão no bolso para recuperar a fotografia e, embora esteja escuro, o luar me permite ver o retrato de uma mulher e um menino pequenino. Aquele garotinho sou eu.

Com os dedos ensanguentados, aproximo a fotografia do rosto para ver a mulher sentada em frente a um cavalete com um conjunto de tintas ao lado. Seu cabelo loiro é da mesma cor do meu, assim como os olhos. Traço o dedo sobre seu rosto gentil, sem acreditar que esta é minha mãe.

As imagens que tenho dela, na minha cabeça, combinam perfeitamente com essa mulher. Eu nem sabia que a conhecia... até agora.

Lembro-me de sua voz terna, cantando para mim enquanto me ninava para dormir. Lembro-me de seu cheiro doce; ela sempre cheirava a rosas. Lembro-me de como ela me enfiou naquele guarda-roupa, protegendo-me com sua vida.

Eu me lembro...

E nunca vou esquecer.

Enfiando a mão no bolso, entrego as chaves para Rory.

— É isso que vamos ver.

Ele balança a cabeça, percebendo que essa merda está longe de terminar.

VENHA A NÓS O VOSSO REINO

Não quero nada mais do que abrir a porta do quarto do meu pai e arrancar a verdade dele. Mas não posso.

Quando isso acontecer – e acontecerá em breve –, os gêmeos não podem estar aqui. Nem Fiona. O assunto é entre mim e Connor Kelly.

No trajeto para casa, cheguei a pensar em ligar para tio Sean e confrontá-lo com o que descobri. Mas, honestamente, estou exausto pra caralho. Preciso da mente afiada quando lidar com isso, porque sei que tenho uma chance, e apenas uma chance.

Cian e Rory foram embora há algumas horas e, embora tenham se oferecido para ficar, mandei que voltassem para casa. Não posso estar perto de ninguém agora. Não consigo estar nem perto de mim.

Tomei banho, mas não saí do banheiro. Encarei meu reflexo por horas, esperando ver as semelhanças entre mim e minha mãe. Sua foto está colada no espelho, e enquanto a encaro, as lembranças começam a se materializar.

Recordo-me de pular em seu colo quando ela se sentava na frente de seu cavalete, pintando imagens coloridas que não faziam sentido para mim, mas, sim, para ela. Independente de quão infeliz ela estivesse, suas pinturas eram uma válvula de escape, da mesma forma que as minhas.

Agarrando a pia, arqueio as costas, tentando controlar a respiração conforme as imagens se atropelam dentro da minha cabeça.

"Você precisa ficar bem quietinho. Mais quieto que um rato. Entendeu, meu filho? Me prometa que vai fazer isso."

Quanto mais me esforço, mais nítidas as memórias se tornam.

"O que você acha de uma dança, Cara? — um dos homens diz, se dirigindo ao rádio e ligando uma música qualquer. — *Venha aqui."*

Elvis, de repente, substitui a voz profunda do agressor da minha mãe.

Kiss me, my darling...

Essa música... era essa a música que estava tocando no rádio.

Dou um grito, socando o punho na lateral da pia e fechando os olhos com força. Esta canção alegre é o paradoxo perfeito para os horrores que a voz suave do Rei abafava.

It's now or never... É agora ou nunca, na verdade.

Sobressaltado, corro até o quarto e ligo meu laptop. Procuro pela música que se repete continuamente na minha mente e aperto o *play*. No momento em que a melodia soa, cambaleio para trás, pressionando a mão em meu peito.

A angústia me coloca em um desespero avassalador.

Vejo o rosto ensanguentado da minha mãe quando ela estende a mão na minha direção, o corpo contorcido conforme a lâmina corta sua carne com facilidade. Eu vejo tudo. As recordações que tentei por tanto tempo recuperar vêm à tona, e só me resta uma coisa a fazer.

Vasculho meu quarto inteiro enquanto procuro o que preciso, e ao encontrá-los, pego tudo com as mãos trêmulas. Com Elvis tocando repetidamente, entro no banheiro e derrubo tudo o que se encontra em cima da pia. Encaro meu reflexo e rio como um maníaco, certo de que perdi o fio de sanidade que me restava.

Com o pote na mão, abro a tampa cantarolando baixinho, pois estou de volta ao meu lar. Mergulho as cerdas macias do pincel na tinta – apropriadamente intitulada como 'branco palhaço' –, e começo a espalhar pelo meu rosto.

Em pouco tempo, a pele está coberta pela tinta branca. A textura que esconde os hematomas vermelhos e roxos me permite ser outra pessoa. Mas esta é apenas uma tela em branco, me transportando para longe, assim minha mãe precisava pintar para se afastar dessa coisa cruel chamada vida.

Troco a tinta branca pela preta e, com um pincel mais fino, traço uma linha firme da maçã do rosto até a boca, repetindo o mesmo do outro lado. Quando finalizo, faço os traços brancos sobre a linha preta, acompanhando verticalmente os meus lábios. Silenciando meus gritos em um sorriso sinistro.

Mas não é suficiente.

Revestindo outra vez as cerdas do pincel de preto, pinto o nariz, complementando a maquiagem branca que acabei de aplicar.

Meus olhos são a próxima etapa.

Com precisão, eu os contorno, acentuando o tom escuro com filigranas que se ramificam da escuridão. A tinta se espalha como tentáculos, e quando uno tudo em uma pincelada só sobre o nariz, dou um sorriso, satisfeito com a brutalidade.

Faço um sombreado, adicionando profundidade, adicionando carnificina ao homem grotesco sob essa máscara. A caveira em meu rosto representa os demônios dentro de mim.

É perfeito.

O recipiente branco cai na pia, rodopiando, assim como as imagens na minha mente.

Procuro pela tinta preta para o corpo e desenrosco a tampa, esguichando o conteúdo no meu pescoço e tórax, onde arrasto os dedos para cobrir

VENHA A NÓS O VOSSO REINO

115

toda a pele. Com a tinta que sobrou, pincelo as orelhas e rosto, imaginando-a vermelha como se fosse sangue – o sangue que minha mãe derramou.

Deixo as marcas das minhas mãos sujas sobre o mármore da pia, agarrado às bordas ao me inclinar para mais perto do espelho, estudando minha obra. *Este* é aquele que permaneceu escondido por todos esses anos. Escondido em um guarda-roupas, esperando que as lembranças o revivessem.

Essa hora é agora.

No entanto, há uma última coisa que preciso fazer. Uma máscara nunca está completa sem feridas.

Destampando o recipiente, espio a tinta vermelha, a oleosidade despertando a depravação que habita dentro de mim – que sempre existiu. Mergulho três dedos no pote e me encaro no espelho à medida que os arrasto lentamente pelo meio da testa. De cima a baixo. Significando as três vidas que arruinaram a minha. Porém, depois desta noite, eu me pergunto quantos mais preciso adicionar...

Meu cabelo ainda está molhado do banho, então enfio os dedos por entre os fios, remodelando-os para que fiquem despenteados. A luz incide no nome da minha mãe, tatuado em meus dedos.

— Eu vou vingar sua morte. Eu te prometo isso — declaro ao meu reflexo no espelho. — Não dou a mínima para o que você fez. Se foi *ele* quem tirou sua vida... então tirarei a dele.

Minha vida inteira foi baseada em uma mentira.

Esta é a primeira vez que pinto meu rosto dessa forma desde aquela noite. Eu me lembrava por causa da fotografia, mas esta noite pintei de memória, e isso só intensifica a minha necessidade de vingança.

Meu rosto é uma tela, e esta é uma pintura que uso com orgulho. Cada pincelada foi feita em homenagem à minha mãe, e usarei esta máscara para punir aqueles que a machucaram.

De repente, sinto um arrepio percorrendo a nuca, e, sem fazer ruído, pego minha arma dentro da gaveta do balcão. Elvis abafa meus passos conforme saio do banheiro, espiando a sala de estar pelo batente da porta com a arma em punho, mas a pessoa que vejo faz com que a depravação refletida em meu rosto incendeie minha alma.

O que ela está fazendo aqui?

Ela se encontra diante do desenho a carvão pendurado sobre a lareira, a cabeça inclinada para o lado como se tentasse decifrar o que cada traço significa. Boa sorte para ela. O desenho representa minha mente. Nada ali faz sentido – acima está abaixo e vice-versa. Nada é o que parece… assim como eu.

Seu cabelo loiro está solto, e na mesma hora sinto o desejo intenso de enrolá-lo em meu punho, com ela ajoelhada diante de mim. Esses pensamentos precisam cessar, porém no segundo em que a conheci, perdi o controle. Essa garota me intriga porque, sem dúvida, ela não é quem diz ser.

Com certeza, não confio nela, mas isso não me impede de desejá-la. E, dessa forma, faço a única coisa que nunca fiz antes – eu cedo.

Com um andar calculado, entro na sala de estar, e quanto mais me aproximo, mais quente o fogo arde. Ela é o pecado embrulhado em um laço vermelho. Quando estou a poucos metros de distância, ela se vira, saindo do transe, mas quando me vê, arfa e retrocede em seus passos.

Eu me pergunto o que ela vê.

Paro, fascinado pela forma como seu olhar ardente me avalia abertamente. Estou vestindo apenas o jeans preto rasgado. No entanto, imagino que meu rosto seja o que mais a intriga nesse momento… e a aterroriza. Ofegando, ela vem na minha direção, aproximando-se pouco a pouco.

Ficamos cara a cara, a centímetros de distância, sem dizer uma palavra.

Usar esta máscara me permite estudá-la sem barreiras, porque me sinto outra pessoa. Sempre houve uma atração entre nós, mas algo parece diferente. É como se estivéssemos em uma encruzilhada; a direção que escolhermos mudará o curso de tudo.

Babydoll morde o lábio inferior, ponderando qual deveria ser seu próximo movimento, e ao estender a mão com certa hesitação, percebo o motivo. Com dois dedos, ela cuidadosamente acaricia minha bochecha, examinando o desenho sob seu toque.

Ela não conhece a história da razão para eu cobrir meu rosto dessa forma. Essa pintura de guerra faz parte de mim tanto quanto meu rosto, e acho que, de algum modo, possuo duas caras.

— O que isto significa? — sussurra, o olhar acompanhando o caminho de seus dedos.

— Esta é a minha verdadeira face — respondo, imóvel à medida que ela traça a linha ao longo da minha bochecha e sobre os lábios. — Todo o resto é apenas uma bela distração.

Ela acaricia o piercing no meu lábio, levando um momento para digerir o que acabei revelar.

— Por que esse rosto parece tão… triste?

VENHA A NÓS O VOSSO REINO

Triste?

Para a maioria, essa maquiagem parece assustadora, monstruosa, mas é claro que Babydoll não é como a maioria.

— Por que você está aqui? — indago, a encarando. A proximidade entre nós, de repente, não é perto o suficiente.

Seus dedos tracejam em direção à minha testa, mas ergo a mão de súbito e agarro seu pulso.

— O que esses três riscos significam?

Ela consegue enxergar que há um significado e propósito por trás de cada linha, e não apenas um mero toque dramático. Como ela pode me compreender tão bem?

— A vida deles é minha — respondo, de forma ambígua, com o olhar fixo ao dela. — Eu sei quem eles são... é apenas uma questão de tempo.

— E o que acontece quando você os pegar?

Sua pergunta me pega desprevenido, porque não pensei muito adiante. Até esta noite, eu nem sabia que uma dessas vidas poderia ser a do meu pai.

— O que aconteceu com você, Punky?

Com um sibilo, eu a puxo contra o meu corpo. Ela não vacila. Ela me desafia a fazer o meu melhor.

— Se eu te disser, terei que te matar.

Ela umedece o lábio inferior, nervosa, mas sua resposta me desfaz por inteiro:

— Você pode tentar.

Sei que é uma péssima ideia, mas isso nunca me impediu antes. Na realidade, não tenho autocontrole quando se trata de Babydoll e, finalmente, me entrego ao que queria fazer desde que nos conhecemos.

Eu tomo seus lábios com os meus.

Seu suspiro de surpresa logo se transforma em um gemido quando ela fica na ponta dos pés e retribui o beijo com volúpia. Ela puxa meu cabelo, gemendo baixinho quando mordo seu lábio inferior. Sua língua cálida se arrasta sobre o meu piercing, e então ela o puxa por entre os dentes com delicadeza.

A fisgada dolorosa retesa todos os meus músculos e, de repente, beijar já não é mais o suficiente.

Com nossos lábios ainda colados, eu a empurro para trás até que seus joelhos se encostem ao sofá. Ela desaba com um arquejo, mas eu continuo de pé. Estou pairando sobre ela, sem fôlego e com um tesão do caralho. Apoiada aos cotovelos, seu olhar não se desvia do meu em momento algum.

Quando ela se acomoda ao estofado, com um suspiro profundo, noto as bochechas rosadas diante do meu olhar exploratório e voraz. Sua boca está manchada com a tinta preta e branca, tornando-a ainda mais deliciosa.

Ela respira com dificuldade, movendo o colo exposto pelo decote baixo do vestido azul de verão. Eu adoro saber que fui eu quem provocou essa reação nela.

— Não t-tenho certeza se devo confiar em você — ela confessa, e eu murmuro em puro prazer.

— Que bom — rebato, observando-a retirar os sapatos enquanto espera ansiosamente pela minha resposta. — Não confie mesmo.

Quando faz menção de se levantar, subo no sofá e me sento contra os calcanhares porque isso está acontecendo e será agora. Estamos em lados opostos do sofá, dando a ela uma falsa sensação de segurança, porque quando tenta se levantar novamente, eu agarro seus tornozelos e a arrasto em minha direção.

Ela dá um gritinho, e agarra as almofadas, precisando de algo para ancorá-la para o que está por vir. Com as mãos segurando seus quadris, eu a aprisiono abaixo de mim, sem colocar meu peso sobre ela conforme pressiono meus lábios sobre a veia pulsante.

Ela arqueia o pescoço, permitindo-me acesso para tomar o que quero. Sem pressa, arrasto o nariz sobre sua pele, embriagado pelo aroma delicioso de baunilha. Ela cheira tão gostoso que me dá vontade de comer... que é exatamente o que pretendo fazer.

Eu rastejo pelo seu corpo, e suas curvas se moldam aos meus músculos à medida que me acomodo na junção de suas coxas. Ela se arrasta para trás e se recosta ao braço do sofá, ciente daquilo que quero ao abrir as pernas com timidez. Ela lentamente puxa a barra do vestido, expondo a calcinha preta de renda.

O tecido transparente me permite apreciar o que o frágil material esconde. Sua boceta depilada me faz arrastar a língua sobre a esfera do meu piercing, fissurado pela visão. Não pergunto nada, apenas aceito a oferta ao deslizar a mão pela coxa macia e acomodar sobre a calcinha.

Estou surpreso ao sentir o material encharcado.

Eu gostaria de ser gentil e dar o que ela merece, mas não posso. E nem sei como fazer isso.

Ela se posiciona outra vez, curvando uma perna e abrindo mais a outra, concedendo livre acesso à sua boceta. O ritmo de sua respiração altera

VENHA A NÓS O VOSSO REINO

quando empurro o tecido para lado, expondo-a à minha perversão. O tom de sua pele se torna escarlate.

Com dois dedos, acaricio sua boceta de cima a baixo, com um tesão do caralho diante da resposta de seu corpo ao meu toque. Ela geme, agarrada às almofadas do sofá.

Sua pele se torna ainda mais escorregadia, e sem romper o contato visual, estendo dois dedos da minha outra mão para que ela os tome em sua boca. Incapaz de conter meu grunhido, eu me empenho em acariciá-la enquanto ela chupa meus dedos, girando a língua ao redor.

Suas bochechas ficam côncavas ao chupar com vontade, o que faz meu pau se retesar em aprovação.

Assim que sinto meus dedos bem lubrificados, eu os afasto de sua boca, e eles deslizam suavemente com um estalido ao final. O som, somado à sensação, intensifica ainda mais a vontade de comê-la todinha. Ela se recosta no apoio de braço, engolindo em seco e esperando o que farei a seguir.

Ela está em chamas em meus braços, e quando a penetro com os dois dedos que há dois segundos se encontravam em sua boca, ela entra em combustão.

— Ah, meu Deus — geme, com a cabeça inclinada para trás.

Movo os dedos para dentro e fora, dentro e fora, atentamente observando-a se desfazer. Com meu polegar, acaricio seu clitóris em círculos, maravilhado com sua responsividade ao meu toque. Estou acostumado a causar dor com minhas mãos, não prazer, então não me canso de ouvir seus gemidos, ofegos e os espasmos que assolam seu corpo.

Ela coloca a mão sobre a minha, implorando para que eu acelere o ritmo. Vê-la suplicar é como uma nova droga para mim, então ao invés de aumentar o ritmo, eu mergulho outro dedo.

Suas costas se arqueiam, os olhos se fecham e seu corpo estremece, exigindo mais.

Com estocadas lentas, eu a penetro profundamente. Seu calor me suga, me faz querer nunca mais sair dali. Ela é tão lisa, que o deslizar se torna fácil de executar. Sentir seu tesão me agrada de maneiras que nunca pensei ser possível.

— Por favor — implora, com a voz rouca, erguendo os quadris para aprofundar o ângulo.

— Por favor, o quê, Babydoll? — questiono, e suas súplicas apenas incrementam a tensão dentro de mim.

— Mais — exige, descaradamente. — Eu quero mais.

Sua calcinha está no meio do caminho, o que a frustra. Ela afasta o tecido ainda mais, abrindo-se para mim, mas dou uma risada arrogante, porque deixei a peça ali para enlouquecê-la de prazer antes de eu mesmo ceder.

Conforme a deixo em um estado selvagem, brinco com seu clitóris, incapaz de superar a visão dela se desfazendo por minha causa. Gosto de dar prazer oral às mulheres. Eu prefiro isso ao sexo em si, para ser honesto. Ser capaz de dominar alguém a ponto de fazê-la perder o controle completo é o que me excita.

Sexo é a parte difícil. A intimidade me incomoda, porque a pessoa sempre desejará mais, e não tenho mais nada a dar. Estar com elas, de um jeito vulnerável, me desagrada. Mas agora, tudo que quero é me perder em Babydoll, pois sei que meus demônios brincarão com os dela.

Eu só quero me soltar.

Com um gemido gutural, dou a ela o que ambos queremos, e com um puxão, rasgo sua calcinha. Sua boceta brilha sob a luz, a maciez despertando uma fome ainda mais insana em mim. Sem pensar duas vezes, eu me deito de bruços, posicionando uma de suas pernas sobre meu ombro, e tomo sua boceta com a boca.

Babydoll grita, agarrando meus bíceps em busca de apoio conforme a devoro com vontade. Seu gosto é tão maravilhoso quanto o cheiro, e eu quero muito mais.

Esfregando meu rosto contra sua carne macia, eu me lambuzo com seu gozo, enfiando a língua em sua entrada. Para cima e para baixo, dentro e fora, eu a fodo com minha língua e boca, lambendo, chupando, não deixando nenhuma parte intocada.

Ela arremete contra o meu rosto, usando o calcanhar para me persuadir a aprofundar ainda mais a carícia. Ela está me mantendo cativo e, normalmente, não é algo que curto. Eu me sentiria sufocado, claustrofóbico, mas não com ela. Seus dedos acariciam com candura a minha cabeça, por entre meu cabelo, gemendo e tremendo com cada movimento da minha língua.

Sua boceta ardente está me queimando vivo, mas eu quero mais, então adiciono um dedo à tortura, sem mostrar piedade enquanto a devoro. Agarrando sua coxa, eu a arreganho ainda mais, porque a quero me consumindo. Quero que ela fique dolorida, com as pernas bambas, de forma que só pense em mim a cada passo que der no dia seguinte.

Meu dedo e língua disputam entre si, em direção à linha de chegada à medida que puno Babydoll com golpes torturantes. Suas costas se curvam para fora do sofá, e ela usa meu cabelo como uma rédea, prendendo-me à sua boceta. Ela é confiante e sabe o que quer – e esse é o tipo de amante que desejo.

Eu quero que alguém extraia de mim, que exija que eu a sirva como uma rainha. Eu quero uma igual, em todos os sentidos. Quero que alguém me desafie, me enfureça a ponto de explodir, porque essa erupção resultará em algo totalmente pecaminoso… exatamente assim.

— Ah, Punky!

Agarrando sua cintura, eu a mantenho imóvel conforme a levo ao frenesi. Ela se contorce e geme sob mim.

— Por favor, ai, Deus… dói… mas é uma dor tão… gostosa.

O fato de ela não se importar com um pouco de dor me agrada, pois é algo que posso dar. Todo o resto é estranho para mim. Mas estar com ela dessa maneira parece natural, como se tivéssemos feito isso mil vezes antes.

Nós combinamos, em todos os sentidos, o que nunca aconteceu antes.

Ela está toda aberta abaixo de mim, e me pergunto qual é o estado do meu rosto, porque sua boceta está toda manchada de branco e preto. Meu pau está tão duro, que chego a temer gozar na calça, como um adolescente com tesão.

Babydoll bombeia os quadris contra o meu rosto, me fodendo enquanto eu a fodo de volta, e no segundo em que chupo seu clitóris com força, ela goza gostoso. Eu a mantenho cativa, aprisionando sua boceta em minha boca à medida que ordenho cada último espasmo do seu corpo.

Ela geme e pragueja ao mesmo tempo, e, puta merda, se não é o som mais erótico que já ouvi na vida. Depois de um último estremecimento, seu corpo relaxa. Com um último beijo sobre a boceta perfeita, eu me sento e limpo a boca, porque estou todo melado, mas essa refeição foi a mais saborosa de todas.

Esparramada no sofá, Babydoll tenta recuperar o fôlego. Gosto de vê-la aqui, na minha casa, saciada por minha causa.

Estou prestes a me levantar, já que minha ereção ameaça me deixar manco de forma permanente, quando, de repente, ela se move e se senta em cima de mim, enlaçando meu pescoço, ainda sem fôlego e exausta. Suas bochechas estão vermelhas, a expressão satisfeita.

Na mesma hora, meu corpo enrijece, porque não gosto dessa intimidade. Ela está muito perto. Eu viro o rosto para o lado, mas ela me impede, com o dedo em meu queixo, me persuadindo a encará-la.

— Você acabou de me comer como se eu fosse sua última refeição, e agora não suporta me tocar?

— Não é isso — respondo, sem querer ofendê-la.

— Então o que é?

— E-eu... não gosto desse tipo de... toque.

Ela arqueia a sobrancelha, confusa.

— Não gosto de estar tão perto de alguém — confesso, sentindo-me emocionalmente incompetente. — Eu me sinto... enjaulado. Como se não conseguisse respirar.

Ela franze os lábios, refletindo sobre minhas palavras, mas, mesmo assim, não se afasta. Ela não sente repulsa ou raiva.

— O que aconteceu com você?

— Você não quer saber — retruco, agarrando a almofada ao lado.

— Sim, eu quero — ela argumenta, suavemente. — Por isso perguntei.

Ela olha para mim, esperando que eu revele todos os pecados do meu passado, mas terá que esperar sentada. Minhas paredes voltam a se reerguer, e eu ativo meu modo de defesa.

— Só porque comi sua boceta, não significa que vamos nos abraçar e compartilhar nossos segredos mais profundos e sombrios. Você já conseguiu o que queria ao vir aqui. Agora se manda.

Ela pisca uma vez, claramente ofendida, e com todo direito.

Mas isso não é pessoal. Esse é quem eu sou. Estou fodido da cabeça. Eu sei disso. Não há como me consertar, e nem quero ser consertado.

Quando ela percebe que estou falando sério, ela se levanta, com raiva, e calça os sapatos. Ela nem sequer olhar para mim, e, de alguma forma, isso me aflige, mas eu pedi por isso.

— Você é um verdadeiro babaca, sabia?

Recostando-me ao sofá, dou um sorriso sarcástico.

— Sim, acho que já chegamos em comum acordo em relação a isso, mas você não consegue se manter longe, não é? Sempre que quiser que eu coma essa sua bocet...

Não consigo concluir a frase, porque ela avança e me dá um tapa no rosto.

— Cale essa boca suja — sibila, os olhos entrecerrados. Ela sequer vai se desculpar por sua atitude.

Ótimo, ela me odeia. Espero que isso seja suficiente para mantê-la longe, porque eu mesmo pareço não ter forças para isso.

VENHA A NÓS O VOSSO REINO

Esfregando a bochecha, apenas dou um sorriso arrogante, e ela interpreta o gesto como deveria.

Ela se vira para sair, mas para e me encara com um olhar furioso ao dizer:

— Eu vim aqui para ver como você estava. Eu queria ter certeza de que estava tudo bem depois da informação que te passei. Eu estava preocupada — diz, zombando em seguida: — Sou muito burra mesmo.

Permaneço impassível, sem querer que ela note que suas palavras me afetaram. Com sua afirmação, ela tentou, uma última vez, me comover, mas não deu certo – não por culpa dela. Quando percebe que a conversa acabou por ali, ela se afasta e sai porta afora.

Assim que ela se vai, recosto a cabeça contra as almofadas e cubro os olhos com o braço, desejando bloquear o sofrimento que causei. Vai ser necessário muito mais do que isso – muito tempo.

Acabei de fazer um favor a Babydoll… ela só não sabe ainda.

Oito
BABYDOLL

Ele quer me ver, e não sei o porquê. Aconteceu alguma coisa? Engulo em seco só de pensar.

Andando pela luxuosa casa, não presto atenção às riquezas, porque essa riqueza é apenas um lembrete de tudo o que preciso, mas nunca terei, a menos que faça algo tão deplorável e que me levará a questionar minha moral para sempre.

No entanto, já estou a meio caminho disso.

Estou dolorida, graças ao melhor orgasmo da minha vida, presente de Punky, e isso antes de me expulsar de sua casa como uma prostituta barata. Cerro os punhos ao me lembrar do filho da puta. Como ele se atreve?

Essa coisa toda não deveria ser pessoal, mas, de repente, é o que parece. É algo muito pior do que imaginei.

Puck Kelly se entranhou dentro de mim. Eu deveria ter sido mais cuidadosa, mas nunca esperei sentir... essa conexão com ele. Porém, depois de ontem à noite, esse vínculo foi cortado, porque não serei tratada como uma prostituta.

No entanto, quando bato na porta de seu escritório, sei que essa escolha não me pertence mais. Estou aqui para servir a um propósito. Ele me permite entrar, e eu entro de cabeça baixa; assim como fui ordenada.

Eu não me sento. Conheço o meu lugar. Alguém como eu não serve para sentar-se diante de alguém como ele. Sinto o cheiro de sua colônia amadeirada, sua marca registrada, sobrepujando a fumaça do charuto. Isso me dá vontade de vomitar. Espero que ele diga alguma coisa, mas ele não diz nada. É tudo um jogo de poder, e nunca posso me esquecer de quem está no comando.

— Como você está? — ele pergunta, como se eu estivesse aqui por vontade própria.

— Bem — respondo, sucinta.

— Você descobriu alguma coisa?

Respirando com cuidado, assinto.

— Sim, ele perguntou sobre uma casa em Moville. Dei a ele o que encontrei na casa do Sr. Duffy.

— Sim, muito bom, querida. O que mais?

— Seu rosto estava pintado. — Meu corpo ainda formiga com a lembrança de encontrá-lo daquele jeito. Ele parecia sexy pra caralho.

Silêncio.

— Ele tinha três linhas vermelhas descendentes no meio da testa... que significam as vidas que ele vai tirar.

— E ele sabe quem são?

— Sim. Porém não me disse quem.

Ele aplaude, satisfeito com a informação.

— E foi o pai dele quem o espancou?

Assentindo, engulo meu desgosto ao pensar nisso.

— Muito bem. O que mais?

Sei o que ele quer que eu diga – que seduzi Punky para me contar todos os seus segredos, porém ele não o conhece. E não me conhece também.

— Tenho fotos de todos os arquivos que você queria — revelo. Não é a informação que ele queria, mas serve... por enquanto.

— Ótimo. Quero que você continue se empenhando nisso, no entanto. Eu preciso de você para quebrá-lo.

Lágrimas inundam meus olhos, porque não quero isso. Nunca quis nada disso. Mas é por esse motivo que estou aqui. Puck pensa que é um monstro, mas monstros assumem formas e tamanhos diferentes. Sua máscara ontem à noite era um reflexo de quem ele acredita ser.

O que aconteceria se ele visse a minha?

— Ele não é fácil de quebrar — respondo, baixinho. — Vai demorar muito mais do q...

Quando ouço o couro de sua poltrona ranger, indicando que ele se levantou, cerro os lábios, aterrorizada. Eu não deveria tê-lo contrariado. Mas não suporto me manter quieta diante disso.

O carpete macio anuncia sua chegada, e quando ele ergue meu queixo com o dedo, minha máscara, aquela que tentei tanto dominar, desliza no lugar. Ele examina meu rosto, mas não consigo decifrar o que está acontecendo por trás daqueles olhos cinza-chumbo. Sua máscara é sólida demais.

— Tente com mais afinco — diz, calmamente, mas em um nítido tom de advertência. — Você sabe o que acontece se não fizer isso?

Mordendo o interior da bochecha para conter as lágrimas de raiva, balanço a cabeça em concordância.

Esse filho da puta adora afirmar seu poder como se alguém pudesse esquecer.

— Você está aqui por uma única razão. E o que é?

Eu me levanto, me odiando mais do que já odeio ao responder com firmeza:

— Para… seduzir Puck Kelly e fazê-lo se apaixonar por mim.

E aí está… a verdade nua e crua. A razão pela qual ajudei Punky. A razão pela qual não posso deixá-lo em paz.

No início, ele era apenas um meio para atingir um objetivo, mas no instante em que nos conhecemos, percebi que ele era algo mais. No entanto, independente dos meus sentimentos, se algum dia Punky souber quem realmente sou e por que fui enviada a ele, ele não terá escrúpulos em me matar por essa traição.

Ele balança a cabeça, satisfeito, roçando meu lábio inferior trêmulo.

— E…?

— E descobrir tudo o que puder sobre os Kelly.

— E o que isso faz de você?

Uma lágrima escorre pelo meu rosto.

— Isso me torna uma mentirosa.

— Sim, e ninguém jamais poderia amar uma mentirosa — afirma, enxugando minha lágrima. — Você acha que seu encontro foi por acaso? Nada disso é por acaso. Todos vocês não passam de peões nas minhas mãos. Eu sabia que se vestir daquele jeito despertaria o interesse dele. Assim como fazer algo que o obrigaria a te procurar. Roubar dele foi perfeito. Eu te dei ordens, e você as cumpriu direitinho. Nada disso faz sentido agora. Mas fará em algum momento.

Eu o odeio, e ele sabe disso.

— Você não passa de uma mentirosa. E uma muito boa, por sinal. A maçã não cai longe da árvore. Nunca se esqueça disso. Eu possuo você.

Nunca esquecerei, porque ninguém pode me odiar mais do que eu mesma.

Ele segue em direção à sua mesa e pega o telefone, e pouco depois o oferece. *Esta* é a razão pela qual estou fazendo isso. Esta é a razão pela qual vendi minha alma ao diabo.

VENHA A NÓS O VOSSO REINO

Aceito o aparelho e, quando ouço aquela voz, sei o que tenho que fazer. Puck Kelly vai me odiar, mas vou lidar com as consequências, porque nada mais importa... além disso.

— Alô? — a voz diz, cansada.

Fico muda. Faz tanto tempo que não ouço essa voz. Eu só quero absorver esse raro momento no tempo, porque estou feliz. Isso me acalma, mesmo tão longe de casa.

— Oi — respondo, por fim, apertando o telefone com força, desejando que fossem elas.

Ele está me observando, então não posso dizer o que quero. Sou uma prisioneira – em todos os sentidos da palavra.

— Ah, meu amor, senti tanto sua falta! Você está bem?

Ele olha para mim com um sorriso arrogante, me desafiando a dizer o contrário.

— Estou ótima. Mas o mais importante é: como você está?

— Estou bem. Apenas preocupada com você. Está acabado?

E essa é a pergunta de um milhão.

— Camilla? — a voz insiste, me fazendo lembrar de que isso não acabou...

As coisas estão apenas começando.

Nove

PUNKY

Estou com raiva.

Esta não é uma ocorrência incomum para mim, mas essa raiva é diferente. Estou com raiva de mim mesmo. À medida que esmurro o saco de pancadas pendurado em uma viga no celeiro não utilizado, tudo em que posso pensar é em Babydoll, e em como sou estúpido.

Eu feri seus sentimentos e, geralmente, não dou a mínima para essas merdas, mas com ela, é diferente.

Ela confessou estar preocupada comigo, depois que insinuei que ela veio me ver por que queria gozar.

Com um grunhido, espanco o saco, desejando poder arrancar essa culpa do meu peito. Mas só parece piorar. Por conta do *heavy metal* explodindo meus fones de ouvido, não ouço nada até ser tarde demais. O saco de pancadas balança, revelando meu pai do outro lado.

Ele é a última pessoa que quero ver, especialmente depois de tudo que descobri duas noites atrás. Ele está aqui porque quer alguma coisa, já que não somos de conversa-fiada. Mas não tiro os fones de ouvido, nem paro de esmurrar o saco. Em vez disso, imagino que é seu rosto estampando no material em couro vermelho.

Infelizmente, não posso ignorá-lo para sempre.

—... seu espertinho. — Só ouço o final da frase quando ele me empurra e arranca meus fones de ouvido.

Controlando meu temperamento, eu o encaro, exigindo que diga logo o que tem a dizer.

— Eu preciso que você fale com um dos homens. Faltaram alguns quilos em sua entrega.

Quando ele diz 'falar', ele quer dizer dar uma surra até a morte.

Assentindo, tento recolocar os fones, mas ele dá um tapa na minha mão.

— Não me toque, porra — advirto, balançando a cabeça.

Ele apenas ri em resposta.

— Ah, olhe só… Está querendo dar uma de machão, é?

— Vá se foder — disparo, nem um pouco a fim de conversar com esse babaca.

Sua risada desvanece em segundos, e sei que as coisas estão prestes a esquentar.

— Você é um moleque. Vou te dar uma coça por essa boca suja.

Normalmente, eu não daria a mínima para suas palavras. Mas não hoje.

— Bem, você pode tentar.

— O que foi que você disse?

— Você me ouviu — retruco, cruzando os braços. — Eu sei o que você fez.

— Espere um pouco, rapaz. Do que diabos você está falando?

Eu não queria que fosse assim, mas é agora ou nunca…

— Eu tive uma conversa divertida uma noite dessas, com algumas pessoas.

— É mesmo? E com quem?

— Meus avós — respondo, sem hesitar, deixando-o de cara no chão.

Sinto um prazer absurdo ao notar sua palidez, mas rapidamente ele se recompõe.

— Ah, é? O que aqueles caipiras disseram?

— Muita coisa, na verdade. — Cerro os punhos atados com o esparadrapo; estou certo de que esta conversa terminará em derramamento de sangue. — Eles me disseram que você matou a mamãe — declaro, sem me conter. — Que ela estava deixando você, e me levando junto. E que ela sabia de um segredo que poderia arruinar os Kelly. O que você acha disso?

Eu espero que ele reaja. Para confirmar a verdade. Mas ele apenas se mantém postado diante de mim, inexpressivo.

— Você é surdo, ou o quê? — berro, com raiva por ele estar mudo.

Ele dá de ombros, enfiando as mãos nos bolsos.

— Pare de choramingar. Isso é patético. Você sempre foi um filhinho da mamãe. As coisas não mudam.

— Então é isso? — questiono, enojado com sua frieza. Eu não deveria esperar mais dele, mas esta é a primeira vez que mencionei meus avós. — Isso é tudo que tem a dizer?

— O que você quer que eu diga, garoto? Que sua mãe era uma santa?

— Cale a boca, porra! — esbravejo, prestes a perder a paciência por completo.

— Não calo porra nenhuma — ele contra-ataca. — Você está tão desesperado pela verdade, então aqui está ela. Sua mãe não era o anjo que você pensava. Ela estava trepando com todos os homens da cidade enquanto eu trocava suas fraldas, me certificando de te dar comida!

Eu balanço a cabeça, me recusando a acreditar nele.

— Sim, seus avós estavam certos… ela *estava* me deixando, porque eu a expulsei de casa. Nosso casamento acabou, porque o segredo… que ela pensou que poderia me arruinar, é que ela estava transando com Brody Doyle!

— O *quê*? — Tropeço para trás, incapaz de processar o que ele acabou de dizer. De jeito nenhum, de jeito nenhum ela estava dormindo com um Doyle. — Eu não acredito em você.

— Acredite no que você quiser — diz ele, impassível. — Eu nunca te disse nada disso porque não queria te machucar, rapaz. Mas você é teimoso que nem uma mula. Então é isso aí, esta é a verdade que você pediu. E ao ficar sabendo disso, garoto, não tem mais volta.

— Saber o quê? — pergunto, porque esta é a resposta que tenho procurado por toda a minha vida.

Meu pai passa a mão pelo cabelo e, pela primeira vez na vida, parece exausto.

— Sua mãe foi assassinada, porque ela estava trepando com Brody Doyle e queria mais. Ele, não. Ela se tornou um incômodo, e depois que ele se divertiu com ela, decidiu se livrar de uma vez por todas. É simples assim. Não houve disputa por causa de drogas. Nem de território. Seu tio e eu inventamos isso para poupar seus sentimentos.

— Você é um maldito mentiroso! — esbravejo, sentindo os olhos ardendo com as lágrimas.

— Posso ser um bastardo filho da puta, mas não sou mentiroso. Por isso nunca fiz nada. Ela teve o que merecia por foder com meu inimigo. Nunca lutei por ela, porque ela não me deu nenhum motivo pelo qual lutar. Ela fez sua escolha, Puck.

— Você diria qualquer coisa para salvar sua pele! Ela não está aqui para se defender.

— Você não acredita em mim? Pergunte ao seu tio — diz ele, ciente de que isso vai me ferir. — A razão de eu ter sido tão duro contigo é porque… quando olho pra você, tudo o que vejo é sua mãe e sua traição.

VENHA A NÓS O VOSSO REINO

Meu cérebro se recusa a aceitar suas palavras. Eles estão mentindo. É tudo mentira.

— Eu ainda sou seu filho! Tanto seu quanto da mamãe! — berro, abrindo os braços, mas quando ele baixa o olhar, percebo que interpretei mal toda a história e o que a traição dela realmente significa.

— Não, Puck, e é aí que está… eu não sei se você é meu filho.

Pela primeira vez na vida, Connor Kelly me choca a ponto de eu não saber o que dizer; e o motivo é que acredito nele.

Agora faz todo o sentido ele ter sido tão cruel comigo. Às vezes, ele me olha como se eu não fosse nada além de um estranho, o inimigo, e entendo o porquê.

— Quem é meu pai então? — pergunto em vão, porque já sei a resposta, mas preciso que ele destrua meu mundo de uma forma irreparável.

Ele suspira, parecendo abatido ao balançar a cabeça.

— Não sei.

— Ah, deixa de besteira! Não pare agora.

Quando ele se recusa a me responder, eu avanço e dou um empurrão em seu peito. Ele cambaleia para trás, pois essa é a primeira vez que o agrido.

— Não comece algo que você não pode terminar — ele adverte, me dando uma chance de recuar.

Mas agora já era.

— Vamos terminar isso então, velhote, de uma vez por todas. Diga-me de quem sou filho.

Estamos em um impasse, e apenas um homem se manterá de pé.

— Você perdeu o juízo, garoto? Eu te disse… eu não sei!

Parece que ele precisa de algum incentivo.

Sem hesitar, dou um soco em seu queixo. Sua cabeça se inclina para trás em um estalo satisfatório. Esta é a primeira vez que bato nele, e isso me enche de adrenalina.

— Vamos tentar de novo — zombo, sorrindo ao vê-lo limpar o sangue escorrendo pelo canto da boca.

— Seu filho da puta.

Independente da bomba que ele acabou de jogar na minha cara, ele não recua e avança na minha direção. Assumo posição, pronto para lutar até a morte. Ele arremessa o punho, mas eu me esquivo e golpeio suas costelas. Isso não o detém, no entanto.

Nós nos rodeamos, com os punhos erguidos, prontos para estraçalhar um ao outro – exatamente como sempre soube que terminaria.

— Sua mãe estava trepando com um católico! — esbraveja, cuspindo no chão para expressar seu nojo pelo fato. — Você pode ser filho de qualquer um até onde sei.

Suas palavras apenas alimentam a raiva descontrolada, e eu o ataco, esmurrando seu estômago. Ele se curva ao meio, mas não mostro nenhuma piedade, porque ele nunca fez isso comigo. Dou um chute em seu rosto, e ele se desequilibra e cai de costas.

Eu me lanço em cima dele, imprensando-o ao chão conforme golpeio seu rosto inúmeras vezes. Seu sangue quente cobre meus dedos, sangue que pode não correr em minhas veias. Com um uivo indignado, agarro sua cabeça e a bato contra o chão.

Ele ri em resposta, ensanguentado e espancado.

— Você pode não ser meu filho, mas luta como um Kelly.

— Seu filho da puta! — grito, e assim que ergo o punho para nocauteá-lo, alguém me agarra e me tira de cima dele.

Eu luto descontroladamente, mas meu tio Sean me contém, tentando me tranquilizar.

— Controle-se! Já chega!

Mas não desta vez. Ele não pode aplacar essa fúria.

Eu o empurro para longe, e ele cambaleia para trás, chocado, já que é a primeira vez que ajo com brutalidade contra ele.

— O que está acontecendo aqui? — pergunta, o olhar intercalando entre mim e meu pai.

Porém não dá para bancar o pacificador. Ele é tão culpado quanto meu pai.

— Como você pôde mentir para mim? Eu esperava isso dele, mas não de você — digo, balançando a cabeça, furioso, mas também magoado.

Tio Sean suspira, entrelaçando as mãos acima da cabeça.

— Então é verdade? Minha mãe estava… transando com Brody Doyle? É isso; a verdade que tanto busquei.

— Sim, rapaz. Lamento que tenha descoberto. Eu desejei que você nunca soubesse a verdade — comenta, com pesar.

— Você mentiu pra mim! — berro, incapaz de aceitar isso, porque a única pessoa que me mostrou um pingo de decência também faz parte desse ardil.

— Só porque eu queria te proteger da verdade.

— E que verdade é essa, tio? — questiono, encarando minhas mãos cobertas do sangue de um Kelly. — Eu sou um Kelly? Ou um… Doyle?

VENHA A NÓS O VOSSO REINO

Aí está – a verdade bem diante dos meus olhos.

Meu pai, ou melhor, Connor, fica sentado, gemendo de dor ao segurar as costelas.

Tio Sean olha para o irmão, que assente. Connor sabe que só vou acreditar no meu tio.

— Garoto, não sabemos, mas achamos que sim. Achamos que Brody Doyle é seu pai. Quando sua mãe engravidou, seu pai e ela se separaram. O tempo de gestação não bate para que Connor seja seu pai. Nunca pensamos muito nisso, mas quando a traição da sua mãe foi descoberta, nós juntamos os pontos.

Balanço a cabeça, chocado.

— Nós nunca vingamos sua mãe, porque ela ia trair seu pai em benefício próprio, revelando o segredo que arruinaria os Kelly, ao admitir que estava tendo um caso com o arqui-inimigo.

Ele suspira.

— Você pode imaginar o que isso representaria? Seríamos motivo de chacota na Irlanda do Norte. Se Connor Kelly não pôde controlar sua esposa, como ele seria capaz de administrar um negócio ilegal multimilionário? Como seus homens o respeitariam? Como os inimigos o temeriam? Isso nos arruinaria. E você sabe disso. E essa era a moeda de troca que sua mãe tinha. Ela achou que tinha uma carta na manga. Cara era arrogante e descuidada e exigia coisas em um mundo que ela não compreendia.

Continuo ouvindo, ainda chocado.

— Seu pai tolerou a rebeldia de sua mãe, porque a amava. Mas Brody, não; por isso ele mandou matar sua mãe. Ela estava se tornando um fardo, pois, no fim das contas, ela sempre foi protestante e ele católico. Sinto muito, Punky, mas é a verdade.

Eu preciso de um minuto para digerir esse pesadelo.

Eu me pergunto se minha mãe só dormiu com Brody para se vingar do meu pai. Brody fez a mesma coisa? Deve ter sido uma realização dormir com a esposa de seu maior inimigo. E quanto a mim? Ele sabe que eu poderia ser seu filho?

Tudo isso é demais para lidar. Não consigo respirar.

— Como sei que você não a matou? — pergunto a Connor, que ainda se encontra caído no chão. — Você tinha motivos para isso.

— É, você está certo, mas só descobri isso através do bilhete que ela deixou quando te sequestrou. O bilhete que dizia cruelmente que você não era meu filho, implicando que era um Doyle. Brody comprou aquele chalé para ela, então sabia onde sua mãe estava. Eu nem fazia ideia de que aquela propriedade existia. Por isso demorei três dias para te encontrar, Puck. Sua mãe e eu sempre tivemos problemas, mas eu não tinha noção de nada disso até que ela foi embora para Moville. Os Doyle sabiam onde ela estava. Sempre souberam.

Eu quero discutir, mas a tatuagem em meu pulso me queima com a verdade. A tatuagem, a mesma que vi quando tinha cinco anos – a mesma que vi outra noite nos pulsos dos Doyle –, me prova que ele está dizendo a verdade.

Sempre soube que os Doyle eram responsáveis pela morte dela. No entanto, nunca soube o motivo – até agora.

Minha vida inteira foi uma mentira.

— Por que você não me mandou embora? — pergunto a Connor, não querendo sua simpatia. Só preciso saber por quê.

Ele se mexe, encolhendo-se de dor ao tentar se levantar.

— Porque criei você como se fosse meu.

— Você é um Kelly, não importa o que aconteça — Tio Sean diz, com amor, oferecendo a mão ao irmão.

De repente, me sinto nauseado. Nem sei mais quem sou. O homem que odiei toda a minha vida, o homem que acreditei ser o responsável por tudo isso, é, na verdade, o herói desta história?

Não pode ser.

Eu preciso de espaço. Preciso de tempo para pensar.

Deixando para trás a família que agora enxergo sob uma ótica diferente, saio do celeiro e, inclino o rosto para o céu, gritando em pura agonia. Berro tão alto que tenho certeza de que os gritos poderiam ser ouvidos em Dublin.

Raiva não descreve o que estou sentindo agora, porque isso vai muito além. Nunca senti esse tipo de fúria antes. Assim que termino de amaldiçoar o mundo, ando em direção à minha casa, com apenas uma intenção em mente.

Quando entro, telefono para Rory e Cian. Eles não falam nada, porque sentem o tom sério na minha voz.

— Vou entender se disserem não, mas estou indo para Dublin. Esta noite. Não dá mais para esperar pela ligação de Liam. Eu preciso ir até ele.

— E depois? — Rory pergunta.

— Então vou descobrir de uma vez por todas o que essa tatuagem significa. E quando fizer isso, vou atrás de Brody Doyle.

VENHA A NÓS O VOSSO REINO

Ouço quando Cian se engasga com o que suponho ser uma cerveja.

— O quê? — arfa.

Brody Doyle sempre esteve na minha mira, mas agora ele é meu alvo número um.

— O que aconteceu?

— O que aconteceu é que acabei de descobrir que Connor Kelly não é meu pai. — Ambos parecem chocados, mas ainda não ouviram tudo. — E que talvez seja Brody Doyle.

Eu me pergunto o que eles vão dizer.

— A gente se encontra em vinte minutos — Cian diz.

— Sim, estarei aí em quinze — emenda Rory.

Encerrando a chamada, percebo que não importa o sobrenome que possuo, eles sempre serão meus amigos.

Estamos em silêncio, mas comparo isto com uma calmaria antes da tempestade.

As ruas de Dublin estão movimentadas, com muita gente rindo e bebendo cerveja com os amigos. Porém estou aqui por outro motivo, e é para acelerar o inevitável.

Não dá mais para esperar que Liam me ligue. Eu preciso mostrar iniciativa, que é a razão pela qual entramos casualmente no *The Craic's 90*. Para qualquer um, somos apenas três caras a fim de uma cerveja, mas quando vejo Erin Doyle atrás do balcão, a verdade pela qual estou aqui vem à tona.

Se Connor e tio Sean estiverem dizendo a verdade, então Erin é minha meia-irmã, o que a torna muito valiosa para mim, mas não porque estou interessado em uma reunião de família. Não. Ela é meu trampolim.

Ficamos na fila, esperando a vez de sermos atendidos. O lugar está lotado, o que nos permite nos misturar à multidão. Erin mostrou interesse em mim quando estive aqui pela última vez, porém esse é um ângulo que não posso mais explorar. Não importa o quão desesperado esteja, não vou cruzar essa linha.

Até descobrir com toda a certeza quem ela é, quem eu sou, preciso tratar o que Connor e tio Sean disseram como a verdade, o que me deixa com apenas uma opção – Cian.

Rory está muito apaixonado por Darcy para se jogar nisso, então só me resta Cian. Eu sei que as garotas o acham atraente, então só preciso que Erin ache o mesmo. Ele fica ótimo de jeans e camiseta, o que permite que Erin veja que ele malha.

Quando estamos próximos ao balcão, Erin olha duas vezes quando me vê. Seu sorriso demonstra que está feliz em me ver ali.

— Cara, esta é uma péssima ideia — Cian sussurra no meu ouvido. — Ela parece estar caidinha por você.

— Continue admirando a garota. Isso vai funcionar — respondo, acenando para a bartender.

— Mike da América — murmura ela, assim que chegamos ao bar.

— Erin de Dublin — brinco. — Não tive a chance de apresentar meus amigos. Estes são Kanga e Paul.

Ela assente, educadamente, mas deixa claro que não está interessada em nenhum deles.

— O que posso oferecer a vocês?

É quase impossível acreditar que ela pode ser minha irmã. Nós não nos parecemos em nada, porém isso não significa que não sejamos parentes. Meu estômago se revira só de pensar nisso.

— Uma loira gelada — Cian diz, em seu sotaque australiano fingido.

Erin sorri ao começar a servir nossas cervejas.

— Seu sotaque irlandês é sensacional. Bem sexy.

Cian se inclina para frente, todo charmoso.

— Sou cheio de surpresas, amor.

Rory revira os olhos e eu dou uma risada. O papel de Casanova se encaixou nele como uma luva.

— E seu irmão Liam? Está por aí? — pergunto, casualmente, mas Erin parece pensar que nada é por acaso quando o irmão está envolvido.

— O que você quer com ele?

Não tenho chance de responder, porque o próprio diabo aparece.

— Mike, há quanto tempo! — diz ele, com um sorriso.

Controlando a necessidade de dar uma cabeçada em seu nariz, viro para a direita e ofereço a mão.

— Você não me ligou ou mandou mensagem. Achei que tínhamos compartilhado um lance quando dei uma surra no seu irmão — caço.

VENHA A NÓS O VOSSO REINO

Liam aperta minha mão, explodindo em gargalhadas.

— Gosto de você, garoto. Hugh ainda está mijando sangue depois que você o espancou.

Dou de ombros, impassível.

— Eu estava mesmo querendo ligar para você. Me dá uma cerveja preta aí — pede à irmã.

Erin coloca as canecas com força sobre o balcão, deixando claro que não aprova. No entanto, Liam a ignora e gesticula para que eu o siga. Deixo Cian e Rory para trás, a fim de que arranquem qualquer informação da bartender, e sigo até onde Liam e Aidan estão sentados.

Quando Aidan ergue a caneca em saudação e sua tatuagem brilha sob a luz, decido ali mesmo que vou matá-lo. Liam e Hugh compartilham a mesma arte que ele, mas são jovens demais para serem o homem que atacou minha mãe.

Isso me faz deduzir que esta tattoo deve ser um rito de passagem ou algo assim; só preciso descobrir que rito é esse.

— E aí, gente? — cumprimento, sentando-me à mesa.

— Você é bem corajoso, garoto — diz Aidan, me dando um tapa nas costas como se fôssemos amigos.

— O que posso dizer? Senti saudade de vocês — brinco, com um sorriso.

Liam brinda o copo ao meu.

— Saúde, cara.

Bebo minha cerveja, esperando que Liam dê o primeiro passo. O fato de eu ter vindo até aqui é um sinal claro de que estou interessado no que ele está oferecendo. E ele morde a isca.

— Ainda bem que está aqui. Tenho uma proposta pra você.

Assentindo, gesticulo para que ele continue.

— Há uma pessoa que não pagou a minha família por um serviço que prestamos — explica ele, deliberadamente deixando de fora que tipo de serviço. — Eu cuidaria disso por conta própria, mas...

— Não precisa dizer mais nada — interrompo, querendo que ele saiba que não precisa explicar mais do que isso. Um bom cão de caça não faz perguntas.

Aidan se mostra satisfeito com a minha lealdade.

— Você está ocupado por agora?

Tomando um gole da cerveja, limpo a boca com o dorso da mão.

— Não.

— Maravilha. Você é selvagem, isso é fato.

Aidan e Liam trocam um olhar entre si. Não sei o que significa, mas vou arriscar.

— Obrigado, Mike. Nunca me esquecerei do favor. Aidan garantirá que você seja pago. Eu te ligo amanhã. — E eu sei que ele vai ligar mesmo.

Ele vai querer saber se tive coragem de fazer o que querem que eu faça. Mas mal sabe ele que estou prestes a trapacear. Apertamos as mãos e sigo Aidan por entre a multidão.

Cian e Rory estão sentados próximos à janela, e quando me veem, dou um aceno sutil. Eles sabem que têm que esperar alguns minutos antes de me seguirem.

Aidan sai do pub, e os faróis de um Audi vermelho estacionado na frente se acendem quando ele destrava o alarme. Entramos no veículo sem trocar uma palavra. Ele dá partida no motor e dispara noite adentro. O GPS do meu celular está sincronizado com os de Cian e Rory, para que possam rastrear o local para onde estamos indo.

— Você está gostando da Irlanda? — ele pergunta, tentando entabular uma conversa-fiada.

— Adorando — respondo, mentalmente tomando nota dos pontos de referência no caso de precisar refazer o caminho. — Meus amigos e eu estamos pensando em ir para Belfast na próxima semana.

Aidan ri, mas é um riso desprovido de humor.

— Aquele lugar é uma desgraça total. Seria melhor ir para a Escócia — diz, sarcástico, pois ambas as opções, em sua opinião, são ruins.

— Ah, você já esteve lá? — sondo, me fazendo de besta.

— Não vou lá há muito tempo.

— E por que não? — Mike da América pergunta, enquanto Punky da Irlanda do Norte se senta e espera que o filho da puta assine sua própria sentença de morte.

— Porque aquela porra não vale nada. Está cheio de vermes. Só tem aqueles merdas *protestantes*.

Enfio as mãos por baixo das coxas, para me conter de socar sua testa ao volante.

— Ah, então isso é um lance de disputa religiosa? Você é católico? — eu o instigo a continuar.

— Sim, eu sou. Mas não, a religião é apenas uma parcela minúscula do motivo pelo qual odeio aquele lugar. Há uma certa família lá que pensa que são os maiorais. Mas eles não passam de caipiras ignorantes. É a verdade. É fácil achar que pode vender drogas em uma cidade do tamanho de Belfast. Não há concorrência... bem, eles acham que não.

Mentalmente conto até três antes de perguntar:

— Concorrência? É para lá que vamos esta noite?

Aidan se vira e me lança um olhar, sorrindo.

— Você é esperto. Essa é a chave. Pena que vai embora tão cedo. Você seria muito útil para nós. Minha família valoriza a honestidade e a lealdade, algo que os Kelly desconhecem.

Ele confunde meu silêncio com falta de entendimento de suas frases ditas em um irlandês carregado, mas estou calado por medo de matar esse filho da puta com minhas próprias mãos. *Minha* família, ou seja, os Doyle. Então, quem é ele na hierarquia?

— Os Kelly são uma família rival. Os filhos da puta protestantes que pensam que são melhores que nós, mas eles não têm ideia de que a merda está prestes a bater no ventilador.

A adrenalina dispara em minhas veias, porque parece que ganhei a sorte grande. Arrefecendo meus impulsos assassinos, tento me concentrar no começo de algo muito bom.

— Boa sorte para eles então — comento, e vislumbro seu sorriso arrogante.

Nós dirigimos por cerca de trinta minutos, e, definitivamente, há uma mudança de cenário. A vida urbana desaparece do mapa. Todos estão trancados em segurança em suas casas, e os únicos que permanecem aqui fora, na escuridão, são os monstros como nós.

— Você só verá um povo ignorante e tapado por aqui — diz Aidan, assim que ultrapassamos uma placa dizendo Ratoath. Eu catalogo a informação, junto com tudo o que descobri esta noite.

— Onde você mora? — pergunto, casualmente.

— Dalkey. Toda a minha família mora lá. Meu irmão, Brody, possui uma propriedade de um hectare e meio. Eu não moro tão longe — ele se gaba, mas tudo que ouço é a palavra *irmão*.

Então, Aidan é tio de Liam, irmão de Brody. A tatuagem oculta por baixo da manga da minha camisa começa a coçar – uma reação psicológica ao que esta noite me reserva. Nunca previ isso. É bom demais para ser verdade.

Aidan desce por uma rua escura e, na mesma hora, a aura pitoresca da vila é substituída pela desolação, e quando avisto uma casa abandonada à frente, sei que o passeio acabou. A merda vai feder agora.

MONICA JAMES

Ele estaciona o carro e se vira para mim.

— Esse filho da puta não merece misericórdia. Vamos ver do que você é capaz então.

Ele experimentará isso em primeira mão em breve, mas apenas assinto com frieza. Sei que não devo fazer perguntas, e pego a mochila que havia organizado – só para o caso.

Saímos do carro, e o som das portas se fechando ecoa pelo silêncio. Não há casas por perto, mas ainda assim, não é o ideal. É o tipo de trabalho desleixado em nome dos Doyle, mas então reflito: talvez eles não se importem com quem os vê ou ouve, porque são os donos dessa porra de cidade.

Isso torna o que planejo fazer uma carnificina.

Sigo Aidan e o vejo destrancando a porta da frente. Quando ele acende a luz, fico surpreso ao reparar que há eletricidade, mas me concentro nos arredores, pois esta casa é um matadouro, então preciso memorizar cada canto.

Não sou burro. Sei que isso é um teste para ver se sou confiável. Estou aqui para fazer o trabalho sujo deles, e se eu me provar como alguém valioso, eles não me matam. Em todo caso, sou descartável, então preciso deixar minha marca.

Aidan lança um olhar por cima do ombro, a expressão animada à medida que seguimos por um corredor e ouvimos o som inconfundível dos gritos de socorro abafados por uma mordaça. Não tenho ideia de onde estou me metendo. Aidan abre a porta, e a pessoa que vejo amarrada a uma cadeira no meio do quarto – que parece um covil de grileiros – esclarece o que realmente significa a merda bater no ventilador.

Uma camiseta preta serve de venda e um trapo sujo se encontra enfiado na boca do cara, mas, sem sombra de dúvida, quem está sentado naquela cadeira é Ronan Murray – um dos meus homens. Um maldito traidor.

Connor achava que Nolen Ryan era o único traíra entre nós; ele estava errado.

Isso não é bom. Isto é um reflexo da nossa liderança. Se dois homens não tiveram o menor problema em se envolver com o inimigo, isso significa que eles não nos respeitam. Não temem as consequências do que pode acontecer ao fazerem negócios com um Doyle.

Algo precisa mudar, porque temo que Nolen e Ronan sejam apenas uma parcela de muitos outros. Apenas o começo.

Mas agora, preciso lidar com essa porra, porque Mike da América não deveria saber quem é esse homem.

— Olá, Ronan — diz Aidan, alegremente, anunciando nossa chegada.

VENHA A NÓS O VOSSO REINO

Seus gritos são abafados pela mordaça, então Aidan estende a mão e a remove com brutalidade. Ronan movimenta a mandíbula de um lado ao outro, e estou a segundos de arrancar sua língua traidora.

— Eu não sei de nada! — ele suplica, o que me enoja ainda mais.

— Ah, não minta para mim. Já passamos disso. Seu trabalho era simples… nos entregar a mercadoria dos Kelly.

Então Ronan era o homem com quem Connor queria que eu 'conversasse'. Não tive a chance de perguntar quem era o infeliz, porque tinha outros assuntos urgentes para lidar, como descobrir que posso ou não ser um Kelly. Mas independente de quem sou, Ronan me traiu.

Ele traiu Cian, Rory e eu, e isso não pode ficar impune.

— Eu tentei de tudo, mas Connor sabia que eu tinha alguns quilos a menos. Não posso continuar desfalcando a mercadoria.

— Não é problema meu — responde Aidan, impassível. — Você disse que seria capaz de fazer isso.

Ele disse? Por que ele procurou os Doyle em primeiro lugar? Por mais grana? Eu não entendo nada disso.

— Você não conhece Connor. Não conhece o filho dele, Pu…

Antes que ele tenha a chance de dizer outra palavra, dou um pulo à frente e esmurro sua mandíbula. Sua cabeça tomba para trás com a potência do golpe.

Os olhos de Aidan estão arregalados, surpresos com minha súbita necessidade de violência, mas Ronan não consegue dizer meu nome. Não tenho dúvidas de que os Doyle sabem quem sou, mas quanto menos souberem, melhor.

O choque de Aidan logo se transforma em prazer conforme aplaude com alegria.

— Ronan, conheça Mike.

Ronan vira a cabeça de um lado ao outro, tentando descobrir onde o tal Mike está. Faço questão de deixar claro a tarefa que tenho em mãos ao lhe dar outro soco – desta vez, no nariz.

— Sangue do cordeiro! — Aidan grita, exultante, saindo do caminho, pois não quer a camisa branca suja de sangue.

Preciso saber o que Ronan disse aos Doyle.

— Acha que pode se meter com os meninos grandes? — zombo, ciente de que ele não vai reconhecer minha voz, graças ao sotaque americano impecável. — Não sei quem são esses Kelly, mas…

142   MONICA JAMES

— Isso mesmo — Ronan interrompe, mordendo a isca como eu sabia que faria. — Eles são os maiores traficantes de drogas, entre outras coisas, em toda a Irlanda do Norte.

— Então por que você está traindo eles?

Aidan permite o interrogatório, parecendo tão interessado na resposta quanto eu.

— Porque as coisas estão prestes a mudar. Os *Doyle* vão mudar isso.

Puta merda.

— Sim — Aidan concorda, balançando a cabeça alegremente. — Você escolheu o lado certo, Ronan. Mesmo sendo protestante, mas isso parece não importar muito agora.

Claro, isso importa pra caralho. Que porra está acontecendo aqui?

— Sinto muito, Aidan. Deixe-me consertar as coisas com você. Os gêmeos de Connor... eu os trarei pra você. Ele ama aquelas crianças.

As paredes se fecham ao meu redor, e minha escuridão arreganha as mandíbulas, exigindo um banho de sangue.

— Tudo bem, então — diz Aidan, com um sorriso. — Parece justo. Brody pode decidir o que fazer com eles. Ele pode usá-los como moeda de troca. Criá-los como seus filhos... ou vendê-los. As possibilidades são infinitas.

Essas pessoas de quem ele fala tão levianamente são meus irmãos – sejam eles de sangue ou não. Isso não importa. Eles são inocentes nessa merda toda, assim como eu já fui um dia.

No entanto, perdi minha inocência há muito tempo.

Aidan parece feliz com o compromisso feito e remove a venda de Ronan. Ele pisca rapidamente, tentando se ajustar à claridade, e quando o faz, um ofego escapa de sua boca, porque tudo o que ele vê sou eu – o *Kelly* a quem ele traiu.

— Não, não pode ser... — arqueja, e quando Aidan se vira lentamente, sem entender por que ele parece ter me reconhecido, sei que é chegada a hora.

Não importa se sou um Kelly ou um Doyle. No fim das contas, sou um ser humano puto pra cacete que está prestes a se vingar de todos que me traíram.

Aidan rapidamente enfia a mão no bolso, mas é tarde demais e eu lhe dou um chute na garganta. Ele cambaleia para trás, com a mão no pescoço, porque o golpe arrebentou sua traqueia. Ronan puxa as cordas ao redor de

VENHA A NÓS O VOSSO REINO

seus pulsos, desesperado, tentando inutilmente se libertar.

— Eu sinto muito! — implora, ciente de qual é o seu destino. — Foi uma armadilha.

— Cale a boca! — exijo, curvando o lábio em um esgar, enojado com suas mentiras. — Sua *armadilha* envolvia negociar meus irmãos? Você está de sacanagem? Não sou burro, seu filho da puta.

Os chiados de Aidan cessam quando ele ouve o que acabei de revelar.

— Você é irlandês?

— Não, sou da Irlanda do Norte — declaro, endireitando a postura. — E sou um Kelly, porra. Meu nome é Puck Kelly.

Aidan, que ainda está lutando para respirar, sabe que é agora ou nunca, e corre para a porta, mas ninguém deixará este cômodo vivo. Bloqueando a saída, dou uma cotovelada em seu nariz, ouvindo o osso se partir. Ele cai para trás, com o sangue jorrando por entre os dedos enquanto tenta respirar.

Abro minha mochila, pego uma faca, empurro Aidan contra a parede e torço seu braço acima da cabeça. Ele se lança para frente, mas não vai a lugar nenhum, e deixo isso bem claro quando cravo a lâmina em sua palma, estacando-o contra a parede.

Seus uivos são como música para minha alma.

Um braço ainda está livre, então ele o agita, tentando me agarrar, mas dou um passo para trás, rindo.

— Tire a faca — eu o desafio. — Essa é a única maneira de você sair dessa parede.

Quando ele tenta fazer isso, agarro sua mão livre e a dobro para trás até que o osso se parta. A mão flácida sinaliza que o punho está quebrado.

— Shh… shh… — eu o silencio, cubro sua boca à medida que o encaro com um olhar divertido. — Eu só quero falar com você.

Seus gritos são abafados sob minha mão.

Puxando a manga de sua camisa, encaro sua tatuagem.

— O que isto significa?

Seu olhar dispara para a tatuagem, e, de repente, percebo que o simbolismo por trás disso é ainda maior do que eu pensava.

Afastando a mão com cuidado, advertindo-o a não gritar, fico à espera de sua resposta. Ao invés disso, o filho da puta cospe na minha cara.

— Vá se foder, Kelly.

Projeto a língua por dentro da bochecha, e ergo o rosto para o teto ao expirar.

— Então é isso? — pergunto, sem saber por que ele acredita que a pergunta era opcional.

Talvez ele precise de mais encorajamento.

Abrindo a mochila, pego minhas tintas faciais e as soqueiras. Não preciso de um espelho para fazer a máscara, porque sei cada golpe de cor, graças a ele e aos outros dois escrotos que roubaram minha vida. Enfiando as soqueiras no bolso, desenrosco a tampa da tinta branca e mergulho os dedos dentro do pote. Assim que os revisto, espalho a tinta branca pelo rosto em minha insanidade desmedida.

Aidan me encara, horrorizado, enquanto abro o recipiente da tinta preta e desenho o sorriso sinistro de bochecha a bochecha. Eu uso o dedo médio para traçar os riscos sobre a boca, antes de soprar um beijo para ele.

Meus olhos azuis estão sombreados em preto conforme esfrego com fúria os círculos ao redor deles. Em seguida, pinto o nariz.

Meu rosto agora está pintado da mesma forma que fiz quando era apenas um garotinho.

— Você não bate bem da cabeça. Você é retardado, não é? Não é à toa que é um Kelly, afinal de contas.

Não me incomodo em rebater a ofensa, nem o corrijo alegando que, na verdade, não sei quem sou.

— Sua tatuagem... Eu quero saber o que significa.

— Por quê? Você quer fazer uma igual?

Com um sorriso, puxo a manga da camisa para trás.

— Eu já tenho uma.

A confusão no semblante de Aidan se torna evidente ao ver os desenhos iguais.

— Como?

É hora de recuperar o que ele roubou de mim.

— Quando eu tinha cinco anos, eu te vi. Eu vi o que você fez com minha mãe... Cara Kelly. Lembra dela?

— Não. Nenhum Kelly vale a pena ser lembrado.

Apesar de sua negativa, continuo meu relato, porque mesmo que ele não tenha estado lá, ele tem as respostas que quero.

Balançando a cabeça, começo a assoviar a música que estava tocando no rádio quando ele estuprou minha mãe. Quando tomo fôlego, vislumbro o reconhecimento em seu rosto. Ele lembra, sim. Ele *era* o filho da puta que estava lá naquela noite.

VENHA A NÓS O VOSSO REINO

Pegando a tinta preta, mergulho o dedo no pote e desenho uma única linha na minha testa. Esperei uma eternidade por esse momento.

Quando me posto diante de Aidan, ele não reage ao me ver inclinar a cabeça para o lado, examinando-o com atenção. Este é meu bicho-papão, o cara que pegou algo que nunca poderá ser substituído – minha alma.

Ele se debate à medida que vasculho seus bolsos em busca de sua carteira e celular.

Sinto o couro macio quando abro a carteira, encontrando imediatamente o que estou procurando.

— Esses são seus filhos? — pergunto, arrastando um dedo lambuzado de tinta pela fotografia deles.

Dois meninos e uma menina. Uma delas está usando uma camiseta com as palavras 'Quatro Folhas' estampadas na frente.

Minha atenção se concentra em sua carteira de motorista. Agora que tenho seu endereço, ele percebe que está fodido.

— Tudo bem. Esta tatuagem, seu idiota estúpido, é o que todo Doyle ganha quando mata um de vocês! Um maldito protestante. Quase todos os Doyle possuem uma, porque vocês, Kelly, são um bando de fracotes.

Mantenho a calma, que está por um fio.

— Tsc, tsc, tsc… Quem eram os outros dois filhos da puta que estavam com você naquela noite?

Aidan ri, com raiva.

— Não faço ideia do que você está falando.

— Ah, talvez você precise lembrar, então?

Pegando meu telefone, faço uma pesquisa rápida e não demoro muito para descobrir que 'Quatro Folhas' é uma pré-escola.

— Sua filhinha parece ser um prodígio. — Mostro a tela do meu celular para que ele veja o que descobri.

A foto de sua filha está postada no site, com os dedos mergulhados em tintas.

— Eu vou te matar, porra! — ele ameaça, avançando para mim.

— Vá em frente — zombo, cruzando os braços. — Tudo o que você tem que fazer é arrancar essa faca.

Ele ruge em frustração, porque com uma mão quebrada é impossível fazer isso.

— Tudo o que fazemos é pra sacanear com vocês. Assim como roubar um de seus homens. Você não tem ideia de quem está enfrentando.

Bato palmas, pegando Aidan desprevenido, pois suas palavras deveriam me perturbar. Tudo o que ele fez, na real, foi me irritar ainda mais. É nítido que ele pensa que não estou falando sério, então decido chamar reforços. Enviando uma mensagem, espero pela chegada dos meninos, que já sei que estão do lado de fora aguardando minhas ordens. Assim que os dois entram, Aidan e Ronan ofegam.

— E aí? — pergunto aos dois, assim que param ao meu lado.

— Bem, então, eu não me importaria com uma pequena xícara de chá, mas isso vai servir — Cian diz, sarcasticamente, assoviando ao ver a carnificina.

Rory pragueja quando nota Ronan amarrado à cadeira.

— Seu filho da puta. Você está trabalhando para os Doyle?

Seu nariz sangrando é resposta suficiente.

— Rapazes, Aidan Doyle precisa de algum incentivo. Aqui. — Entrego a carteira de motorista por cima do meu ombro. — Vocês poderiam fazer uma visitinha à família dele?

Rory arranca a carteira de motorista dos meus dedos.

— Sensacional! Eu adoraria.

É claro como cristal que Aidan está lutando com sua lealdade. Uma que ele dedica à sua família. E outra que ele deve aos Doyle por ser um deles. E, assim como eu, pelo mesmo motivo de tudo isso, sua família sai ganhando.

— Tudo bem, eu estava lá! Aquela vagabunda teve o que mereceu.

Inspirando fundo, levo um segundo para assimilar sua confissão.

— Cuidado com a boca — advirto, em um tom letal. — Quem eram os outros dois caras com você?

Percebo que ele pode ter mentido para mim, porque, se o que disse for verdade – que todo Doyle faz uma tatuagem para cada protestante que matar –, então qualquer um deles pode ser responsável pela morte da minha mãe. Mas o motivo pelo qual acredito que tenha sido ele, é porque a morte dela foi teve um caráter muito pessoal.

Minha mãe estava dormindo com Brody, e se o que o tio Sean diz é verdade, então eles a queriam morta, porque ela era um empecilho e um incômodo. Se a intenção era dar início a uma guerra com Connor, eles teriam deixado claro. Sua morte teria sido um aviso.

Mas a razão pela qual ela foi assassinada não tinha nada a ver com o fato de ser uma Kelly, e, sim, por querer ser uma Doyle.

— Eu acho que o filho da puta que cortou a garganta dela era seu irmão… Brody.

VENHA A NÓS O VOSSO REINO

Aidan empalidece, mas não confirma nem nega.

Eu quero perguntar a ele sobre minha mãe, e se ele sabia sobre o caso dela, mas não posso falar essas palavras em voz alta.

— Pense o que você quiser — Aidan rosna. — Sua mãe não passava de uma vagabunda barata. Ela abriu as pernas pra todo mundo. E era patética assim como você — diz. — Você não vai machucar m...

Aidan não chega a concluir a frase porque, sem pensar duas vezes, envolvo meus dedos na soqueira e o silencio para sempre.

Esmurro seu queixo com tanta força que um dente se solta e cai no chão. Mas não é suficiente. Soco seu rosto, repetidas vezes, até que se transforma em uma massa sangrenta. A cada vez que golpeio sua mandíbula, a cabeça se choca contra a parede.

Ofegante, flexiono os dedos, apreciando a carne e o sangue que cobrem meus dedos. O queixo de Aidan despenca contra o peito com um ruído gosmento, um fio de saliva mesclada ao sangue escorre da boca à medida que tenta tomar fôlego. Há uma última coisa que ele precisa fazer antes de parar de respirar de vez.

Desbloqueando seu celular, percorro os contatos até chegar ao número de Liam. Agarrando o cabelo de Aidan, puxo sua cabeça para trás e zombo:

— Você vai dizer ao seu sobrinho que tudo correu às mil maravilhas. E que sou confiável.

— Por que eu faria isso? — arfa, me encarando através da pálpebra inchada. O outro olho foi estraçalhado.

— Para salvar seus filhotes — respondo, prometendo que nenhum mal seria feito a eles. E falo sério. — Só quero me vingar de quem merece. Quando se tornarem adultos, e quiserem a mesma coisa, eu lhes darei a chance. É justo, olho por olho. — Sem trocadilhos.

— Sua palavra não significa nada para mim — ele ofega, o peito estremecendo com cada respiração irregular.

— Então, a alternativa é eu te levar para a sua casa, e matar sua família diante dos seus olhos... exatamente como você me fez testemunhar a morte da minha mãe.

Aidan não tem escolha. Ele deve se sacrificar para salvar a família. Será a única coisa honrosa que fará em sua vida.

Discando para Liam, coloco o telefone na frente de Aidan e, quando Liam atende, espero que Aidan faça sua escolha.

— O garoto bonitinho deu conta do serviço — diz ele, me surpreendendo com sua habilidade de atuação. — Tudo resolvido. Podemos confiar nele.

MONICA JAMES

— Ótimo. Por que você parece ofegante? — ele pergunta, e eu arqueio uma sobrancelha para Aidan, insinuando que ele deve se esforçar mais.

— Estou chupando uma teta.

Franzo o cenho, porque agora ele está apenas sendo nojento.

Liam ri alto.

— Argh! Que vergonha. O que a tia Fia vai dizer?

— Dê uma desculpa qualquer se ela perguntar, rapaz — responde Aidan. — Vou tirar alguns dias de folga. Estou chapado.

— É uma boa ideia. Ligue-me quando acabar de traçar sua puta. — Liam parece pensar que o adultério do tio é motivo de riso.

— Farei isso — diz Aidan, estremecendo ao se mover.

Ele, de repente, para, pois percebe que esta é a última conversa que terá com seu sobrinho. Se eu me importasse com essas porras, eu o deixaria viver, mas não dou a mínima.

— Falo com você mais tarde, tio.

— Tudo bem, tchau.

Liam encerra a chamada sem saber de nada, e Aidan funga, aceitando seu destino.

Eu quero vê-lo sofrer, mas a verdade é que ele é apenas um peixe pequeno em um grande lago e, honestamente, olhando para seu rosto disforme, quero apenas concluir essa etapa. Eu sei que não foi ele quem cortou a garganta da minha mãe ou destrancou a porta do guarda-roupa.

Aquele filho da puta era alto. Eu me lembro muito bem disso.

Mas isso não significa que o acerto de contas de Aidan foi adiado. Ele é apenas uma amostra do que está por vir.

— Meu irmão vai te matar. Você não é ninguém — ele cospe, sem nem ao menos implorar por sua vida, ganhando o meu respeito por isso. — Você não é nada além de um Kelly.

Assoviando, eu zombo:

— Você está doidão? É assim que você faz amigos?

Não importa que ele não tenha revelado quem eram os outros dois homens. Vou descobrir, assim como fiz com ele. Não há coincidências em nosso mundo. Minha mãe foi morta, porque se perdeu em uma vida que não mostrou misericórdia.

Connor Kelly pode muito bem ter manuseada aquela faca, pois o destino dela foi decidido no instante em que se conheceram.

Agarrando o queixo de Aidan, inclino sua cabeça para trás e o examino de perto.

VENHA A NÓS O VOSSO REINO

— Eu não sei quem sou — confesso —, mas sei que vou adorar matar você.

Seu pomo-de-adão se agita quando ele engole, o primeiro sinal de que está com medo.

Eu quero humilhá-lo, assim como ele fez com minha mãe, e alguém como Aidan – alguém que me chamou de retardado só porque uso essa pintura de guerra com orgulho – sofreria total desonra se eu o usasse como uma tela antes de cortar sua garganta.

Virando-me, vejo Cian e Rory ao lado de Ronan. Ele está quase se cagando de medo pelo que está prestes a enfrentar. Eu vou lidar com ele mais tarde. Pegando minhas tintas do chão, sorrio quando Aidan geme.

— Esse rosto — comento, esfregando meus dedos na tinta branca e misturando com o sangue vermelho em minhas mãos. — Este é o rosto que *você* criou quando eu estava trancado no guarda-roupa, te vendo estuprar e humilhar minha mãe. Eu sei que não foi você que cortou a garganta dela — declaro, com calma, besuntando seu rosto com a tinta branca. Quando ele tenta se afastar, eu seguro seu queixo com brutalidade. — Eu também sei que você não vai me dizer quem foi o filho da puta. Mas tudo bem… eu já sei.

— Você não sabe de nada — debocha, arreganhando os dentes assim que cubro sua pele por inteiro.

— Eu tenho certeza de que foi seu irmão. Agora, quem foi o terceiro filho da puta? Se me disser, prometo te matar rapidamente.

— Não sou dedo-duro, então vá em frente e me mate — dispara, e dou o braço a torcer por ele não ser um covarde. — Você não tem ideia de contra quem está lutando. Isso é algo muito maior do que você pode imaginar. Sua vida acabou, garoto. Já era. Minha família vai te caçar. Você não tem a menor noção do que te espera! — É ridículo como ele tenta me ameaçar como se fosse o Gasparzinho.

Recuando um passo, dou um sorriso para minha tela. Seu rosto é um pano de fundo em branco para eu criar uma carnificina. Jogando o recipiente branco por cima do ombro, esfrego círculos na pintura facial preta e cubro os espaços em branco.

— Imagine só? — zombo, desenhando uma linha preta de um lado ao outro em seu rosto. — Eu, com medinho de um Doyle? Pena que não tenho medo, não é?

Depois de pintar o imenso sorriso, coloco o dedo em meu queixo, infeliz com o resultado. Meu lado artístico busca a perfeição, e isso só será alcançado com alguns pequenos ajustes. Arrancando a faca da palma da mão de Aidan, dou uma cotovelada na cara dele para impedir qualquer tentativa de fuga. Enquanto ele ofega por ar, eu agarro seus lábios e os corto fora.

A carne nojenta cai no chão com um *plop*.

Cubro meu dedo no sangue que escorre de seu ferimento, e traço uma linha em sua testa – um já foi, agora faltam dois.

— Vocês não acham que melhorou, rapazes? — pergunto a Cian e Rory, admirando um Aidan sem lábios enquanto ele, incoerentemente, murmura por ajuda.

— Ficou bom pra caralho — Cian exclama, batendo palmas em aprovação.

— Uma obra-prima — Rory concorda, e coloca uma lâmina na minha mão. — Mas acho que mais uma coisa é necessária.

Olhando para meu amigo por cima do ombro, aceno em agradecimento e em concordância. Esta luta não é dele. Esta vingança não tem nada a ver com ele ou Cian, mas aqui estão os dois, e sei que eles nunca sairão do meu lado.

Não importa que sobrenome eu tenha; estes dois caras serão sempre a família à qual pertenço.

Abrindo a faca borboleta, deslizo meus dedos pela proteção dos nós dos dedos e a lâmina de cinco polegadas se torna uma extensão da minha mão. Aidan caiu de joelhos, admitindo a derrota. Ele começa a Oração do Pai Nosso – da melhor forma possível, sem lábios.

— Pai nosso que estais nos céus, santificado seja o vosso nome. Venha a nós o teu reino…

— Seja feita a tua vontade, assim na terra, como no céu — concluo, postando-me às suas costas. Agarro seu cabelo, puxo a cabeça para trás, pressionando a lâmina contra a garganta, e a arrasto brutalmente.

O calor pegajoso que cobre minha mão derrete o frio dos meus ossos e, pela primeira vez em muito tempo, há silêncio. Aidan gorgolejando em seu sangue é o único som que ecoa pelo cômodo conforme assimilo o que acabei de fazer.

Eu matei.

Soltando Aidan, ele cai de bruços, o sangue se acumulando ao redor à medida que tenta dar seus últimos suspiros de vida. Pairo acima dele, com a faca em mãos, esperando até que ele simplesmente deixe de existir. Inspiro fundo e exalo devagar, saboreando este momento, pois ele estabeleceu um parâmetro para as coisas que estão por vir.

VENHA A NÓS O VOSSO REINO

Eu o viro de costas, com meu pé, e admiro a bagunça sangrenta mesclada às tintas. Não sinto absolutamente nada.

Cian e Rory me ladeiam, também avaliando a carnificina diante deles. Este é o começo do fim.

— O que vamos fazer com ele? — Rory questiona.

Dou de ombros, imperturbável.

— Nós o deixaremos em algum lugar onde sua família, em algum momento, o encontrará.

— Você não acha que deveríamos esconder o corpo?

— E por quê? Eu quero que eles o encontrem — declaro. — Quero que eles vejam que ele entrou na vida após a morte com as cicatrizes em seu rosto que estão esculpidas em minha alma.

Quero que os Doyle saibam que alguém está atrás deles. Eu quero que saibam que são os próximos. Eu não matei Aidan simplesmente – eu o torturei e o humilhei, assim como ele fez com minha mãe. Isso é pessoal, e quero que todos os Doyle saibam disso.

— E quanto ao Ronan? — Cian pergunta. — Por que os Doyle estão querendo nossa mercadoria? Eles têm a deles. Eu não entendo.

Lanço um olhar a Ronan, e sei que ele não vai nos contar nada, pois não sabe de porra nenhuma. Ele é apenas um peão; todos nós somos.

— Não sei. Mas vou descobrir.

— Nós contamos aos nossos pais sobre ele? — Rory pergunta.

Ronan choraminga, implorando por misericórdia mesmo ciente de que não merece nada pelo que fez. Mas ele é mais valioso para mim vivo do que morto.

Balançando a cabeça com calma, respondo:

— Não. Nós não vamos contar nada. Por causa deles, Ronan e Nolen pensaram que poderiam se safar dessa. Não lhes diremos nada. O que fazemos é *o* trabalho deles… Está na hora de reivindicarmos nosso reino de volta, caras.

Dez
PUNKY

Alguém está no meu quarto.

Sem pensar, eu me levanto e alcanço a arma na gaveta de cima da minha mesa de cabeceira, mas paro ao ouvir a voz:

— Você não vai precisar disso, filho.

Tio Sean está sentado na cadeira ao lado da minha cama, lendo o jornal da manhã. Ele não se incomoda com o fato de que eu estava a segundos de atirar primeiro e fazer as perguntas depois.

Passando a mão pelo meu cabelo emaranhado, eu me sento e recosto contra a cabeceira da cama, gesticulando com o queixo de que se ele quer falar, que fale logo. Ainda estou arrasado por ele ter mentido para mim por todos esses anos. Eu sei que ele pensou que estava me protegendo, mas eu teria preferido a verdade.

— Você ainda está com raiva de mim? — ele pergunta, abaixando o jornal e me encarando por cima da armação dos óculos.

— Não. — Minha resposta curta não é nem um pouco convincente.

— Quando você for mais velho, você va...

Mas não quero ouvir suas desculpas.

— Poupe-me do discurso, porra. — Afasto os cobertores e me levanto, deixando claro que não estou a fim de continuar essa conversa. No entanto, tio Sean não larga o osso.

— Por favor, Punky, me desculpe. Aconteceu e está feito. Não importa o que aconteça, você sempre será meu sangue.

E vamos descobrir isso, com certeza, assim que eu fizer um teste de paternidade.

Um exame de sangue está fora de questão, mas isso não é empecilho. Isso significa que só preciso ser criativo, pois existem outras maneiras de obter o sangue de alguém, como quebrar o nariz, por exemplo. Eu preciso de qualquer coisa que tenha o DNA de Connor, então planejo pegar uma amostra de sua saliva e cabelo também.

— Ah, que lindo. — Sorrio, sarcasticamente.

Tio Sean suspira e, embora me incomode vê-lo desse jeito, tenho outras coisas com as quais lidar.

Jogamos uma moeda ontem: cara, matávamos Ronan. Coroa, ele vivia. Deu coroa.

Mas ele saiu de Dublin quase morto, em um aviso claro do que aconteceria caso o víssemos novamente. Ele disse que agiu por conta própria, mas não acreditamos nele, por isso agora desconfiamos de todos. Até que possamos confirmar se estão do nosso lado, eles são considerados nossos inimigos.

Tio Sean não pode saber que planejamos revisar nossa operação, porque ele vai me impedir. Assim como não me contou a verdade sobre minha mãe, ele vai querer me proteger pelo resto da minha vida. Mas sou bem crescido e não preciso dele me protegendo.

Eu posso fazer isso sozinho.

— Se você já deixou de mau-humor, não se esqueça da festa daqui a algumas horas.

Ah, caralho.

Esqueci completamente do décimo quinto aniversário de casamento de Connor.

Vai ser um evento chique, porque o chefe de polícia Moore – entre outras pessoas 'importantes' – estará presente. Esta é a maneira de Connor se fingir um lorde, aliançando as pessoas que ele quer ao seu lado.

Connor não faz nada sem justificativa. Há sempre um motivo oculto.

— Pare de encher o saco. Eu estarei lá — respondo, com um meio-sorriso.

Tio Sean dá um sorriso, porém é nítido que está tenso. Ele sabe que temos um longo caminho a percorrer antes de fazermos as pazes de vez.

— Você ouviu falar de Ronan?

— Não ouvi nada — retruco, com calma.

— Achamos que ele anda nos roubando — explica, tirando os óculos e esfregando a ponta do nariz. Ele está exausto. — Mas não se preocupe.

— Ah, isso é revoltante. Ele, provavelmente, já se mandou há muito tempo. — Preciso disfarçar, é óbvio. Ninguém pode saber que ele sumiu de vez.

Tio Sean assente.

— Você deve estar certo. Você é um bom garoto. Mais inteligente do que eu quando tinha a sua idade.

Rindo, abro o guarda-roupa e vejo meu terno pendurado, recém-passado. Agradecerei a Amber quando a encontrar mais tarde.

— Isso foi há um bom tempo, velhote.

— Tudo bem, engraçadinho. Vejo você mais tarde. — Ele dá um tapa de brincadeira na minha cabeça, antes de sair para, sem dúvida, ajudar com a festa cheia de ostentação em prol das aparências.

Assim que ele sai, expiro devagar; essa passou perto. Ninguém pode saber sobre Ronan. Rory, Cian, e eu lidaremos com isso do nosso jeito, porque nossos pais fizeram merda. Só de os caras pensarem que podem agir pelas nossas costas já é um sinal claro de que não temem as consequências.

Quero liderar com respeito, não com crueldade, mas parece que talvez não tenhamos escolha. Não consigo afastar esse sentimento de que temos um rato traidor em nosso meio. O que Aidan disse tem se repetido na minha cabeça desde então:

"Você não tem ideia de contra quem está lutando. Isso é algo muito maior do que você pode imaginar."

O que isso significa? Meu palpite é que são os *Doyle*, visto que são o inimigo. Então, por que ele diria isso algo assim? Como se eu tivesse que adivinhar quem está por trás disso. Eu preciso falar com os meninos sobre essa porra, porque não faz sentido.

Tomo banho e me preparo para o evento de fachada desta noite. Eu me pergunto o que Connor tem na manga para impressionar o chefe de polícia? Eu já estou farto.

Encaro meu celular, tentado em enviar uma mensagem para Babydoll, embora não saiba o que dizer. Desculpe por ser um bastardo seria um bom começo. Mas não posso fazer isso. Minha vida está uma bagunça do caralho agora.

É melhor deixá-la em paz, porque não tenho absolutamente nada a oferecer a ela. Isso não significa que não farei de tudo ao meu alcance para descobrir quem a machucou. Eles vão pagar. Suas feridas foram infligidas por alguém que a açoitou. Um ato bárbaro. Não entendo por que ou quem faria uma coisa dessas. Porém não sei nada sobre Babydoll, e isso é preocupante, especialmente agora. Eu preciso tratar a todos ao meu redor como um possível inimigo.

VENHA A NÓS O VOSSO REINO

Contemplo meu reflexo no espelho do banheiro, impressionado com o que uma máscara pode esconder. Eu me pareço com todo mundo, mas não sou como eles. Eu sorrio, rio quando solicitado, mas é tudo apenas uma ilusão para fazer as pessoas se sentirem seguras, porque quando o fazem, baixam a guarda e então posso ver suas verdadeiras faces.

Devo ser implacável, porque é a única maneira de obter sucesso.

Assim que me visto, decido dar um pulo na casa principal para ver os gêmeos. Duvido que eles estejam autorizados a sair de seus quartos, pois Connor os verá apenas como um empecilho. Posso ouvir vozes distantes à frente, onde a festa ocorrerá. No mínimo, haverá uma multidão, daí optaram pela distância para não incomodarem os anfitriões.

Amber e os gêmeos estão brincando no quintal, empinando pipa. Ela coloca a mão sobre os olhos para proteger o sol e quando me vê, acena.

Os jardins da minha mãe já foram lindos por aqui. Suas rosas eram belíssimas, mas agora já não existem mais. Fiona fez questão de destruir tudo o que foi feito pela minha mãe, sem deixar nada no lugar.

Eu me aproximo e dou um sorriso ao ver os gêmeos brigando pela pipa.

— Você já teve a sua vez — choraminga Hannah, enquanto Ethan mantém a língua para fora, lambendo o lábio em concentração. — Eu vou contar pro papai!

— Não vai, não — digo, com um sorriso. — O que eu te disse sobre dedurar seu irmão?

Quando Hannah me vê, ela sorri e se joga em meus braços.

— Ele está sendo um babaca — ela afirma, enquanto tento segurar o riso.

— E o que eu te disse sobre usar uma palavra feia?

Ela enlaça meu pescoço e me abraça com força.

— Eu ouvi você dizer uma pior.

Olho de relance para Amber, que dá de ombros com um sorriso, já que sabemos que ela está certa.

Erguendo Hannah um pouco mais à frente, vejo que seu vestido rosa está sujo de grama em todo lugar.

— Gostei do seu vestido. — Dou um beijo em sua testa.

— Eu odiei — ela argumenta, franzindo os lábios. — Eu quero usar calça, mas Amber disse que mamãe queria que eu usasse isso.

Claro que Fiona exigiria. Eles têm que parecer a família perfeita. Estou surpreso que ela me permitiu participar, visto que arruíno essa farsa. No entanto, papai quer que eu puxe o saco do chefe de polícia. Ele está pirado das ideias se pensa que vou fazer isso.

— Melhor dar ouvidos a Amber então. Ela também me ajudou a escolher a roupa que vou usar.

Amber sorri, colocando uma mecha de cabelo atrás da orelha.

— Sua vez! — Ethan grita com Hannah, mas ela balança a cabeça.

— Eu quero ficar com Punky.

— Não, agora sou eu — Ethan lamenta, perdendo o interesse na pipa, que voa em direção ao gramado.

Amber se adianta para evitar que a linha se embole, e Ethan solta o carretel e vem correndo até mim. Na mesma hora, eu me abaixo e o pego no colo também.

Como os dois são pequenos ainda, é fácil segurá-los ao mesmo tempo. No entanto, não vai demorar muito e isso será impossível. Eu me pergunto em que tipo de pessoas eles se tornarão. Só espero que não sejam iguais a mim.

— Seu rosto melhorou? — Ethan pergunta, examinando as contusões esmaecidas. Eu me curo rapidamente, mas foi uma semana difícil.

— Estou bem. Não se preocupe.

— Ouvimos mamãe dizendo ao papai que você é um encrenqueiro boca-suja — diz Hannah, muito chateada e com os olhos entrecerrados.
— Que um dia, você vai acabar morto como sua mãe. Ela disse que não choraria. Não queremos que você morra, Punky. Nós vamos te proteger. Nunca deixarei ninguém te machucar.

Amber desvia o olhar, insinuando que também ouviu isso.

Os gêmeos são muito pequenos para concluir o que isso significa, e quero que as coisas continuem assim. Quanto mais tempo eles mantiverem sua inocência, melhor para eles. Eu gostaria de ter esse luxo.

— Não vou a lugar nenhum, fedelhos — asseguro, beijando suas bochechas. — E é meu trabalho proteger vocês. Okay?

Ambos assentem em concordância, mas posso ver o medo em seus olhos. Fiona sempre teve ciúmes do meu relacionamento com os dois. Não tenho dúvidas de que estou em suas orações… onde ela ora para que eu vá embora e nunca mais volte.

— Ela disse que você é um amante de católicos. O que isso significa? — Hannah pergunta, curiosa como sempre.

Quando vejo Fiona vindo em nossa direção, entrecerro o olhar, porém tento manter a calma.

— Não se preocupe com isso.

VENHA A NÓS O VOSSO REINO

— Hannah! — ela grita. — Você está brincando comigo? Olhe para o seu vestido! Está arruinado.

Hannah se agarra a mim com mais força.

Quando não faço nenhuma tentativa de colocá-los no chão, Fiona arqueia uma sobrancelha.

— Algum problema?

— Sim, pode-se dizer que sim. Cubram os ouvidos e cantem suas canções de ninar favoritas — instruo os gêmeos, que imediatamente fazem o que mandei.

Eu diria que Fiona parece assustada, mas graças a todo o Botox que ela aplicou, não consigo mais distinguir quais são suas características faciais.

— Nunca *mais* fale de mim na frente dos gêmeos — ordeno, calmamente, abraçando os dois com força. — O que eu faço é problema meu. Fique fora disso, porque você não tem ideia de com quem está falando.

Ela apruma os ombros.

— Eu estava apenas consolando seu pai. Ele estava chateado por causa do terço…

— Pense comigo: estou pouco me fodendo com o que você e Connor estavam fazendo — interrompo, nem um pouco interessado em ouvir suas desculpas esfarrapadas. — E nunca mais mencione o nome da minha mãe novamente.

Os lábios de Fiona se franzem em uma linha fina.

— Seu pai vai ficar sabendo disso.

Rindo, declaro com frieza:

— Lá vai você de novo, pensando que dou a mínima.

— Você não tem o menor respeito.

— Por você? Não tenho mesmo.

As narinas de Fiona se alargam quando percebe que este é o fim da discussão. Nós nunca nos demos bem, e isso não vai mudar.

— Venham — ela ordena às crianças, gesticulando para que desçam do meu colo. — Quero que vocês deem um 'oi' ao Pastor Diffin.

Eles olham para mim, cessando a cantoria conforme os coloco no chão.

— Vão lá com a mãe de vocês.

Ambos fazem uma careta, mas obedecem.

Fiona segura as mãos dos filhos na mesma hora.

— Estamos pagando você para trabalhar, não para conversar — retruca para Amber, que cerra os lábios, envergonhada.

Em seguida, ela sai com os gêmeos a reboque, deixando a mim e Amber sozinhos.

— Ela é insuportável — Amber resmunga, exalando alto.

— Eu teria dito que ela é uma puta do caralho, mas isso vai servir.

Amber se vira para mim, com um sorriso iluminando o rosto.

— Os gêmeos não deveriam ter contado aquilo. Eu sinto muito.

— Por que você está se desculpando? Não foi você quem me contou.

— Eu sei, mas não gosto de te ver chateado — diz ela, baixinho.

— É preciso bem mais do que isso para me chatear, boneca. Mas obrigado.

Ela entrelaça as mãos à frente, como se quisesse dizer alguma coisa. Eu não faço ideia do que está acontecendo.

— Punky, eu queria te perguntar... hmmm... isso é muito constrangedor.

— O que foi? — averiguo, de repente, preocupado. — Meu velho fez alguma coisa com você?

— O quê? — murmura, balançando a cabeça às pressas ao perceber o que eu disse. — Não, nada disso. Eu só... eu queria saber se você gostaria de tomar uma bebida algum dia?

Minha preocupação logo se transforma em surpresa. Esta é a primeira vez que Amber me pede abertamente para fazer algo com ela. E sei muito bem que ela não quer sair como 'amigos'.

Eu gosto de Amber; eu seria um idiota se não gostasse. Mas nós simplesmente não... nos conectamos dessa forma.

— Estou lisonjeado, estou mesmo, mas não posso — digo, sem querer enganá-la. — Estou meio atolado com um monte de coisas, e não é justo c...

Mas ela não cai nessa.

— É por causa daquela garota? Poppy?

Quero negar, mas também não quero mentir para Amber. Ela é bacana, e não quero insultá-la dessa maneira. No entanto, ela me pega desprevenido.

— Você não acha o sotaque dela meio... estranho?

— Estranho? — questiono, sem saber o que ela quer dizer com isso.

Ela balança a cabeça, mordendo o lábio inferior.

— Ela não parece ser de Londres. Morei em Londres por seis meses antes de vir para cá, e acredite em mim, eu sei como é o sotaque de um londrino.

Não notei nada de estranho, mas pode ser porque estou tentando descobrir quais são os motivos dela.

VENHA A NÓS O VOSSO REINO

— De onde você pensa que ela é, então?

Amber pensa um segundo a mais sobre a minha pergunta.

— Não sei, mas algumas palavras que ela disse destoam do jeito que um londrino fala.

E o mistério só aumenta...

— É melhor eu entrar. Tenho certeza de que Fiona já atingiu sua cota de mãe amorosa do ano. — Ela se inclina e deposita um beijo na minha bochecha. — Tenha cuidado, Punky. Eu não quero ver você se machucar.

Ela me deixa ali parado, no meio do quintal, pensando em tudo o que acabou de me dizer.

Não quero acreditar em Amber, mas ela não mentiria para mim só por ciuminho. Se ela acredita que tem alguma coisa estranha, então vale a pena investigar. Mas como fazer isso? Não sei nada sobre Babydoll. É como se ela tivesse aparecido do nada.

— Qual é a boa?

Eu me viro e deparo com Rory e Cian caminhando em minha direção. Eles também estão de terno e parecendo tão desconfortáveis quanto eu.

— Aquela era a Amber? — Cian pergunta, olhando na direção de onde ela está andando.

— Sim.

— Alguma coisa está te incomodando? — Rory sonda, sentindo meu estado de espírito.

— Ainda sem sorte em descobrir alguma coisa sobre Babydoll?

— Nada — ele responde, balançando a cabeça. — É muito estranho. Não consigo encontrar quase nada com o nome que você me deu.

— Talvez não seja o nome dela, então — Cian comenta do nada, ainda olhando na direção para onde Amber foi. No entanto, eu e Rory nos encaramos, pensando a mesma coisa.

Nunca pensei que isso fosse uma possibilidade, porque os Clery confirmaram que ela trabalhava para eles. E as poucas informações online indicavam que ela era quem dizia ser. Mas com o que Amber acabou de dizer, estou começando a pensar que Babydoll está escondendo muito mais do que imaginei a princípio.

— Até que você não é um completo idiota, sabia? — Rory caçoa, e Cian lhe mostra o dedo médio.

Decidimos encerrar o assunto, pois temos algumas investigações a fazer. Alguns de nossos 'colegas' estão chegando, e não há nada como um pouquinho de álcool para soltar a língua. Temos que estar atentos, para que nada nos tire do sério – o que é uma pena, porque lidar com essa porra, sóbrio, será brutal.

A casa está um caos, com inúmeras pessoas correndo de um lado ao outro, garantindo que tudo esteja no lugar. Eles sabem o que acontece quando Connor Kelly está infeliz. O castelo está brilhando, e fico me perguntando por quantas horas os escravos de Fiona foram forçados a esfregar cada canto deste lugar.

— Com toda essa ostentação, dá até para pensar que nossos pais estão fazendo as coisas direito — Rory sussurra, assobiando ao encarar o lustre de cristal.

E ele está certo.

Essa riqueza foi construída com dinheiro sujo, e nossos pais acreditavam que eram intocáveis. Mas os últimos dias provaram o contrário.

— Estive pensando — Rory diz, mantendo a voz baixa, enquanto casualmente caminhamos pelo corredor — sobre o que Aidan disse. Acho que temos um agente duplo infiltrado entre nós.

— Sim, eu estava pensando a mesma coisa — respondo, e balanço a cabeça. — Nolen e Ronan estavam trabalhando para os Doyle, mas quem os colocou em contato? Eles não tinham inteligência ou coragem para fazer isso sozinhos. São peixes pequenos. Precisamos da porra do oceano inteiro.

Rory murmura em concordância.

— E por quê? — continuo. — O que os Doyle estão oferecendo a eles? Mancomunar com os católicos é um sacrilégio. Não apenas para nós, protestantes, mas se outros católicos descobrissem que os Doyle estavam negociando conosco… eles seriam rejeitados. Isso é algo maior do que pensávamos.

— Você acha que pode perguntar ao seu tio Sean?

— O que devo perguntar a ele, Cian? E aí, tio, beleza? Quem você acha que nos trairia? Ah, dei um pulo em Dublin na esperança de tentar me infiltrar nos Doyle.

— Certo — resmunga, e Rory dá uma risada. — Foi só uma ideia. Seu tio não mentiria para você.

Mas assim que profere as palavras, ele percebe o erro que cometeu. Tio Sean mentiu para mim e o fará novamente se achar que estou chegando perto demais. É por isso que precisamos fazer essa merda por conta própria.

Quando chegamos à galeria com a imensa pintura retratando a família, Rory e Cian estacam, conferindo que não faço parte do quadro.

VENHA A NÓS O VOSSO REINO

— Aquela puta — murmura Rory, balançando a cabeça.

— Sim, com aquele rosto arrogante e pomposo — Cian arqueja, estremecendo.

Um garçom passa com uma garrafa de champanhe e Cian o impede de seguir adiante.

— Eu vou ficar com isso. Saúde. — Ele não dá nem chance de o rapaz discutir, e arranca a garrafa de suas mãos. O garçom se afasta às pressas, apavorado.

Um fotógrafo tira nossa foto. É um pouco exagerado, mas parece que Fiona fez questão de se superar.

— Acho que merecemos uma bebidinha. — Antes que eu possa protestar, considerando que concordamos em não beber, Cian sacode a garrafa, aponta para a pintura e arrebenta a rolha, cobrindo a tela com o champanhe caríssimo. — Agora melhorou.

Rory ri e eu inclino a cabeça para o lado, admirando o retoque. Parece elegante.

— Puta merda — Rory murmura, baixinho. Não sei o porquê, mas viro a cabeça e quase esfrego os olhos, achando que estou vendo coisas.

— Quem é aquela? — Cian pergunta, deixando o resto do champanhe escorrer por todo o chão.

— Babydoll — digo, não respondendo à pergunta dele, mas expressando em voz alta a minha descrença.

De pé, no corredor, está Babydoll, com uma bandeja prateada na mão. Um homem conversa com ela, que balança a cabeça como se estivesse se concentrando em suas instruções. Ela está trabalhando neste evento?

— *Aquela* é ela? — Cian assobia conforme nós três a encaramos.

Rory a reconheceu por ter visto a foto dela nas redes sociais, mas foto nenhuma é capaz de capturar a beleza que ela possui. Ela é inocente, mas feroz ao mesmo tempo. Isso não faz o menor sentido, assim como o fato de ela estar aqui.

O que Amber disse mais cedo ecoa em minha mente, e deixo de lado a felicidade que sinto ao vê-la, porque devo manter a guarda – todo mundo é um inimigo em potencial até que eu possa provar o contrário.

Inspirando fundo, enfio as mãos nos bolsos e sigo em sua direção. Quando ela nota que já não está mais sozinha, ergue a cabeça e seu olhar se prende ao meu, entreabrindo os lábios. Tento não pensar na sensação gostosa daquela boca quando a reivindiquei.

MONICA JAMES

— Como vai, bonequinha?

Ela revira os olhos.

— Estava ótima até cinco segundos atrás.

Ela tenta passar por mim, mas eu bloqueio o caminho. Parece ser o nosso movimento preferido.

— Aw, isso não é uma coisa legal a se dizer.

— Eu não estava tentando ser legal — retruca, apenas me deixando mais excitado.

Ela tem todo o direito de estar pau da vida. A última vez em que estivemos juntos, eu agi como um filho da puta, mas quem dera ela pudesse saber o porquê. No entanto, o motivo parece desaparecer do nada, só de vê-la ali, porque tudo o que mais quero agora é me esmurrar por ter sido um babaca.

— Oi, eu sou Cian. — Ele oferece a mão em cumprimento e Babydoll a aperta.

— Rory. — Ele acena de longe.

Não sei o que dizer ou fazer, pois nunca estive nessa posição antes. Nunca me interessei por ninguém dessa forma.

Ela pigarreia de leve, nitidamente incomodada.

— Seu pai não está me pagando para conversar, então, com licença.

Odeio que ela esteja servindo estes filhos da puta, então pergunto:

— Quanto ele está te pagando?

— Isso não é da sua conta.

Cian bufa uma risada, achando graça do atrevimento dela.

Enfiando a mão no bolso, pego minha carteira e tiro seiscentas libras.

— Essa quantia é o bastante?

Quando ofereço o maço de dinheiro a ela, Cian geme baixinho, balançando a cabeça.

Ela retrocede um passo, boquiaberta.

— Você está me zoando? Não preciso e nem quero sua caridade. Eu trabalho pelo meu dinheiro. Não tenho o luxo de ter tudo servido a mim em uma bandeja de prata… literalmente. Agora, se me der licença… por favor, vá se foder.

Ela esbarra no meu ombro ao passar, ofendida. Assim que ela se afasta, lanço um olhar confuso aos meus amigos.

— Porra, isso foi de mal a pior bem rápido — Cian comenta, mal disfarçando o sorriso.

VENHA A NÓS O VOSSO REINO

— Sério, Punky? — Rory ralha, arqueando uma sobrancelha. — Só faltou você chamar a garota de mendiga.

— O quê? — Guardo o dinheiro no bolso, de repente, me sentindo sufocado.

— É mesmo — Cian se intromete. — Desculpa aí, mano, mas que porra é essa? Por que você achou que seria uma boa ideia fazer essa merda?

— Porque não quero que ela fique por aí servindo esse bando de babacas. Ela é boa demais para esse tipo de coisa — argumento, ainda sem conseguir enxergar o problema. — Eu estava tentando ser… legal.

Brincando, Cian dá um tapa nas minhas costas.

— Que tal ser um pouco menos condescendente da próxima vez? — ele sugere, sorrindo. — Ela não me parece o tipo de garota que gosta de caridade.

— Caridade? — caçoo. — Eu não fiz isso, eu só ofereci a grana pra el… — Paro na mesma hora ao perceber o que realmente fiz. — Porra.

Os caras estão certos. Eu meio que esfreguei minha riqueza na cara dela, porque seiscentas libras são mixaria para mim, mas para os outros, é muito dinheiro. Eu a insultei tentando ser atencioso.

— Por causa dessas merdas que não sou legal — resmungo, esfregando o rosto com uma mão.

— Se essa foi sua tentativa de ser legal…

— Eu vou te dar uma surra se continuar, porra — interrompo Cian, que começa a rir na mesma hora.

As gargalhadas cessam assim que avistamos Connor caminhando pelo corredor.

— Aí está você — diz ele, ajustando sua gravata preta de borboleta. — O chefe de polícia chegou.

— E daí? — debocho, sem aceitar obedecer como um cordeirinho.

Connor interrompe o movimento de ajustar a gravata apertada e olha para Cian e Rory.

— Seus pais estão procurando por vocês.

Esta é uma sugestão nem um pouco sutil de que eles devem dar o fora.

Assentindo discretamente, sinalizo que vou ficar bem. Ambos se afastam, cientes de que não devem discutir com Connor.

Assim que ficamos a sós, meu pai se aproxima para que ninguém possa nos ouvir.

— Esta noite é muito importante. Não ferre com tudo.

— Sim — murmuro, com zombaria, cruzando os braços. — É o dia em que você se casou com o amor da sua vida, não é?

— Arrume essa cara. Não vou permitir que você estrague tudo com essa sua língua afiada — adverte, não gostando nem um pouco do meu sarcasmo. — Não preciso te lembrar do que acontece se fizermos do chefe de polícia o nosso inimigo.

O chefe de polícia deve ser a menor de suas preocupações. Ele precisa resolver o conflito com seus homens primeiro, porque não importa quem está do nosso lado se não tivermos um lado para início de conversa. Mas ele sempre foi arrogante desse jeito, e acha que todo mundo faz vista grossa às suas merdas.

— Não vou te dizer de novo.

Ele se afasta, esperando que eu o siga, e acabo obedecendo, porque quanto mais rápido terminar isso, mais cedo posso encontrar Babydoll e pedir desculpas. Os convidados nos cumprimentam conforme cruzamos o castelo, trocando amenidades, mas aceno e sorrio, fingindo dar a mínima.

A habilidade de Connor de conversar potocas ainda me surpreende, porque quem vê pensa que ele se importa com as pessoas. Quando o chefe de polícia – e o que deduzo ser sua esposa – surge à frente, Connor rapidamente se desculpa e, como quem não quer nada, vai em direção aos dois.

Ele gesticula para que um garçom o siga, e essa é a minha chance.

— Chefe de polícia Moore — cumprimenta, pegando duas taças de champanhe da bandeja do rapaz e oferecendo-as ao policial e sua esposa. — E você deve ser a Sra. Moore.

Ambos aceitam as bebidas, mas posso ver, na mesma hora, que o policial não gosta de puxa-sacos.

— Sra. Moore é a mãe de Donovan. Eu sou Lana — corrige ela, estendendo a mão, então Connor beija o dorso em um gesto galante.

Pegando uma taça para mim, tomo tudo de um gole só, precisando tirar o gosto ruim da boca. Reparo que Donovan me observa atentamente. Esta é a primeira vez que ele me vê em carne e osso, mas, sem dúvida, ouviu falar muito sobre mim.

Sou conhecido por ser um arruaceiro, e fui deixado em paz pelos tiras, mas acho que isso está prestes a mudar. Donovan Moore não é um amigo. Ele é um inimigo.

— Este é meu filho, Puck Kelly.

Sorrindo sem o menor entusiasmo, pego outra taça de champanhe,

VENHA A NÓS O VOSSO REINO

165

nem um pouco interessado em jogar conversa fora. Parece que Donovan pensa o mesmo.

— Eu sei quem ele é — comenta, tomando um gole de sua bebida.

— Aw, estou lisonjeado — respondo, com ironia, e meu pai me encara na mesma hora.

— Eu adoraria conversar com você mais tarde — diz Connor, mudando de assunto.

— Ótimo — Donovan murmura. Ele não caiu no charme fingido do meu pai. — Como vão os negócios?

Connor dá um sorriso, mas sei que é tenso.

— Sempre ocupado com as fábricas.

Essa é a história fantasiosa que ele criou: que os Kelly faturam grana, porque ele é o CEO de uma grande empresa que fabrica produtos de alumínio para a indústria automotiva. É dessa forma que conseguimos importar e exportar nossa mercadoria – que não tem nada a ver com automóveis – sem sermos detectados.

Todo mundo sabe que não passa de fachada, porque embora a empresa exista, o faturamento é muito inferior em comparação aos negócios ilegais. No entanto, essa desculpa tem funcionado até agora.

Connor pega uma taça de champanhe, imaginando que isso é o esperado para um homem de negócios imponente. Quando ele toma um gole, eu me concentro no copo de cristal em sua mão.

Felizmente, o pai de Cian aparece, de quem Donovan parece gostar mais do que Connor. Meu pai coloca o copo vazio na bandeja de um garçom que passa, e nem me incomodo em pedir licença antes de seguir o rapaz. Assim que ele vira um canto, rumo à cozinha, eu bloqueio seu caminho.

— Eu fico com isso.

Não dou nem chance de o cara argumentar o porquê preciso de uma taça vazia, e me afasto com o copo de Connor na mão. Entro no banheiro mais próximo e tranco a porta.

Abro a gaveta da bancada, procurando por um cotonete, e esfrego a borda da taça de cristal até coletar o máximo de saliva de Connor. Ao finalizar, deposito o cotonete em um frasco de amostra e fecho a tampa com firmeza. Um já foi, faltam dois.

Deixando a taça na bancada, abro a porta do banheiro e na mesma hora desejo não ter deixado o copo para trás, pois poderia furar o globo ocular do filho da puta que está agarrando Babydoll ali no corredor.

— O que está acontecendo aqui? — pergunto, friamente, caminhando em direção ao panaca que é, definitivamente, um policial.

— Cuide dos seus assuntos — o babaca retruca, olhando por cima da cabeça de Babydoll para se dirigir a mim.

— Este assunto é meu — rebato. — E logo será sua mão que vou quebrar se você não a soltar agora.

Babydoll vira a cabeça e olha para mim por cima do ombro, com o filho da puta ainda segurando seu pulso. Ela parece preocupada, mas não assustada quando se afasta do agarre do imbecil.

— Você sabe quem sou eu, fedelho? — ele ameaça, estufando o peito.

— Estou pouco me fodendo para quem você é. Toque nela de novo e você saberá quem sou eu.

— Eu sei quem você é, panaca.

— Que bom — caçoo. — Então podemos dispensar as apresentações.

Babydoll lança um olhar entre nós, mordendo o lábio.

Eu desafio o bastardo a partir para a briga, mas ele percebe que as consequências não valem a pena.

— Fique com essa puta. Pode agradecer a ela depois.

Ele a empurra contra a parede, e quando ela avança, prestes a dar um tapa no cretino, eu me adianto em seu lugar. Dou uma cotovelada no nariz do cara, antes de cumprir minha promessa de quebrar sua mão.

Ele uiva, a coragem agora desfeita enquanto chora por conta do nariz quebrado e dos ossos fraturados.

Segurando a mão de Babydoll, rapidamente guio o caminho pelo corredor, passando pela cozinha, antes de sairmos pela porta dos fundos. Só então eu a solto.

— O que foi aquilo?

— Nada — ela responde, recuperando o fôlego. — Apenas um velho desprezível que não aceitou um 'não' como resposta. Eu posso cuidar de mim mesma.

— Ah, é... com certeza era o que parecia — ironizo.

— Eu não entendo você — diz ela, com sinceridade.

— Eu também não me entendo.

Ela parece estar refletindo sobre o meu comentário, sua raiva borbulha ao contemplar a verdade por trás da minha admissão.

— Me desculpe por ter te ofendido.

— Em qual das vezes? — dispara, cruzando os braços.

VENHA A NÓS O VOSSO REINO

Ela não vai facilitar as coisas para mim, e nem deveria mesmo. Eu fiz merda. Bem, muitas merdas.

— Não sei o porquê, mas... eu só... você me faz... sentir.

— Sentir o quê? — indaga, ainda sem entender.

— Você me faz sentir... ponto-final — esclareço. — Não consigo entender isso. Me ensinaram que sentir as coisas te torna fraco. E é verdade. Eu estava tomado por sentimentos quando...

— Quando o quê? — instiga, ao ver que quase me abri com ela.

Mas o que aconteceria se eu compartilhasse meu segredo mais sombrio? Mudaria alguma coisa? A resposta é não.

— Quando vi minha mãe ser assassinada. Eu estava tão dominado pelos sentimentos que não fiz nada quando deveria ter feito alguma coisa.

Babydoll cobre a boca com a mão trêmula.

— Ah, meu Deus, isso é h-horrível. Por isso o broche significa tanto pra você? Porque é a única coisa que você tem dela?

Ela não deveria me conhecer tão bem.

— Sim, talvez.

— Quantos anos você tinha?

— Cinco.

Babydoll balança a cabeça, processando o que acabei de contar. Algo que tem me sufocado por tanto tempo, de repente, parece um pouco mais leve por não ser mais um segredo.

— É isso que sua pintura facial significa?

Ela não é boba; e entende o significado disso.

— Três homens estupraram e mataram minha mãe, e por causa deles, essa máscara me permite aceitar o que devo fazer.

— E o que seria? — sonda, se aproximando de mim.

— O que fiz com um dos filhos da puta ontem à noite.

Ela ofega, chocada, arregalando os olhos, pois não precisa que eu esclareça. Ela entende que tirei a vida de um homem e não senti nada por fazer isso.

— Você sabe quem são eles?

Assentindo lentamente, respondo:

— Sim. Brody Doyle vai pagar por tudo que tirou de mim.

Percebo que ela não tem ideia de quem seja, mas, de repente, quero que ela saiba.

— Este homem... foi ele quem matou sua mãe?

— Sim. Eu matei o irmão dele ontem à noite, e é apenas uma questão de tempo até eu ir atrás dele.

Silêncio.

Babydoll empalidece, os olhos focados mais além. Não consigo decifrar sua expressão.

— Poppy? — chamo-a pelo nome verdadeiro pela primeira vez.

No entanto, ela me deixa sem palavras quando se inclina um pouco e, na ponta dos pés, cola a boca no meu ouvido para sussurrar:

— A polícia vai invadir sua casa. Eles estão procurando por drogas, armas, qualquer coisa que possa te incriminar. Você tem que se livrar de tudo isso. Agora.

Um suspiro antes de prosseguir:

— E me chame de Babydoll.

Eu me afasto um pouco para trás, tentando lidar com sua confissão. Ela está falando a verdade? Mas a pergunta que não quer calar é: como ela sabe?

Imprensando-a contra a parede, sem o menor cuidado, me delicio com seu suspiro assustado quando grudo nossos narizes. Sua respiração arfante prova que está com medo. E seu medo é como uma droga viciante para mim.

— Se estiver mentindo, então, Deus me ajude…

— Não estou mentindo — responde, com firmeza, nem um pouco intimidada pela minha raiva.

E eu acredito nela.

Esmurro a parede de tijolos e ela se encolhe, mas não se esquiva. Ela entende o que acabou de fazer ao me contar isso.

Agarrando seu queixo entre o polegar e o indicador, arqueio seu pescoço para trás e rosno:

— Então, Deus te ajude.

Antes que ela tenha a chance de falar qualquer coisa, tomo sua boca com brutalidade, roubando seu fôlego assim como ela faz com o meu. Ela agarra minha camisa, me puxando contra si conforme nos beijamos com vontade, sem dar a mínima para quem estiver vendo. Seu cheiro e sabor são como uma injeção de adrenalina, e eu rosno contra sua boca, de um jeito possessivo, porque ela é minha.

Sem sombra de dúvida, Babydoll tem algo a esconder. Duvido que nosso encontro tenha sido coincidência também. Ela é uma mentirosa… mas não estou nem aí, porra.

Eu a beijo com voracidade, sem me importar se ela consegue respirar

VENHA A NÓS O VOSSO REINO

direito ou não. Tudo o que me importa é marcá-la, como um homem das cavernas, porque essa mentirosa, essa ladra é minha... minha... e só minha.

Ela enlaça o meu pescoço, gemendo em minha boca à medida que duelamos pelo domínio. Ela chupa o piercing no meu lábio, puxando com força com os dentes, antes de arrastar a língua para aplacar a fisgada.

Sua agressividade é o que preciso, o que quero, então a levanto no colo, fazendo com que enlace minha cintura com as pernas. Quando sua boceta pressiona contra mim, as lembranças de tomá-la com a minha boca se atropelam, e quase perco a noção de onde estou.

Mas não posso. Esta é apenas uma amostra do que está por vir.

Interrompendo nosso beijo, fico satisfeito ao vê-la sem fôlego e se contorcendo de necessidade. Mesmo que ela seja uma mentirosa, e eu não possa confiar em uma palavra que sai de sua boca, posso confiar na reação de seu corpo ao meu. E planejo explorar exatamente isso para arrancar a verdade.

— Vou te ver muito em breve, bonequinha.

— E o que você vai fazer?

— A única coisa que está ao meu alcance. Preciso encontrar meu tio Sean.

— E você confia nele?

Com uma amarga convicção, declaro:

— Ele é a única pessoa em quem confio.

Seus olhos se entrecerram e sua preocupação é substituída por raiva, pois ela percebe que sua confissão não amenizou em nada sua traição. Eu a deixo ali, recostada à parede, e corro para dentro, em busca da única pessoa que pode me ajudar.

Tio Sean.

Que eu saiba, não deixamos nenhuma mercadoria em casa, caso algo assim aconteça. Mas como isso nunca aconteceu antes, estou preocupado que tenha deixado Connor acomodado. Ele já é um bastardo arrogante e displicente.

Avisto tio Sean conversando com uma mulher bonita, mas sua paquera vai ter que esperar. Assim que ele me vê, gesticulo com a cabeça de que precisamos conversar em particular. Ele nota minha urgência e vem ao meu encontro.

— Não me pergunte como eu sei, mas estamos prestes a ser revistados.

— Você está de sacanagem? — ele pergunta, parando ao ver que estou falando sério. Tio Sean praguejа e passa a mão pelo cabelo. — Porra.

Ele sai correndo, mas eu rapidamente o sigo porque, baseado em sua reação, fica claro que se sofrermos uma batida policial, vai dar merda para todo mundo. Ele sobe as escadas de dois em dois degraus, xingando a todo momento, e quando ele dá um chute na porta do quarto de Connor, entendo o motivo.

— Como ele pôde fazer isso? — murmura, baixinho, pau da vida com meu pai.

Tio Sean empurra para o lado o baú de madeira onde os cobertores são guardados, e quando reparo no buraco no carpete, que dá lugar a um cofre, sei que tudo está prestes a virar de ponta-cabeça. Ele se ajoelha, digita um código no painel digital e, assim que a porta se abre, balança a cabeça.

Ele pega os pacotes de mercadoria em pó.

— Jogue no vaso e dê descarga! — ordena, e eu fico ali parado, sem acreditar no que estou vendo. — Punky!

Seu grito me acorda na mesma hora.

Pego o máximo de barras que consigo e sigo para o banheiro, procurando uma tesoura dentro das gavetas. Encontro um pente de Connor e o guardo no bolso. Avisto uma lixa de unha prateada, de Fiona, e a pego. Em seguida, abro a tampa do vaso sanitário e começo a furar os blocos de cocaína. Depois de rasgar todas as costuras, esvazio o conteúdo no vaso, fazendo o mesmo com as outras barras até acabar.

Ao voltar para o quarto, vejo mais quinze pacotes, e balanço a cabeça, sem conseguir acreditar naquela porra.

— Por que meu pai tem essa merda aqui? — esbravejo, furioso com sua estupidez.

Tio Sean não me responde. Em vez disso, ele pega o máximo de pacotes que consegue, e eu faço o mesmo. Enquanto estamos no banheiro, nos livrando freneticamente da mercadoria, ouvimos os gritos no andar de baixo.

Ela estava certa. Os tiras estão aqui.

— Filho, queime os plásticos — ordena, apontando para a banheira.

Recolho todos os pacotes vazios que ainda contêm vestígios de drogas. Embora o produto tenha desaparecido, isso ainda é uma evidência. Precisamos dar um sumiço nessa merda.

Jogando tudo na banheira, pego a caixa de fósforos e acendo um deles, ateando fogo no plástico. Ele acende instantaneamente uma pequena fogueira. Tio Sean continua me entregando as coisas para queimar. Não posso acreditar na burrice de Connor.

VENHA A NÓS O VOSSO REINO

171

— Como você descobriu? — Tio Sean pergunta entre as descargas no vaso. — Quem diabos te avisou sobre os tiras?

— Não posso te dizer. — Antes que ele possa argumentar, acrescento: — Porque nem eu mesmo entendo. Mas assim que descobrir, eu juro que te conto tudo.

Ele não pressiona, pois temos outros problemas para resolver, tipo, nos livrar dos pacotes restantes antes que os policiais arrombem a porta. Abro as torneiras para apagar as chamas quando não sobra mais nada, apenas cinzas, então as empurro pelo ralo.

Nós dois corremos para o quarto para pegar os pacotes que sobraram e empurramos o baú para o lugar certo, acima do cofre. Tudo parece no lugar.

À medida que meu tio estraçalha o último pacote, ouvimos as vozes do lado de fora da porta.

— Não vou deixar que eles te levem. Finja que não sabe de nada, entendeu?

— Eles já sabem que sou culpado — digo, apreciando que ele se propôs a assumir a culpa por mim. Mas não vou permitir.

A última parte da mercadoria está no vaso sanitário quando a porta se abre. Tio Sean dá descarga e eu abro a janela, jogando a última embalagem fora. Ele flutua até ficar presa entre os arbustos floridos de Fiona.

Mesmo que os tiras encontrem, não podem provar que é nosso. E mesmo que o façam, é um plástico vazio. Dificilmente é prova suficiente para nos incriminar.

Connor entra abruptamente na companhia de Donovan e dois policiais. Quando ele nos vê ali de pé, casualmente, arqueia uma sobrancelha. Tio Sean apalpa os bolsos, e quando encontra um cigarro, me oferece um. Eu aceito com um sorriso.

— Temos um mandado de busca para revistar a propriedade — anuncia Donovan, mostrando o documento.

Tio Sean dá de ombros, indiferente, acendendo o cigarro com um fósforo.

— E isso não podia esperar até amanhã?

— Eu liguei para o nosso advogado — afirma Connor, com raiva. Aposto que agora ele não tem mais o menor interesse em se tornar amigo de Donovan.

— Por que incomodar o homem? Não temos nada a esconder. — Tio Sean solta uma baforada.

— Por que o banheiro está com cheiro de fumaça? — pergunta um tira, farejando o ar.

Ergo meu próprio cigarro, mostrando o motivo óbvio. No entanto, o chefe de polícia não está convencido. Ele dá uma espiada dentro da banheira e, embora algumas manchas pretas sejam visíveis, não provam nada.

— Você ficou sabendo que um dos meus homens teve a mão quebrada? Por acaso você sabe alguma coisa sobre isso?

Fingindo pensar na pergunta, por fim, balanço a cabeça.

— Não faço a mínima ideia.

Ele sabe que estou mentindo, mas não tem como provar nada.

O policial não vai revelar o que aconteceu, porque tem duas testemunhas contra ele. Se fosse só eu envolvido na história, o cara não teria o menor problema em me delatar, mas diante da minha reação para defender Babydoll, ele deve ter deduzido que ela contaria a verdade a Donovan.

— Não saiam daqui — adverte Donovan, gesticulando para seus homens que podem vasculhar o lugar.

Eles começam pelo quarto, e é divertido pra caralho ver a destruição que estão causando no ninho de amor de Fiona.

— Você está de sacanagem? Está achando essa porra engraçada? — Connor ralha, quando nota o meu sorriso.

Dando uma tragada no cigarro, sopro calmamente antes de responder:

— Estou, sim.

Connor avança, empurrando tio Sean para o lado, que tenta detê-lo, mas não antes do velho me dar um tapa no rosto. Ele não quer derramar sangue com os tiras aqui, e só por isso não me seu um soco. No entanto, estou pouco me fodendo para isso.

Sem hesitar, esmurro seu queixo.

Sua cabeça tomba para trás, e quando vejo que rasguei seu lábio, inspiro, feliz pra cacete.

Dois coelhos com uma cajadada só.

— Vou dar uma olhada nos gêmeos — anuncio, enfiando a bituca do cigarro em um dos sabonetes caros de Fiona.

Ele não discute. Eu ganhei esta batalha – por enquanto.

Com sangue cobrindo meus dedos, passo pelos policiais, desafiando-os a me impedir. Nenhum deles se atreve.

Assim que chego ao corredor, afrouxo a gravata e limpo os nódulos dos dedos no tecido de seda. Depois de limpar todo o sangue, embolo a gravata e enfio no bolso, junto com o pente.

Agora tenho tudo que preciso. Saliva. Cabelo. Sangue.

Parece que esta noite não foi um desperdício, afinal.

VENHA A NÓS O VOSSO REINO

Onze
BABYDOLL

Ele está aqui.

Antes que eu tenha a chance de fugir, ele está em cima de mim, com o braço comprimindo a minha garganta, o nariz colado ao meu. O brilho do luar espreitando pelas cortinas ilumina seus olhos, que cintilam como os de um predador faminto. E eu sou sua presa.

— Saia de cima de mim! — grito, dando um tapa em seu braço. Seu aperto não é sufocante, mas é firme o suficiente para me impedir de escapar.

— Acho que não. — A voz baixa exala perigo, e, na escuridão, a sensação se intensifica ainda mais. — Eu disse que te encontraria em breve, bonequinha.

Não sei como Punky me encontrou, mas ele não pode estar aqui. Não é seguro... para nenhum de nós.

— Acho que precisamos conversar.

— Sobre o quê? Eu te contei tudo que sei.

— Mentira! — caçoa, pressionando ainda mais o pescoço. — Você vai me dizer como sabia o que aconteceria esta noite.

— Não posso — ofego, me contorcendo embaixo dele.

— Não pode? Ou não quer?

— Não posso. Como você descobriu onde eu moro?

Punky afrouxa a pressão, mas não me deixa livre.

— Você é bem corajosa, baby. Nunca conheci ninguém como você. A maioria estaria implorando por suas vidas, mas não você. Ao invés disso, está *me* fazendo perguntas.

— Já te disse que não tenho medo de você — afirmo, com convicção, porque Punky é o mocinho aqui, mesmo que não acredite nisso.

Não estou justificando seu comportamento; ele fez algumas coisas realmente muito fodidas, mas eu também. Nós dois temos planos, mas parece que vamos sacrificar isso para proteger o outro. Não faz sentido. Não entendo por que nos conectamos dessa maneira, mas sinto que conheço Punky por toda a vida.

Fui enviada para cá com segundas intenções, que *nunca* divulgarei, mas fingir que gosto dele nunca foi o problema... porque gosto *demais* dele. E *esse* é o problema.

Eu sabia quais seriam as consequências de contar sobre a batida policial. Mas tive que contar a ele, porque fui eu quem plantou aquelas drogas. Eu não tinha outra escolha. Esta era apenas outra maneira de conseguir o que eles queriam. Por isso eu estava trabalhando na festa.

No entanto, quando Punky confessou seu passado, quando revelou o que eles fizeram com ele, com sua mãe, eu simplesmente não pude manter o plano, porque ele seria preso também. E ao optar em fazer isso, estraguei irremediavelmente a minha vida. Mas não me arrependo, e não faria nada diferente.

Preciso encontrar outra maneira de conseguir o que quero. E usar Punky não é uma opção.

— Connor não deixa qualquer um entrar em casa. O formulário de trabalho que você preencheu tinha todas as informações que eu precisava.

Merda.

Tentando me lembrar de tudo o que escrevi ali, percebo que meu endereço é a única coisa que Punky sabe.

— Eu respondi sua pergunta, é hora de você responder a minha.

— Eu ouvi um dos garçons...

— Pare de mentir! — esbraveja, deixando claro que não acredita em mim. — Não vou perguntar de novo.

— É a verdade! — grito, me contorcendo, desesperada para me soltar.

— O que ou *quem* você está protegendo? — ele pergunta, somando dois e dois.

Paro de me debater e viro o rosto para o lado, envergonhada pelas lágrimas iminentes. Eu não tenho o direito de chorar.

— Não posso te dizer, Punky, porque se eu disser... ele vai me matar.

Silêncio.

O quarto está imerso em um breu total, e somos apenas Punky e eu contra o mundo.

Ele percebe que não estou sendo melodramática.

— Quem vai te matar? Pelo amor de Deus!

— Vá em frente, então — eu desafio, respirando com dificuldade. — Você não entende o que está em jogo.

VENHA A NÓS O VOSSO REINO

— Estou pedindo que você me diga.

— E eu estou dizendo que não posso.

E isso é algo que não vou ceder. A vida das pessoas a quem mais amo neste mundo depende de mim. Falhar não é uma opção. Eu não confio *nele*... mas não posso trocar o certo pelo duvidoso.

— Amber acha que seu sotaque é estranho. Que você não fala como uma garota londrina.

E isso é porque não sou.

Eu sabia que a garota ficaria no meu pé. Essa merda está saindo do controle.

— Pensei que Amber fosse uma babá, não o FBI.

— Levante-se.

Antes que eu possa perguntar o que está acontecendo, ele se levanta da cama e abre a cortina para que o luar se infiltre no quarto. Meus olhos se ajustam à claridade, e vejo que ele ainda está de terno, mas sem a gravata e o paletó.

Eu me pergunto o que aconteceu esta noite. O fato de ele estar aqui significa que a polícia não encontrou nada. Todos foram escoltados para fora da residência, para horror da turma da fofoca. A reputação dos Kelly é notória por outro motivo agora.

Eles não são mais intocáveis, pois o chefe de polícia não está debaixo de suas regras. Ele está em conluio com *outra* família.

Não vou me acovardar. Não cheguei tão longe sendo uma covarde, então arremesso o cobertor para o lado e me levanto, com raiva, desafiando Punky a dar o seu melhor. No entanto, o melhor dele é um teste à minha coragem.

— Esses vergões em você... acho que foram uma punição por não dar a resposta certa. Isso mostra o quão difícil é quebrar você. Eu respeito isso.

Eu fico perfeitamente imóvel, observando Punky de perto.

— Mas, boneca, sou tão teimoso quanto você — declara, entrelaçando as mãos às costas. — Tenho uma vantagem sobre quem quer seja esse filho da puta, e sabe por quê? Porque acho que você quer que *eu* te puna.

Um suspiro me escapa, porque... ele está certo.

Perder o controle com Punky traz um sabor de liberdade no qual me tornei viciada. Ser algemada contra minha vontade, com algemas invisíveis, destruiu minha alma, mas estar com Punky é como estar livre.

Ele é perigoso, cruel e implacável, porém isso só me faz desejá-lo ainda mais. Eu sei que ele nunca me machucaria de verdade. Ele até poderia, mas não vai, porque ele sabe que posso machucá-lo também.

Estamos de igual para igual, embora eu tenha uma vantagem, pois sei quem o está caçando. São os mesmos que estão me caçando também.

— Arrogante você, não? — brinco, fingindo que não estou excitada com a ideia.

Seu sorriso reflete o luar, e eu me lembro de como ele parecia totalmente pecaminoso com o rosto coberto pela sua pintura de guerra. Ele me assusta… e eu gosto disso.

— Só há uma maneira de descobrir. Você pode se livrar disso, ou eu mesmo tiro.

Ele se refere à minha camisola.

Isto é um teste. Ele não sabe como me quebrar, então está tentando me assustar. Porém eu não me apavoro com facilidade.

Sem hesitar, tiro a camisola e a jogo aos meus pés, sem desculpas. A penumbra me ajuda a manter a confiança, e me pergunto se esta é a razão pela qual ele não acendeu a luz.

Nós dois nos sentimos à vontade em meio à escuridão, porque é aqui que nossos demônios podem brincar.

Seu olhar avaliativo, sem a menor pressa, me excita e aterroriza ao mesmo tempo. Cada parte minha anseia pelo seu toque. Sei qual é a sensação do toque de suas mãos, sua boca, sua língua, e meu corpo quer mais.

— Quem é você? — indaga, confuso e claramente frustrado.

— Eu sou Babydoll — sussurro, feliz por ser outra pessoa nesse momento.

— Eu poderia te obrigar a me dizer.

— Você pode tentar — desafio, sentindo os arrepios se alastrando pela minha pele nua.

— Sim, eu poderia — murmura, roçando o polegar ao longo do meu lábio inferior.

Estou envergonhada por estar sem fôlego, em contraponto às respirações estáveis dele.

Eu sei que Punky não vai me machucar como *eles* me machucaram. Seu toque é mais do que desejado, e não importa o que ele diga, sei que há uma linha que ele não vai cruzar. Mas isso não significa que não vai me coagir a seguir essa linha até que nós dois estejamos sem fôlego de necessidade.

— Vá em frente, então, Puck Kelly. Ou você só tem papo?

Um rosnado baixo ecoa profundamente, e um sorriso satisfeito se espalha pelo meu rosto diante de sua resposta.

VENHA A NÓS O VOSSO REINO

Ele agarra minha garganta e arqueia meu pescoço para trás. Nossos narizes estão grudados quando ele sussurra:

— Fique de joelhos.

Mesmo se tivesse alguma objeção à sua ordem, eu não teria escolha, já que ele me domina com aspereza. No entanto, ele não precisa me obrigar a isso, pois me ajoelho de bom-grado.

Sua mão ainda circula minha garganta, em um aperto suave. Engulo em seco, esperando ansiosamente o que vem a seguir. Estou encharcada, e isso é inevitável. Esta brincadeira áspera me dá o maior tesão. Eu sei que essas mãos machucaram, mataram... mas quando me tocaram, demonstraram nada mais do que carinho.

Eu confundo Punky, e isso porque ele não sabe a verdade. Está ficando cada vez mais difícil não revelar o motivo para estar aqui.

— E agora? — pergunto, encarando-o por entre as pálpebras semicerradas.

Ele me solta e se posta às minhas costas, devagar. A escuridão esconde as feridas das chibatadas, mas tenho certeza de que ainda são visíveis. Expirando fundo, ele se ajoelha. Estou curiosa para ver o que ele está fazendo, mas fico imóvel.

— Você me frustra, baby — afirma em meu ouvido, seu hálito quente soprando em meu pescoço. — Então é hora de retribuir e te deixar frustrada.

Engulo em seco mais uma vez, com medo do que está por vir.

Com apenas um dedo traçando de leve a extensão da minha cervical, gemo baixinho, em desespero. Ele deve estar sentindo a pulsação acelerada ecoando a perturbação desenfreada dentro do meu peito.

A carícia desce pelo meu ombro, meu braço. Quando chega à dobra do meu cotovelo, ele muda de direção e se concentra na minha barriga. Com círculos torturantes, ele roça meu umbigo, a mão grande cobrindo quase toda a extensão de pele.

Ele me toca com o propósito nítido de me enlouquecer. Discretamente, abro as pernas em um convite silencioso, mas Punky apenas ri em resposta. Meus mamilos estão implorando por um pouco de atenção, já que bastaria ele mudar um pouquinho de direção. Porém, ele quer me ensinar uma lição, não me gratificar.

— Você sabe que vou descobrir quem você é. — Não é uma pergunta, e, sim, uma afirmação.

— Eu sei. — Minha voz vacila, traindo meu nervosismo.

— Você pode me dizer e facilitar as coisas. — Acaricia a área pouco acima da minha boceta, sempre provocando, sempre no controle.

— Nada na minha vida foi fácil até agora. E nem quero que seja. Gosto de lutar pelo que eu quero.

— E o que seria isso? — ele pergunta, enviando faíscas pelo meu corpo com suas carícias lentas.

— Só quero proteger as pessoas que amo — declaro, me rendendo. Estou cansada de brigar contra ele, porque esta é uma guerra que não quero vencer.

Ele emite um murmuro rouco, antes de me dar aquilo que anseio. Ele esfrega dois dedos ao longo da minha abertura, e logo após os desliza para dentro. Ofegante, eu me inclino para frente, já que a intrusão é despudorada lá embaixo. Envolvendo um braço ao redor da minha cintura, ele sustenta meu peso, esperando que eu me ajuste à invasão, e só então começa a mover os dedos.

Ele me toca com cuidado, quase devagar demais e me levando ao limite, negando a fricção que meu corpo deseja tão desesperadamente. Quando tento colocar minha mão sobre a dele, implorando para que acelere o ritmo, ele a afasta, e a risada rouca e profunda aquece minha pele.

Ele me mantém prisioneira entre as mãos.

— Punky... — gemo, me contorcendo, pois estou enlouquecendo.

— Sim, bonequinha? — Ele quer que eu implore. — Frustrante, não é?

Mordendo o interior da bochecha, fico calada, e só espero que ele ceda ao que nós dois queremos, pois posso sentir sua ereção pressionada às minhas costas. Fico feliz em saber que posso provocar essa resposta, porque Punky nunca demonstra estar afetado. Isso, no entanto, prova que ele está tão excitado quanto eu.

— Eu quero isso também — admite, enfiando os dedos ainda mais fundo, dentro e fora, dentro e fora. — Mesmo que minha mãe esteja morta, eu protegerei sua memória matando aqueles que a mataram.

Ele acabou de revelar que não tem escrúpulos em matar. Sua admissão deveria me assustar, mas não assusta. Isso só me torna mais atraída por ele.

Ele me toca de uma maneira como tivéssemos nos conhecido antes, como se nossos corpos, nossas almas se conhecessem há uma eternidade. Já estive com outros caras, mas com Punky é diferente. Meu corpo veio à vida depois de estar entorpecido por tanto tempo; eu me viciei em seu sabor.

Ele dá um único beijo logo atrás da minha orelha e o simples gesto,

VENHA A NÓS O VOSSO REINO

associado ao que está fazendo com meu corpo, começa a desfazer o nó ardente em meu núcleo.

— Eu deveria te deixar em paz. Você é encrenca, e eu sei disso. Mas por que não consigo?

Ele também sente.

Essa atração inegável certamente nos colocará em problemas irreparáveis, mas nenhum de nós parece se importar. Esse sentimento nos liberta. E não quero que isso acabe.

— Somos ruins um para o outro, Punky. Um de nós vai se machucar — declaro, gemendo quando ele esfrega meu clitóris. — E será… você.

Ele caçoa, achando graça das minhas palavras.

— Você está muito segura de si, não é? Eu não me machuco, baby. Eu sou aquele que causa sofrimento.

Para enfatizar o que disse, seu toque se torna implacável. Eu quero desesperadamente gozar, mas ele não me permite. Chego a amar e odiar essa forma de dominação.

— E quando eu descobrir quem você é… você vai se arrepender de não ter me contado assim que teve a oportunidade.

Meu corpo vibra como um fio desencapado, exigindo um orgasmo libertador, e quando Punky brinca com meu clitóris, penso, por um instante, que ele vai ceder. Mas as coisas não são tão simples com ele.

Rebolando os quadris, eu o encorajo a acelerar, a intensificar o ritmo, porém quando sinto o clímax se avolumar, Punky afasta os dedos.

— Não! — grito, tombando para frente em uma raiva desesperada.

— Olha só… você pensou que tínhamos terminado — caçoa, a voz rouca exalando zombaria.

— Vá se foder — retruco, frustrada em todos os sentidos, o que me leva a um vacilo no sotaque. É questão de segundos até ele descobrir que, na verdade, sou… americana.

Ele disse que retribuiria o favor e me deixaria frustrada; pois a missão foi cumprida. Ele me desfez, exatamente como afirmou que faria.

— Amber estava certa, afinal. — Estou esperando que ele me empurre e me chame de mentirosa, mas ele não faz isso.

Ele agarra meu queixo, inclina meu pescoço para trás e me dá um beijo avassalador. O ângulo é doloroso para o meu pescoço, mas não estou nem aí. Só isso me importa agora.

Nossos lábios não conseguem acompanhar os beijos frenéticos, e meu corpo está prestes a explodir. Preciso que ele me castigue, porque o fato de ser americana é apenas uma parcela de quem realmente sou.

— Não fale sobre ela quando está comigo — advirto, em sua boca. O alívio de poder expor essa pequena parte minha é incrível.

Eu sabia que meu sotaque não era perfeito, mas pensei que minha faculdade de artes cênicas, que deixei na metade do curso na faculdade comunitária em Illinois, teria enganado os moradores locais. Mas como Amber é americana, ela sacou na hora.

— Este tom de verde em seus olhos combina com você.

Ele venceu. Estou oficialmente frustrada e farei qualquer coisa para aplacar essa fome interior.

Girando para ficarmos de frente, peito a peito, desabotoo freneticamente sua camisa, porém está demorando demais. A impaciência faz com que meus dedos fiquem trêmulos, então, sem pensar duas vezes, agarro a camisa e a abro de uma vez, enviando os botões para todos os lados. Não me arrependo em nada pela atitude impulsiva.

Ele larga a camisa arruinada no chão, beliscando meu mamilo e me arrancando um gemido conforme se atrapalha em abrir a fivela do cinto. Puxo o zíper de sua calça e, no segundo em que nossas peles nuas se tocam, ambos gememos diante da fome que só aumenta.

Punky não está usando cueca, e isso o deixa ainda mais gostoso. Eu agarro seu pau rígido, abismada com o tamanho. Só transei com dois caras antes, mas eles são uma memória distante, pois nunca senti esse desejo como sinto por Punky.

Começo a acariciá-lo, gemendo baixinho, porque é uma tremenda sobrecarga sensorial. Estou gozando só com a forma como Punky chupa meus seios, espalmando-os para que seja capaz de se satisfazer por completo, porém o grunhido gutural que vibra em seu peito conforme o masturbo é o que mais me excita.

Saber que sou eu quem está proporcionando esse prazer a ele me deixa com um tesão absurdo. Minha 'missão' era seduzir Punky para que eu pudesse me infiltrar no império dos Kelly e destruí-los – algo bem ao estilo Cavalo de Troia. Mas não preciso fingir que o quero; parar de desejá-lo é o problema.

— Não confunda isso com fraqueza — ele rosna, na minha boca. — Se você for uma ameaça… eu vou te matar.

— Eu sei que vai — ofego, bombeando seu pau rapidamente. — Mas você vai ter que me pegar primeiro.

VENHA A NÓS O VOSSO REINO

Um gemido satisfeito escapa dele à medida que arremete os quadris, desesperado por mais.

— Então você é minha inimiga? — ele questiona, ainda procurando respostas.

— Não, Punky. — Gemo quando ele dá um tapa para afastar minha mão e me levanta do chão.

Sem demora, ele me joga na cama, vindo em seguida. Seu peso pressionado contra o meu corpo é o antídoto que preciso. Ele não checa se estou pronta ou não, ao se aninhar contra meu centro. Ele sabe que estou.

Quando ele desliza dentro de mim, devagar demais para o meu gosto, eu ofego.

— Você é minha.

Ele me penetra com vontade, me arrancando o fôlego, porque minha confissão não fez nada para impedir algo que estava destinado a acabar assim. Estamos em rota de colisão, e a explosão não deixará sobreviventes.

Quando ele está completamente dentro, ele para, me fazendo sentir cada centímetro de sua rigidez. Enlaço seu pescoço, arqueando as costas. Isso não deveria fazer sentido, mas o mundo de Punky me ensinou que as coisas não funcionam como no mundo 'normal'. Um dia mais se parece a cem, porque não sabemos se será o último, e se isso for verdade, se essa traição vai me matar, então pretendo seguir para a vida eterna sem arrependimentos.

— Você será a minha morte, Babydoll. E eu não me importo.

Ele começa a se mover, agarrando meu queixo e devorando minha boca. Eu mal consigo respirar, mas tudo bem. Eu morreria feliz, atracada assim ao homem que me arrancou o fôlego no segundo em que nos conhecemos.

Ele não é gentil. Ele arremete contra mim, fundo, em movimentos rápidos e brutais, e é tudo o que quero. Quando tento acariciar suas costas, ele agarra meus braços e os prende acima da minha cabeça. Com meus pulsos presos em uma mão, ele domina cada centímetro de mim, e eu me rendo, pois quero me perder e nunca ser encontrada.

Seu pau me enche, saindo e entrando com voracidade. Seus golpes brutais me fazem deslizar no colchão. Envolvo sua cintura com uma perna, abrindo-me ainda mais para ele, aprofundando o ângulo de uma forma que me faz senti-lo em toda parte.

— Ah, porra! — praguejo, inclinando a cabeça para trás e fechando os olhos.

Punky aumenta o aperto ao redor dos meus pulsos.

— Você é americana — comenta, com descrença. — O que mais você está escondendo de mim?

Gemo em resposta conforme as estocadas aceleram, refletindo sua raiva. Ele sabia que eu não estava dizendo toda a verdade, mas mentir sobre o lugar de onde sou só pode levá-lo a deduzir que a decepção será ainda maior.

— Para uma mentirosa, você é gostosa pra caralho.

Não consigo falar. Punky me possui por inteiro – mente, corpo e alma.

Os sons animalescos que ecoam dele alimentam esse fogo dentro de mim, e quando ele muda de posição, estou a segundos de gozar. Ele se ajoelha e posiciona minhas pernas acima de seus ombros largos, e faz isso ainda empalado dentro de mim.

Seus braços me ladeiam à medida que ele arremete com paixão. Agarro os lençóis, quase rasgando o tecido; essa posição permite que ele domine, pois estou submissa. Sei que ele fez isso de propósito. Conforme seus movimentos aceleram, agarro seus braços musculosos e me projeto em direção a ele, indo de encontro aos seus impulsos.

Ele se inclina para me dominar ainda mais e mudar o ângulo para ir mais fundo. Eu grito em resposta. O luar me permite ver seu sorriso vitorioso.

Esta posição é brutal, e ele não se reprime. Eu quero tanto gozar, que me abaixo e começo a brincar com meu clitóris. A pressão associada ao que ele está fazendo me deixa no limite. Eu gozo gostoso, gritando alto conforme os espasmos incontroláveis assolam meu corpo.

O orgasmo é tão intenso que traz lágrimas aos meus olhos. No entanto, como Punky continua arremetendo contra mim, sei que as coisas estão apenas começando.

— Essa foi a primeira e única vez em que te mostrei misericórdia — adverte, em tom de ameaça. — Agora você vai ver quem sou eu de verdade.

A onda avassaladora do meu clímax está suavizando, mas Punky não me deixa aproveitar o êxtase. Ele se retira e me vira de bruços, me puxando para ficar de quatro. Agarrando um punhado do meu cabelo, ele me segura com firmeza ao voltar a me penetrar.

Meu pescoço está arqueado para trás, e tudo o que quero é que ele se movimente, porém não é isso o que ele faz. Ele simplesmente me permite sentir cada centímetro pulsante do seu pau.

— Punky — imploro, sacudindo a bunda e insinuando que quero mais.

O que recebo é um tapa forte na nádega.

Eu pulo para frente diante do golpe, mas Punky me segura pela cin-

VENHA A NÓS O VOSSO REINO

tura. Sou sua prisioneira quando ele começa a se mover. Ele me mantém imóvel, me fodendo sem sentido, e eu amo cada segundo dessa depravação.

Seus movimentos são controlados e punitivos, porque mesmo que eu o tenha desafiado, ele ainda me quer. Ele poderia me castigar com brutalidade, me obrigando a falar, mas não fará isso porque não pode, e isso significa que ele se importa comigo quando nós dois sabemos que ele não deveria.

Não sou uma pessoa nobre. Eu menti, enganei e roubei. E farei isso de novo se isso me ajudar a conseguir o que quero.

Soltando meu cabelo, ele agarra minha garganta e aperta suavemente.

— Seu coração está batendo tão rápido, e sabe por quê? Porque você sabe que eu poderia te matar agora mesmo.

— Faça isso — eu o desafio, engolindo em seco.

Um rosnado fica preso em sua garganta à medida que ele me brutaliza da maneira mais deliciosa.

— Não, isso vai ser fácil demais. E onde está a graça nisso?

Sua ameaça não é vazia. Agora que deixei, involuntariamente, uma informação a meu respeito escapar, ele não vai parar até juntar todas as peças do quebra-cabeça. Eu só espero que o que ouvi ajude a amortecer o golpe.

Depois da festa dos Kelly, fui vê-*los* e disse que os Kelly tinham sido avisados. Eles ficaram furiosos, mas tinham um plano – um plano que escutei por trás das portas.

Eles disseram que alguém chamado Mike seria o bode expiatório. Não sei por que ele vai levar a culpa, mas parece que isso tira um pouco o foco de cima do Punky. Mike é a chave para seus planos desonestos, o que significa que Punky está seguro – por enquanto.

Quem quer que seja o tal Mike, tenho pena dele, porque deixaram claro que ele não sairia vivo desta. Eu me pergunto o que ele fez para se envolver com eles. Mas se seu sacrifício salva a pele de Punky, então é cada um por si.

Ele aperta ainda mais a mão ao redor do meu pescoço, me fodendo sem dó.

— Eu não vou parar até descobrir quem você é.

Arfo, em busca de ar, e o nó do prazer começa a se formar mais uma vez.

Isso não é fazer amor; isso é sexo selvagem, carnal, depravado, e nunca me senti mais segura ou desejada em toda a minha vida.

Punky sabe que posso arruiná-lo, mas continua a devorar meu corpo, porque não podemos impedir isso. Somos impotentes. Inimigos, e, de forma alguma confiamos um no outro, porém não parece importar, pois o bom senso é jogado ao vento, dando lugar a… isso.

Quando estou a ponto de desmaiar, Punky solta meu pescoço e agarra minha cintura com ambas as mãos, estocando fundo. Não consigo respirar direito, e a urgência me faz choramingar, pois acho que vou gozar de novo.

Punky começa a brincar com meu clitóris. Começo a tremer, porque a sensação é demais para suportar. Meus seios estão balançando, os mamilos roçando os lençóis com as arremetidas brutais de Punky. Ele está em toda parte, e sei que nunca terei o suficiente.

Não aguento mais o arroubo carnal, então desabo, porém Punky não permite minha rendição. Ele se apoia em um joelho no colchão, colocando o outro pé no chão. Em seguida, agarra meu braço e o segura às minhas costas, me fodendo com força.

Estou meio caída na cama, virada de lado enquanto Punky usa meu braço e quadril como alavanca, me controlando e me dominando, a ponto de eu não ter outra escolha a não ser me curvar às suas exigências. Estou lânguida, o corpo trêmulo como gelatina, mas Punky não para.

— Teve o bastante?

— Não — resmungo, com teimosia, gemendo contra o colchão.

— Estou te fodendo como se te odiasse — ele afirma, sem fôlego, grunhindo quando me impulsiono para trás em seu eixo.

— Você deveria me odiar, porque isso não significa nada para mim — minto, com arrogância. — Você é bom de cama. Isso é tudo.

— É mesmo? — Ele ri, não acreditando nem um pouco na minha mentira. — Isso é um alívio, porque não quero que você se apegue.

— Isso não vai acontecer.

— Que bom estarmos na mesma página — diz ele, e o ruído de nossos corpos se chocando é tão erótico, que mordo a bochecha para reprimir os gemidos de prazer. — Mas eu sei que você está mentindo. Você pode até desejar me odiar, mas seu corpo está me dizendo o contrário. Este corpo gostoso e quente que se encaixa perfeitamente no meu pau.

Não posso lidar com isso.

Os gestos e palavras de Punky me levam ao limite, e eu persigo meu orgasmo, incapaz de conter os gritos. Estou tão perto… Ele ganhou. E sabe que pode me machucar, o que significa que estou em sérios problemas. Nós dois estamos.

— Você é uma mentirosa, Babydoll. Eu possuo você. Quer você queira

VENHA A NÓS O VOSSO REINO

ou não. Diga — ele ordena, então, de repente, cessa o movimento, mesmo quando me impulsiono, implorando-o para aliviar meu desespero.

— Isso nunca vai acontecer — arfo, estendendo a mão, suplicando que volte a se mover. Porém ele faz o oposto. Ele se retira de dentro de mim.

Eu tombo para frente, gritando de frustração.

— Não!

— Diga — ele exige, calmamente, e minha respiração acelerada me entrega.

Com teimosia, começo a me acariciar, porque se ele não vai me fazer gozar, então eu mesma farei isso. Punky dá um tapa na minha mão e me vira de costas. Eu me debato inutilmente contra ele, que me prende ao colchão com seu peso, segurando meus braços acima da minha cabeça.

— Não vou pedir de novo — adverte, com a voz rouca.

Sua ereção está pressionada entre nós. Eu gemo baixinho quando ele esfrega o pau grosso contra minha boceta carente. Não quero dar a satisfação de ceder, mas, pouco depois, eu me rendo, pois não há o menor sentido em lutar contra o inevitável.

— Sou uma mentirosa! — grito, com raiva.

— E o que mais?

— E você me possui, porra!

— Sim, baby, eu possuo mesmo.

Ele murmura em satisfação, ciente de que venceu, e de que isso muda tudo. Ele pode me machucar. E eu posso machucá-lo. Estamos em uma encruzilhada onde ninguém sai ganhando, mas perder nunca teve mais cara de vitória do que agora.

Em um profundo suspiro de satisfação, ele me penetra e nós dois gememos, porque essa depravação é gostosa demais. Ele se inclina e me dá um beijo lânguido. Mudando o ritmo da transa, ele me confunde com sua gentileza. Seu piercing no lábio roça meus lábios, e eu acaricio a barra prateada em seu mamilo.

Não consigo parar de desejá-lo.

Ele aumenta o ritmo, me acariciando do jeito certo, e segundos depois eu me entrego ao êxtase. Meus gemidos são desenfreados, mas não me importo. Eu me agarro a ele, sua pele escorregadia e quente. Não é nada menos que perfeito.

No momento em que os últimos gritos de prazer cessam, ele se afasta e derrama sua semente sobre a minha barriga com um rosnado gutural.

O luar me permite ver sua silhueta, o pescoço arqueado, as costas curvadas – ele é uma visão e tanto. E sei que o possuo da mesma forma que ele me possui.

Sua respiração ofegante ecoa no quarto quando ele sai da cama, e quando me dou conta, ele usa a camisa para me limpar. O gesto apenas confirma o que eu sabia no instante em que nos conhecemos – estamos fodidos.

VENHA A NÓS O VOSSO REINO

Doze
PUNKY

Liam está atrasado e sei que não é coincidência. Também sei que encontraram o corpo de Aidan.

Eu estava esperando essa ligação, já que fui, tecnicamente, a última pessoa a vê-lo com vida. Não caíram na história que ele contou, o que significa que estão procurando por respostas. E estão pensando que essas respostas podem ser dadas por mim.

Ele está me testando, pois o pub está lotado de espiões dos Doyle. Se der a impressão de que estou nervoso, ele vai deduzir que sei mais do que estou deixando transparecer, e é por isso que bebo minha cerveja na maior calma, fingindo estar absorto em um jogo no meu celular.

Minha vida mudou demais nos últimos tempos. Estou levando uma vida dupla, mas, novamente, parece que todo mundo está – Connor, Tio Sean e Babydoll.

Ainda posso sentir seu gosto na minha boca, e já se passaram três dias. Porém nunca serei capaz de me livrar do seu sabor.

Ela me assusta mais do que os Doyle, pois sei que pode me machucar. Mesmo sabendo que ela é uma mentirosa e uma ladra, não consigo me manter longe. O fato de ser americana é apenas a ponta do iceberg, e quando eu descobrir sua verdadeira identidade, e por que ela está aqui, sei que terei que lidar com isso.

Mas, machucá-la? Acho que não posso.

O que compartilhamos naquele quarto não foi só sexo; foi algo completamente diferente. Estou completamente louco, e com medo do que está por vir. Por isso não quis pensar sobre o assunto. Minha vida é complicada o suficiente.

Quando Liam, por fim, aparece, deixo de pensar nessas bobagens e me concentro em voltar a ser o personagem que ele pensa que sou.

— Como você está? — ele pergunta, sentando-se à mesa. É difícil acreditar que esse bastardo pode ser meu meio-irmão.

Seu tom está longe de ser amigável, mas lanço um olhar por cima do meu celular e dou um sorriso.

— Ei. E aí?

— Temos uma situação complicada, Mike. Meu tio Aidan está morto.

Sem preliminares, pelo jeito.

Eu sabia que isso aconteceria, então finjo surpresa total.

— O quê? Você está me zoando?

— Não, bem que eu gostaria. Mas encontramos seu cadáver mutilado não muito longe de sua casa. Quem fez isso queria que encontrássemos o corpo.

— Puta merda, cara. Eu sinto muito.

Liam assente, procurando por qualquer vacilo da minha parte. Ele não vai ver nada.

— Preciso que você me conte tudo o que aconteceu naquela noite.

Olhando em volta, fingindo observar o ambiente, me inclino para mais perto e digo:

— Cuidei do seu *problema* até deixá-lo respirando por um fio e depois saí. Aidan disse que cuidaria do resto.

— Ele não disse o que estava fazendo com o nosso *problema*?

Estamos falando tão levianamente sobre uma vida humana, que chego a me sentir nauseado. Esse *problema* é Ronan. No entanto, balanço a cabeça em negativa.

— Não. Ele disse que assim que terminasse, iria se encontrar com uma mulher. Isso é tudo.

Liam reflete sobre minha resposta.

— O engraçado é que encontramos o corpo do tio Aidan, mas não o de Ronan.

— Você não acha...

Deixo a pergunta em aberto, mas o que estou insinuando é que Ronan foi o responsável pela morte de Aidan. Ronan já se foi há muito tempo, então os Doyle não o encontrarão. Ele é o bode expiatório. Isso é o que ele ganha por ser um maldito traidor.

— Não sei — ele confessa, recostando-se na cadeira com um suspiro.

— O lugar habitual em que tio Aidan resolvia nossos problemas é deserto. Isso torna você e aquele monte de merda as últimas pessoas que viram meu tio com vida. Ele me ligou depois e disse que eu podia confiar em você.

VENHA A NÓS O VOSSO REINO 189

Disse que estava com uma vagabunda qualquer. Porém quando liguei para algumas de suas amantes, elas disseram que não o tinham visto.

Assentindo, permaneço calmo, pois Liam não tem nada contra mim. Ele está procurando por qualquer sinal de traição em meus gestos.

— Não sei o que te dizer. Estou aqui para qualquer coisa que você precisar, cara.

Liam não está convencido, mas duvida que eu tivesse tido a coragem de me envolver em uma briga com o tio e sair vitorioso, o que me dá uma vantagem. Ele me subestimou, e é isso que me permitirá derrubar os Doyle.

Seu telefone toca, e quando ele vê quem é, seu semblante muda. Escuto a conversa discretamente e, quando descubro com quem ele está falando, entendo a estranha reação.

— Está tudo sob controle, pai.

Mas parece que Brody Doyle não confia no filho.

Liam me oferece seu telefone.

— Meu pai quer falar com você.

E, assim, minha chance de falar com o diabo chegou.

Mantenho a calma, porque Mike não tem ideia de que está prestes a falar com o chefão da máfia de Dublin. Mas Punky sabe, e ele não sabe como vai evitar dizer a ele que seus dias estão contados.

Não sei o que esperar. Sim, pesquisei sobre a vida dele, mas os Doyle, assim como os Kelly, são pessoas muito reservadas, então não consegui encontrar nada de útil. Nós saímos em público quando queremos, o que significa que só damos as caras quando isso nos beneficia de alguma forma.

Qualquer outra coisa é apenas munição para o inimigo. E não podemos deixar que isso aconteça. Raramente tiramos fotos, pois isso permite que nossos inimigos saibam qual é a nossa aparência.

Eu sabia que matar Aidan e deixar seu corpo ao léu era uma isca que os Doyle não podiam ignorar. Funcionou direitinho. É isso, o momento que eu estava esperando.

— E aí, o que está rolando? — eu o cumprimento friamente.

— Achei que você poderia me dizer isso. — A voz de Brody é profunda e firme. Ninguém duvidaria do poder que ele detém. — Liam te contou o que aconteceu?

— Sim, acabou de dizer. Sinto muito pelo Aidan. Eu disse ao Liam que quando o deixei, ele estava vivo e bem. Ele disse que cuidaria de tudo.

Brody processa o que acabei de dizer.

— Sim, rapaz, eu acredito em você. Minha filha, Erin, parece pensar que você é confiável. Meu irmão também — diz ele, o que me agrada. Ter Erin ao meu lado funcionou a meu favor. — Esse idiota é o culpado. Ou, pelo menos, a família para a qual ele trabalha.

Ele quer dizer 'nós'. Ele está assumindo que Connor teve participação na morte de seu irmão.

— Isso é o que ganho por confiar em um protestante. Meu irmão será vingado. E precisamos da sua ajuda.

E essa é a verdadeira razão pela qual Brody queria falar comigo.

— Não espero que você entenda isso, mas minha família está em guerra com outra. Eles são da Irlanda do Norte. Quero o que é deles e estou perto de conseguir isso. Ronan trabalhava para eles, mas veio até nós quando percebeu que os dias dos Kelly estão contados.

Inspirar e expirar… eu só tenho que me lembrar de respirar com calma.

— Há um carregamento de balas e neve que estou querendo. O caminhão deve chegar a Belfast na próxima terça-feira. Planejamos estar lá quando isso acontecer.

Sei exatamente do que ele está falando, já que esse é um negócio do tio Sean. Ele orquestrou a chegada de um carregamento de cocaína vindo da América Central. O preço de mercado deste transporte é de duzentas mil libras. As balas são comprimidos de ecstasy vindos da Holanda.

Este é um negócio dos grandes para nós, e se não sair como planejado, será um prejuízo monstro.

— Você vai interceptar o caminhão? — pergunto, casualmente.

Brody ri.

— Não, nós vamos para Belfast. É hora de dar as caras. A meu ver, Connor Kelly tirou a vida do meu irmão, então vou tirar a do dele.

Sinto o sangue drenar do meu rosto, mas mantenho o controle.

— E é aí onde você entra. Precisamos de um rosto desconhecido para eles. Nossos parceiros católicos não aceitam numa boa que lidemos com os protestantes. Precisamos ser discretos, mas não há como Connor se safar disso. Meu irmão teve o rosto pintado como um fantoche. Isso foi pessoal.

Sim, foi mesmo, e eu queria que os Doyle soubessem que eu estava vindo atrás deles, mas não dessa forma. A vida do tio Sean está em risco agora.

— Eu tirei a vida da esposa dele. Não há nada mais pessoal do que isso — ele se gaba, como se eu devesse ficar impressionado.

Cerro o punho debaixo da mesa, pois Brody acabou de confirmar o

VENHA A NÓS O VOSSO REINO

que eu já sabia. Ele e Aidan mataram a minha mãe. Se o que ele diz for verdade, isso significa que ele é meu pai? Ele matou minha mãe, sabendo que eu era seu filho?

Meu ódio por esse filho da puta continua a crescer. Pai ou não, vou fazer com ele o que fiz com seu irmão. O que ele fez com minha mãe.

Isto é um teste. Os Doyle sabem que se eu me negar, minha história é furada. Mas se eu fizer isso, então a confiança deles em mim se fortalecerá. Poderei me infiltrar em suas operações ainda mais do que já fiz. Poderei salvar o tio Sean.

— O que ganho com isso? — pergunto, porque essa é a única razão pela qual qualquer estranho concordaria com algo assim.

— Que tal vinte e cinco mil dólares americanos?

Por essa quantia, isso não é tão simples quanto Brody faz parecer. Há uma razão para eles me quererem lá. E pretendo descobrir que motivo é esse.

Com um sorriso, digo:

— Trato feito.

— Muito bom, rapaz — Brody responde, e sua animação me sufoca. — Liam vai te deixar a par dos detalhes mais perto do dia.

Claro que vai. Eles não iriam querer que eu ficasse com medo e amarelasse. Ou pior ainda, que os entregasse aos tiras.

— Sem problemas.

Nossa conversa acabou.

— Vejo você em breve.

E encerra a chamada.

— Se você me der licença. — Liam não me dá chance de responder e se levanta, me deixando sozinho.

Não me importo com o motivo de estar pau da vida. Consegui o que queria: ter acesso aos Doyle e fazê-los pagar de acordo. Mas para que isso aconteça, preciso fazer uma coisa... ser mais do que transparente com tio Sean. Preciso contar tudo a ele, e preciso fazer isso agora.

Não há um jeito fácil de fazer isso, porque sei que meu tio vai ficar furioso de qualquer maneira. Sim, estou indo até ele com informações que nos darão certa vantagem, mas como consegui essa informação vai deixá-lo surtado.

Ele está em seu escritório, na ala oposta à de Connor, então sei que estará sozinho. Batendo em sua porta, eu me preparo para qualquer coisa, porque pela primeira vez na vida, não sei se ele ficará do meu lado nessa história.

Ele abre a porta e, quando me vê, arqueia a sobrancelha.

— Por que você está batendo? Você sabe que é sempre bem-vindo.

— Não tenho certeza se você vai pensar isso depois que eu te contar o que fiz.

Ele não diz uma palavra. Em vez disso, abre mais a porta, permitindo-me entrar antes de seguir até a mesa no canto da sala, em busca de sua garrafa de uísque. Ele serve dois copos enquanto fecho a porta.

— O que você fez agora? — pergunta, oferecendo-me um copo.

Aceitando, tomo de um gole só antes de revelar tudo:

— Eu estava em Dublin esta noite. E me encontrei com Liam Doyle.

Tio Sean para com o copo na metade do caminho até sua boca.

— Eu me infiltrei entre eles, sob um disfarce… acho que você poderia chamar assim. Eles pensam que sou um tal Mike da América. Confiam em mim. E eu matei Aidan Doyle.

Tio Sean não fala uma palavra. Ele desaba em sua poltrona de couro, chocado.

— Encontrei um endereço na gaveta do Connor, quando invadi seu escritório. O endereço era de um pub em Dublin. O pub dos Doyle.

Quanto menos ele fala, mais eu abro a boca:

— Ganhei a confiança deles ao vencer Hugh numa briga. Eles pensam que sou apenas um estrangeiro burro e é por isso que estão me mandando fazer o trabalho sujo deles. Mas esta noite, eles me disseram que virão para Belfast. Eles planejam nos roubar.

Tio Sean coloca o copo vazio em sua mesa, os olhos inexpressivos. Eu nunca o vi assim.

— Tio Sean?

— Sim, filho? — murmura, e eu me pergunto se entrou em choque.

— Você está bem?

Ele se remexe na poltrona, considerando minha pergunta, e o que pergunta em seguida confirma seu estado de espírito:

— Por que você o chamou de Connor? Ele é seu pai.

Depois de tudo que acabei de revelar, *isso* é o que mais o preocupa?

VENHA A NÓS O VOSSO REINO

— Não tenho certeza disso. Ele nunca foi um pai para mim.

— Foi por isso que você fez essa merda? Para se vingar dele?

— Claro que não — argumento, balançando a cabeça. — Eu fiz isso porque ninguém nesta porra de família me disse a verdade! Eu estava cansado de ser enganado. Você não pode nem tentar entender isso?

— Você é um idiota, garoto. É o que você é — diz ele, finalmente abordando o assunto em questão. — Você tem alguma ideia do que fez? Por isso que você sabia que os tiras fariam uma batida?

— Não, eu descobri isso através de outra pessoa. — E esse alguém, eu nunca vou delatar.

— Ah, pelo amor de Deus, Puck! — ele exclama. — Que confusão infernal é essa! Você deveria ter vindo até mim. Você tem sangue em suas mãos agora, sangue Doyle, e eles não vão parar até que ele seja vingado.

— Sim, claro, eu sei disso.

— Só preciso de um minuto. — Ele balança a cabeça diante do meu desdém.

Dou-lhe algum tempo, porque sei que é muito para assimilar, mas ele precisa saber tudo.

— Ronan estava trabalhando para os Doyle. Ele nos traiu duas vezes.

Os olhos do tio Sean se entrecerram.

— E como você sabe disso?

— Porque fui enviado pelos Doyle para cuidar do assunto. Ele estava roubando de nós. Dando nossa mercadoria aos Doyle. Acho que eles querem o território da Irlanda do Norte. Eles estão recrutando nossos homens que são desleais, porque nós permitimos essa porra. Para que eles tenham a audácia de fazer isso, é porque não nos temem ou respeitam, e será apenas uma questão de tempo até que os Doyle realizem seu desejo. Acho que tem alguém aqui em Belfast trabalhando para eles. Os filhos da puta estão vendendo nossa mercadoria roubada, testando as águas para ver como será fácil.

Não entendo o motivo para quererem nossas drogas, quando têm as suas próprias, mas deve ser por isso.

Ter o controle de todos os portos – aqui e em Dublin – dá a eles um poderio total. Eles podem importar carregamentos para Belfast e vendê-los aqui sem correr o risco de atravessarem a fronteira e serem pegos pela polícia. Quanto menos movimento, melhor.

Nós todos sabemos disso. Toda vez que um caminhão sai, corremos o risco de ser pegos. Ou que um dos motoristas nos traia. Mas se os Doyle tivessem conexões dentro da Irlanda do Norte, isso eliminaria o risco.

— Por que você acha isso? — Tio Sean pergunta, e sou grato por ele estar ouvindo e não me dando um sermão.

— Por que mais eles estão interessados em nossa mercadoria? Eles têm seus próprios contatos, suas próprias drogas em Dublin. Mas pegar nossos homens, nossas drogas, dá a eles conhecimento de como administramos nossos negócios. Eles querem estabelecer uma base aqui. E precisam de um homem de dentro para fazer isso.

Não acredito que não vi isso antes.

— E quanto ao Ronan?

— Eu o deixei ir porque precisava de um bode expiatório para o assassinato de Aidan. — Decido deixar de fora o envolvimento de Cian e Rory nisso.

— Você é um bom menino, Punky — Tio Sean diz em um tom que soa como um elogio. — O que você fez foi uma estupidez e algo muito perigoso, mas você fez bem.

O alívio que sinto é avassalador. Eu deveria saber que não importa o que aconteça, tio Sean ficaria do meu lado.

— Então, qual é o plano?

Tio Sean parece estar imerso em pensamentos, olhando diretamente para mim.

— Nós fazemos o que esses filhos da puta querem. Nós vamos à entrega do carregamento, e então nós os emboscamos. Eles pensam que você é outra pessoa. Temos a vantagem aqui.

— Brody me disse que… que matou a minha mãe.

Tio Sean fecha os olhos com força. Sei que isso é muito para processar.

— Aidan era o outro homem que estava lá. Foi por isso que o matei. Ele merecia morrer, e eu faria isso de novo se tivesse metade da chance.

— Você me disse que havia três homens. Quem mais estava lá? — ele pergunta, reabrindo os olhos. Ele parece exausto.

— Não sei. Mas vou descobrir. Essa tatuagem — ergo o punho —… Aidan disse que todo Doyle faz uma quando mata um protestante. Você já ouviu falar disso?

— Não — ele responde, com raiva. — Não posso acreditar nessa merda. Isto é minha culpa. E seu pa… — Ele para antes de corrigir: — Connor. Nunca deveria ter chegado tão longe. Esses filhos da puta estiveram debaixo

VENHA A NÓS O VOSSO REINO

de nossos narizes esse tempo todo, e nós nem sabíamos. Isso me enoja.

— Sim, mas sabemos de tudo agora.

Tio Sean acena com a cabeça, olhando para mim com nada além de orgulho.

— Se Brody for seu pai, você está bem em matá-lo?

Sem perder o ritmo, respondo:

— Não vou apenas matá-lo, tio Sean, vou torturá-lo até que ele me implore para livrá-lo de sua miséria. E, mesmo assim, não o atenderei. Ele vai sofrer de maneiras inimagináveis, e não vou sentir nada por isso.

Tio Sean permanece estoico. Ele nunca me ouviu falar assim. Percebo que é demais para lidar. Ele ainda me vê como uma criança inocente que ele carregou no colo, mas é hora de isso mudar.

— Eu tenho que dizer a Connor — diz ele, por fim.

— Ele é a causa disso — afirmo. — Se tivesse os homens sob controle, em vez de ser um bastardo arrogante, nada disso estaria acontecendo.

— Eu também tenho culpa.

É típico do tio Sean se culpar. Mas nós dois sabemos que a culpa é do Connor. Nada acontece a não ser que ele dê sua aprovação. Ele deveria ser nosso líder, porém não passa da porra de uma piada.

— Pare com isso — argumento, recusando-me a ficar aqui e permitir que ele assuma a responsabilidade. — Isso é coisa de Connor. Tudo é culpa dele. Ele está prestes a arruinar esta família, e mesmo que eu não seja um Kelly…

Tio Sean se levanta abruptamente.

— Não termine essa frase, está me ouvindo? Você é um Kelly. É sangue do meu sangue. — Bate a mão no peito. — Não me importo com o que qualquer pessoa diz. Você luta como um Kelly. Você morre como um Kelly.

Assentindo, não deixo a emoção transparecer, pois aprecio suas palavras mais do que ele jamais saberá.

Connor nem se preocupou em resolver esse problema. Ele soltou a bomba, e só. Mas em poucos dias, saberei a verdade, porque assim que o teste de DNA chegar do laboratório, o resultado me dirá se sou um Kelly ou não.

— Obrigado. Não importa o que aconteça, você sempre será meu tio.

Ele desvia o olhar, emocionado pelas minhas palavras, porém pigarreia pouco antes de dizer:

— Tudo bem, então, vou dar alguns telefonemas. Você fez a coisa certa em me contar tudo. Vamos lidar com esses Doyle de uma vez por todas.

Belfast é nossa, e qualquer maldito católico que pense que pode vir aqui e roubá-la de nós sofrerá até a morte.

— É isso aí — murmuro, em concordância, louco por mais derramamento de sangue. Mas agora, preciso telefonar para os meninos e informá-los.

Estou prestes a me virar e sair, mas tio Sean dá um passo à frente e me abraça. Um abraço apertado e carinhoso.

— Cuidado, filhote.

Não tenho certeza do porquê preciso ter cuidado, já que tudo deu merda, mas eu retribuo o abraço. Se alguma coisa acontecesse com ele, acho que não sobreviveria. Eu me afasto, não querendo me desfazer em lágrimas ali mesmo.

Ele sorri, e me sinto aliviado por ter contado tudo. Ele é a única pessoa em quem confio. Ele e os rapazes, claro. Falando nisso, não posso evitá-los por muito mais tempo. Desde a festa, tenho rejeitado suas ligações, pois não quero contar a eles sobre Babydoll.

A razão para isso é que sei que eles vão me dizer que sou um idiota por não ser mais cauteloso. Ela é uma mentirosa, uma mentirosa que se recusa a me dizer a verdade. Se fosse qualquer outra, nem respirando essa pessoa estaria mais.

Mas quando saí da casa de Babydoll, eu sabia que estava na merda. De forma alguma eu poderia machucá-la. Mentirosa ou não, isso não muda meus sentimentos. Não sei que sentimentos são esses, ou como lidar com eles, mas o que sei é que vou protegê-la, porque ela é minha.

— Falo contigo mais tarde.

Tio Sean assente e se acomoda à mesa. Acho que ele tem alguns telefonemas a fazer.

Fechando a porta ao sair, pego meu celular e vejo três chamadas perdidas de Rory. Não posso mais evitá-lo.

— E aí? — digo, casualmente, assim que ele atende.

— Você falou com Cian?

O pânico em sua voz me incomoda.

— Não. Por quê?

— Porque aquele babaca geralmente me liga umas dez vezes por dia, e não tenho notícias dele há algumas horas.

Não consigo segurar o riso.

— Tenho certeza de que ele está bem. Ele, provavelmente, deve estar se pegando com alguém.

VENHA A NÓS O VOSSO REINO

— É, você está certo — ele concorda. — Aliás, onde você estava?

Mantendo a voz baixa, digo:

— Eu tenho muita coisa pra contar. Me liga amanhã?

— Ah, que alegria — ironiza. — Ela é quem ela diz ser?

Ele não precisa esclarecer de quem está falando.

— Não se preocupe com isso. — Minha resposta é tão boa quanto um não.

— Você é um idiota. Trepar com o inimigo não é algo inteligente a se fazer.

— Ela não é uma inimiga. Bem, acho que não é.

— É você ou seu pau falando?

Com um sorriso, respondo:

— Eu e meu pau vamos te ver amanhã, então.

Eu desligo, nem um pouco interessado em levar um sermão.

Ao sair dali, decido ligar para Babydoll, pois não falo com ela desde que fui embora de sua casa no meio da noite. Não faço ideia do que conversar depois de uma transa, pois nunca me interessei em foder de novo uma ficada de uma noite.

Mas não é assim com Babydoll.

Mesmo que não tenha havido um abraço depois que transamos, o fato de eu sair dali foi uma decisão mútua. Dava para sentir que ela queria que eu fosse embora, e acho que o motivo era por estar preocupada em ser pega em flagrante. Mas por quem? Ela é adulta e pode trepar com quem quiser.

A urgência era porque ela temia pela minha segurança. Não queria pensar nesse assunto, pois tenho uma porrada de problemas rolando na minha vida agora, e esta é uma questão que não pode ser resolvida com violência. E uma pequena parte minha não quer saber a verdade.

Só que não posso evitar a verdade para sempre. Eu preciso saber.

Ligo para ela, mas me surpreendo quando uma voz me diz que o número não está mais ativo.

Suspirando, enfio o celular de volta no bolso e adiciono essa merda à pilha cada vez maior com a qual tenho que lidar.

Treze
PUNKY

— É a minha vez.

— Você já teve a sua chance — Hannah diz, usando seu cotovelo como obstáculo à tentativa de Ethan de arrancar o controle remoto dela.

Os gêmeos ganharam um veleiro motorizado de brinquedo de Connor e queriam brincar no lago atrás do castelo. Ele dá esse tipo de presente de vez em quando, para compensar o fato de ser um pai de merda. O problema é que ele sempre parece esquecer que são duas crianças. Ele é tão egocêntrico, que acha que está fazendo uma gentileza, mas tudo o que faz é incentivar que os dois briguem.

— Ei, ninguém vai ter uma chance se você não brincar direito — Amber repreende, com seriedade.

Ela manteve distância desde a festa, e esse é um dos motivos pelo qual eu não queria que rolasse nada entre nós. Eu gosto da companhia dela, mas agora, as coisas estão estranhas pra caralho.

Meu telefone toca e, quando vejo um número desconhecido, peço licença para atender em particular.

— Alô?

— Quem fala é Puck Kelly? — pergunta uma voz masculina que não reconheço.

— Sim, sou eu. Quem é?

— Ah, Sr. Kelly, aqui é o Dr. Dunne, da Clínica Oak Park. Seus resultados chegaram. Entendi que eram urgentes, então eu queria te ligar e dizer...

— O que deu? — pergunto, interrompendo-o.

Arranjar alguém que não contasse a Connor o que estou fazendo era quase impossível, mas o Dr. Dunne é novo em Belfast e ainda não conhece a reputação dos Kelly. Eu poderia ter feito os testes de paternidade em casa, mas ir a uma clínica me daria os resultados mais precisos.

— Se você quiser aparec...

— Não quero ser rude, doutor, mas, por favor, me diga a porra do resultado.

Ele pigarreia.

— As amostras de cabelo, sangue e saliva que você forneceu, bem, elas concluem que o sujeito está excluído como o pai biológico.

Excluído...

— Senhor Kelly? O senhor me ouviu? Os dados colhidos não sustentam uma relação de paternidade. Eu sinto muito. No entanto, se...

Não me incomodo em ouvir mais nada, porque, que sentido isso teria? Todos os resultados confirmam que Connor Kelly não é meu pai. Que não sou um Kelly.

— Obrigado, doutor. — Desligo, prestes a perder o controle. Tudo o que posso ouvir na minha mente, repetidas vezes, são as palavras: *excluído como o pai biológico.*

Não sei como me sentir. Aliviado em alguns aspectos por não ser relacionado àquele merda, mas a alternativa é tão ruim quanto.

Quando meu telefone vibra, estou prestes a jogá-lo no lago. Mas é o número de Cian que ilumina a tela. Tenho tentado falar com esse filho da puta o dia todo.

— Que porra você...

O pânico em sua voz me faz esquecer de tudo. Algo está terrivelmente errado.

— Punky, eles pensam que eu sou você — Cian ofega. — E eu os deixei pensarem isso.

No começo, acho que ele está bêbado, e só depois percebo que está sem fôlego porque está ferido.

— Cian, onde você está?

— Não sei — ele confessa, ofegando em agonia. — Mas você não pode vir aqui. Eles vão te matar.

— E se eu não fizer isso, eles vão te matar. Quem te pegou? Cian? — insisto, mas ele não responde.

— Os Doyle. Mas...

Não há um 'mas' nesta situação.

— Estou indo atrás de você, irmão. Eu juro. Por favor, aguente firme.

— Sinto muito, Punky. Eu...

Mas a ligação cai.

Tento ligar de volta, desesperado, mas o telefone está desligado.

— Porra! — esbravejo, cego de raiva. Segundos depois, me arrependo da explosão temperamental, pois sei que os gêmeos estão com medo, mas se algo acontecer com Cian...

— Punk? — Amber me chama, mas não tenho tempo para explicar. Se os Doyle estão com Cian, então a parada é séria e ninguém está seguro.

— Amber, entre e tranque todas as portas, está me ouvindo? Não deixe ninguém entrar.

— O que está acontecendo? — Sei que ela está com medo, mas não posso tranquilizá-la agora. Não tenho tempo.

— Por favor, apenas faça o que mandei. Mantenha os gêmeos em segurança, entendeu? Eu explico tudo depois.

Ela balança a cabeça rapidamente, sentindo a urgência em minhas ordens.

— Crianças, vamos entrar e colocar aquele filme que vocês queriam assistir.

Hannah e Ethan olham para mim em busca de orientação e, neste momento, percebo que não importa que não compartilhemos o mesmo sangue. Eles sempre serão meus irmãos.

— Vão com a Amber — digo, com um sorriso tenso.

Eles podem ser pequenos ainda, mas entendem quando algo está errado. Eles são Kelly, afinal, e nada está certo em nosso mundo fodido.

Ambos vêm correndo para mim, a discussão por causa do brinquedo há muito esquecida. Eles se agarram a mim com força quando me agacho para abraçá-los.

— Você vai voltar? — Hannah pergunta, soluçando com as lágrimas.

— Claro que vou.

Ethan não diz uma palavra.

— Você é o homem da casa, beleza? — afirmo, afastando-o um pouquinho do meu abraço. — Preciso que você seja corajoso por mim. Você pode fazer isso?

Ele balança a cabeça, mesmo com medo.

— Eu te amo, Punky.

— Eu também. Amo vocês dois. Vão agora. Vejo vocês em breve.

Gentilmente, eu os convenço a acompanharem Amber, que acena com a cabeça, prometendo que vai cuidar deles.

Assim que eles se afastam, corro para minha casa, ligando para Rory no caminho, sem nem ao menos lhe dar chance de falar qualquer coisa:

VENHA A NÓS O VOSSO REINO

— Você pode rastrear o telefone de Cian?

— Tentei fazer isso o dia todo, mas está desligado. O que está acontecendo?

— Ele acabou de me ligar há cerca de dois minutos. Ele está com problemas, Rory. — Abro a porta e corro até a pintura pendurada acima da lareira. Depois de arrancá-la da parede, digito o código do meu cofre.

Posso ouvir o clique frenético em um teclado enquanto pego armas, facas e dinheiro, enfiando tudo na mochila. Não sei por que os Doyle pegaram Cian, mas vou preparado para todos os cenários possíveis.

— Puta merda — Rory murmura, e sei que isso não é bom. — A ligação veio do bangalô onde seus avós estão. Ele está lá.

— Pooorra! — praguejo, sem entender nada. — Temos que ir. Os Doyle estão com ele. Eles acham que ele sou eu.

— Se os Doyle estiverem lá, e nós formos até eles... eles saberão que você não é o Mike. Eles estão com o Cian porque não sabem quem você é. Todo o seu esforço terá sido em vão, e você perderá a vantagem que adquiriu.

Meu corpo vibra de raiva. É quase insuportável. Rory está certo. Se eu for lá agora, o plano de emboscar os Doyle com o tio Sean será arruinado. Eles saberão que não sou Mike e que os sacaneei, e então nunca chegaremos ao fundo de quem está por trás dessa merda toda.

Isso prova que há um traidor entre nós, mas por que eles pensam que Cian sou eu?

Andando de um lado ao outro na sala, procurando desesperadamente por uma resposta, eu a avisto em cima da mesa de centro — minhas tintas faciais. Não é infalível, mas quando virem o meu rosto pintado, o mesmo que enfeitei na cara de Aidan, tudo o que eles verão é o rosto que matou um Doyle.

Quem o pegou não pode ser o Liam ou Hugh, porque eles o conheceram no pub. É outra pessoa. Eu só consigo pensar em um outro Doyle — Brody.

Pegando as tintas da mesa, eu as jogo na mochila.

— Eu tenho uma ideia. Esteja aqui em dez minutos.

Minha mão está surpreendentemente firme enquanto aplico a última pincelada em meu sorriso sinistro. Olhando para o espelho da pala de sol do carro, percebo o quão confortável me sinto com essa face.

Não há desculpas pelo que fiz e pelo que pretendo fazer.

Eu não sinto nada.

Rory agora sabe de tudo e concorda que alguém está usando nosso carregamento como teste. Não vamos parar até descobrirmos quem é. Ele também sabe que Babydoll não é de Londres. E reagiu como imaginei que reagiria – ele me chamou de idiota do caralho.

Quando perguntou se eu achava que Babydoll tinha alguma coisa a ver com isso, respondi com toda a honestidade que não fazia ideia.

Quando sondou como eu me sentia por não ser filho de Connor, dei a mesma resposta.

Não sei de mais nada, porém o que sei é que vou matar todo e qualquer filho da puta que colocou um dedo em Cian. Quanto aos meus avós… realmente estou a caminho do desconhecido. A única vantagem que temos é que já estivemos aqui antes.

Estacionamos na estrada, observando os arredores ao anoitecer. Não temos o luar para nos ocultar. Decidimos pular a cerca na lateral da propriedade, pois os arbustos amplos e as sebes que a revestem nos darão a cobertura necessária.

O silêncio absoluto me assusta. Não sei o que vamos encontrar dentro desta casa de horrores.

Em total silêncio, pulamos a cerca, nos escondendo atrás das cercas-vivas. As cortinas estão fechadas, impossibilitando de ver qualquer coisa. Com um gesto de cabeça, sinalizo que temos que seguir em frente.

"Você precisa ficar bem quietinho. Mais quieto que um rato."

Tudo o que posso ouvir é a voz da minha mãe. As palavras que me disse antes de nossas vidas mudarem para sempre.

Esta casa está cheia de lembranças ruins, e o fato da minha 'família' não ter o menor problema em viver aqui só mostra que eles não se importam com o que aconteceu com ela. Estar aqui me embrulha o estômago. Porém eles ficam aqui por vontade própria. É um lance muito fodido.

Posso não ser um Kelly, mas também não sou um Foster. Não sei quem sou. E estou bem com isso.

Quando Rory e eu espiamos pela janela na parte dos fundos do bangalô, prendo a respiração, porque é o cômodo onde minha mãe foi assassinada.

VENHA A NÓS O VOSSO REINO

E é o quarto onde meu melhor amigo foi espancado até se tornar uma bagunça sangrenta.

As cortinas estão ligeiramente entreabertas, e o que vejo me faz cerrar o punho, prometendo matar cada filho da puta que colocou a mão em Cian.

— Ele está respirando — Rory sussurra. — Mas com dificuldade.

— Preciso que você fique aqui — ordeno, colocando a mochila no chão e abrindo o zíper com o maior cuidado. — Não deixe ninguém entrar. Ou sair.

Quando entrego a ele uma arma e uma faca, ele entende o que precisamos fazer quando o inimigo se aproxima.

— Você vai ficar bem por conta própria?

Assentindo, pego minhas armas e cubro a cabeça com o capuz.

— Sim. Foi essa porra de lugar que me ensinou o que era derramamento de sangue.

— Vejo você em breve. — Ele estende a mão para um cumprimento.

Não sei o que vai acontecer, mas Cian não vai morrer em meu lugar. Farei tudo o que puder para salvá-lo.

Sem hesitar, ando em direção à porta dos fundos e espio pelo batente da porta. Não tem ninguém por ali, então abro silenciosamente. Assim que entro, sinto o perfume da minha mãe, seu sorriso caloroso. Este lugar está abarrotado de lembranças.

Meus coturnos não fazem barulho à medida que sigo na ponta dos pés pelo chalé, recusando-me a dar lugar às memórias que me atormentam a cada passo. O fato de não haver ninguém aqui de guarda me incomoda. Ao virar um canto e espiar o ambiente, avisto um homem parado na frente da porta do quarto, com uma metralhadora em mãos.

Não há como me aproximar dele, então procuro uma distração. Olho para baixo e vejo uma pequena pedra perto do meu pé. Eu a pego e jogo contra a janela dos fundos. O barulho é o suficiente para alertar o babaca.

Seus passos lentos ecoam no ambiente silencioso. Prendo a respiração e puxo o capuz sobre a testa. O cano de sua metralhadora é a primeira coisa que vejo conforme ele caminha cautelosamente pelo corredor. Concentrar sua atenção na janela foi um erro, porque antes que ele saiba o que está acontecendo, dou uma cotovelada em seu rosto, cegando-o.

Antes que ele possa disparar a arma, eu arranco a metralhadora de seu punho frouxo e o nocauteio. Eu o seguro antes que ele caia no chão e calmamente recosto sua forma inconsciente contra a parede. Ele ficará imóvel por ali por enquanto.

Com a metralhadora na mão, sigo pelo corredor, meus passos sendo silenciados pelo carpete. Inspirando fundo, eu me preparo para qualquer coisa ao abrir a porta do quarto, pronto para a batalha. Porém só vejo Cian e meus avós.

Onde está todo mundo?

Posso refletir sobre isso mais tarde.

— Cian? — sussurro, gentilmente dando um tapa em seu rosto ensanguentado.

Ele geme em resposta e um fio de saliva mesclada com sangue escorre do canto de sua boca. Eles o espancaram pra valer.

— Punky? — Keegan resmunga de dor ao se mexer na cadeira à qual está amarrado.

— Shh… — Cubro os lábios com o dedo. — Onde eles estão?

— Saíram para fumar — ele responde. — São dois caras.

Corto rapidamente as cordas em seus pulsos e pés.

— Você consegue andar?

Ele foi tão surrado quanto Cian, mas preciso dele para me ajudar a tirar Imogen daqui. Ela está inconsciente e não parece nada bem.

O velho teimoso balança a cabeça e ignora as pernas trêmulas ao se levantar. Na mesma hora, estendo a mão para ajudá-lo a se manter de pé.

— Eles pensam que ele é você — sussurra, gesticulando para Cian. — Eles continuaram dizendo que ela disse isso a eles.

Ela?

Quem diabos é ela?

Cortando rapidamente as amarras de Imogen, Keegan levanta seu corpo flácido nos braços.

— Meu amigo está lá atrás. Ele vai te ajudar.

Keegan não precisa ouvir duas vezes.

— Por tudo o que é mais sagrado, muito obrigado rapaz. Nós o desapontamos e mesmo assim você veio para nos ajudar.

— Eu não vim por vocês — respondo, inexpressivamente, nem um pouco a fim de brincar de 'família feliz'. Esse tempo já se foi.

Ele assente, aceitando os fatos, e cambaleia porta afora.

Cian geme, e quando se move, reparo no sangramento jorrando de uma ferida no torso. Ele foi esfaqueado.

— Sempre se metendo em problemas, não é? — brinco, tentando desviar o foco da gravidade de seus ferimentos enquanto cuidadosamente o liberto.

VENHA A NÓS O VOSSO REINO

Ele tosse e arfa quando tenta falar:

— Ela. Quem é ela?

— Shhh, mano. Economize suas forças, okay?

Ele tomba para frente quando corto a corda em seus pulsos, incapaz de sustentar seu peso.

Estendendo a mão, deslizo meu braço ao redor de sua cintura e o ajudo a se levantar. Ele se inclina contra mim, ofegante. Cian está muito machucado. Duvido que consiga andar pelo corredor, então olho para a janela. Não é das melhores opções, mas é a única que tenho.

No entanto, quando ouço a porta da frente se abrir, seguida por vozes, percebo que há outra opção; a mesma que salvou minha vida.

— Cian — sussurro, arrastando-o para o guarda-roupa. — Você tem que se esconder.

— Não, deixe-me lutar — ele argumenta, tentando se manter firme.

Esta conversa se parece demais com a do meu passado.

Abrindo o guarda-roupa, gentilmente o coloco lá dentro e entrego a metralhadora quando ele desaba em uma posição meio sentada.

— Você pode lutar daqui.

Ele segura a arma em punho, da melhor maneira que pode.

— Sinto muito, Punky. Eu fui descuidado.

— Não se preocupe com isso — eu o interrompo, balançando a cabeça. — Apenas fique quieto.

Ele balança a cabeça, o rosto desfigurado pelas contusões.

Fechando a porta do guarda-roupa, pressiono as costas contra a parede, preparando-me para a batalha. Eu só preciso de um deles vivo. Dois caras entram de supetão porta adentro, e encaram as cadeiras vazias, confusos, e é aí que ataco.

Apunhalo a coxa de um deles, chutando a barriga do outro em um golpe violento. Ele cambaleia para trás, desabando sobre uma das cadeiras. O cara nem tem chance de se levantar, porque esmurro seu rosto uma, duas vezes, antes que ele desmaie.

O homem uivando de dor tenta puxar a faca, e o som apenas alimenta minha raiva ensandecida; lentamente me viro com uma risada. Eu conheço esse babaca.

— Você tira isso, e vai sangrar até a morte em segundos — advirto, calmamente, já que esfaqueei sua artéria femoral.

Suas mãos ensanguentadas param de tentar remover a lâmina.

Eu fico de pé, observando a forma como seu rosto se contorce em reconhecimento.

— Você — ele rosna, e eu gesticulo os dedos em um aceno descontraído.

— Como você está, Hugh?

Hugh Doyle e eu nos encontramos novamente, mas, desta vez, ele não partirá com sua vida intacta.

Ele se arrasta para trás para se encostar na parede.

— Então, *você* é Puck Kelly?

Dou de ombros com um sorriso.

— Talvez.

— Talvez? Que porra você quer dizer com isso?

Agarrando uma cadeira, eu me sento escarranchado contra o encosto, pois temos muito o que discutir.

— Quem te contou?

Hugh ri, agarrando sua coxa.

— Aquele cara estúpido — ele murmura, baixinho. — Ele confiou nela, e eu avisei para não fazer isso.

— Quem? — pressiono, tentando juntar as peças.

— Ele acha que está tudo resolvido, que tem a vantagem, mas nenhum deles pode ser confiável. Porra! Quando vi seu amigo, não sabia o que pensar. Eu não queria acreditar que vocês foram capazes de nos enganar.

— Escuta aqui. Ou você me responde, ou vou me certificar de que você morra beeem devagar.

Hugh cospe em resposta.

— Você vai me matar, de qualquer maneira.

— Isso é verdade.

Percebendo que ele não vai delatar sua família, eu me levanto e vou até ele. Ele me encara com ódio. Agarrando a gola de sua camisa, eu o arrasto pelo quarto e o jogo em cima de uma cadeira. Quando ele faz menção de lutar contra mim, dou um soco em seu queixo.

Ele ainda está de debatendo quando uso a corda descartada para amarrar suas mãos às costas. O outro cara desconhecido ainda está inconsciente, então eu o pego e o amarro em outra cadeira.

— Você matou meu tio? — Hugh pergunta, analisando a pintura no meu rosto.

— Sim, matei, assim como ele matou minha mãe. Nesta casa, na verdade.

Arregaçando a manga do meu moletom, revelo minha própria tatuagem,

VENHA A NÓS O VOSSO REINO

o mesmo desenho que arranquei à dentada do pulso do filho da puta. Seus olhos se arregalam.

— Eu assisti tudo. Vi o que fizeram com ela e prometi a mim mesmo que mataria até o último Doyle para vingar sua morte.

— Sua mãe era burra. Isso está claro. Ela se casou com um Kelly, pelo amor de Deus.

— Sim, mas ela estava fodendo um Doyle — rebato na mesma hora. — Seu pai, para dizer a verdade.

— Você não passa de um mentiroso! — Hugh ruge, o rosto vermelho.

— Temo que não. Podemos ser irmãos. Imagine só isso… — zombo.

— Eu não acredito em você.

— Estou pouco me fodendo se acredita ou não. Mas talvez você enxergue a semelhança. Espera só um pouquinho.

Vasculhando minha bolsa, pego as tintas faciais e, antes que ele possa se opor, espalho uma camada branca em suas bochechas. Ele se debate freneticamente, mas não vai a lugar nenhum. Quando o rosto está coberto pela tinta branca, enfio os dedos no pote de tinta preta e faço um círculo ao redor de seus olhos.

Em seguida dou atenção à sua boca, desenhando uma linha malfeita de bochecha a bochecha, mas não estou satisfeito. Arranco a faca de sua coxa, e pressiono a ponta ensanguentada em sua bochecha. Ele não se contorce. Ele não grita. Apenas me desafia a fazê-lo.

E assim eu faço.

Minha lâmina corta sua carne com facilidade.

— Sim, agora posso ver — comento, com um sorriso, admirando meu trabalho.

Sua bochecha direita está cortada até o canto da boca, enfatizando o sorriso sinistro enquanto a saliva sangrenta escorre da ferida. Enfiando a mão em seu bolso, pego seu telefone e tiro uma foto, para que ele possa ver a obra de arte.

— Você é meu clone — ironizo, mostrando a ele a foto.

A cabeça pende contra o peito. Em poucos minutos, o filho da puta sangrará até morrer.

— Não se preocupe, o resto de sua família se juntará a você em breve.

Procuro em seus contatos e envio a foto para Brody e Liam, e então para todos os outros Doyle listados no telefone de Hugh.

O homem ao lado de Hugh acorda com um gemido, meio grogue.

MONICA JAMES

Quando ele abre os olhos e percebe que ele está amarrado a uma cadeira, começa a gritar, tentando se libertar.

Ele me vê de pé diante dele, um pesadelo saído do inferno, com o rosto pintado.

— Diga-me quem organizou isso, e eu te deixarei ir — ordeno.

— Fique de boca fechada — Hugh adverte, a voz engrolada por conta do rasgo em sua bochecha.

Quando o homem vê seu estado, ele balança a cabeça, sem querer o mesmo fim que seu comparsa.

— A filha do Doy...

— Cala a boca, porra! — Hugh grita, sangue jorrando de suas feridas.

— Não quero acabar como você — diz o homem, assustado. — Foi a filha do Doyle.

— Erin? — pergunto, confuso. Por que ela diria que Cian era eu? Ela nos conhece como Mike e Kanga. Eu não entendo nada disso.

— Você não tem ideia do que está prestes a acontecer contigo. Nenhum de vocês, Kelly. — O sorriso de Hugh é ameaçador e, embora esteja à beira da morte, ele sai em vantagem, pois levará esse segredo para o túmulo.

Rory vem correndo pela porta, espiando a carnificina diante dele.

— Nós precisamos ir. Agora. Há uma van vindo pela estrada. Onde está Cian?

— Porra! — praguejo. Não tive tempo suficiente, mas se não formos agora, tudo isso será em vão. — Ele está no guarda-roupa.

Rory corre até a porta e a abre às pressas, conforme saio do quarto. A adrenalina passa queimando pelas minhas veias, o que me dá uma ideia brilhante.

Fodam-se os Doyles.

E foda-se esta casa.

Vasculhando os armários, encontro uma garrafa de uísque e uma caixa de fósforos na bancada da cozinha. Esbarro em Rory quando ele passa por mim, segurando um Cian inconsciente.

— Vá na frente. Eu saio em seguida.

Rory não discute comigo, porque sabe que não temos muito tempo.

Quando volto ao quarto, o outro homem implora por misericórdia, mas eles não mostraram essa cortesia ao Cian, e quase o mataram. Encharcando seu corpo e o de Hugh com o uísque, acendo um fósforo e ateio fogo aos dois sem o menor remorso. Seus corpos em chamas, gritando em desespero, não apaziguam os demônios dentro de mim.

VENHA A NÓS O VOSSO REINO

Eles precisam de muito mais.

Olhando ao redor do quarto, percebo que esta casa representa o sofrimento onde tudo começou. Encaro o carpete que já ficou manchado com o sangue de minha mãe, onde me deitei ao lado de seu cadáver. O tapete pode ser novo, mas as memórias associadas a esta casa não são. Tudo isso merece ser queimado junto com esses dois filhos da puta.

— Adeus, mãe — murmuro, despejando o resto do uísque no tapete, cortinas e, por fim, no guarda-roupa.

Dando uma última olhada no lugar que foi minha prisão por anos, sorrio ao acender um fósforo e o lançar nos tecidos embebidos em álcool. As chamas sobem na mesma hora, estalando em um tom escarlate que complementa os gritos dos dois homens que estão queimando até a morte.

Eu gostaria de poder vê-los dar o último suspiro, até sobrar ossos e cinzas, mas isso terá que servir.

Ao disparar pelo corredor, reparo em um porta-retratos na parede e que não havia notado antes. É da minha mãe. A única coisa que vale a pena salvar.

Arrancando-o do prego, enfio na mochila e pego todas as garrafas de bebida que encontro à vista. Despejo tudo no corredor e, fósforo atrás de fósforo, ateio fogo em tudo. Segundos depois, uma imensa bola de fogo engole o bangalô.

Saio correndo pelos fundos e pulo a cerca-viva, disparando em direção ao carro. Quando Rory me vê, acelera pela estrada e abre a porta do passageiro. Eu me jogo ali dentro, e ele pisa fundo.

Keegan olha por cima do ombro para o chalé sendo consumido pelo fogo. No entanto, ele não diz nada, pois sempre soube que as coisas terminariam assim.

Já passa das duas da manhã quando chego em casa.

Cian insistiu que estava bem e que não precisava ir ao hospital. Enviei uma mensagem de texto para Amber, perguntando se ela poderia dar uma passada lá para ver como ele estava. Ela tem formação em primeiros socorros, e é muito boa com essas coisas, pois os gêmeos estão sempre se metendo em problemas.

Rory está com ele, então acho que Cian vai se recuperar. Porém, não sei o que pensar sobre o que ele disse no carro. Tudo bem que ele estava delirando depois de levar uma surra, mas parecia bastante lúcido quando disse que alguém havia contado aos Doyle sobre mim.

Eles sabiam que eu tinha um piercing no nariz – como Cian – e por isso eles o confundiram comigo. Ele também disse que os caras sabiam muito ao meu respeito, mas nunca lhe contaram onde conseguiram as informações. O homem que queimei vivo disse que era Erin, mas como ela saberia dessas coisas?

Alguém deve estar transmitindo informações para ela. Mas quem?

Sei que alguém está dentro da minha casa assim que destranco a porta. Acendo a luz e avisto Babydoll dormindo toda encolhida no sofá. Não sei por que ela está aqui, ainda mais porque tem me ignorado há dias.

Minha intenção é tomar um banho e lavar a pintura do rosto, porém ela se mexe no sofá.

— Punky?

— Sim.

Ela se senta e esfrega os olhos sonolentos.

— Seu rosto.

Ainda estou me acostumando com seu sotaque americano. Não por me irritar, mas porque ainda não sei quem ela é.

Ela se levanta e vem até mim. Fico ali imóvel, e deixo que ela vire meu rosto com gentileza, de um lado ao outro, para me avaliar.

— O que aconteceu?

— O que aconteceu foi que meu melhor amigo foi espancado até quase morrer. Se ele não tivesse me ligado, não sei o que teria acontecido.

Não sei por que estou contando isso a ela. Porém esse é o efeito que ela exerce sobre mim. Eu simplesmente não posso dizer não a ela.

— Por que seu rosto está pintado assim?

Ela entende o significado disso. Sabe que algo sério aconteceu.

— Porque alguém pensou que ele fosse eu.

Ela baixa o olhar, obviamente aflita com o significado disso.

— Essas mãos — digo, virando-as — mataram e não vão parar de matar. Você tem que me deixar em paz, Babydoll. Não tenho nada a te oferecer.

O silêncio dela é ensurdecedor.

Não sei onde ela esteve, mas, honestamente, não me importo, pois estou feliz ao vê-la aqui agora.

VENHA A NÓS O VOSSO REINO

— Eu sei no que estou me metendo — diz ela, por fim, acariciando minha bochecha. — E, além disso, não é como se eu não tivesse minha própria bagagem.

— Quem é você? — pergunto, novamente, esperando que desta vez ela me diga a verdade.

Ela morde o lábio inferior.

— Não posso te dizer.

Frustrado, afasto sua mão do meu rosto e recuo um passo.

— Você precisa ir embora. Eu não confio em você.

Lágrimas inundam seus olhos verdes.

— Eu entendo. Não te dei motivo para isso. Mas já te machuquei? Não te ajudei? Você não pode simplesmente confiar em mim?

Ela está certa, embora tenha mentido para mim, sempre me protegeu. Mas não confio nela.

— Não posso confiar em você — admito —, pois não sei quem você é.

— Confie em seus… sentimentos por mim — diz ela, baixinho. — Eles são reais. Eu sei que são… exatamente iguais aos que sinto por você.

Seu rosto está tomado de emoção, me implorando para confirmar o que ela acabou de dizer.

— Onde você esteve? — pergunto, em vão, porque sei que ela não vai me responder.

Quando ela fica calada, eu balanço a cabeça.

— Esta é a razão pela qual não posso confiar em você, independente dos meus sentimentos. Você precisa ir embora.

Viro as costas, mas ela estende a mão e agarra meu antebraço.

Encarando seus dedos, dou-lhe um aviso silencioso. Se ela tem algo a dizer, é melhor fazer isso agora.

— Então você admite que tem sentimentos por mim?

— Que diferença faz? Os sentimentos não significam porra nenhuma se não há confiança envolvida. Eu sei que você não está me contando nada, porque está com medo. Mas nunca te machucaria. Eu nunca te julgaria. Só que, ainda assim, você não me conta nada, e o sentimento de traição supera qualquer outro. Fui enganado a vida inteira. Para mim já chega.

Ela assente, segurando as lágrimas.

— Eu te juro que tudo isso fará sentido em breve. Você pode confiar em mim até então?

— Não sei se posso — respondo, com sinceridade.

Os dedos ao redor do meu braço tremem, mas me mantenho firme.

— Só para constar, nunca me senti assim por ninguém — ela confessa, com lágrimas escorrendo pelo rosto. — Eu sei que você não acredita em mim, mas arrisquei tanto… por você. Eu sabia das consequências, mas não dei a mínima. Se você soubesse o que isso significa, você entenderia por que estou fazendo o que estou fazendo.

Ela inspira fundo:

— Eu me desfaço em pedaços quando estou com você, e nem me importo com isso, porque sei que estará lá para me ajudar a curar. Você sempre esteve. Nós dois não fazemos sentido, mas você não pode negar essa atração. Desde o primeiro instante em que nos conhecemos. Não apenas fisicamente, mas aqui também. — Ela coloca a mão sobre meu coração martelando no peito. — Isso é o mais honesta que posso ser por enquanto. Por favor, que seja o suficiente.

Cada parte minha está exigindo que eu a expulse daqui. É o que eu deveria ter feito há muito tempo, mas em vez disso, coloco a mão sobre a dela.

— É claro que é.

Ela sorri, cimentando o quão fodido eu realmente estou. Sei que é errado e, provavelmente, um dos maiores erros da minha vida, mas estou cansado de batalhar em uma guerra que não quero vencer.

Babydoll enlaça os dedos aos meus e me leva para o banheiro, e faço isso de bom-grado. Permito que ela abra o zíper do meu moletom e a observo largar a peça no chão. Sem uma palavra, ela vai subindo minha camiseta, me persuadindo a erguer os braços para que possa retirá-la.

Assim que desnuda meu peito, ela abre a torneira e umedece uma toalha de rosto com a água quente. Torcendo o pano, ela começa a limpar meu rosto. O ato é repleto de bondade e cuidado. Nunca gostei desse tipo de coisa antes.

Um nó se forma no meu estômago, porque estou me apaixonando por Babydoll, e sei que não tem mais volta.

Quando meu rosto está limpo, ela morde o lábio inferior e tira o vestido azul, ficando diante de mim em sua lingerie preta. Ela estende a mão às costas e solta o fecho do sutiã. Assim que seus seios ficam expostos aos meus olhos, dou um suspiro, me sentindo em casa pela primeira vez em muito tempo.

Ela agarra a fivela do meu cinto e me puxa contra si, desabotoando o jeans. Não estou usando cueca, e me delicio com seu ofego quando se depara

VENHA A NÓS O VOSSO REINO

com meu pau semiereto. Eu me livro da calça e aguardo mais comandos.

Suas bochechas ficam vermelhas, mas ela enfia os dedos no cós da calcinha e retira a peça.

Eu amo seu corpo macio, porém forte. Eu sei que ela está envergonhada por conta do meu olhar faminto, mas não consigo me conter.

Ela entra no boxe e liga o chuveiro, testando a temperatura com a ponta dos dedos. Segundos depois, ela me estende a mão, em um convite silencioso. Eu aceito, e assim que me coloco debaixo da ducha, exalo um gemido satisfeito por conta da água escaldante.

Babydoll arrasta a esponja no sabonete e começa a ensaboar meu corpo, se colocando na ponta dos pés para alcançar meus ombros e costas. Eu permito que ela cuide de mim, porque gosto disso. Eu gosto dos seus cuidados, da sua força e teimosia, pois isso me mostra que ela se importa.

Essa garota é minha alma-gêmea em todos os sentidos. Ela disse que arriscou muito por mim, e eu acredito nela. Para ela me contar sobre a batida policial, devolver meu broche, estar aqui agora, cuidando de mim quando agi como um babaca escroto com ela, isso confirma que ela lutou por mim, por nós, independente das consequências.

E essa é a razão pela qual não posso afastá-la.

Estou cansado de perder as pessoas que amo...

Interrompo essa linha de pensamentos na mesma hora, porque o amor é algo sobre o qual não sei nada. Mas o que sinto agora por Babydoll chega perto pra caralho.

A água cai a nossa volta, e eu resisto à vontade de lamber seus seios perfeitos. Ela lava meu peito e abdômen, acariciando o piercing no meu mamilo e me deixando louco. Quando sua mão roça minha ereção, nós dois gememos com o contato.

No entanto, ela não deixa que isso a distraia de sua tarefa em me banhar.

Ela lava minhas coxas e quando está prestes a se ajoelhar para esfregar minhas panturrilhas e pés, eu a impeço.

— Nunca se ajoelhe por um homem.

Sim, eu mesmo já a coloquei de joelhos antes, mas isso é diferente. Ela tem que estar ajoelhada para que eu possa lhe dar prazer, não para me servir.

— Não me importo de fazer isso por você. Eu quero cuidar de você — sussurra, com gotículas de água grudadas em seus cílios. — Eu gosto... eu gosto de você.

Não consigo aguentar mais.

Eu me abaixo e tomo sua boca com a minha, beijando-a com uma urgência que me deixa sem fôlego. Ela enlaça o meu pescoço e fica na ponta dos pés para diminuir nossa diferença de altura, mas eu a pego no colo, fazendo com que envolva minha cintura com as pernas.

Imprenso suas costas contra a parede de azulejos, precisando estar dentro dela nesse instante. Eu a levanto e a posiciono sobre o meu pau e, sem demora, a empalo com meu eixo dolorido. Ela estreme, e eu rosno como um animal.

Ela se balança, quicando contra o meu comprimento e de encontro às minhas estocadas. Nossos corpos estão escorregadios por conta da água e do desejo, e cada vez que saio e entro em sua boceta, praguejo baixinho porque a sensação é gostosa pra caralho.

Interrompendo o beijo, eu me inclino e abocanho seu mamilo. Eu chupo com vontade, adorando os gemidos e ofegos que escapam por entre os lábios entreabertos. Ela agarra meu cabelo, puxando os fios com firmeza e segurando conforme a fodo com força.

Eu levanto sua bunda, instigando-a a montar meu pau, e quando seus músculos internos apertam ao meu redor, quase explodo em um orgasmo.

— Puta merda — praguejo, aumentando o ritmo.

Ela desliza para cima e para baixo, a boceta me agarrando como um torno; um espasmo sacode seu corpo, indicando que está prestes a gozar. Assim que o último tremor desvanece, eu me retiro e a coloco no chão, virando-a de costas para mim e pressionada aos azulejos. Eu a penetro de novo, e curvo os joelhos para aprofundar o ângulo.

Eu a fodo com força, incapaz de reprimir essa fome voraz que sinto por ela. Abro um pouco mais suas nádegas, para que possa ver a forma como sua boceta envolve o meu pau – gostoso pra caralho. Nós nos encaixamos com perfeição.

Ela espalma as mãos contra a parede, arqueando as costas para me tomar ainda mais fundo. Essa garota é destemida em tudo que faz. Quero transar com ela por horas, pois me perder em Babydoll é como uma viagem induzida por drogas; quando ela se curva para brincar consigo mesma, percebo que estou mais do que viciado em seu gosto.

Depois de duas estocadas violentas, que a empurram contra a parede, eu puxo o pau para fora e gozo em suas costas com um gemido saciado. Meu coração está batendo tão rápido que tenho certeza de que estou prestes a ter um ataque cardíaco.

VENHA A NÓS O VOSSO REINO

Babydoll ainda está brincando consigo mesma à medida que eu gozo, e não pretendo que minha garota seja privada de seu próprio orgasmo.

Eu a viro de frente para mim e me ajoelho diante dela, do jeito que deve ser – um homem se curvando diante de sua rainha. Vejo o sentimento de amor refletido em seu olhar enquanto ela me observa comer sua boceta.

Seus pequenos gemidos, conforme puxa o meu cabelo, me deixam de pau duro de novo, porém esse momento é dedicado somente a ela, para mostrar o que ela significa para mim. Posso não ser capaz de dizer as palavras certas, mas espero que entenda que isso é muito mais do que uma trepada casual.

Seus músculos se contraem ao redor da minha língua, e ela chega ao clímax mais uma vez. Eu lambo cada gota do seu mel. Assim que seu corpo amolece, eu a pego no colo e nós nos beijamos lentamente, permitindo que ela saboreie a si mesma em meus lábios.

Eu preciso dela novamente.

Desligando a água, pego a toalha e seco nossos corpos antes de levá-la para o quarto, onde a jogo na cama. Ela rasteja pelo colchão, me observando com os olhos arregalados.

— Esses sentimentos não fazem sentido — sussurra, refletindo meus pensamentos.

— Não fazem mesmo. — Engatinho sobre seu corpo, pressionando o meu ao dela.

Ela abre as pernas, me recebendo em casa, porque é assim que me sinto quando estou com Babydoll – ela foi feita para mim.

— Mas não me importo, porque é isso que eu quero. *Você* é o que quero. — Ela pisca para afastar as lágrimas. — Ninguém nunca disse isso para mim antes.

— Porque você anda falando com as pessoas erradas.

— Às vezes, você é bem charmoso, sabia? — Ela ofega quando mostro quão charmoso posso ser ao me afundar em sua boceta.

— Não conte a ninguém — sussurro em seu ouvido, mordendo o lóbulo antes de começar a fodê-la.

— Juro por Deus.

— E pela minha vida — concluo, sem perceber quão significativa é essa frase.

Quatorze
BABYDOLL

Não consigo deixar de admirá-lo.

Observar Punky desenhar me traz uma sensação de paz. É aqui, no silêncio, onde nós dois podemos ser nós mesmos. A forma como ele se recompõe é uma obra de arte.

Passamos os últimos dias juntos, o que significa que algo aconteceu com *ele*. Ninguém veio me procurar, mas não me iludo achando que estou livre. Eu sei que eles estão apenas ganhando tempo. Algo de suma importância ainda vai acontecer, e é por isso que decido contar a verdade ao Punky.

Não posso mais mentir para ele.

Eu sei o que isso significa para todos os envolvidos, mas vamos descobrir como sair dessa confusão, porque confio nele. E para ganhar sua confiança total, preciso dizer a ele quem sou e por que fui enviada até aqui.

Enxugando nervosamente as mãos suadas no meu jeans, decido soltar logo tudo de uma vez.

— Vem cá — ele me chama, e seu sotaque suave envia arrepios por todo o meu corpo.

Eu me levanto e vou até ele, sentado diante de seu cavalete. Olho para o esboço feito em carvão. A imagem é um pouco abstrata, mas parece haver uma pessoa com os braços estendidos para trás. Como se estivesse prestes a alçar voo. É lindo.

— Você gostou?

Apoiando as mãos em seus ombros nus, dou um beijo em sua bochecha barbada.

— Adorei.

— Cada pessoa que conheço sabe algo que não sei. Eu pego essa informação e aprendo com ela. Não importa quão pequeno seja esse ensinamento — declara, e sua visão filosófica sobre a vida apenas acrescenta mais profundidade ao homem incrível que ele é. — Acordei ao seu lado esta manhã e foi isso que vi dentro da minha cabeça.

— É assustadoramente bonito — digo, admirando os traços. Se olhar com mais atenção, dá até mesmo para distinguir olhos, lábios e mãos. Outras pessoas podem enxergar um homem no desenho, mas eu vejo uma mulher, e essa é a beleza da arte; ela é subjetiva. Nada na vida é preto e branco.

— Não sei se ela está indo ou vindo, mas ela também não, e tudo bem, porque sei que ela sempre voltará para mim.

As lágrimas inundam meus olhos, pois sei o porquê Punky desenhou isso. Ele ainda não sabe quem sou eu, de fato, e isso o atormenta. Se eu fosse qualquer outra pessoa, eles nunca teriam se safado com as informações que tenho. Mas aqui está ele, expressando a forma como se sente e me vê através do seu desenho.

Eu não o mereço.

Ele foi contra tudo o que conhece como certo e cedeu a mim, porque nós dois não somos imunes a esses sentimentos entre nós. Eu nunca me apaixonei, mas com Punky, parece amor.

— Você sempre vai voltar para mim, não vai? — pergunta ele, gentilmente.

Incapaz de pensar no tom de voz sério, viro seu rosto e o beijo por cima do seu ombro. Ele retribui com carinho, uma promessa de que não importa o que aconteça, ele sempre será meu verdadeiro norte.

— Sim, Puck, eu sempre voltarei para você. Eu prometo.

Não sei o que causou a necessidade de fazer essa promessa. Talvez ele também sinta que algo está prestes a mudar. Mas seja qual for o motivo, quero que ele saiba que sou dele.

Interrompo nosso beijo e dou a volta, me colocando de joelhos à sua frente. Ele disse para nunca me ajoelhar perante homem nenhum, mas ele não é um homem qualquer – ele é *meu* homem. E quero que saiba que isso não é uma aventura casual para mim.

Sei o que está em risco. E sei o que acontece se eu falhar. Porém não posso impedir o inevitável. E não quero.

Olhando para ele enquanto abro o zíper de seu jeans, me delicio na forma como seus olhos azuis escurecem e se tornam predatórios, onde eu sou a presa. Quando seu pau salta livre, meu núcleo se contrai de puro desejo.

Ele enfia os dedos no meu cabelo, gentilmente brincando com os fios. Essas mãos são assassinas, mas quando me tocam, não sinto nada além de amor.

Ele já está ereto, então eu o tomo em minha boca e dedico um bom tempo em agradá-lo. Punky é um amante generoso, sempre faz questão de que minhas necessidades sejam atendidas antes das dele. Sim, ele é áspero e gosta de me provocar, mas eu adoro. Não mudaria em nada.

Agarro suas coxas e o levo até o fundo da garganta, sentindo as lágrimas extravasando dos meus olhos quando o reflexo vem com tudo. Ele tenta puxar para fora, mas eu o chupo com mais vontade ainda, movendo a cabeça, saboreando a forma como seu corpo estremece sob meu toque.

Com uma longa lambida, arrasto a língua pela parte inferior de seu comprimento, adorando o gosto e a sensação.

— Ah, caralho — pragueja, agarrando-se à banqueta abaixo dele.

Acelerando o ritmo, envolvo a base com a mão e sincronizo com o movimento da boca. Passo a língua sobre a fenda do seu pau, minhas bochechas agora côncavas por chupá-lo com força. O prazer que obtenho por estar no controle me faz esfregar as coxas uma à outra, desesperada por um alívio.

Ele afasta meu cabelo para um lado, e posso sentir aqueles olhos astutos me observando conforme o devoro.

— Você é linda pra caralho — arfa, impulsionando os quadris e batendo no fundo da minha garganta. — Você é a única coisa que faz sentido pra mim.

Eu entendo o que ele quer dizer. É a razão pela qual estava tão atraída por ele em primeiro lugar; somos duas pessoas devastadas que, de alguma forma, se tornaram um pouco menos quebradas no dia em que nos conhecemos. Dificilmente convincente, mas, para mim, faz todo o sentido porque duvido que qualquer um de nós se torne inteiro novamente.

Juntos, porém, nós nos completamos. Punky me empresta sua força para consertar minhas feridas, e eu ofereço o mesmo a ele.

— Porra. — Ele tenta me afastar, mas não vou a lugar nenhum... em todos os sentidos da palavra.

Ele está impotente ao meu ataque, e com três estocadas rápidas, jorra sua semente quente na minha garganta. Engulo até a última gota, maravilhada com o fato de que uma parte dele está dentro de mim.

Assim que termina, ele me pega no colo e me beija com sofreguidão. Quando ele começa a abaixar o jeans, alguém bate à porta e diz:

— Sinto muito, rapaz, mas precisamos ir logo.

Punky grunhe contra os meus lábios.

VENHA A NÓS O VOSSO REINO

— Pelo amor de Deus. É meu tio Sean.

Com um último beijo, ele dá um tapa na minha bunda e me leva junto ao se levantar. Eu entendo que o tio precisa dele para algo mais importante.

— Eu...

Mas a batida de Sean na porta me interrompe:

— Punky? Você tem dez minutos.

— Podemos terminar isso mais tarde? — ele pergunta, fechando o zíper da calça. — Desculpa.

Concordo com um aceno, pois o que tenho a dizer vai levar bem mais do que dez minutos.

— Pare de encher o saco! Já estou indo! — grita para o tio.

Punky me beija rapidamente.

— Vou te ligar esta noite. Eu só preciso resolver uma coisa antes.

Arqueio uma sobrancelha, porque isso não parece bom. Eu poderia perguntar o que significa, mas não estou em posição de questioná-lo quando ele nem sabe meu nome verdadeiro.

— Tudo bem. Tome cuidado.

— Eu sempre tomo. — Dá um sorrisinho que me arranca o fôlego. Mas quem precisa respirar quando tem isso?

Ele vai para o banheiro e ouço o chuveiro sendo ligado.

Juntando todas as minhas coisas, dou uma última olhada no desenho, percebendo que devo muito a Punky. Avisto seu tio pela janela, conversando animadamente com alguém pelo celular. Um pressentimento ruim me domina na mesma hora.

Decido pegar um lápis e escrevo um bilhete no caderno de desenho de Punky. Em seguida, arranco a página e dobro com cuidado, colocando o recado dentro do bolso de seu moletom pendurado no encosto da cadeira. Não sei por que sinto a necessidade de fazer isso. Algo dentro de mim me diz que é a coisa certa a fazer.

Assim que pego tudo, abro a porta da frente e monto na minha bicicleta para voltar para casa. Sean se foi, mas tudo bem. Eu já disse a ele o que preciso... sem o conhecimento de Punky.

Mais uma verdade que escondo dele.

No trajeto para casa, penso na confusão em que me meti. Na noite em que vim ao encontro de Punky, eu estava disposta a contar tudo. Mas esbarrei com seu tio no caminho. Punky me disse que confiava em seu tio com sua vida, e só por isso decidi contar a ele o que eu sabia.

Eu queria contar a verdade a Punky, mas seu tio me garantiu que lidaria com o assunto. Com o temperamento do sobrinho, era capaz de ele agir primeiro e questionar depois, o que resultaria em tudo isso em vão. Eu confio em Sean por causa de Punky, então espero ter feito a coisa certa.

Sean foi muito compreensivo e, quando comecei a contar, não consegui mais parar. Agora ele conhece toda a história da minha vida. Ele sabe quem sou. Ele tinha todo o direito de me expulsar e me dizer para deixar seu sobrinho em paz. Mas ele não fez isso.

Ele me prometeu que ficaria tudo bem, e que Punky estaria seguro. Eu só espero que Punky entenda.

Mesmo que Sean tenha pedido para eu não contar a verdade ao sobrinho até que ele me dê o aval, não me sinto bem em continuar mentindo. Contei tudo a Sean, na esperança de que isso acabasse logo. Mas eu só me sinto culpada por ter confiado em seu tio, e não nele.

Eu me encontro presa em uma teia de mentiras, e quero sair. Eu sabia que não seria fácil, mas dois erros não fazem um acerto. Ela vai me perdoar. Eu sei que vai. Eu é que não serei capaz de me perdoar, porque falhei com ela… e é por isso que preciso contar a verdade a Punky.

Talvez, apenas talvez, ele possa me ajudar, já que não sei mais o que fazer.

Passo a corrente e o cadeado na minha bicicleta, na frente do meu prédio, e corro para o meu apartamento. Não há nada de especial neste lugar, mas ele o alugou para mim com um propósito. Eu precisava estar perto dos Kelly.

Quando destranco a porta, vejo-o sentado na minha poltrona, fumando casualmente um charuto.

— Ah, até que enfim, moça. Onde você esteve?

Jogando as chaves na tigela perto da porta, tiro o casaco e finjo estar tranquila.

— Onde você acha? Estava fazendo o seu servicinho. Onde *você* esteve nos últimos dias?

Ele ignora minha alfinetada.

— Hugh está morto — revela, me avaliando. — Queimado vivo. Mas não antes de seu rosto ter sido pintado como o do Aidan. Quando chegamos lá, era tarde demais para salvá-lo. Mas vimos o que foi feito com ele.

Rosto pintado?

Permaneço calma, tentando respirar tranquilamente, porque acho que sei quem foi o responsável. Não acho que ele saiba, no entanto, porque se soubesse, Punky já estaria morto.

VENHA A NÓS O VOSSO REINO

— Ele era um cabeça-quente, mas era um bom menino.

Eu me recuso a concordar, porque Hugh Doyle era um filho da puta doente.

— Mas, o que está feito está feito. Estou aqui para dizer que você vai conseguir realizar o seu desejo.

— Que desejo? — sondo, entrando a passos lentos na sala.

— Voltar para casa. Agora, na verdade.

Tenho certeza de que não o ouvi direito.

— O-o quê? Agora? Tipo... agora mesmo?

Ele enfia a mão no bolso interno do paletó e tira uma passagem de avião.

— Sim. Seu trabalho está feito. Vou me certificar de que sua mãe receba o que ela precisa.

O mundo começa a girar, mas reprimo a vontade de vomitar.

— Mas, e sobr...

— Agora chega — adverte, o comportamento frio rapidamente substituído pelo monstro que estava apenas adormecido. — Não vou dizer de novo. Arrume suas coisas.

Isso está acontecendo rápido demais. Eu preciso de mais tempo.

— Pela sua cara, parece até que não quer ir embora.

Isso é um teste?

A morte de Hugh foi apenas o começo, mas o começo de quê?

Eu preciso avisar o Punky. Se ele disse que meu *trabalho* está feito, então significa que a vida dele está em perigo. Eles têm tudo o que precisam para concretizar seja lá qual destino traçaram para ele. Não faço ideia dos planos, porque nunca me contaram.

Posso apenas supor que termina com a morte dele.

Tudo isso... por causa de um nome de merda.

— Maravilha — digo, assumindo o personagem que fui obrigada a me tornar. Eu preciso sair daqui antes que seja tarde demais para Punky.

— Vou fazer as malas. Certifique-se de que minha mãe receba o que foi prometido a ela.

Ela é a razão disso. Ela e minha irmãzinha são vítimas inocentes em tudo isso.

— Você tem a minha palavra.

Eu me viro e me obrigo a não sair correndo, porque não quero fazer uma cena, mas meu coração está explodindo no peito quando entro no quarto e pego a mala. Minhas mãos estão trêmulas enquanto guardo as poucas coisas que possuo. Só consigo pensar em dar um jeito de avisar o Punky.

Quando me viro, eu me sobressalto, assustada, ao vê-lo parado na porta.

— Você já pode ir — murmuro, indiferente, pegando meus cosméticos da penteadeira. — Eu vou chamar um táxi.

Digo a mim mesma para manter a calma, pois ele está atento a qualquer sinal de que estou mentindo. Um movimento errado, e todos vão pagar.

— Não — diz ele, com um sorriso mordaz. — Eu vou te dar uma carona.

— Isso não é necessário — argumento, dobrando minhas camisetas rapidamente. — Estou mais do que feliz em...

Mas ele deixa claro que isso não é opcional; porque ele me conhece melhor do que imaginei. A vida de Punky não é a única em perigo – a minha também está.

— De jeito nenhum. Tenho que fazer tudo do melhor para minha... filha. *Ah, porra.*

VENHA A NÓS O VOSSO REINO

Quinze
PUNKY

— Se seu tio descobrir, ele vai nos matar — Cian diz, mancando enquanto seguimos até o armazém.

Ele ainda está ferido, mas insistiu em vir comigo e com Rory. Só concordei porque ele merece estar aqui depois da surra que levou. Além disso, hoje é a noite em que as coisas vão mudar, em mais de uma maneira.

Liam Doyle me enviou uma mensagem esta manhã, informando onde eu deveria encontrá-los à noite. Eles planejam interceptar o carregamento em uma estrada secundária, uma rota que eles só teriam acesso através de alguém que trabalha para nós. É por isso que o tio Sean estava com tanta pressa para sairmos. Precisamos de tudo para garantir que nossa emboscada não fracasse.

Mas preciso fazer algo antes, e tio Sean não pode saber o que é isso.

O armazém está lotado com nossos homens, e seu 'líder', Connor, está fazendo seu discurso de merda habitual sobre lealdade. Ele acredita que esta é a maneira de mantê-los na linha. Que isso é suficiente para mantê-los sempre leais. Ele está prestes a ver o que é um verdadeiro líder.

Entramos no armazém abandonado, que, graças a Patrick Duffy, agora é o novo covil secreto de Connor. Caminhões entram e saem, recolhendo mercadorias que foram transportadas nos barcos. É arriscado, porque mais cedo ou mais tarde, os tiras vão nos pegar.

No entanto, Connor acredita que mudar de local é a maneira inteligente de operar e, na maioria dos casos, pode ser, mas não com a organização criminosa que administramos. Não precisamos ter vínculos, nem nada que conecte ao nosso nome. Não podemos mais nos reunir nos cultos, pois isso dá ao chefe de polícia Moore uma oportunidade de nos rastrear. Precisamos operar incógnitos.

Nossas negociações online não tiveram problemas, e este é o caminho a seguir daqui para frente. É hora de mudança.

Connor não sabe disso, no entanto. Mas saberá em breve.

— Que tal você me avisar da próxima vez? — Connor diz a Danny, que é amigo de Ronan.

Ele é o cara com quem quero falar.

— E o que você tem a dizer, Puck? — o infeliz instiga, assim que nos postamos atrás de Connor. Ele está tentando tirar a atenção de si mesmo, mas esse babaca tem muito a aprender.

Connor se vira, surpreso ao ver a mim e os meninos, já que não costumamos assistir seus 'sermões'.

Ele está se escondendo desde a festa, provavelmente consolando Fiona, que está revoltada e arrasada por ter tido a festa arruinada pela batida policial. Ela pode fingir que o dinheiro que gasta não é dinheiro sujo, mas os outros não são tão facilmente enganados.

A fachada dos Kelly — a de que somos uma família que enriqueceu legalmente — é tudo besteira. Todo mundo sabe, mas ninguém tem coragem de dizer. Não até Connor fazer do chefe de polícia Moore um inimigo.

— O que você está fazendo aqui? — pergunta ele, baixinho, mas não estou ali para uma reunião familiar.

Empurro Connor para longe e dou um soco na cara de Danny. Os homens arquejam, chocados e confusos com o que está acontecendo. Danny segura sua mandíbula, ciente de que não deve revidar.

— Agora que tenho a atenção de todos — anuncio, de frente a todos. — Precisamos ter uma conversinha.

Connor agarra meu braço, tentando me afastar dali, mas cansei de ser sua putinha.

— Você fez uma tremenda confusão aqui, Connor. — Com total frieza, afasto meu braço de seu agarre, deixando-o boquiaberto diante dos homens a quem deveria liderar.

— Não me venha com palhaçada — adverte, ganhando uma risada minha em resposta.

— Ou o quê?

Connor não está acostumado comigo o respondendo, muito menos o desobedecendo.

— Vocês devem ter notado que estamos com alguns rapazes a menos, certo? — Os homens se entreolham, sem saber o que está acontecendo. —

VENHA A NÓS O VOSSO REINO

E aí, Danny? Sentindo falta do seu colega, Ronan?

Danny logo percebe do que se trata.

— Calma lá. Eu não sei de nada.

Estalando a língua, calmamente cruzo os braços.

— Agora sei que você está mentindo. Acho que vocês todos estão, e sei disso porque Ronan e Nolen eram babacas traidores.

— Cale a boca ou vou fechar a sua matraca por você — Connor, sussurra, furioso. Mas ele parece não entender que não está mais no comando aqui.

— Venha aqui me bater, então. Eu te desafio — retruco, e, pela primeira vez na vida, noto que ele tem medo de mim.

— Você é um destemperado — Danny exclama, olhando para Connor em busca de apoio. Mas Connor fica quieto.

— Sim, eu sou mesmo — confirmo, com um sorriso sinistro. — Por isso não tive o menor problema em banir Ronan da Irlanda do Norte. Se eu o vir novamente, farei com ele o que foi feito com Nolen.

Silêncio.

— Este é seu primeiro e único aviso. Se eu pegar alguém, e garanto que vou pegar, agindo pelas minhas costas, já era. Sem segundas chances. Vocês entenderam? E qualquer um que pense que pode me enganar... boa sorte.

Danny não parece convencido.

— Esse garoto é um moleque — diz ele, olhando para seus amigos com um sorriso condescendente. — Tadinho, mas vo...

Antes que ele tenha a chance de continuar, dou um murro no seu nariz, ouvindo o osso fraturar. Ele uiva de dor, percebendo que é melhor não me desafiar.

— Ronan estava mancomunado com os Doyle — revelo, silenciando o choro de Danny. — E isso só aconteceu porque vocês não respeitam Connor Kelly como líder. Mas vocês vão me respeitar, ou farei questão de quebrar muito mais do que apenas o nariz de cada um aqui.

Encaro cada um deles.

— Eu conheço a família de todos. Sei onde cada um mora. Se eu fosse vocês, não mexeria comigo, rapazes. Estou pouco me fodendo para vocês ou suas famílias. Vocês não passam de trabalhadores que podem ser facilmente substituídos, e quando digo substituídos, quero dizer que ninguém jamais encontrará seus cadáveres.

E, assim, a atmosfera no ambiente muda. Posso sentir o cheiro do medo de todos ali presentes.

— Agora se mandem daqui, porque essa reuniãozinha acabou. Vocês fazem o que mando, ou estão no sal. Alguma pergunta?

Silêncio mais uma vez.

— Que bom. Agora se mandem daqui, porra.

Com sangue escorrendo por entre os dedos, Danny grita:

— Connor, você vai deixar esse idiota falar com a gente desse jeito? Dê uma sova nele!

Antes que Connor tenha a chance de responder, eu pego minha arma no cós da calça, às costas, e dou um tiro no joelho de Danny. Ele cai no chão, gritando e se contorcendo de dor.

Em seguida, lanço um olhar para Connor.

— Esse é o filho do qual você se orgulharia? O filho que você teria orgulho de chamar de seu?

Seu rosto está impassível.

— Vocês ouviram o rapaz, deem o fora daqui.

Os homens não sabem como reagir, mas logo percebem que este é um novo império no qual há novas regras – minhas regras. Eles saem do armazém, deixando-me sozinho com Connor, os rapazes e um Danny desequilibrado.

— Que história é essa com os Doyle?

Gesticulo para que Cian e Rory tirem Danny dali e o deixem na porta de sua casa. Sua esposa que cuide do infeliz. Meus amigos sabem quais são os planos depois disso, então fazem o que pedi.

Agarrando-o pelo colarinho, Cian arrasta Danny pelo armazém, assobiando uma música alegre. Assim que eles se vão, Connor deixa claro que é hora de eu explicar.

— O carregamento de ecstasy e coca; os Doyle estão vindo para Belfast para roubar —revelo, sem rodeios.

— Você está de sacanagem comigo? — Connor balança a cabeça.

— Parece que estou brincando?

Tio Sean não queria que Connor soubesse de nada disso. Ele sabia o que significaria para mim, mas não tenho mais medo de Connor. Esse idiota merece saber que seu império está desmoronando diante de seus olhos.

— Como você ficou sabendo disso?

É agora ou nunca…

— Porque arrombei seu escritório e encontrei o endereço do pub dos Doyle em Dublin escondido em sua gaveta. Fui lá e me tornei amigo dos babacas. Eles confiaram em mim e, em troca, matei Aidan e Hugh Doyle.

VENHA A NÓS O VOSSO REINO

Liam e Brody acham que sou americano, mas alguém os está avisando. Foi assim que souberam do nosso carregamento. Foi por isso que Ronan e Nolen acharam que não havia problema algum em agir pelas nossas costas.

Ele presta atenção a cada uma das minhas palavras.

— Quase mataram Cian, pensando que era eu. Não sei quem lhes disse isso. Erin Doyle, aparentemente, está envolvida, mas não acredito. Então, esta noite, vou descobrir que merda é essa. E vou vingar minha mãe.

Connor fica chocado. Sua raiva agora ficou em segundo plano enquanto ele processa tudo o que acabei de dizer.

— Brody sabe que um Kelly matou seu irmão, então ele está vindo aqui para matar o seu.

— Sean sabe sobre isso?

Eu assinto.

— Sim. Ele sabe de tudo.

— E você não pensou em me dizer essa porra antes? — ele exclama, os punhos cerrados ao lado.

— Estou te dizendo agora — rebato, impassível diante de seu teatrinho.

Connor avança com o punho erguido, mas eu o agarro com a palma da minha mão.

— Você nunca mais vai levantar a mão para mim. Ou para os gêmeos. Eu vou te matar se você fizer isso. Agora venha comigo. Tenho muita coisa para te contar.

Ele tropeça quando o empurro para longe.

— Isso é jeito de falar com o seu pai?

Começo a rir, com a cabeça inclinada para trás.

— Você não é meu pai. Nunca foi. Eu fiz o teste para provar isso. Posso não ser um Kelly, mas sou eu quem está prestes a salvar esta família. Então pare de tagarelar e vamos logo para o local do carregamento.

Não espero por ele ao dar meia-volta e seguir para o carro. Seus passos frenéticos revelam que está me seguindo. Ordeno ao motorista de Connor que vá para casa, pois não precisaremos dele.

Quando entro no carro, a porta do passageiro quase é arrancada da dobradiça. Ele entra pau da vida.

— Não se esqueça do cinto de segurança — zombo, incapaz de apagar o sorriso do rosto.

Ele se atrapalha com o cinto, mas consegue afivelar.

Saio em disparada para o local onde tio Sean e seus reforços estão aguardando escondidos. Liam está à minha espera, então meu rosto é o que eles esperam ver. Os outros, porém, nem tanto.

— Por que você tem o endereço deles e não fez nada sobre isso? — pergunto, decidindo preencher o silêncio desconfortável.

— O que você queria que eu fizesse?

— Hmm, que tal a coisa certa: matar cada filho da puta que assassinou sua esposa? — esbravejo, como se ele fosse um acéfalo.

— Não é assim que funciona, Puck.

— Funcionou uma beleza para mim — debocho, agarrando o volante com força. — Mas suponho que você parou de se importar. Você seguiu em frente com sua nova vida e pronto.

— Eu nunca esqueci sua mãe, ao contrário do que você pensa. Eu a amava.

Este seria o momento em um filme ou livro em que o filho perdoa o pai, e eles se unem para superar o passado. Mas não é nada disso. Esta é a minha vida, e não importa o que Connor diga, nunca vou perdoá-lo pelo que ele fez.

— Então você fez os testes?

— Sim, e você não é o pai — anuncio, imitando Maury Povich, o apresentador de TV do programa diurno favorito de Amber. — Aposto que isso é um alívio.

— Não, você está enganado.

Seu comentário me perturba.

— Por que você guardou toda aquela mercadoria no seu quarto? Você é mais inteligente do que isso. Não dá nem pra acreditar numa merda dessas.

Connor se vira para mim.

— Sim, eu sou bem inteligente, e é por isso que não coloquei aquela porra lá.

— Eu simplesmente não consigo acreditar. Se você não colocou lá, então quem colocou?

Ele dá de ombros, voltando a se concentrar no para-brisa. Uma sensação estranha envia um frio na barriga. Não quero acreditar nessa história, porque se não foi ele quem fez isso, a única outra pessoa que sabia sobre a mercadoria era Babydoll.

— Você está se sentindo bem? — Connor pergunta, com uma pitada de sarcasmo. — Você deve estar se divertindo por eu ter sido feito de besta.

Touché, filho da puta.

VENHA A NÓS O VOSSO REINO

Recusando-me a dar a ele o prazer de ver minha raiva, me concentro na estrada e estaciono o carro no local onde o tio Sean indicou. Ele montou guarda ao redor da área, então a emboscada vai rolar sem problemas. Dou uma conferida no meu relógio para checar o momento exato em que tenho que ir.

— Tio Sean está vindo pela Old Brewery Lane. Encontre-o lá.

Abro a porta, mas Connor estende a mão e agarra meu braço.

— Você vai sozinho?

— Sim — confirmo. — Estou disfarçado, lembra? Não posso simplesmente chegar na sua companhia.

— Eu não gosto deste plano.

— Então fique no carro, ué. — Afasto meu braço de seu agarre. Não tenho tempo para isso. Confiro minha arma e abro a porta.

— Puck!

Ele salta do carro e vem correndo até mim.

— Eu vou com você.

— De jeito nenhum, velhote. Não cheguei até aqui para você estragar tudo. — Visto meu moletom e cubro a cabeça com o capuz. — Se você quer ajudar, vá encontrar o tio Sean, okay?

— Tem alguma coisa errada. Você me disse que matou Hugh e Aidan. De jeito nenhum Brody viria para Belfast sozinho.

— Tio Sean resolveu essa porra. É uma emboscada.

— E você é a isca? É isso?

— É isso aí — respondo, com raiva. — Eu te trouxe aqui, porque queria que você visse a confusão em que se meteu. Se você tivesse resolvido isso anos atrás, não estaríamos nessa situação. Mas eu me recuso a deixar esses babacas entrarem no meu país, pensando que podem me roubar! Posso não ter seu sangue nas minhas veias, mas os homens que mataram minha mãe devem pagar pelo que fizeram.

Connor não diz uma palavra. Talvez ele saiba que isso não é negociável. Com um suspiro, ele assente.

— Você pode não ser meu filho, mas sempre será um Kelly, Punky.

Esta é a primeira vez que ele me chama de Punky. Não sei o que significa, porém não posso deixar que o sentimento atrapalhe.

— Eu irei ao encontro do seu tio. Tome cuidado.

Ele se vira para seguir na direção de onde o tio Sean estará esperando, mas eu o impeço.

— Aqui. Pegue. — Ofereço a arma, mas ele coloca a mão sobre a minha.

— Não, eu vou ficar bem.

Não insisto e o observo caminhar mata adentro; ele conhece essas paragens como a palma da sua mão, pois esse é o percurso que sempre faz.

Assim que ele some de vista, inspiro fundo, precisando de um segundo para me recompor. É isso. O momento pelo qual estive esperando desde que fui trancado no meu guarda-roupa e forçado a ver minha inocência ser brutalizada.

Sigo na direção oposta à de Connor, pronto para encontrar Liam e quem mais estiver com ele. Meu desejo é que seja Brody, mas não tenho certeza. De qualquer forma, uma mensagem será enviada a cada Doyle que ficar de pé – não brinque com Puck Kelly. Belfast é minha.

É uma caminhada de dez minutos, o que me dá tempo mais do que suficiente para pensar no que Connor disse. Se ele não colocou as drogas no cofre, quem fez isso?

Eu me recuso a acreditar que foi Babydoll, porém quando se trata dela, não tenho como afirmar. Eu sei disso. Mas não posso acreditar que ela plantaria drogas, apenas para me dizer que estão lá. Não faz o menor sentido.

Connor deve estar mentindo. Embora ache que não esteja. No entanto, quando vejo uma van preta à frente, afasto esses pensamentos e me concentro.

Liam disse que estaria esperando naquele exato lugar, exatamente cinco minutos antes que o caminhão viesse para cá. O fato de ele saber o trajeto do motorista me faz crer que Ferris também está de conluio com os Doyle. Ou, pelo menos, em contato com quem quer que seja o traidor.

— Isto é por você, mãe — sussurro em voz alta, sentindo a adrenalina correndo pelas veias.

Quando Liam me vê, acena. Na mesma hora, noto a arma oculta na parte inferior de suas costas. Ele veio preparado para derramamento de sangue também, pelo jeito.

— Ei — cumprimento, passando por cima da cerca capenga. — Você poderia ter me avisado que eu teria que caminhar pelo deserto. Este lugar nem deve fazer parte do mapa.

Tio Sean me fez pegar esse caminho de propósito, pois eu deveria estar à procura de qualquer Doyle montando guarda. O caminho estava livre.

Ele ri, parecendo divertido.

— Desculpa aí. Mas tivemos que agir na surdina.

— Sem problemas. Então, qual é o plano? — pergunto, mantendo a calma.

VENHA A NÓS O VOSSO REINO

— O caminhão deve chegar daqui a — ele olha para o relógio de ouro puro — quatro minutos e meio.

— E depois? Você foi um pouco vago nos detalhes.

— Ah, garoto, por que você está fazendo tantas perguntas? Qualquer um pensaria que você está nervoso.

Há algo de diferente em Liam. Sua arrogância habitual foi substituída por urgência. Algo está errado.

— Eu, não. Por que ficaria nervoso? — sondo, observando-o com atenção.

Ele enfia a mão no bolso, e eu me preparo para sacar a minha arma. Porém quando ele acende um cigarro, digo a mim mesmo para me acalmar.

Descontraído, ele dá de ombros.

— Não sei... talvez porque você não é quem diz ser.

Porra...

A porta da van se abre e o homem que sai de lá de dentro está prestes a mudar o rumo de tudo.

Ali está Brody Doyle, o filho da puta que estava envolvido com minha mãe e pode ser meu pai. Quando o vejo, sou imediatamente atingido pelo ar autoritário que todos os homens poderosos têm. A aura de Connor é quase sufocante, mas a de Brody é diferente.

Ao contrário de Connor, Brody é um camaleão. Ele atrai as pessoas com um sorriso falso, um comportamento agradável, mas sei que são apenas truques que ele domina para atrair sua presa. Ele é alto, está em boa forma, então posso ver por que mamãe pode ter se apaixonado. Procuro qualquer semelhança entre nós, mas me recuso a acreditar que sou filho dele.

— Olá, filho.

Ele quer dizer esse termo literalmente?

Estas são apenas artimanhas que homens como ele usam. Eu sei disso. Eu preciso me acalmar.

— E aí? — Dou um aceno casual. O caminhão estará aqui em breve. Só preciso enrolá-los até isso.

— É um prazer, finalmente, conhecê-lo. — Seu sotaque é suave, refinado.

Ele oferece a mão, e no segundo em que nos cumprimentamos, sinto a raiva tomar conta de mim.

— O prazer é meu. Você é o pai de Liam? Eu reconheço sua voz — comento, fingindo ser um pouco retraído. Mas nós dois sabemos que ele não é bobo.

— Admiro sua tenacidade, rapaz, mas vamos parar com a baboseira.

— Como é?

Quatro minutos…

Brody sorri, mas não há nada de agradável no gesto.

— Eu conheço você, não é?

— Não. Acho que não — rebato, sem disfarçar a irritação.

Brody me avalia. Eu me pergunto o que ele vê.

— Temos muito o que conversar, mas não dá para fazer isso com você mentindo para mim. Não posso te chamar de Mike quando esse não é o seu nome.

— E quem você acha que sou, então? — disparo, querendo descobrir o quanto ele realmente sabe.

Os passos de Liam anunciam que ele está cada vez mais perto de mim.

— Eu não acho, rapaz, eu sei que você é um Kelly. Puck Kelly. Sei que foi você quem matou meu irmão e meu filho. Sei que foi você quem pintou seus rostos do mesmo jeito que pinta o seu. Eles foram culpados por confiar em você. Foram amadores. Assim como Liam.

Três minutos e trinta segundos…

— Você está enganado — insisto em negar. — Não sei quem te disse tudo isso, mas é mentira.

Brody acena com a cabeça, sem acreditar em uma palavra.

— Ah, então me desculpe. Nós devemos ter nos confundido — diz ele, gesticulando com o queixo em direção à van.

A porta se abre, e a pessoa que é empurrada para fora me faz questionar tudo. No entanto, não permito que minhas emoções me traiam. Não posso permitir.

Babydoll é escoltada até Brody por algum idiota. Ela está cabisbaixa, mal consegue olhar para mim. Ela é sua prisioneira? Ele a sequestrou como fez com Cian? Não entendo nada.

— Não tenha medo — Brody a tranquiliza, que faz de tudo para não soluçar. — Se o que você diz é verdade e você não o conhece, então eu me enganei. Mas se você estiver mentindo…

Ele agarra o rabo de cavalo dela e puxa sua cabeça com força para trás.

Eu avanço na mesma hora.

— Solte ela.

Brody sorri, ciente de que venceu.

— Você não o conhece, não é?

VENHA A NÓS O VOSSO REINO

Babydoll se mantém firme.

— Não, não conheço. — Ela não disfarça seu sotaque, então Brody sabe que ela é americana.

— Tudo bem, eu me enganei — diz ele, com ironia. — Se você não o conhece, então não vai se incomodar se eu o matar na sua frente. Ou talvez eu devesse fazê-lo me ver matar você. Fique de joelhos.

Ele solta Babydoll, e ela tropeça, tentando se equilibrar. O filho da puta atrás dela a obriga a se ajoelhar, mesmo que ela esteja se debatendo com todas as suas forças. Brody enfia a mão no coldre e saca uma arma.

— Sinto muito — ela murmura para mim, com lágrimas escorrendo pelo rosto enquanto Brody pressiona a arma em sua nuca.

Mas não é assim que as coisas terminam para nós.

Saco minha arma e a aponto para Brody, que ri todo animado. Chegou a hora de isso acabar de uma vez por todas.

— Deixe-a ir, seu filho da puta — esbravejo; Mike da América se foi há muito tempo. — Sim, sou Puck Kelly, e matei seu irmão e seu filho. E faria de novo se tivesse a menor chance.

Babydoll balança a cabeça, fechando os olhos com força.

— Você precisa me dar um minuto, porque tenho sonhado com este dia — diz Brody, incapaz de conter a empolgação. — Você causou uma bela confusão, rapaz.

— Que bom, obrigado — ironizo. — Levante-se, Babydoll.

O lábio inferior dela treme quando se levanta. Fico esperando que venha para o lado, mas ela não sai do lugar, mantendo-se perto de Brody.

— Badydoll? — Ele começa a rir.

Minha arma permanece apontada para o filho da puta, mas ele parece nem se incomodar.

— Nunca pensei que isso daria certo.

— O que seria isso? — questiono.

— Isso aqui — Brody responde, gesticulando com sua arma entre mim e Babydoll.

— Me poupe da porra do drama — rebato, nem um pouco a fim de entrar em seu joguinho.

— Punky, não… — Babydoll adverte, o rosto banhado de lágrimas.

— É tarde demais para isso. Ele merece saber. Devo dizer a ele? Ou você diz?

Eu imploro para ela explicar sobre o que ele está falando, mas tudo o que ela faz é olhar para mim com nada além de desespero.

— Eu sinto muito. Por favor, me perdoe.

Eu abaixo a arma, de repente percebendo que não vai adiantar nada, porque estou nisso sozinho. Ninguém aqui é um aliado; são todos meus inimigos.

— Você realmente matou minha mãe? — pergunto a Brody, indo direto ao ponto onde tudo começou.

— Sim, matei — afirma, com um aceno breve conforme guarda sua arma. — Você sabe por quê?

Ignoro sua pergunta, pois há outra coisa que preciso saber primeiro.

— Quem mais? Havia três homens. Eu sei que um deles era seu irmão. Quem era o outro homem?

Brody sorri, como se reviver a memória de estuprar e matar minha mãe fosse algo satisfatório.

— Alguém muito perto de casa, Puck. Ele é a razão pela qual ela morreu.

— Quem? — pergunto, por entre os dentes cerrados.

— Não quero causar nenhum problema familiar.

Avançando um passo, pressiono a arma no meio da testa de Brody.

— Tarde demais para isso. Diga-me.

Ele sabe que não vou atirar, não até obter as respostas que procuro. O problema é que ele é a única pessoa que pode me dizer a verdade, e eu acreditaria nele, pois ele não tem motivos para mentir.

— Foi Connor, rapaz. Foi ele quem matou sua mãe.

— Mentira — arfo, apertando o cano da arma ainda mais. Ainda não, digo a mim mesmo. A hora dele está chegando.

— Aw, que isso? Estou dizendo a verdade. Foi Connor quem abriu o guarda-roupa para você, Puck. Ele sabia que você estava lá. Ele queria que Cara sofresse, e a única maneira de fazer isso era através de você.

Não acredito nele. Não pode ser verdade. No entanto, ele sabe que alguém destrancou o guarda-roupa para mim, e que foi um gesto intencional.

— Cara era uma mulher linda. Mas ela sabia demais. E era intrometida e inteligente, assim como você. Eu sabia que mais cedo ou mais tarde você descobriria o que fizemos, e é por isso que eu precisava chegar até você primeiro.

— O que você quer dizer? — Estou prestes a perder o controle.

— Os Kelly e os Doyle são pessoas bem discretas; nós levamos uma vida bem privada. Não te vejo desde que você era criança. Eu não sabia como era a sua aparência, e precisava saber.

VENHA A NÓS O VOSSO REINO

— Por quê?

— Porque eu sabia que, mais cedo ou mais tarde, chegaríamos a isso. Você é valioso, e eu precisava de um plano B, apenas por garantia. Não faz sentido, mas fará.

Os pensamentos sobre o caminhão chegando já se foram há tempos, porque tudo o que importa é isso. Não quero acreditar em Brody, mas acredito.

— Então, quando minha Camilla veio até mim, você não pode imaginar a minha empolgação. Era o plano perfeito.

— Quem diabos é Camilla? — esbravejo, confuso.

Quando o olhar de Babydoll, finalmente, encontra o meu, compreendo o motivo de ter se desculpado.

— Eu. Mas me chame de Cami.

Brody coloca o braço em volta dela, como se não tivesse apontado uma arma para sua cabeça minutos atrás.

— Sim, você é. Quando Camilla me telefonou, contando que sua mãe estava com câncer e que precisava de ajuda, foi como se o próprio Senhor a tivesse enviado para mim. Eu precisava de alguém a quem você não conhecia para fazer amizade. Mas ela fez mais do que isso, não foi?

Eu imploro com o olhar para que ela me diga que ele está mentindo, mas Brody Doyle não diz mentiras. Ironicamente, ele é a única pessoa que me disse a verdade.

— Foi uma troca justa: descobrir tudo sobre os Kelly, sobre você, e me contar o que descobriu. Em troca, eu garantiria que sua mãe recebesse os cuidados necessários, já que o tratamento para câncer é bastante caro nos EUA. Ela se infiltrou no seu mundo, trabalhando para os Duffy para que pudesse me dar todas as informações sobre propriedades que eu poderia comprar anonimamente na Irlanda do Norte. Também para me dizer no que seu pai estava trabalhando. Ele é muito reservado, sabe como é…

— Desculpe — Babydoll, Cami, chora, o lábio inferior tremendo.

— Por que você não me contou? — pergunto, entorpecido.

— Eu queria. Tantas vezes. M-mas minha mãe, minha irmã, se eu não fizesse isso, elas sofreriam. Minha mãe vai morrer, e eu não tenho dinheiro nem família para cuidar da minha irmãzinha. Não tive escolha — explica, mas tudo o que ouço são desculpas. — Eu trabalhei pra caramba desde os doze anos, mas quando a mamãe adoeceu, tive que parar para cuidar dela, e chegou em um ponto onde... se tornou pesado demais. Eu precisava de ajuda. E não sabia mais o que fazer. Quando ele me disse o que eu teria que fazer, eu não te conhecia, não sabia que ia me apaixonar…

— Já chega! — grito, não querendo ouvir essas palavras deixarem seus lábios enganosos.

— Por favor, Punky, entenda o meu lado. Isso tudo — ela gesticula ao nosso redor — está acontecendo porque você queria proteger sua mãe quando não pôde, mas eu tenho essa chance. Por favor, não me odeie por isso. Eu juro para você, eu tentei parar quando tive a chance. Tentei te proteger, mesmo sabendo que estava colocando minha mãe e minha irmã em risco. Eu te contei sobre a polícia indo fazer uma batida na sua casa porque… porque fui eu quem plantou as drogas. Brody ameaçou minha mãe se eu não fizesse isso! Mas me senti culpada. Eu não poderia fazer aquilo com você. Então eu te contei a verdade.

Eu balanço a cabeça, enojado comigo mesmo.

— Eu devolvi seu broche, embora tenha sido açoitada por isso.

Por que eles queriam o broche da minha mãe? E agora sei por que ela tem esses vergões – por minha causa.

— Como posso confiar em uma palavra que sai da sua boca? — questiono, com raiva de mim mesmo por não vê-la como ela é.

— Verifique seu bolso.

Faço o que ela diz e quando meus dedos roçam um pedaço de papel dobrado, eu o pego. Eu o desdobro, sentindo o coração apertar ao ler a caligrafia de Babydoll. Chegou muito, muito tarde. E uma coisa assim não tem conserto.

> *Fui enviada para espionar você. Para fazer você confiar em mim. Fui enviada para fazer você se apaixonar por mim. Mas não tive que fingir, porque eu amo… eu te amo. Meu nome é Camilla Doyle. Brody Doyle é meu pai. Por favor, me perdoe.*

— V-você é uma… Doyle? — pergunto, minha voz perigosamente baixa.

Ela acena com a cabeça, uma lágrima escorrendo pelo rosto.

— Eu não te disse, porque sabia que você me odiaria… bem, me odiaria mais do que já odeia. Eu nem sabia quem eu era até alguns meses atrás. Eu não entendia essa guerra entre os Doyle e os Kelly. Católicos contra Protestantes.

Brody sorri, vitorioso, e por que não deveria? Ele foi mais esperto que todos nós.

VENHA A NÓS O VOSSO REINO

— A mãe de Camilla trabalhava para mim. O que posso dizer? Eu tenho uma quedinha por loiras — caçoa.

Babydoll curva os lábios, tão enojada quanto eu.

— Minha mãe deixou a Irlanda e voltou para a América, e estava grávida de mim. Ela nunca me contou quem era meu pai, mas quando ficou doente, vasculhei suas coisas e descobri quem ele era. Eu estava desesperada. Ela precisava de mim, e depois de cuidar de mim a vida toda, eu precisava fazer alguma coisa. Eu só não sabia no que estava me metendo. Eu não sabia que meu pai era um filho da puta egoísta.

Brody sorri, despreocupado.

— Meus filhos e meu irmão não sabiam do meu plano, e é por isso que você conseguiu se infiltrar em nossa operação, 'Mike'.

— Você é o Mike? — Babydoll pergunta, com os olhos arregalados.

— Ai, meu Deus. Pensei que você estivesse seguro, porque eles usariam o Mike como isca. Mas era você o tempo todo. Você mentiu para mim, pai.

Brody dá de ombros, imperturbável, e continua sua história:

— Precisávamos de um bode expiatório, alguém para assumir a culpa pelo que planejamos. Eles queriam que você confiasse neles para que, quando chegasse a hora, você servisse ao seu propósito. Eles devem ter confiado em você porque sabiam.

— Sabiam o quê? — pergunto, a ponto de explodir.

— Sobre a sua família.

Babydoll olha entre nós, confusa. Ela não sabe o que isso significa. Mas eu, sim.

Brody enfia a mão no bolso e tira um pedaço de papel, me oferecendo em seguida.

— Aqui estão as respostas que você tanto quer. Sempre tive minhas suspeitas. O Dr. Dunne é um bom amigo meu e me ligou para contar a novidade.

Arrancando o documento dele, leio a informação, ainda não acreditando, embora esteja impressa em preto e branco. Como o Dr. Dunne tem os resultados do Brody arquivados?

Mas o relatório é da mesma clínica onde fiz o exame de DNA e descobri que Connor não era meu pai; a mesma clínica que atesta que sou um Doyle. Sou filho de Brody Doyle. Uma combinação perfeita.

Liam retira o papel das minhas mãos, obviamente sem saber de porra nenhuma sobre esse pequeno fato – que sou seu meio-irmão, o que significa que Babydoll é minha… meia-irmã.

O vômito sobe à garganta, mas consigo contê-lo; eu mereço isso. Isso é o que ganho por confiar em alguém que não devia. Embora não soubéssemos, não faz a menor diferença. Ele nunca poderá apagar o que fizemos, uma e outra vez.

— O que é isso? — ela pergunta, com medo.

Não consigo falar. Mal consigo pensar.

— Camilla, Puck é seu meio-irmão. — Brody olha para nós com orgulho.

— *O quê?* — ela arfa, cobrindo a boca com a mão trêmula. — Isso n-não é p-possível.

— É muito possível — diz Liam, desgostoso, jogando o pedaço de papel para ela.

Ela lê a evidência, seu rosto vermelho deixando nítido o nojo que sente.

— Você sabia que ele era meu ir... o que ele era?

Brody balança a cabeça.

— Eu sabia que era uma possibilidade, mas isso não foi confirmado até recentemente. Que reviravolta na trama. Não é à toa que vocês se sentiram tão atraídos um pelo outro. Coisa de sangue.

— Pare! — ela grita, balançando a cabeça. — Por que você não me disse que Connor não era seu pai? E que Brody poderia ser...

Quero consolá-la, mas como? Ela não é apenas uma mentirosa, ela é a porra da minha irmã e tocá-la do jeito que quero é coisa do passado. Um passado que quero esquecer.

— Ele matou tio Aidan e Hugh. Irmão ou não, ele vai pagar! — Liam declara, nem um pouco sensibilizado por esta reunião de família improvisada.

— Isso é culpa sua, garoto. Se você não tivesse agido pelas minhas costas, e fosse um homem de verdade, nada disso teria acontecido. Você não cogitou que eu tivesse um plano esse tempo todo?

E, agora, a verdade sobre o motivo de estarmos aqui vem à tona.

O caminhão desce a estrada, bem na hora.

— Você não achou que eu faria isso sozinho, não é? Sempre tive alguém do lado de dentro, trabalhando junto e ganhando tempo. Está na hora de você saber quem é.

— Quem? — exijo, cada vez mais devastado, de uma forma inimaginável.

— Ele esteve debaixo do seu nariz esse tempo todo. Você o trouxe aqui. Tudo isso foi possível por causa de vocês dois.

Eu fiz isso?

Babydoll cobre o rosto, soluçando. Tudo o que ela queria era ajudar sua mãe. Assim como eu. Mas esse sacrifício nos custou muito e nunca nos recuperaremos.

VENHA A NÓS O VOSSO REINO

Há tantas lacunas nesta história, e sei que só saberei de tudo quando descobrir quem é o parceiro de Brody. Nada disso faz sentido. Tudo o que sei é que Babydoll não é minha inimiga. Não foi ela quem organizou tudo isso. Alguém mais esteve por trás.

Mas quem?

— Camilla desempenhou um papel importante, é claro. Se não fosse por ela, não saberíamos o que tínhamos que fazer. Ela me contou tudo.

De repente, percebo por que eles confundiram Cian comigo.

— Você disse a eles que Cian era eu?

Ela assente.

— Eu não sabia o que fazer. Não imaginei que eles fossem machucá-lo. Quando Brody me perguntou quem você era, apontei para seu amigo. Para aquela foto que foi tirada na noite da festa.

Lembro-me do fotógrafo tirando uma foto de nós três. Deveríamos ter nos atentado para uma merda assim. É por isso que sempre tomamos cuidado. Consegui passar despercebido para Liam e Aidan, porque eles não sabiam quem eu era.

Mas Brody, sim, e Babydoll falhou em seu teste. Ela foi um joguete nas mãos dele. Essa era a maneira que ele tinha de descobrir exatamente o que ela estava disposta a fazer para me salvar. Todos nós peões em seu jogo macabro. Só não sei ainda o porquê. Não sei como ele descobriu que eu não era Mike.

Não se trata apenas de drogas. Isso é pessoal. Mas, novamente, sempre foi.

Há tanto para processar, mas agora não é a hora, porque quando o caminhão parar, é hora de descobrir o resto dessa história fodida.

— Você está se sentindo bem, filho? — Brody pergunta, com sarcasmo, tocando meu ombro.

— Não me chame assim nunca mais — advirto, recuando para longe de seu toque.

— Ah, você pode acabar mudando de ideia quando descobrir quem está por trás de tudo isso. Mas não se preocupe. Eu vou cuidar deles. Eles não são confiáveis, e assim como você, Camilla, meus filhos, todos vocês tiveram um papel, mas a brincadeira acabou agora. Há espaço para apenas um líder. Eles acham que estou seguindo as regras deles, mas não estou.

Viro a cabeça e olho para ele por cima do ombro. Não sei quando ou como, mas de uma forma ou de outra, vou matar esse filho da puta e todos que fizeram parte desse show.

Ferris desliga o motor e sai do caminhão. Estou esperando ver o tio Sean com ele, pois esse era o plano. Porém ele não está aqui.

— Ferris, como estão as crianças? — Brody pergunta, como se fossem velhos amigos se encontrando; o que provavelmente são.

Liam parece tão surpreso quanto eu, o que confirma que ele não sabia nada sobre isso. Roubar nossa carga sempre foi parte do plano, mas Liam foi mantido no escuro em relação aos detalhes. Sua raiva reflete a minha.

— Argh, sempre pedindo as coisas — responde Ferris. Quando ele me vê, seus olhos se arregalam, porque, obviamente, não estava me esperando por aqui.

— Puck?

— E aí? — Eu o encaro diretamente nos olhos.

— O que ele está fazendo aqui? — Ele lança um olhar nervoso para Brody.

— Surpresa, babacão.

— Tudo certo? — Brody pergunta, querendo ir direto ao assunto.

Ferris acena com a cabeça, a apreensão evidente.

— Obrigado, companheiro. Realmente aprecio isso.

Antes que alguém tenha a chance de descobrir o que está acontecendo, Brody pega sua arma e atira no meio da testa de Ferris. O cara cai morto antes mesmo de desabar no chão.

Não demonstro a menor reação, pois Ferris escolheu seu destino. Assim como todos nós.

Brody passa por cima do corpo do infeliz, gesticulando para que Liam o siga. Eu poderia acabar com isso aqui, agora mesmo, e matar Brody onde ele está. Mas não posso. Se fizer isso, nunca descobrirei a verdade.

Babydoll mantém distância. Não importa que eu agora saiba seu verdadeiro nome, ela sempre será Babydoll para mim.

Quando Liam está prestes a abrir a traseira do caminhão, Brody se vira para mim.

— Vem cá. Você pode fazer as honras.

Não sou burro. Sei que Brody está preocupado que seja lá quem for seu parceiro no crime o traia. Por isso ele precisava de mim como garantia? É a única coisa que faz sentido. Sou valioso para essa pessoa. Ou assim Brody pensa.

Sem nada a perder, sigo em frente, mas só chego até aí, porque o ruído em meio à mata nos alerta sobre a chegada de alguém – e esse alguém é Connor.

VENHA A NÓS O VOSSO REINO

— Não se mova, Puck — ele ordena, pisando na estrada de chão. Olho para trás, mas não vejo tio Sean. Onde ele está?

— Connor Kelly — Brody zomba, com um sorriso largo. — Vocês sempre souberam fazer uma entrada triunfal, hein?

— Vá se foder — Connor ralha, olhando para o corpo de Ferris largado no chão. — Isso não deveria acontecer.

Brody dá de ombros enquanto encaro Connor. O que isso significa?

— Nós tínhamos um acordo. Por que você iria quebrá-lo? Por que agora?

— Acordo? Que porra é essa? — questiono. Esta é a primeira vez que ouço essa merda. Até onde sei, Connor não via Brody há anos.

Um frio na barriga me assola e começo a temer pela vida do meu tio.

Eu trouxe Connor aqui, pensando que estava lhe ensinando uma lição, mas e se o tio Sean não o quisesse aqui por um motivo? E se o que Brody disse for verdade, e tiver sido *Connor* quem matou minha mãe? E se Connor for o traidor?

Faz sentido. Para alguém ser capaz de se infiltrar sem ser detectado significaria que eles conhecem todo o funcionamento do nosso negócio como a palma da mão. De repente, me arrependo de minhas ações. Será que dei as boas-vindas ao inimigo de braços abertos?

— Esse acordo foi feito há muito tempo — Brody responde, calmamente. — As coisas mudam. Pessoas mudam.

— Você fez um acordo com um *maldito* Kelly? — Liam cospe, tão alheio a tudo quanto eu.

— Ah, filho, não fique falando sobre coisas que você não sabe. Fiz o que tinha que fazer por esta família. Eu nunca quis fazer parte de Belfast.

— E eu de Dublin — contesta Connor, mas algo mudou.

O quê? O que mudou para eles estarem aqui agora?

— Puck é meu filho — afirma Brody, sorrindo diante da súbita surpresa de Connor. — Eu tenho o teste de DNA para provar.

Connor se vira para mim, culpa e tristeza refletindo em seus olhos.

— Você sempre será um Kelly — declara, e acredito em suas palavras. — Não importa o que os testes digam, você sempre será meu filho. Meu e da sua mãe.

— Você sabe quem matou minha mãe? — pergunto, implorando que ele me diga a verdade de uma vez por todas.

Ele suspira, dominado pela exaustão.

— Sim, eu sei. E sinto muito por tudo. Mas estou prestes a corrigir esse erro.

Eu fico totalmente imóvel quando ele se posta na minha frente e segura minha nuca, me puxando para perto.

— Cuide dos gêmeos para mim — sussurra em meu ouvido.

Quando tento desesperadamente me afastar, ele me abraça com força. Ele ainda não acabou.

— Você é tudo o que eles têm agora. Eu fui severo com você porque sabia que um dia... você governaria este país. E esse dia chegou. Não importa o sobrenome que carrega, você sempre será meu filho. Sempre será Puck Connor Kelly, e não se esqueça disso.

Ele não permite que eu me afaste.

— Você é um líder nato. Lidere com a compaixão que sua mãe lhe deu. E governe com a crueldade que te ensinei, porque é a única maneira de sobreviver em nosso mundo. Me desculpe, eu nunca te disse isso... mas eu te amo, e estou orgulhoso do homem que você se tornou.

Antes que eu tenha a chance de perguntar o que ele quer dizer, as portas traseiras do caminhão se abrem e tiros ecoam ao nosso redor. Connor me empurra para fora do caminho à medida que tento processar o que diabos está acontecendo.

Eu me escondo atrás do pneu de um caminhão, concentrando-me no tumulto que está acontecendo a alguns metros de distância. Homens mascarados aparecem do nada, atirando uns contra os outros. Não sei quem está do nosso lado, mas quando vejo o tio Sean pular da traseira da caminhonete e mirar em Brody, percebo que ele estava apenas ganhando tempo para emboscar esse filho da puta. Ele e Connor estavam.

Connor se escondeu atrás da porta de outro veículo, abaixando a cabeça para atirar em qualquer um que se aproxime o bastante para tentar derrubá-lo. Na mesma hora, meu instinto de sobrevivência entra em ação e pego minha arma, concentrado no local onde Babydoll está.

Ela está se escondendo atrás da van, mas não vai demorar muito até que seja alvejada por esses homens. Ela está desarmada e com medo. Não posso deixá-la sozinha.

Mantendo-me abaixado, observo os arredores e vejo cerca de trinta homens atirando entre si. Alguns são Kelly. Outros são Doyle. Nenhuma família veio até aqui despreparada. Tio Sean sabia que Brody não viria sem seus comparsas, e por isso reuniu nossas tropas.

VENHA A NÓS O VOSSO REINO

Não consigo ver seus rostos, pois estão usando balaclavas, mas se tio Sean confia neles, então eu também confio, e é por isso que respiro fundo e corro até a van.

Tiros ricocheteiam ao meu redor, mas eu atiro primeiro, derrubando dois homens que avançam na minha direção com as armas em punho. Não sei onde mais ninguém está, porque só consigo ver um homem mascarado correndo para a traseira da van, pronto para atirar.

— Baby! — grito alto o bastante para ser ouvido acima do tiroteio.

Ela espia pela lateral da van, e eu gesticulo para ela correr. Mas é tarde demais, e um tiro é disparado.

Com a adrenalina fluindo a mil pelo meu corpo, saio correndo em meio ao caos, atirando em qualquer um que se coloque no meu caminho. Meus passos enviam cascalho para todo lado enquanto me esforço para chegar até ela, e quando o faço, solto um suspiro de puro alívio.

Eu me jogo no chão e a cubro com o meu corpo, e ela se agarra a mim com força.

— Seu tio atirou nele — ela afirma, com a voz trêmula.

O homem jaz em uma bagunça contorcida a alguns metros de distância. Eu arranco sua balaclava, e quando vejo que é Danny, sinto vontade de matá-lo novamente. Mesmo com um tiro no joelho, sua lealdade não conhece limites. Cada um dos nossos homens são filhos da puta traidores, e é hora de todos pagarem.

"Governe com a crueldade que te ensinei, porque é a única maneira de sobreviver em nosso mundo."

As palavras de Connor ecoam dentro da minha cabeça e, embora eu nunca o perdoe, entendo por que fez o que fez. Ele criou um monstro implacável e sem coração, pois sabia que as coisas acabariam assim. Abrir seu coração foi o que o colocou em apuros, e ele nunca quis isso para mim.

À sua maneira fodida, ele estava tentando me ensinar a não ser como ele. Amor e sentimentos foram os que o trouxeram até aqui. Um líder não pode amar porque o amor leva à destruição…

Tirando a arma da mão inerte de Danny, eu a entrego para Babydoll. Olhando pelo vidro traseiro, percebo que as chaves estão na ignição.

— Entre na van e vá embora daqui.

— Punky… — ela argumenta.

— Não vou dizer de novo! A próxima cidade fica do outro lado. Vá.

— Não vou deixar você — ela chora, afastando o cabelo do meu rosto.

Virando o rosto para longe, odeio ainda ansiar pelo seu toque mesmo depois de tudo o que sei.

— Você tem que fazer isso.

Ela percebe o porquê me afastei dela e ofega, afastando as mãos com vergonha.

— Não fizemos nada de errado. Nós não sabíamos — alega, as lágrimas escorrendo por sobre seus lábios; lábios que quero beijar uma e outra vez.

— Mas agora sabemos. E temos que parar. Não posso estar perto de você, Babydoll, porque quero você de uma forma que um irmão não deveria querer uma irmã. Por favor, vá. Eu preciso que você esteja segura.

Ela olha para mim, suplicando que eu diga que vai ficar tudo bem. Mas não ficará. Nunca mais.

Ela me beija com sofreguidão, pois ambos sabemos que isso é um adeus. Não podemos negar esses sentimentos um pelo outro e, até aprendermos a lidar com eles, precisamos nos separar.

— Eu... amo você — sussurra contra os meus lábios, segurando meu rosto entre as mãos e recostando a testa à minha. — E sinto muito por ter traído sua confiança.

Provo seus beijos salgados e me rendo – uma última vez.

— Eu também te amo. Sempre vou amar. Mas não posso estar perto de você. Eu prometi que se você fosse uma ameaça... eu te mataria. Só que não consigo te machucar. Nem posso confiar em você. Então, adeus, baby.

Ela balança a cabeça bruscamente, ainda agarrada a mim, recusando-se a me soltar.

— *Ex favilla nos resurgemus* — diz ela, recitando a frase da tatuagem na minha clavícula. — Das cinzas renasceremos... Eu nunca vou desistir.

Plantando um beijo suave em sua testa, deixo de lado minha humanidade, porque nunca amarei alguém tanto quanto a amo e isso me deixa fraco. Algo que me recuso a ser outra vez.

— Eu te dou cobertura — digo, gesticulando para ela correr para o lado do motorista.

Ela agarra a arma com força, respirando fundo três vezes.

Um pensamento, de repente, me ocorre.

— Como você sabia que ele era meu tio?

Babydoll disse que tio Sean atirou no Danny. Como ela sabia quem ele era? Eu nunca os apresentei.

Antes que possa perguntar, no entanto, ouço passos avançando em nossa direção.

VENHA A NÓS O VOSSO REINO

— Vá! — grito, me levantando e protegendo-a com meu corpo conforme a conduzo até o lado do motorista.

Estou focado mais à frente, o que se torna um erro do qual vou me arrepender pelo resto da vida, pois não vejo um homem mascarado emergir das densas matas à minha direita. Ele aponta sua arma e dispara uma bala que se aloja em meu peito.

Mas, ainda assim, me mantenho de pé. É apenas um arranhão.

Apenas mais alguns metros e Babydoll estará a salvo.

Quando estou prestes a abrir a porta e empurrá-la para dentro, alguém grita meu nome. Connor pula na minha frente e desmorona no chão. Tudo chega a um impasse.

— Connor? — pergunto, de repente me sentindo fraco, e quando pressiono a mão sobre o meu peito, percebo que o *arranhão* é, na verdade, uma ferida mais grave do que pensei.

Eu caio de joelhos ao lado de Connor, ofegando em busca de ar.

— Punky! — Babydoll grita, me impedindo de desabar de cara no chão. — Ai, meu Deus. Você está f-ferido…

Eu me inclino para ela, meus pulmões sibilando a cada tentativa para respirar. Mas não é assim que as coisas acabam.

— Connor? — Empurro seu ombro, estremecendo ao ver minha mão manchada com seu sangue.

Ele geme, piscando diversas vezes.

— Não faça isso… — Ele tenta falar, mas o sangue escorre de sua boca.

— Poupe suas forças — digo, pressionando as mãos no ferimento em sua barriga. — A ajuda está a caminho. Babydoll, ligue para a polícia! — Não me importa que encontrem um caminhão cheio de drogas. Eu assumo a culpa desde que isso salve Connor, porque ele acabou de me salvar. Ele levou um tiro por mim.

— Eles estão vindo — Connor arfa, olhando para mim. — Eu liguei para eles.

— O quê?

— Eu disse a eles o que fiz. Todos nós íamos pagar pelos nossos crimes. Mas você… — Ele cospe sangue, mas não vai cair sem lutar. — Eu não matei sua mãe. Eu a amava… amava demais. O acordo que fiz foi para salvá-lo.

Babydoll chora ao meu lado, me segurando enquanto luto para continuar consciente.

— Quem a matou?

Connor estende a mão, e com dedos trêmulos, enxuga as lágrimas que eu nem sabia que estava derramando.

— Não confie nele — ofega, lutando para respirar.

— Nele quem? — grito, colocando minha mão sobre a dele. Ele está congelando.

— Seu tio — arqueja, encolhendo-se de dor. — Não confie no... Sean.

Sua mão amolece, mas eu a pressiono contra o meu rosto, recusando-me a aceitar isso. Não, este não é o fim. Ele não pode deixar esta terra desse jeito.

— Connor? — digo, em um sibilo audível, apertando sua mão e implorando para ele retribuir o gesto.

— Punky, ele se foi.

Mas eu me recuso a ouvir os apelos de Babydoll. Ele não pode estar morto. Este homem é o idiota mais forte que conheço.

— Velhote? — Empurro seu peito, o peito que já não se move. —... Pai?

A dor me atinge e sou transportado de volta para o piso acarpetado do quarto, quando implorei para minha mãe acordar. Mas assim como ela, Connor não acorda. Ele está morto. Eu vi meus pais morrerem, e ainda não sei por quê.

Com seu sangue misturado ao meu, passo três dedos no meio da minha testa, prometendo que sua morte não será em vão.

Consigo me levantar, cambaleando, e procuro tio Sean, avistando-o mais à frente em uma luta corpo a corpo com um homem mascarado. Seguro o braço de Babydoll e a empurro para dentro da van. Ela tenta se desvencilhar, mas eu me inclino para dentro e a prendo lá.

— Dirija.

Com lágrimas nos olhos, ela faz a promessa que lhe pedi:

— Eu vou voltar pra você.

E espero que um dia ela o faça.

Fechando a porta com um baque, ignoro o formigamento em meus membros diante do sangue jorrando e atiro em quem se coloca no caminho da minha garota.

Tio Sean se vira e, quando me vê atirar, seus olhos se arregalam.

Não confie no... Sean.

Antes de deixar esta terra, preciso saber a razão.

Então, com a arma em punho, vou mancando até ele, exigindo que me dê as respostas que procuro. Nem sei onde Brody está e, honestamente,

VENHA A NÓS O VOSSO REINO

não me importo. Tudo o que me importa é descobrir por que não devo confiar no único homem em quem confio com todo o meu ser.

— O que você fez? — esbravejo, apontando a arma para o meu tio.

Ele atira em dois homens que vêm correndo em sua direção.

— Punky, você está de brincadeira? Você vai atirar em mim, é?

— Por que Connor me disse para não confiar em você? Essas foram as últimas palavras dele!

— Connor está morto?

— Responda à pergunta, porra! — Ouço o motor da van dando partida. Está quase acabando. Ela está segura.

— Eu não sei, rapaz! — Sean grita, baixando sua arma, mas eu não abaixo a minha.

— Como Babydoll sabia quem você era?

— Porque ela me disse tudo. Quando ela foi até a casa, atrás de você, ela me contou tudo. Eu prometi não te contar, porque tinha um plano.

— *Esse* era o seu maldito plano?! — exclamo, com os braços abertos.

— Não. Connor nunca deveria estar aqui. Por que você o trouxe? Ele ligou para a polícia. Os tiras estarão aqui em minutos. Temos que ir.

Quando estende a mão para mim, eu recuo. Sua mágoa é palpável, mas não sei em quem acreditar.

— Vou explicar tudo, mas agora temos que ir. Se não o fizermos, ficaremos na prisão por um bom tempo. Aquele caminhão está cheio de drogas!

— Eu não me importo mais — confesso, tudo se tornando obscuro.

— Pare com isso! — Tio Sean repreende. — Nós vamos agora e deixamos os Doyle assumirem a culpa. Eles estão aqui quando não deveriam estar. É o plano perfeito. É o que eu queria que acontecesse.

— É mesmo?

Tio Sean olha por cima do meu ombro conforme o cano de uma arma pressiona a parte de trás da minha cabeça. Virando-me lentamente, o que vejo muda o curso de tudo... mais uma vez.

Brody e Liam estão com três pessoas que confiaram em mim sob a mira de uma arma, deixando claro que ninguém sairá disso vivo. Achei que ela tinha fugido na van. Mas isso teria sido muito fácil, e nada na minha vida é fácil.

Cian, Rory e Babydoll estão sendo mantidos cativos, e a única troca aceitável é minha vida pela deles. Eles lutaram, pois estão ensanguentados e machucados, mas não foi o suficiente.

MONICA JAMES

Meus amigos foram emboscados enquanto mantinham vigilância – não tenho dúvidas sobre isso. Eles só estavam aqui porque pedi, porque acreditava que nosso plano funcionaria.

— Solte os três — meu tio o adverte, se postando ao meu lado e com a arma apontada para Brody.

Brody sorri.

— Realmente sinto muito, mas não posso fazer isso. Alguém tem que assumir a culpa por essa bagunça.

Sirenes soam ao longe. Connor *chamou* a polícia, sabendo que seria responsabilizado por tudo isso.

— E não serei eu.

Eu olho para Cian, que acena discretamente. Ele e Rory podem derrubar Liam e Brody. Mas o que Brody diz a seguir, sela o acordo:

— Se eu cair, todos vocês também cairão; isso inclui sua mãe, Camilla. Por isso eu te trouxe aqui. Você sempre foi minha garantia, meu cartão de saída da prisão, porque eu sabia que Puck faria qualquer coisa para te salvar.

Babydoll balança a cabeça, um filete de sangue escorrendo do canto da boca.

— Se eu for para a prisão, sua mãe não recebe ajuda. Vou me certificar de que ela sofra, e sua irmãzinha, bem, você viu em primeira mão como os homens Doyle podem ser cruéis. Nós gostamos de manter isso em família. Tenho certeza de que você aprendeu essa lição com Hugh. Ele te puniu, não foi?

O que isso significa?

Quando ela baixa o olhar, envergonhada, entendo que foi Hugh quem a chicoteou e fez muito mais do que eu esperava.

— Seu maldito filho da puta — Tio Sean cospe, seu braço não vacilando em momento algum.

Cinco homens aparecem do meio dos arbustos, nos cercando, armas levantadas.

Tio Sean fecha os olhos, em derrota.

Isso nunca foi uma emboscada; foi uma missão suicida. Pensávamos que tínhamos a vantagem, mas os Doyle estavam sempre dez passos à frente. Isso deveria funcionar, e teria funcionado se eles não fossem avisados. Ainda não sei por quem.

— Okay, então, que seja eu. — Tio Sean abaixa a arma e ergue as mãos em rendição.

VENHA A NÓS O VOSSO REINO

Brody ri, e não tenho ideia do porquê.

— Eu acho que não, Sean. Algo mais está vindo em sua direção.

Acontece em um piscar de olhos.

Brody atira, e tio Sean cai de joelhos antes de tombar para frente com um baque.

Olho para meu tio e meu pai, que está caído a poucos metros; ambos massacrados pelos Doyle, mas o irônico é que eles não são culpados – *eu* sou.

Se tivesse deixado as coisas do jeito que estavam, e não tivesse perseguido quem matou minha mãe, tudo seria diferente. Se nunca tivesse ido a Dublin, nada disso teria acontecido. Mas o derramamento de sangue ao nosso redor... é minha culpa.

Tudo isso é.

Tantos sofreram por minha causa... a culpa é minha.

Cian dá uma cotovelada no estômago de Liam, mas os homens mascarados caem matando em cima dele, espancando Rory também enquanto Brody se afasta com um sorriso.

Ele quer que eu veja o que causei. O caos que trouxe para as pessoas que amo.

Quando um dos homens puxa o cabelo de Babydoll e puxa sua cabeça para trás, lambendo seu pescoço, sei o que tenho que fazer. Eu machuquei aqueles a quem amo e é hora de parar com isso. É hora de acabar com tudo.

— Você ganhou, Brody. Deixe-os ir — digo, friamente, de pé, independente das minhas feridas. — Prometa-me que eles vão ficar bem.

Brody ordena que o homem que mantém Babydoll cativa a solte.

— Você tem minha palavra.

— Ela consegue tudo que você prometeu a ela?

— Eu juro.

Babydoll tenta lutar, mas o homem agarra sua cintura, segurando-a de volta.

— Não! Me solta! Não faça isso, Punky! Você vai ficar na cadeia por muito tempo.

Eu a ignoro e foco meu olhar em Cian e Rory.

— Me desculpem por ter envolvido vocês dois.

— Você não tem nada para se desculpar — Cian diz, com lágrimas nos olhos. Ele sabe que não podemos vencer, não com tio Sean e Connor mortos.

Meu tio achava que tinha aliados ao seu lado, mas se eu tivesse contado a ele mais cedo sobre Ronan e minha teoria a respeito dos traidores entre nós, ele saberia que os homens lutando com ele não estavam conosco – eles estavam contra nós.

— Meu pa... — Rory começa, mas logo é interrompido.

— Seu pai vai sofrer da mesma forma que Connor Kelly se você retaliar. Nós sabemos quem eles são. Estávamos dispostos a deixar as coisas do jeito que estavam, mas aí vocês tiveram que meter os narizes em negócios que não lhes diziam respeito — afirma Brody, com arrogância.

Este é o nosso castigo por pensar que poderíamos ser mais espertos do que um mundo sobre o qual nada sabemos.

— Há tanta coisa que você não sabe, Puck. Talvez um dia eu te conte.

— Podemos ir? — Liam pergunta, as sirenes se aproximando cada vez mais.

— Isso cabe ao seu irmão.

Cian e Rory olham entre nós, confusos. Mas não tenho tempo para explicar.

— Sim, vão em frente. Eu vou lidar com os tiras.

— NÃO! — Babydoll chora, correndo até mim. — Punky, não! Lute. Diga a verdade à polícia.

— Eu me pergunto em quem eles vão acreditar — murmuro, olhando para Brody. — E se eu não fizer isso, sua mãe morre. Não vou permitir isso. Você tem a chance de ajudá-la, e eu tenho a chance de fazer as coisas certas.

— Eu n-nunca vou parar de lutar por v-você — ela chora, me abraçando com força.

Eu retribuo o gesto, me permitindo esse consolo, pois nunca mais sentirei algo assim.

— Estou fazendo isso para que estejamos quites. Mas não quero te ver de novo. Não importa o que fez, você mentiu para mim, e agora tenho a morte da minha família em minhas mãos. Não posso te perdoar. E você não deveria me perdoar.

Eu a empurro com o máximo de gentileza, gesticulando para Brody levá-la embora.

— Punky? — ela questiona, se libertando violentamente quando um dos homens tenta arrastá-la para a van. — Isso não é culpa sua!

Mas eu não quero ouvir.

— Salve a mãe dela, porra! — grito para Brody. — Seja lá quanto de dinheiro ela precise, você dá a ela. Se ela morrer, contarei tudo à polícia.

Brody acena com a cabeça.

— E Belfast? Quem governa agora?

Cian e Rory desviam o olhar, porque embora eles e seus pais estejam

VENHA A NÓS O VOSSO REINO

envolvidos, esse negócio só deu certo por causa dos Kelly. Agora que os Kelly não existem mais, eles sabem que não será o mesmo. Basta ver o que Brody conseguiu mesmo com Connor e tio Sean vivos.

Com eles mortos – os elos mais fortes da nossa corrente –, não temos chance alguma.

— É sua.

Brody inclina o rosto para o céu, inalando em vitória, pois isso era o que ele sempre quis – Belfast.

Nunca vou descobrir quem era seu comparsa, mas isso não importa. As pessoas a quem amo estão mortas. Esta é a única coisa que posso fazer para garantir que os que sobraram não sofram por minha causa.

— Punky, vamos encontrar uma maneira — diz Cian, correndo até mim para me abraçar. — Eu te amo, irmão.

Eu retribuo o abraço, anestesiado.

— Cuide dos gêmeos para mim.

Cuide dos gêmeos para mim...

Agora entendo por que Connor me pediu isso – ele chamou os tiras, porque estava disposto a assumir a culpa. Ele sabia que não poderia vencer Brody. E sabia que seu império havia desmoronado porque ele deixou. Mas sua fé em mim me permite ver que ele acreditava que eu poderia reparar o dano que ele havia feito.

E eu teria feito isso.

Ele permitiu que o traidor derrubasse nosso reino, tijolo por tijolo, e ir para a prisão era a punição que ele aceitaria por seus crimes. Mas ele nunca antecipou que algo que ele achava que não era capaz de sentir o derrubaria – seu amor por mim.

Sua morte, a morte do tio Sean; são responsabilidade minha.

— Meu pai vai ligar para o advogado dele...

— Não — argumento, começando a perder a consciência. — Deixe do jeito que está. Muito sangue foi derramado e para quê? Viva sua vida, a vida que você merece, longe disso, longe de mim. Cuide disso para mim.

Enfiando a mão no bolso, dou a ele o broche da minha mãe. Eu não preciso mais.

— Não vou deixar você apodrecer na prisão! — Cian balança a cabeça, em teimosia, assim como Rory, mas depois de hoje, eu não os verei nunca mais. Eles vão lutar por mim, mas depois de um tempo, eles me esquecerão.

E eu quero que me esqueçam.

Rory coloca o braço em volta de Babydoll, que soluça violentamente, oferecendo o conforto que não posso.

— Eu te vejo por aí, então — diz Brody, estalando os dedos.

Todos correm sob o seu comando.

Cian e Rory não lutam contra, porque sabem que a guerra acabou. Os cadáveres ao nosso redor confirmam isso.

— Certifique-se de que eles sejam enterrados com tudo o que têm direito.

Cian acena com a cabeça, uma lágrima escorrendo pelo seu rosto quando olha para meu pai e tio Sean.

Os homens restantes desaparecem nas matas enquanto Liam obriga Cian, Rory e Babydoll a entrarem na van. Se isso fosse algum filme de romance, ela viraria a cabeça para me lançar um último olhar por cima do ombro. Mas isso não é, então ela não se vira.

Isto é a vida real. A vida que fodi com minhas próprias mãos.

Brody é o último a sair.

— Eu prometo a você, quando for a hora certa, vou te contar tudo.

— Vá se foder — retruco, nem um pouco interessado no que ele tem a dizer. — Mantenha aqueles a quem amo em segurança. Isso é tudo que quero de você.

Brody sorri ao acender um charuto.

— Você realmente é um Doyle.

— Não. — Balanço a cabeça e dou um sorriso ao roubar seu fumo. — Não sou mesmo. Você pode ser meu pai biológico, mas eu sempre serei um Kelly. Nunca se esqueça disso.

A confiança de Brody fervilha, especialmente quando ele detecta a ameaça no meu tom. Se ele cruzar o meu caminho, contarei tudo à polícia. Compartilhando o mesmo sangue ou não, eu vou caçá-lo.

— Sim. Eu entendo. Você deve se assegurar de se manter 'morto' para a vida que conheceu. Sem visitas, sem contato com ninguém. Esta é a única maneira de funcionar. Para eu começar do zero, você não pode permanecer nas lembranças.

O que ele quer dizer é que se nossos parceiros quiserem manter os negócios, terão que tratar direto com ele, e todos precisam saber que não voltarei e que ele é o único no comando.

— Como posso confiar que você manterá sua palavra?

— Tenho certeza de você ficará sabendo, de alguma forma, caso eu quebre meu voto.

VENHA A NÓS O VOSSO REINO

Ele tem razão. Tenho certeza de que os policiais adorariam me contar como meus entes queridos morreram pelas mãos de um Doyle, se isso acontecesse.

— Justo.

— Se eu ficar sabendo que você voltou atrás em sua palavra, todos eles pagarão com suas vidas. Isso inclui aquelas crianças que Connor amava. O acordo será cancelado.

— Eu te ouvi da primeira vez — respondo, com firmeza, mas ele não tem nada com que se preocupar. Estou lhes fazendo um favor ao me retirar de suas vidas. Eu gostaria de poder ver os gêmeos crescerem, mas não posso.

Ele balança a cabeça, entendendo isso como um adeus. Não sei o que ele planejou, mas não é mais da minha conta. Ele vai embora, levando meu reino com ele. Quando a van se afasta, olho para longe, me despedindo da minha família, me despedindo de mim mesmo.

Quando somem de vista, vou mancando em direção ao caminhão e me sento na carroceria. As ervas às minhas costas valem mais de duzentas mil libras. As sirenes anunciam a chegada das viaturas subindo pela colina.

Calmamente, fumo meu charuto, esperando pela minha condenação.

— Mãos ao alto, onde eu possa vê-las!

— Puta merda, é um massacre.

— Nós vamos precisar de reforço.

Isso é tudo o que ouço conforme me mantenho ali sentado, rindo loucamente da carnificina que causei.

— Fique de joelhos! — Moore, o chefe de polícia, ordena quando me puxa de cima da carroceria.

O idiota que estava assediando Babydoll na festa está do meu outro lado.

— Agora você sabe quem eu sou, seu pirralho mimado — diz ele, cuspindo em mim. — Verifiquem o caminhão, rapazes. Vejam o que está a bordo.

— Eu vou te dizer o que está a bordo — caçoo, quando sou obrigado a ajoelhar. — Drogas, e uma quantidade considerável.

— Você é burro, rapaz? Por que você me diria isso? — pergunta o chefe de polícia.

Quando os tiras olham para Connor e tio Sean, eu aceito meu destino.

— Porque sou o único responsável por tudo isso. Matei meu tio e meu pai, porque eles atrapalharam meu esquema. Isso é tudo por minha conta.

— Não foi isso que ouvimos.

— Bem, você ouviu errado. Vê mais alguém aqui? Você viu alguém de pé? — Dou um sorriso sinistro.

O chefe de polícia sabe que estou mentindo, mas uma prisão como essa tornará seu nome notório. E sem mais ninguém para culpar, este caso encerrado significa uma vitória fácil para ele e para a polícia. Ele pôs fim aos infames Kelly e seus negócios ilegais.

Não há justiça neste mundo, apenas a sobrevivência do mais apto.

— Puck Connor Kelly, você está preso... — Moore me algema, lendo os meus direitos enquanto inclino meu rosto para o céu, enfim, livre.

Finalmente salvando as pessoas que amo.

VENHA A NÓS O VOSSO REINO

Dezesseis
PUNKY

Um ano depois

— Você tem uma visita.

A luz irrita meus olhos, porque tenho dormido em meio à escuridão nos últimos... não sei quantos... dias? Meses? Perdi a conta.

Não há janelas, apenas uma porta e paredes de concreto. A prisão para onde fui enviado não é uma qualquer. Estou trancado em uma fossa de degenerados, garantindo que eu pague pelos meus crimes da maneira mais hedionda. Esta pequena cela se tornou minha casa, onde um monstro encontrou consolo em silêncio. Claustrofobia não me incomoda mais.

O dia em que me rendi foi o dia em que deixei minha humanidade de lado e sucumbi aos demônios. Eles venceriam de todo jeito. Este sempre foi o meu destino.

Eu não quis um julgamento. Admiti tudo, confessei os crimes cometidos. O chefe de polícia Moore me avisou das repercussões, mas eu não precisava de um sermão – eu sabia que ficaria preso por um longo tempo.

Eu não possuía somente a acusação de distribuição de drogas contra mim, mas também o rastro de cadáveres que fez o juiz me punir da maneira que eu queria. Nunca mais verei a luz do dia.

Mas não penso no passado. E nem quero. Não quero relembrar os bons e velhos tempos, porque não há nenhum. As pessoas que deixei para trás estão melhores sem mim, porque as pessoas tendem a morrer quando se aproximam.

E, além disso, a pessoa que eu era não existe mais. A pessoa de quem se lembram morreu no dia em que me rendi. Torço para que eles se lembrem de mim dessa forma, pois a pessoa em quem me tornei não é alguém que eu gostaria que qualquer um conhecesse.

— Mande todo mundo ir se foder.

A porta se fecha.

Quatro anos depois
— Você vai me dizer quem fez isso contigo?
Virando o rosto, me movo na cama macia, já que não estou mais acostumado a luxos como esse. Acho que não estou acostumado a muitas coisas, como andar sem correntes atando meus pés e pulsos. Ah, e a usar um garfo de verdade.

Isso é coisa do passado, um passado que esqueci; aquele mundo está morto para mim, e em seu lugar está isso – o inferno.

O sistema judiciário não sabia o que fazer com um jovem infrator como eu, pois meus crimes eram diferentes de tudo o que eles tinham visto antes. Eles queriam me colocar em um centro de correção juvenil, mas por insistência do chefe de polícia, fui jogado em Riverbend House – uma prisão de segurança máxima exclusiva para depravados.

Por fora, as coisas podem parecer 'normais', mas, por dentro, é tudo menos isso. Já fui espancado, torturado, quase morri por inanição e ninguém faz nada a respeito disso, porque ninguém se importa. Somos apenas brinquedos para os oficiais e outros prisioneiros.

É matar ou morrer, e é por isso que estou ostentando um corte de cinco polegadas em minhas entranhas. Não sou a putinha de ninguém, e quando um novo preso tentou me possuir, eu cortei sua garganta.

Não tenho nada a perder lá fora, mas tudo a ganhar aqui reforçando que ninguém fode com Puck Kelly. Suponho que minha reputação seja notória, porque o que fiz há cinco anos abalou a Irlanda do Norte. Histórias foram inventadas, mas na raiz disso estava a verdade – que matei meu pai e meu tio a sangue frio.

Mesmo que não tenha puxado o gatilho, ainda assim, fui o responsável.

Ouvi algumas histórias ridículas de novos prisioneiros tentando conquistar minha amizade, mas eram apenas contos de ninar que as mães contavam aos filhos para assustá-los. Eu servia de exemplo.

Você não quer acabar como Punky Kelly, quer?
Por que deixar a verdade atrapalhar uma boa história?
— Quem é Cara? — a enfermeira, Aoife, pergunta.

Faz tanto tempo que não ouço esse nome... quase o esqueci. Mas as lembranças que essas quatro letras simples despertam me fazem lembrar como se fosse ontem.

— Minha mãe.

Aoife sorri. Ela é gentil demais para trabalhar aqui.

— Você não pode ser tão ruim se tem o nome da sua mãe tatuado em seus dedos.

Eu a encaro.

— Não, eu sou muito pior.

Ela faz uma pausa na sutura, o lábio inferior tremendo.

— Eu não acredito nisso. Há algo diferente em você.

— No que você não acredita?

Seus dedos tremem contra meu torso.

Eu sei que ela gosta de mim. Estive nesta enfermaria incontáveis vezes, e toda vez, vejo o jeito que ela olha para mim.

— Nas histórias sobre você. Que você matou trinta homens com suas próprias mãos.

Rindo, sinto um prazer tremendo ao vê-la corar. Faz tanto tempo desde que estive com uma mulher. A última vez foi com...

Recusando-me a dar lugar a essas memórias, decido abrir espaço para novas, para que se tornem as únicas recordações daqui para frente.

— Você não deve acreditar em tudo que ouve. Eram vinte e cinco, mas quem está contando? — respondo, olhando-a de cima a baixo.

Ela coloca uma mecha do cabelo castanho atrás da orelha, antes de se levantar lentamente e fechar as persianas da porta. Em seguida, ela a tranca.

Com as costas pressionadas contra a porta, ela se faz de tímida, mas eu me sento, já sem camisa, esperando que ela dê o próximo passo.

— Não conte a ninguém — murmura ela, lentamente abrindo o zíper de seu uniforme branco, expondo o conjunto de sutiã e calcinha preto.

— Será nosso segredo — asseguro, curvando o dedo para chamá-la.

Ela vem até a cama, e se esta fosse qualquer outra prisão, haveria um agente penitenciário dentro do quarto. Mas esta é a Riverbend House e aqui vale tudo. Ela olha para mim, lambendo os lábios. Como tenho muito tempo livre, eu malho pra caralho. Eu já era musculoso antes, mas agora, sou o dobro do tamanho.

Ela é linda, mas não é quem eu realmente quero. Mas quem eu quero, nunca poderei ter.

— Vem cá — ordeno, baixinho, e Aoife obedece ao meu comando.

Ela monta o meu colo, e a sensação de tê-la em cima de mim é quase sufocante, mas, ainda assim, envolvo meus braços ao redor da sua cintura, quase me esquecendo da sensação de suavidade de uma mulher. Quando ela tenta me beijar, viro o rosto para o lado, pois não quero esse tipo de intimidade.

Em vez disso, abro o fecho do seu sutiã.

Seus seios saltam livres, e eu me curvo, abocanhando um deles. Ela geme, esfregando-se contra o meu pau. Apressada, abaixa minha calça e me toma em sua boca.

Eu vejo estrelas, porque isso é gostoso pra caralho, mas quando afasto o cabelo dela para que possa ver seus lindos lábios rosados ao redor do meu pau, tudo em que consigo pensar é que ela não é a pessoa que eu quero. Ela não desperta a fome em minhas entranhas. Ela não me deixa duro.

Há apenas uma boneca que faz isso, e o filho da puta doente que sou deseja que Aoife fosse ela. Eu gostaria que minha meia-irmã estivesse chupando meu pau, que fosse de sua boca pecaminosa que estivessem saindo os gemidos de prazer.

Sou nojento, e sei disso, mas não posso evitar o que sinto, e é por isso que levanto a enfermeira no colo e a levo comigo, imprensando seu rosto contra a parede. Ela não tem chance de se opor quando rasgo sua calcinha e me afundo em sua boceta quente por trás.

Quando estoco contra ela com brutalidade, ela choraminga e arqueia as costas. Ela quer mais.

Eu a fodo com aspereza, desejando poder me livrar do desejo que sinto por Babydoll, mas isso nunca desaparece. Eu poderia ter todas as bocetas do mundo, e só haveria uma que mais anseio.

— Mais forte — Aoife exige, quicando no meu pau enquanto eu a fodo sem dó. Só gozo depois dela, esperando esquecer o rosto e o corpo que realmente quero. Mas não esqueço.

Isso só me faz desejá-la ainda mais.

Assim que termino, limpo a bagunça que despejei nas costas de Aoife e me visto.

Ela veste o uniforme, timidamente, e eu me pergunto se sou a primeira pessoa com quem ela quebrou as regras. Mas não sou ingênuo, não sou ninguém especial.

Aoife volta a me suturar, já que os pontos se abriram quando a fodi com força, e me entrega alguns medicamentos prescritos quando termina.

VENHA A NÓS O VOSSO REINO

— Não, obrigado — recuso a oferta, porque eles são a razão pela qual minha vida virou uma merda.

— Talvez eu possa ver você na próxima semana?

Ela me surpreende, mas eu assinto.

— Se ainda estiver vivo, então tudo bem.

Não estou sendo melodramático. Eu vivo um dia de cada vez, sem saber se vou acordar de manhã. Essa é a minha vida agora.

Um oficial vem me buscar, algemando meus tornozelos e pulsos antes de começarmos a caminhar até minha cela.

— Você recebeu mais cartas — diz ele, irritado. — Já são vinte esta semana. Quem está escrevendo para você?

Dou de ombros e respondo:

— Não faço a mínima ideia.

E estou falando sério, porque desde que cheguei aqui, não li nenhuma carta. Não aceitei a visita de ninguém. Houve inúmeras tentativas de contato, mas não estou interessado. Nada que eles digam, nada que eu leia fará diferença.

— O que você quer que eu faça com elas?

Com determinação, declaro:

— Queime tudo.

Cinco anos depois...

Dias e noites, noites e dias, não sei mais o que é real.

Estou trancado em confinamento na solitária há cem, ou talvez sejam duzentos dias? Eu realmente não sei. Não me importo com o silêncio. É aqui que posso me perder na ficção, uma vida em que vivo feliz para sempre.

Mal consigo me lembrar de seus rostos, os rostos que moldaram meu passado. Eu me agarro a pequenas lembranças, minha mente frágil preenchendo as lacunas em branco, porque não vejo outro ser humano há meses. A porta se abre com um rangido, me cegando quando a luz incide em meio à escuridão.

— Levante-se e tome um banho — o oficial exige. — Alguém está aqui para ver você.

Eu tento falar, mas nenhuma palavra sai. Talvez eu tenha perdido a voz. Os arranhões que fiz nas paredes, com as unhas, são a única maneira de me comunicar; a única maneira que encontrei para falar tantos anos atrás. O chefe de polícia… esqueci o nome dele, me proibiu de ter qualquer tinta. Ele disse que um assassino não merece nenhuma regalia, e ele está certo.

Quando penso que posso falar, digo com a voz rouca:

— Apenas me deixe em paz.

Deixar os prisioneiros saírem do lado de 'fora' por uma hora no dia, para fazerem exercícios, acesso a chuveiros e telefones, além de receber visitas, são encarados como os policiais nos respeitando como seres humanos, porém eles fazem questão de jogar na nossa cara que estão nos fazendo um favor — um favor que poderão revogar ou conceder a qualquer momento.

Mas este oficial é diferente.

Esqueci o nome dele, mas ele é diferente, porque se importa.

— Venha logo, com certeza você não vai querer sua irmã te vendo desse jeito e sentindo o seu fedor, né?

Irmã?

— Você me faria a gentileza de mandar *ela* se foder?

Ele ri, ainda de pé na porta enquanto eu me deito em posição fetal no piso de concreto.

— Vamos dar um jeito nisso. Venha.

Esse babaca não vai aceitar um 'não' como resposta, mas não quero ver Babydoll. Ela é a última pessoa que quero ver.

— Diga a Camilla…

— Camilla? — ele diz, me interrompendo. — Ela me disse que se chama Hannah.

Hannah? Esta é a primeira vez que um oficial me diz quem vem me ver. Mas Hannah é uma criança. Por que Fiona permitiria que ela viesse aqui?

Minha mente está embotada, confusa, mas sacudo a cabeça, porque Hannah não pode ficar perto desses animais. Eu sei o que os homens aqui fariam com uma garotinha como ela.

Sentando-me devagar, uso as paredes como apoio para me levantar e seguir até a porta cambaleando. O oficial me ajuda a permanecer de pé ao me conduzir pelo longo corredor. De repente, sinto falta dos limites da minha cela. É tudo muito aberto… muito real. Eu não quero o real.

O oficial me empurra para debaixo do chuveiro onde eu me lavo, esfregando a sujeira da pele. Assim que me visto, encaro meu reflexo no espelho,

VENHA A NÓS O VOSSO REINO

olhando por cima do ombro, porque o reflexo que vejo não é o meu.

Este cara envelhecido... sou eu?

Meu cabelo está comprido, assim como a barba. Há rugas ao redor dos meus olhos, provavelmente por mantê-los constantemente semicerrados no escuro. Não reconheço este homem – este homem que se parece tanto com aquele que matei.

— Você está se sentindo bem? — o oficial pergunta.

— Maravilhoso — ironizo, cutucando minhas bochechas.

— Nós vamos para a sala de visitas — ele explica, como se eu soubesse o que isso significa.

Depois de me algemar, ele me leva pela prisão e eu me mantenho de cabeça baixa. Não estou interessado em saber onde estou. Só quero acabar logo com isso. Assim que chegamos a uma sala cercada por grades, ele para e faz menção de tirar as algemas.

— Não, deixe assim — eu digo. Não confio nas minhas mãos. Não acredito que elas não vão estrangular Fiona por trazer Hannah aqui.

Ele assente e destranca a porta.

Há algumas famílias conversando com seus entes queridos. Lágrimas estão sendo derramadas à medida que se inteiram do que acontece fora dessas paredes. Procuro pelo ambiente, mas não vejo Fiona. O oficial me leva a uma mesa onde uma jovem está sentada, obviamente desconfortável por estar aqui.

Quando ele para na mesa, indicando que é ela quem está aqui para me ver, eu arqueio uma sobrancelha, confuso.

— Temos que ir embora. Eu não a conheço.

Mas quando ela se vira e olha para mim por cima do ombro, quando meu olhar se conecta ao dela, eu a reconheço. Só não esta versão.

— Como vai, Punky?

Eu a encaro, as palavras me escapam, porque não há a menor possibilidade de essa moça ser Hannah. Ela é uma criança. Essa garota sentada diante de mim não é uma menininha.

— Você vai se sentar?

Tudo o que posso fazer é desabar no assento duro, colocando as mãos algemadas sobre a mesa. As algemas a deixam incomodada.

O oficial acena com um sorriso e nos deixa a sós, mas fica por perto.

— Hannah? — sondo, totalmente chocado.

Ela assente, devagar.

— Sim, sou eu.

— M-mas você está tão crescida.

— Isso é o que acontece quando se envelhece. A gente cresce — ironiza, revirando os olhos. — Talvez, se você tivesse se dado ao trabalho de aceitar minhas visitas, ou responder às minhas cartas, você saberia disso.

— Quantos anos você tem?

Seus lábios se abrem e ela me encara com compaixão.

— Dezesseis. Quase dezessete. Você está aqui há dez anos.

Balançando a cabeça, eu me recuso a aceitar essa visão do futuro. A Hannah que conheço estava arranhando os joelhos e brigando com Ethan...

— Ethan?

Quando as lágrimas nublam seus olhos, a verdade me desperta, e depois de dez malditos anos, vejo claramente. Eu vejo a vida que perdi.

— O que aconteceu com ele?

Ela limpa o nariz e suspira.

— Por que você não quis ver ninguém? Por que nos afastou? Você me prometeu que voltaria, mas nunca voltou.

"Você vai voltar?"

"Claro que vou."

Essas palavras foram ditas uma vida atrás.

— Nós escrevemos. Viemos te visitar. Você nem quis ir ao funeral do papai. Como pôde virar as costas para nós, Punky? Você era tudo o que tínhamos.

O funeral de Connor. Eu tinha esquecido disso. Espero que ele e o tio Sean tenham tido a despedida que mereciam.

— E essa é a razão. Eu não sou nada. Não ofereço nada além de problemas. Vocês estão muito melhor sem mim.

Ela entrecerra os olhos e, neste momento, consigo ver – a teimosa da garotinha de seis anos que deixei para trás sem nenhuma explicação. Eu parti o coração dela.

— Ah, para de besteira! — resmunga, a raiva cresceu junto com a idade, pelo jeito. — Ninguém contou pra gente o que aconteceu. Você simplesmente desapareceu. Você sabe como é isso? No dia em que papai morreu, você morreu com ele. Nós perdemos tudo.

Entendo qual deve ter sido a sensação, porque foi o que senti quando minha mãe morreu. E fiz a mesma coisa com os gêmeos. Estou envergonhado.

VENHA A NÓS O VOSSO REINO

Mas o comentário dela me faz arquear uma sobrancelha.

— O que você quer dizer? — Isso não deveria acontecer.

— Mamãe não podia mais pagar pelo estilo de vida que queria viver e, depois de vender todas as nossas coisas, deixamos nossa casa para que ela pudesse ir morar com um novo homem. Ela tentou vender o castelo, mas não conseguiu.

— E por que não? — pergunto. Nada disso faz sentido.

— Porque não era dela para vender. É seu, Puck. O papai deixou tudo pra você.

A sala começa a girar, e eu me agarro à borda da mesa, com medo de desmaiar como um maricas.

— Aqui. — Ela oferece um copo plástico de água, e eu entorno o líquido de um gole só, meio desajeitado, já que estou algemado.

— Cian veio ver você com um advogado. Mas você continuou se recusando a receber visitas. O castelo agora está abandonado, se transformou em um lugar para onde as crianças vão, esperando ver os fantasmas dos Kelly.

Não posso contar o motivo para ela. Não posso dizer que fiz um acordo para mantê-los seguros.

— Sinto muito, mas há coisas que você não entende.

— Explique, então — dispara, recusando-se a recuar.

Quando me mantenho calado, ela balança a cabeça, irritada.

— Você acha que todos nós poderíamos seguir em frente sem você? Como se você nunca tivesse existido? Bem, não podíamos. E não queríamos. Eu sei que Connor não era seu pai.

Eu me mexo no assento, desconfortavelmente. Não quero falar sobre isso. Mas Hannah não me dá escolha.

— E nem Brody Doyle.

— Não fale sobre coisas que você não entende — eu a advirto, com delicadeza, não querendo que ela ressuscite lembranças que desejo esquecer.

Sua tenacidade me deixa orgulhoso, mesmo que eu queira torcer seu pescoço.

— Oficial, me leve de volta à minha cel...

— Ah, não. Não desta vez — Hannah interpela, empurrando um pedaço de papel sobre a mesa para mim. — Toma, esses aí são os resultados do DNA do seu pai, mas não são do Brody.

Olhando para o documento, vejo os resultados do teste que tive em minhas mãos há dez anos. Não sei o que mudou.

— De quem é o resultado, então? Se não é Connor ou Brody, então quem é meu pai?

Hannah morde o lábio inferior.

— Mamãe não se livrou de tudo. Cian, Rory e... Cami, eles se certificaram disso.

Por que ela parou de falar? Ela sabe o que fiz?

— Levei dez anos para encontrar isso, mas eu sabia que ele ainda estava vivo. A princípio, pensei que fosse um fantasma. Ou que eu estava vendo coisas. Só que quando Ethan desapareceu sem me dizer onde estava, eu sabia que havia apenas um lugar onde ele poderia estar.

— Hannah, o que aconteceu com Ethan? — Estendo a mão por cima da mesa, e com o coração quase saltando pela garganta, toco os dedos dela.

Nós vacilamos diante do toque estranho para ambos.

Lágrimas escorrem por suas bochechas quando ela me entrega um diário encadernado em couro. Há uma fita marcando a página que ela quer que eu leia.

— Leia isso e me diga o que acha.

Não faço ideia do que estou prestes a ler. Não tenho ideia de como isso vai mudar minha vida para sempre.

"Ele vai descobrir o que fiz. Mais cedo ou mais tarde, ele saberá que eu a matei. Ele saberá que Cara morreu, porque descobriu que eu estava negociando com os católicos. Para os Doyle. Ela me traiu depois de dizer que me amava. Depois que prometeu que nunca me deixaria. Que era a mim que ela queria, não ele.

Ela ia deixá-lo, ela me disse isso. Mas ela mentiu. Ela deixaria a nós dois. Tudo o que ela queria era salvar seu filho. Isso é tudo com que ela se importa. Eu não podia deixá-la ir. Ela tinha que morrer. Ela contou a verdade a Connor.

Então eu a matei, pedindo aos Doyle que me ajudassem. Brody sabia o que isso faria com Connor, então concordou. Ele também sabia que esse segredo destruiria nós dois. Se Cara contasse a verdade a Connor, ele daria cabo dos Doyle e de mim.

Eu disse a Connor que ela estava tendo um caso com Brody, no entanto, e essa é a razão pela qual ele nunca vingou sua morte. Mas ela nunca se envolveu com Brody.

Ela nunca faria isso. Ele acreditou em mim, porque o casamento deles já estava arruinado há muito tempo – foi assim que consegui seduzi-la.

O segredo dela me destruiria, e eu não podia permitir isso. Eu não podia permitir que ela arruinasse tudo pelo qual trabalhei tanto. Mas não há nada de amarras com os Doyle, e Brody se tornou ganancioso ao perceber que podia lucrar na Irlanda do Norte.

Ele ameaçou contar ao Punky o que eu fiz, então tenho que cuidar disso... de novo.

Aquele pirralho está envolvido demais. Sei que foi ele quem matou Aidan e Hugh; ele pintou seus rostos como o dele.

Ele confia em mim. E não deveria.

Eu o observo quando ele dorme, ele se parece tanto com Cara. Tão parecido comigo....

Vou pedir a Brody para mentir, pedir a ele para dizer a Punky que ele é seu pai, pois preciso que Punky odeie Connor mais do que já odeia. Vou garantir que ele pense que foi Connor quem matou sua mãe. Eu preciso que ele renuncie seus laços com os Kelly para que quando eu matar Connor, eu esteja na fila para herdar tudo... não ele. Não importa que Connor saiba que Punky não é dele, ele ainda deixará tudo para ele, porque ama o garoto.

Brody vai concordar, pois acha que pode se beneficiar disso também.

Faço negócios com ele há anos. Ele confia em mim. Isso não vai falhar. Ele acredita que se fizer o que eu digo, ele e eu dividiremos Belfast juntos. Mas há espaço para apenas um líder.

Eu enviei nossos homens para Brody. Eles confiaram em mim quando Connor se tornou motivo de chacota assim que contei que transei com a esposa dele. Brody fez Camilla plantar as drogas na noite da festa, na esperança de que o chefe de polícia me derrubasse junto com Connor. Mas então aquela putinha contou ao Punky. Ela então me disse quem era em um momento de culpa.

Ela confidenciou tudo, pensando que estava fazendo a coisa certa. Tudo o que ela fez foi me deixar saber que Brody planejava me matar. Ele não confia em mim como pensei, e não deveria mesmo. Ele, Punky, sempre foi o plano B de Brody.

Brody tem o que quero – Dublin. E eu tenho o que ele quer: Belfast.

Mas agora que sei disso, eu tenho a vantagem sobre todos.

Eu governarei Belfast e Dublin, e ninguém ficará no meu caminho. Nunca haveria uma parceria.

A lealdade de Punky o matará ou o mandará para a prisão. Estou bem com qualquer resultado. A emboscada vai acontecer como planejei. Eu vou 'morrer', deixando que todos acreditem que o nome Kelly está morto. Mas um predador inteligente aguarda sua presa.

Tenho certeza de que Punky trará Connor ao encontro, pois ele acha que é uma lição que ele precisa aprender, e é o lugar perfeito para eu matar meu irmão sem fazer perguntas. Antes que isso aconteça, vou convencer Connor a mudar seu testamento. Nada pode ser deixado para Punky – nada. Não quero governar ao lado de ninguém. Isso é tudo meu.

Punky é teimoso e inteligente – preciso de alguém a quem eu possa controlar.

Brody vai acreditar que venceu, mas eu tenho um plano... assim como fiz com os homens de Connor, pretendo fazer o mesmo com os de Brody. Vou persuadi-los, fazendo-os me enxergar como um líder melhor.

E somente quando fizer isso é que vou atacar.

Não importa se levar cinco, dez anos. Vou construir meu próprio império e, quando for impenetrável, serei rei. Chega de ficar em segundo lugar.

Connor tinha tudo. Agora é a minha vez, e não me importa a quem eu tenha que sacrificar para conseguir o que quero.

Perdoe-me, Cara, eu precisava de um bode expiatório, e esse cara é Punky... nosso filho."

Embora tenha lido as palavras com meus próprios olhos, não posso acreditar. Eu simplesmente não posso.

— Punky? — Hannah pergunta, apreensiva. — Por favor, fale comigo. Eu preciso de você. Ethan precisa de você.

Este diário pertence ao tio Sean, e seus pecados estão escritos em páginas e mais páginas. Minha mente está acelerada, mas uma coisa é clara: Sean é o mestre das marionetes. Ele estava jogando com todos nós. Ele é responsável por tudo.

Ele fingiu que minha mãe era uma prostituta, mas, na realidade, ela cometeu um erro que lhe custou a vida. Eu sei o quão charmoso Sean pode ser. Veja onde estou, onde estive nos últimos dez anos por causa dele.

Minha mãe nunca teve um caso com Brody. E, sim, com Sean... meu pai.

Toda conversa que nunca fez sentido me atinge, e não posso acreditar como não vi antes.

"Você não tem ideia de contra quem está lutando. Isso é maior do que você pode imaginar."

As palavras de Aidan ecoam alto, porque, finalmente, sei o que significam. Ele nunca me disse o que sabia, pensando que Sean era amigo deles, mas todos estavam usando uns aos outros.

Brody simplesmente se juntou ao esquema, pois me queria fora de cena por suas próprias razões egoístas. Eu precisava acreditar que não era um Kelly para que ele pudesse pegar o que é meu por direito quando matasse Sean. Posso não ser filho de Connor, mas sou de Sean.

Eu sou um Kelly.

Por dez longos anos, carreguei essa culpa comigo. Achei que a morte de Connor era por minha causa – e foi –, mas fui um joguete nas mãos de Sean.

Essas divagações pertencem a alguém insano, mas pelo que pude deduzir, Sean sempre esteve disposto a enfiar uma faca nas costas de Brody e vice-versa. Babydoll era o peão de Brody, a forma que ele encontrou de obter informações sobre mim.

"Porque eu sabia que, mais cedo ou mais tarde, chegaríamos a isso. Você é valioso, e eu precisava de um plano B, apenas por garantia. Não faz sentido, mas fará."

Agora faz sentido – Brody sabia que Sean o trairia, e por isso quis chegar lá primeiro. Ele usou Babydoll para saber tudo sobre mim, sobre os Kelly, para saber quais seriam os próximos passos de Sean.

Connor disse que fez um acordo com Brody. Que acordo? Preciso descobrir o que era.

Brody e Sean estavam apenas usando um ao outro, porque ambos precisavam do outro para conseguir o que queriam. E era uma corrida até a linha de chegada, onde o vencedor levaria tudo.

Eles nunca confiaram um no outro. Jogaram juntos e como manda o figurino, porque tinham que jogar. Há tantas coisas que não sei... Essa história está apenas começando. Mas há duas coisas que tenho certeza.

Sean é um psicopata.

Ele é responsável por tudo. Ele matou minha mãe, porque ela descobriu seu segredo sujo. Ele caluniou o nome dela para Connor, que acreditou nele – todos nós acreditamos. Eu me pergunto se ele a amou, ou apenas queria algo que pertencia ao seu irmão – o homem a quem detestava.

Ele me odiava, porque estava com ciúmes do fato da minha mãe me amar mais do que a ele, e como punição, ele me fez – seu próprio filho – testemunhar quando a matou. Então, para me punir ainda mais, ele me enganou para que eu pensasse que se importava comigo.

Deve ter lhe dado uma grande satisfação ver Connor me espancar diversas vezes, pois eu odiava o homem errado e só ele estava a par desse segredo.

Ele enviou nossos homens para o inimigo, sabendo muito bem que precisaria deles ao seu lado quando tomasse o domínio de Brody. Ele estava cansado de ficar em segundo lugar. Estava cansado de viver à sombra de Connor. Tudo isso aconteceu por ganância, orgulho e por causa de seu pequeno ego ferido.

Babydoll só fez o que tinha que fazer para salvar a mãe. Não posso ficar bravo com isso, porque veja o que fiz para vingar a minha. Nós dois éramos marionetes para Sean e Brody, que nos usaram para travar uma guerra entre si.

E eu também sei que…

— Brody não é meu pai — digo, em voz alta, precisando de Hannah para confirmar o que acabei de ler.

— Não, ele não é.

Um pensamento, de repente, me atinge, e eu me sento ereto, sem fôlego.

— Então isso significa…

— Que ela não é sua irmã.

Então ela sabe.

Todo esse tempo, eu estava tão enojado comigo mesmo – graças a Sean e Brody punindo a mim e Babydoll por algo que nunca quisemos fazer.

— Você contou isso para alguém?

Ela nega com um aceno.

— Encontrei isso em uma caixa no depósito. Todos tentaram ajudar, mas era muita coisa. Mamãe não deixava ninguém chegar perto dessas caixas, mas eu invadi e procurei todas as noites até encontrar isso.

— Eu o vi levar um tiro — comento, ainda incrédulo.

— Não sei quem enterramos, mas não foi ele. Sem dúvida, o tio Sean enganou outra pessoa para fazer seu trabalho sujo.

— Como você sabe que ele não está morto?

Hannah desvia o olhar, envergonhada.

— À noite, eu saía de fininho e voltava para o castelo. Isso me fazia lembrar de tempos mais felizes. Isso me fazia lembrar de você.

Cubro sua mão com a minha, e desta vez, o toque é mais aceitável.

— Eu tinha certeza de que o vi lá, mas não queria acreditar, não depois de ter perdido tanta coisa. Mas eu segui Ethan até o castelo uma noite. Ele estava falando com um homem, e esse homem era o tio Sean.

VENHA A NÓS O VOSSO REINO

Ela suspira.

— Tio Sean está tentando moldar Ethan em você. Ele quer um braço direito em quem possa confiar, e com papai morto e você na prisão, Ethan confia nele. E o que mais me assusta é que Ethan está mentindo para mim. Quando pergunto onde esteve, ele diz que saiu com amigos. Ele nunca mentiu para mim antes. Ele é meu gêmeo, mas sinto que nem o conheço mais.

Ela explode em lágrimas, mas rapidamente as reprime, pois minha corajosa Hannah não deixa ninguém vê-la chorar.

— Punky, o que isso significa? — Ela acaricia a tatuagem do crucifixo no meu pulso.

Eu tinha esquecido que isso marca minha pele, porque tinha esquecido quem eu era.

— Por quê, pequena?

— Porque Ethan tem uma igual. No mesmo lugar da sua.

Sinto o sangue drenar do meu rosto, porque essa é marca da morte, e mais cedo ou mais tarde, Ethan se tornará alguém como eu.

O plano de Sean é assumir Dublin e Belfast, sabendo que seus esforços anteriores falharam, porque ele estava muito exposto e dependia de outros. Mas esse plano funcionará direitinho, pois ele teve anos para aperfeiçoá-lo. Roma não foi construída em um único dia....

Sei o que isso significa, e meu estômago se revira com o pensamento. Há apenas uma pessoa que pode me ajudar, a última pessoa a quem quero pedir ajuda. Porém preciso de um homem de dentro, e esse homem é Brody Doyle. Ele não tem noção do plano de Sean. Ele não tem ideia de que meu tio ainda está vivo.

Ele vai trabalhar comigo porque nós dois precisamos um do outro para conseguir o que queremos. E quando o fizer... finalmente, terminarei o que comecei há dez anos.

Porém, antes de tudo, preciso dar o fora daqui.

— Obrigado por nunca desistir de mim.

— Nós nunca fizemos — diz ela, não querendo o crédito para si.

Pigarreando, me preparo para perguntar o inevitável:

— Como está o Cian? Rory? Babydoll?

Quando Hannah projeta a língua por dentro da bochecha, sei que está escondendo algo. Ela nunca foi uma boa mentirosa.

— Eles estão bem. Você pode ver por si só quando sair daqui.

— E como você propõe que eu faça isso? Caso tenha se esquecido de onde estou. — Gesticulo ao redor da sala.

— Darcy quer ajudar.

— Duffy? — pergunto, franzindo o cenho.

— Sim. Ela é advogada agora. Uma das mais caras também.

— Quem diria, hein?

Como as coisas mudaram. O mundo continuou a girar com ou sem mim. Eu fui o único que não mudou.

— Ela examinou seu caso, e acha que pode te tirar daqui. Algo a ver com o fato de o chefe de polícia Moore ser um tira corrupto.

Fico boquiaberto.

— Você está de brincadeira?

— Talvez... se tivesse lido as minhas cartas, você tivesse ficado sabendo disso.

— Sim, você está certa.

— Vou esquematizar para que Darcy venha aqui te ver.

Não posso acreditar que minha irmãzinha fez isso por mim.

— Eu não mereço isso, Hannah. Me desculpe por ter deixado você. Houve uma razão, eu juro.

Ela assente, mas a mágoa ainda é nítida.

— Não consigo acreditar em como você cresceu.

— E eu não consigo acreditar em como você *envelheceu* — ela brinca, rindo quando fico sem ter o que dizer.

Mas ela está certa. Eu perdi tempo demais.

O oficial me avisa que só tenho mais cinco minutos.

Hannah junta suas coisas, fazendo questão de guardar o diário com cuidado. Ela se levanta, parecendo terrivelmente constrangida, e eu percebo o porquê. Viro-me para o oficial, que assente. Estendo as mãos e ele solta as algemas, rompendo os grilhões invisíveis também.

— Eu não faço isso há muito tempo — confesso, vendo Hannah engolir em seco, sem saber o que quero dizer.

Quando abro os braços, dou a ela uma escolha... porém nunca houve uma escolha a ser feita.

Ela se joga em meus braços e me agarra com força, me transportando de volta para dias mais felizes.

— Tenho tanta saudade de você — ela sussurra em meu ouvido, suas lágrimas molhando minhas bochechas.

— Eu vou corrigir essa bagunça. Eu prometo a você.

Enquanto a seguro em meus braços, meu mundo, finalmente, volta ao

VENHA A NÓS O VOSSO REINO

eixo, e percebo quem sou. Não sei no que estou me metendo; se Brody assumiu Belfast ou se outra pessoa tomou seu lugar. Não sei se Cian e Rory alguma vez me perdoarão. E não sei o que isso significa para mim e Babydoll.

Mas seja lá o que tiver que encarar, não me esconderei mais na escuridão, pois sou um Kelly.

Todos pensaram que eu estava morto… mas a verdadeira história está apenas começando.

LIVRO DOIS EM BREVE!

Agradecimentos

À minha família de autoras: Elle Kennedy e Vi Keeland – amo muito vocês duas.

Ao meu marido, Daniel. Eu te amo. Sempre. Para todo sempre. Obrigada por aguentar minha loucura.

Aos meus pais sempre apoiadores. Vocês são os melhores. Sou quem sou por causa de vocês. Eu te amo. Descanse em paz, papai. Você partiu, mas nunca foi ou será esquecido, e sempre te levarei em meu coração.

À minha agente, Kimberly Brower, da *Brower Literary & Management*. Obrigada pela paciência e por ser um ser humano incrível.

À minha revisora, Jenny Sims. O que posso dizer além de EU TE AMO?! Obrigada por tudo. Você vai acima e além para mim.

Às minhas rainhas irlandesas – Shauna McDonnell e Aimee Walker, seus conselhos foram inestimáveis. Muito obrigada.

Às minhas preparadoras de texto – Aimee Walker e Rumi Khan, vocês são incríveis!

À leitora beta – Rumi Khan. Obrigada por amar Punky tanto quanto eu.

À Michelle Lancaster – você pegou essa história e criou uma fotografia mais do que perfeita. Sua visão e talento são absolutamente alucinantes, e me sinto abençoada por ter trabalhado com você. Suas fotos detonam! Na verdade, VOCÊ arrasa! Essa maquiagem ficou FANTÁSTICA! Eu te amo! #mytribe

A Lochie Carey – cara, tipo... caracas! Você é incrível! Você é meu Punky. Obrigada por trazê-lo à vida.

À Giana Darling – obrigada pelo seu carimbo. Eu te adoro.

À Lauren Rosa – esta capa surgiu por uma sugestão sua. Agradeço muito por estar sempre ao meu lado.

A Conor King – muito obrigada por tudo. Sua narração foi perfeita! PS.: Eu te devo uma cerveja. Ou duas. E estou animada para ver o Milk fazer um show em breve!

À Sommer Stein – você ARRASOU nessa capa! Obrigada por ser tão paciente e tornar o processo tão divertido. E me desculpe por incomodá-la constantemente.

À minha publicitária – Danielle Sanchez, da *Wildfire Marketing Solutions*. Obrigada por toda a ajuda.

Um agradecimento especial para: Bombay Sapphire Gin, Ashlee O'Brien, LA Casey, Christina Lauren, Natasha Madison, Tillie Cole, Lisa Edward, David King, Cheri Grand Anderman, Louise, Kimberly Whalen, Ben Ellis–*Tall Story Designs*, Nasha Lama, Heyne, *Random House*, Kinneret Zmora, *Hugo & Cie*, Planeta, MxM *Bookmark, Art Eternal, Carbaccio, Fischer, Sieben Verlag, Bookouture, Egmont Bulgaria, Brilliance Publishing, Audible, Hope Editions, BookBub*, Paris, New York, Sarah Sentz, Gel Ytayz, Jessica–*PeaceLoveBooks*.

Aos intermináveis blogs que me apoiaram desde o primeiro dia – vocês são o máximo.

Meus *bookstagrammers* – a criatividade de vocês me surpreende. O esforço que vocês fazem é simplesmente incrível. Obrigada pelas postagens, teasers, apoio, mensagens, carinho, por TUDO! Eu vejo o que cada um faz, e sou muito, muito grata.

À minha EQUIPE ARC – vocês são as MELHORES! Obrigada por todo o apoio.

Ao meu grupo de leitores, deixo aqui um enorme beijo.

À minha linda família – mamãe, papai, Fran, Matt, Samantha, Amelia, Gayle, Peter, Luke, Leah, Jimmy, Jack, Shirley, Michael, Rob, Elisa, Evan, Alex, Francesca e minhas tias, tios e primos – sou a pessoa mais sortuda do mundo por conhecer cada um de vocês. Vocês iluminam meu mundo de maneiras que eu, honestamente, não consigo expressar.

Samantha e Amelia – amo muito vocês duas.

À minha família na Holanda, na Itália e no exterior. Envio a vocês muito amor e beijos.

Papai, Zio Nello, Zio Frank, Zia Rosetta e Zia Giuseppina – vocês estão em nossos corações. Sempre.

Aos meus bebês peludos – mamãe ama vocês muito! Dacca, sei que você está com Jaggy, Dina, Ninja e Papa.

A qualquer um que eu tenha esquecido de citar, sinto muito. Não foi intencional!

Por último, mas não menos importante, quero agradecer a VOCÊS! Obrigada por me receberem em seus corações e casas. Meus leitores são os MELHORES deste universo inteiro! Amo todos vocês!

Sobre a autora

Monica James passou sua juventude devorando os livros de Anne Rice, William Shakespeare e Emily Dickinson.

Quando não está escrevendo, ela está ocupada administrando sua própria empresa, mas sempre encontra um equilíbrio entre os dois afazeres. Ela gosta de escrever histórias reais, sinceras e turbulentas, esperando deixar uma marca em seus leitores, e se inspira na vida.

Além disso, é autora best-seller nos EUA, Austrália, Canadá, França, Alemanha, Israel e Reino Unido.

Monica James mora em Melbourne, Austrália, com sua família maravilhosa e uma coleção de animais. Ela é um pouco obcecada por gatos, tênis e brilho labial, e, secretamente, deseja que pudesse ser uma ninja nos finais de semana.

A The Gift Box é uma editora brasileira, com publicações de autores nacionais e estrangeiros, que surgiu no mercado em janeiro de 2018. Nossos livros estão sempre entre os mais vendidos da Amazon e já receberam diversos destaques em blogs literários e na própria Amazon.

Somos uma empresa jovem, cheia de energia e paixão pela literatura de romance e queremos incentivar cada vez mais a leitura e o crescimento de nossos autores e parceiros.

Acompanhe a The Gift Box nas redes sociais para ficar por dentro de todas as novidades.

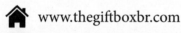 www.thegiftboxbr.com

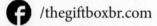 /thegiftboxbr.com

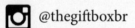 @thegiftboxbr

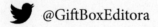 @GiftBoxEditora

Impressão e acabamento
psi7 | book7